百年一见如今宵

谈枫
2023112

魅画文化

他是人间奇想

谈栖 著

江苏凤凰文艺出版社
JIANGSU PHOENIX LITERATURE AND ART PUBLISHING

图书在版编目（CIP）数据

他是人间妄想 / 谈栖著 . -- 南京：江苏凤凰文艺出版社，2024.1
 ISBN 978-7-5594-6427-9

Ⅰ.①他… Ⅱ.①谈… Ⅲ.①长篇小说 - 中国 - 当代 Ⅳ.①1247.5

中国国家版本馆 CIP 数据核字 (2022) 第 170651 号

他是人间妄想

谈栖 著

责任编辑	张　倩
出版统筹	曾英姿
特约编辑	吴　龄
封面绘制	葛生 GS
装帧设计	瑶瑞弛 YooRich STUDIO　柒咩设计 QQ 3097578636
出版发行	江苏凤凰文艺出版社
	南京市中央路 165 号，邮编：210009
网　　址	http://www.jswenyi.com
印　　刷	长沙金鹰印务有限公司
开　　本	880mm×1230mm　1/32
印　　张	10
字　　数	278 千字
版　　次	2024 年 1 月第 1 版
印　　次	2024 年 1 月第 1 次印刷
书　　号	ISBN 978-7-5594-6427-9
定　　价	46.80 元

江苏凤凰文艺版图书凡印刷、装订错误，可随时向承印厂调换

目录

楔子	001
第一章 春阳路 14 号	004
第二章 我会护着你	026
第三章 模糊的记忆	042
第四章 狡猾的男人	059
第五章 她走或我走	075
第六章 为你而来的	091
第七章 他的两次温柔	114
第八章 尉迟，霍衍	140

第九章 她才是外人	161
第十章 最亮的星星	184
第十一章 你就是我的	216
第十二章 白清卿跑了	240
第十三章 阿庭,是你亲生的	262
第十四章 李妹妹,苏先生	280
番外一 尉迟视角	299
番外二 关于七夕	310

楔子

八月的晋城进入雨季，闷热的空气里混着湿润的水汽，黏腻地贴在皮肤上，哪怕是最心平气和的人也会觉得躁郁。

卡宴一路疾驰，穿过雨帘，驶过人迹罕至的近郊，最终停在刚刚竣工还没有正式对外开放的东郊西园。

西园最好的地段是壹号楼，壹号楼的用人撑着雨伞小跑上前，打开后座车门。

手工定制的皮鞋踩在地上，皮鞋干净锃亮，长袜包裹脚踝，西裤的裤脚熨烫得平整，透出一种精致的、禁欲的性感。

男人身份矜贵，一滴雨水落在他身上都好似冒犯，用人想为他撑伞，他却注意到用人半边身体都淋到了雨。他自己接过伞，让用人自己也能撑一把伞。

还没等他走进屋，屋里听到声音的女人就跑了出来。她几乎要扑到他身上，声音也带着哭腔："迟！"

只是还没碰到男人，她就被男人身后跟着的秘书先一步接住了："白小姐。"

女人很年轻，容貌清秀，被雨淋着，有一种楚楚可怜的感觉，她泫然欲泣地喊："迟，迟，我终于见到你了……你不知道，阿庭他的身体越来越差了，我找了我所有能找的医生，但他们都说没有办法，我真的不知道该怎么办了……"

雨点噼里啪啦地打在伞面上,他的伞面下压,女人看不见他的脸,只能听到他低沉淡漠的声音:"我给你留了黎雪的号码,你可以联系她,不用亲自到晋城。路途遥远,阿庭更受不了。"

白小姐急忙说:"我打了,我打了的,但没有人接,我没有办法才来的……迟,阿庭也是你的孩子,就算你已经娶了别人,有了妻子,也不能不管他吧!"

天边蓦地响起轰隆隆的闷雷声,白小姐柔弱地缩了缩肩膀。

刚才扶住她的秘书就是黎雪。黎雪将白小姐扶到屋檐下,免得她再淋雨,话说的却是:"白小姐,我的手机一年365天,每天24小时,都是联系得上的,我没有接到您打来的任何电话,而且半个月前我按照一贯的流程给您汇款,那时候您也没有告诉我阿庭小先生的身体不好。"

男人没有往前走一步,撑着伞站在雨里,雨帘为他们划出一道泾渭分明的界线。

白小姐目光一闪,不接这个话茬,继续对男人哭诉:"迟,阿庭从出生开始身体就不好,两年前做了骨髓移植,虽然好转了,但还是没有痊愈。乡下的环境太差了,不利于阿庭的身体调养,你就看在他是你的骨肉的分上,你救救他吧!"

男人伞面微抬,露出一双眼,一语戳破她的心思:"你是想,留在晋城?"

白小姐咬着唇说:"等……等阿庭治好病,我马上带他离开,绝对不会影响到你现在的家庭。我知道的,我们都是你的过去,你很爱你现在的妻子,所以这些年你都没怎么联系过我们,有什么事都是让你的秘书转达。我保证,我不会打扰到你的,我只是想救阿庭。我什么都没有,只有这个孩子,我不能失去他……"

雨势越来越大,雨点击打地面溅起水花,打湿了男人西裤的裤脚。

片刻后,男人才终于开口:"阿庭身体弱,最近晋城多雨,你多照顾,别让他再着凉,加重病情。"

白小姐还没有反应过来,男人已经转身走回车上,将雨伞交还给用人。

白小姐过了会儿才明白,他这是允许她留在晋城!

她的眼里浮现狂喜之色。

……

车上，黎雪从副驾驶座回头，询问后座的男人："就安排白小姐和阿庭小先生住在西园吗？"

男人以手支颐，闭着眼睛说："她住这里不合适，你重新挑一套房子，不用太大，主要让他们自己生活方便。再把之前照顾他们的保姆也接过来，让她继续照顾阿庭。还有，联系医生，看看阿庭的情况。"

黎雪表示明白。

白小姐的话有太多夸大的成分，这些年她一直替尉总关注他们，别的不说，每个月汇的款都足够他们在一线城市过好日子，更别说还安排了保姆照顾。非要说哪里过得不舒服，就是他们住的是小镇，比不上大城市便利，但是说乡下条件不好，真不至于。

这位白小姐当年就出现得很突然，带着阿庭小先生过来，非说那是她跟尉总的孩子。偏偏尉总在那场车祸里又丧失了太多记忆，什么都记不得了……

"还在查吗？"男人突然问。

黎雪马上从思绪中回神，说："一直在查。"

白小姐到底是不是尉总的前女友，阿庭是不是白小姐的孩子，这件事，他们一直在查。

男人看着窗外，雨滴从玻璃滑落，留下淡淡的水痕——任何事情，哪怕是一滴水，存在过都会有蛛丝马迹。

黎雪迟疑地问："那太太那边……"

男人收回目光，想起他那位妻子桀骜不驯的脾气，无奈一笑："一定不能让她知道他们两人的存在。"

等他查清楚吧，要不然真的收不了场。

公路上没有第二辆车，孤独的轿车穿过雨幕，一路驶向远方。

第一章
春阳路 14 号

一辆轿车驶来，最终停在五光十色的酒吧前。

夜幕刚刚落下，都市就进入夜生活的主场，酒吧内音乐震耳欲聋，台上劲歌热舞。

姜鸢也不是来玩的，她是来看别人玩的。她最近经常来这家酒吧捧一个艺名叫"文泽"的男模的场，文泽现在就在台上跳舞，他是现在流行的那种清爽干净的长相。

鸢也嘴角挂着笑，但其实没什么真切的笑意，甚至还有点儿困，她百无聊赖地打了个哈欠。文泽跳下舞台，在一众惊呼和羡慕的目光里直接走向鸢也，将一瓶酒递给她。

鸢也勾唇，刚要接他的酒，外面就突然响起一阵喧闹声。一个女人不顾酒吧保安的阻拦强行冲了出来，抓住文泽的衣服就哭喊道："阿伟！你居然骗我！你跟我说你考上了研究生，我起早贪黑打工赚钱给你交学费，结果你连大学都没有上过，你居然在这里给人跳舞！你怎么对得起我？怎么对得起我肚子里我们还没有出世的孩子？啊！"

文泽的脸色一阵青一阵白，大家也都用看好戏的眼神看他。文泽手忙脚乱地甩开女人，慌道："我不是，我没有，我……我根本不认识她！你这个疯女人，你放开我！"

女人歇斯底里："周伟！你还有良心吗？！"

鸢也冷眼旁观，也理清楚了来龙去脉，没兴趣再看下去，直接起身。

文泽顿时慌了。她每次来都会买他推销的酒，一买就是六位数的，是他最大的客户。

"鸢也，鸢也你听我解释，鸢也……"他追上来，但还没碰到鸢也的手，就被鸢也的保镖拦住。

鸢也都有点儿心疼自己那些钱了……只不过，这个女人来得也太突然了，而且上来就把他的事儿抖了个干净，虽然声嘶力竭但条理清晰，不像单纯的发泄，倒像是有人指使，故意捣乱。

鸢也走出酒吧，就看到路边停着一辆熟悉的黑色轿车。

哦，原来是他。鸢也嘴角一勾，朝着轿车走去。

候在车边的司机立即打开后座的车门。路灯趁机照入，光影错落间可以看见里面坐着一个男人。男人穿着整齐的西装，因为坐着，裤脚微微上缩。不过这是上好的布料，不会留下一丝折痕。他的手随意地搭在膝盖上，袖口的宝石袖扣反射着光，低调却矜贵，一如这个男人的身份。

——尉迟。尉家的大先生，尉氏独一无二的继承人。

鸢也坐进去，微微一笑："又让你看了一场笑话。"

他转过头，目光温和，语气也是一如既往的淡然："就为了这么一个男人，你要跟我离婚？"

三个月前她就提出了离婚，尉总都没回一句话，就跟没听见似的。没想到三个月后，在她"感情破裂，遭遇背叛"的时候，他却旧事重提。只是这询问的语气，听起来怎么那么像嘲讽呢？鸢也哪是个会老实挨撑的人，故意恶心他："起码人家能让女人怀孕，你……"

尉迟脸上没什么表情，只是看着她，好像完全不为她这句挑战男性尊严的话动怒。也是，这种有悖事实的话对尉迟无用，他从来都是冷静的。

可就是这样鸢也才觉得无趣。这个男人好像永远不会有失态和失控的时候，无论是她声嘶力竭地质问他春阳路14号里住的人是谁时，还是心灰意冷地说离婚时，他的表情都是淡淡的。她撇撇嘴，懒得再说。反正他今天看够了好戏，她再逞口舌之快也没什么意思。

鸢也将头瞥向窗外，车子已经开动，路边的场景从她眼前飞掠而过。她看了一会儿，觉得不对劲："这条路不是回家的吧？"

尉迟道："爸妈很久没见我们了，打电话让我们回老宅陪他们吃顿晚饭。"

鸢也明白了,伸手抽了一张纸巾,把唇上的正红色口红擦掉,再从包里拿出另一支口红涂上。尉迟看了一眼。这支口红的颜色比较温柔,衬得她也内敛乖顺了很多,是个好儿媳的模样。

车子在尉家老宅院子里停下,用人小跑过来打开车门。鸢也下车后,自然而然地伸手挽住尉迟的臂弯。两个人对视一眼,一个人眼神温和,一个人笑容款款,夫妻恩爱地进了大门。

还没看见二老,鸢也就先喊:"爸、妈,我们回来了!"

"鸢鸢来了啊。"尉母从厨房走出来,鸢也迫不及待地先跑上前和她拥抱,尉母被她这亲昵的举动哄得心花怒放,一握她的手就立即说,"你这孩子,都立冬了也不知道多穿一件,看你的手多冷。阿迟,你怎么都不照顾着鸢鸢?"

鸢也眨眨眼,嗔道:"阿迟平时那么忙,怎么顾得上我?"

尉迟薄唇舒展,目光扫过她手指上精致的美甲,说:"等忙过这一阵子,我带你去冰岛看极光。你不是一直想去吗?"

鸢也对着他笑了笑。在尉母看来,两个人对视的目光中满是爱意,她心里也感到很欣慰。

尉父一贯严肃,但许久没看见儿子儿媳,脸上也难得露出笑:"快坐下吃饭吧,知道你们晚上要来,你妈还亲自下厨炖了汤。"

"真的吗?那我一定要多喝两碗,好久没尝妈的手艺了。"鸢也笑得眉眼弯弯,"谢谢妈。"

鸢也坐在尉母身边,贴心地给她夹菜,偶尔也给对面的尉迟夹,不过夹的都是他不爱吃的。尉迟抬头看了她一眼,鸢也眼神殷切好似关心,眸子里却藏着恶劣。他收回目光,面不改色地吃下去。

尉迟和尉父聊了几句公事,说到有个大项目要完成了。尉父满意地点点头,然后道:"刚才你们说要去看极光,我觉得这个主意不错。当初你们结婚,正赶上尉氏开拓海外市场,你们忙得都没时间度蜜月,这次就当是补上了。"

尉母也说:"蜜月里的小夫妻最容易怀上孩子,你们也要抓紧了啊。"

吧嗒一声,鸢也刚夹起来的排骨又掉回盘子里。她倏地抬起头看向尉迟,只见他的眉头也快速一皱。安静了几秒钟后,尉迟夹起排骨放进鸢也的碗里,波澜不惊地说:"妈,我和鸢鸢才结婚两年,还不想要孩子。"

鸢也什么话都没说，只是低头的时候，嘴角勾起一抹嘲弄——是不想要孩子，还是不想要她生的孩子？

尉母知道自己太着急了，但尉迟是他们尉家的独生子，鸢也又是姜家的独生女，两个家族可都盼着继承人呢。她还想再劝，尉父却给了她一个眼神。她叹了一口气："你们想过二人世界，妈理解，但也要抓紧啊。"

吃完饭，又陪着尉父尉母聊了好一会儿，直到十点半两个人才从尉家老宅出来。

尉母本想留他们在老宅过夜，但被两个人不约而同地拒绝了。尉迟说自己明早有个重要会议，文件还在尉公馆里，明天再跑一趟反而麻烦，尉母只得放行。

上了车，鸢也有些犯困，打了个哈欠，闭上了眼睛。车厢里很安静，只有暖气吹出的细微声响。就在她快要睡过去时，忽而听见男人淡淡道："今晚以后，周伟不会出现在晋城。"

鸢也彻底清醒了，瞪着眼睛看着他。

路灯的暖光镀在他的侧脸，从挺直的鼻梁到线条分明的下颌线，每一分都像是在诉说造物主对他的偏爱。

鸢也选择利用周伟的原因之一是他长得帅，但他远不及尉迟的千分之一。这个男人皮相好、出身好、气质好，骨子里有着旁人没有的东西。要不是她妈妈和尉母是十几年的闺密，而且她妈妈临终前把她托付给尉母，想来也轮不到她嫁给他。

尉迟转过头回视鸢也，平静的目光里似有千万重霜雪："下次别用这么愚蠢的方式挑衅我，我可不是每次都这么好脾气。"

鸢也被他警告，反而翘起嘴角。她还在想呢，就算尉迟不爱她，但她拿他的钱捧别的男人的场，他也不应该无动于衷，原来是在这儿等着她呢。不过他也太能忍了，都三个月过去了才说。哦，忘了，尉总一向这么能忍，这才符合他一贯的作风。就像一只蛰伏在草丛里的猛兽，等着猎物放松警惕，再悍然出手，一击必中。他不会跟她多理论，只会让她亲眼看看她选的男人是什么样，让她自行了断，还免了藕断丝连的后顾之忧。

"你大概是真的太无聊了,需要有点事情做。妈说的话,不是不能考虑。"尉迟突然说。

鸢也笑容一僵:"妈说的话?生个孩子?"

尉迟顿了一下,温声道:"如果你想要孩子,我可以给你一个孩子。"

他没有说清楚这个孩子是怎么个给法,但鸢也听得出来,维持了一晚上的情绪终于还是绷不住了。她冷笑出声:"春阳路14号里的那个孩子吗?"

尉家老宅和尉公馆离得不是很远,这会儿已经到了。鸢也深吸几口气,仍旧无法平息那把从三个月前就烧起来的火。

"尉总,虽然我们当初结婚是形势所逼,谈不上什么感情,却不代表我可以帮别人养孩子。你想把那个孩子接回来?可以,同意离婚。到时候别说是孩子,就是孩子他妈你想接回来,我也悉听尊便。"说完,她打开车门下车,径直走进主屋。刚跨过门槛,身后就传来引擎发动的声音,她不用回头也知道是尉迟走了。

为什么不能在老宅过夜呢?因为尉迟这三个月每晚都要去春阳路14号陪那对母子!

到底是从什么时候开始注意到春阳路那户人家的?应该是从无意间发现抽屉里多了一份房产证开始。

尉氏集团涉猎房地产业,尉迟名下也有不少房子。那些房子要么别具一格,要么有市无价,房子对他来说大概就是女人梳妆台上的一套宝石首饰,装饰品而已。春阳路那一套只是普通的公寓,不到八十平方米,两室一厅,近地铁站,近超市和市场,充满了居家的气息。但就是太居家了,才不应该是尉迟该有的房子。房产证上却清楚地写着他的名字。

鸢也实在好奇,那天傍晚刚巧路过春阳路附近,就顺道拐了进去。然后她就看到那辆再熟悉不过的车停在了春阳路14号,一身黑色西装、外套一件长风衣的男人从后座下来。车门还没有关上,屋里就跑出一个三四岁的小男孩,直接抱住他的大腿,声音清脆地喊:"爸爸!"

犹如当头一棒,鸢也整个人都蒙了。再一看,门口还站着一个温婉的女人,正看着他们,暖暖地微笑。男人抱起孩子朝她走去,屋檐下的灯泡照出他放松而舒适的神情,他就好像下班回家的男主人。

"哗啦"一声水响,鸢也从浴缸里走出来,擦干身体,对面巨大的浴室镜映着她白皙的身体。她侧过身拿起挂在衣架上的睡袍穿上,腹部一道浅红色的疤痕一闪而过。

等鸢也吹干沾湿的发尾,时间已经将近十二点,她一个人躺在大床上,却再没了睡意。最后也不知道几点才睡过去,总之鸢也觉得自己刚眯眼没多久,天就亮了。她也被手机吵醒了。她皱了皱眉,伸手拿起床头柜的手机,接通了电话。

"小金库刚来了几个不错的,要不要过来看看?"电话里传来男人吊儿郎当的声音。

鸢也拿开手机,眯着眼看了一下来电显示,还真是顾久。她无语道:"大早上的去小金库,哥哥你没事吧?"

顾久轻笑:"这不是更好吗?清静。来不来?"

鸢也觉得也是这个道理,一脚踢开被子,应道:"来。"

"等你。"

挂断电话,鸢也起床洗漱,然后下楼。

尉公馆是一栋小洋楼,是第一任尉家家主来到晋城发展后建的,从那之后,这里就是尉家每一任继承人的固定居所。

鸢也下了楼,管家迎上来说:"太太,已经准备好早餐了。"

"尉迟早上回来过吗?"鸢也问。

管家恭敬道:"尉迟先生应该在公司了。"

也就是他没回来过。所以说什么早上有个重要会议,落了文件在公馆,全是谎言。

鸢也没有兴致吃早餐,换了一双高跟鞋,自己开车去了小金库。小金库是晋城有名的私人会所,鸢也到时,顾久正坐在卡座里。这会儿小金库还没正式营业,只有他一桌客人。鸢也坐下,毫不客气地拿起桌上的红酒给自己倒了一杯,当白水似的一口喝完,然后问:"人呢?"

"你认真的啊?周伟都被赶出晋城了,要是让你老公知道,他一定……"

鸢也懒懒地说:"就许他老婆孩子热炕头?"

"什么老婆孩子?他老婆不就是你吗?"顾久没懂,鸢也淡淡地看着他,两个人对视了一会儿,他吐出一句,"他在外面有人?"

"嗯。"

"还生了孩子？"

"嗯。"

顾久放下跷着的二郎腿。

他和鸢也是一起长大的交情，当然是偏向她的。更何况，哪个有头有脸的家族会要非婚生子？传出去平白丢了身份。

"这里面是不是有什么误会？"

"我亲眼看到、亲耳听到那个孩子喊他爸爸，能有什么误会？"鸢也含了一口酒在嘴里，再慢慢咽下。罗曼尼红酒入口香醇，细品却是微微苦涩。

"而且我跟那个女人聊过了。"

发现那对母子存在的第二天，她又去了春阳路14号。那个女人拿着扫把在扫门口的落叶，鸢也挡在了她的前面。女人抬起头，一双眼睛动人，她有些疑惑地问："请问有什么事吗？"

鸢也仔细看了看她。她相貌秀丽，唇红齿白，又娇娇弱弱的，是那种国民初恋的长相，所以……她该不会真是尉迟的初恋吧？鸢也勾了勾嘴角，问："你叫什么名字？"

女人大概觉得莫名其妙，存了警惕的心思，只说："我姓白。"

"白小姐，我们能聊聊吗？"鸢也看她犹豫，便表明了身份，"我是尉迟的妻子。"

女人神色一僵，复而低下头，睫毛盖住眼里的情绪。她没有说什么，转身进了门，鸢也跟了进去。

房子虽然不大，但样样俱全。地上铺了厚厚的地毯，孩子坐在地上玩。看到鸢也，孩子眨巴着眼睛。他的五官虽然还没有长开，但眉眼间已经有几分尉迟的影子。

鸢也胸口一闷，别过头不再看。白小姐倒了一杯温水给她。

既然来了，鸢也就是要把事情问个清楚，便没有拐弯抹角，直接说："你知道我的身份了，应该猜到我找你有什么事吧？"

白小姐低着头没有说话，这样安安静静，显得越发温柔。

既然她不说话，那鸢也就只好一个问题一个问题地问："孩子几岁了？"

她轻声回答:"三岁。"

"三岁,那你们在一起至少有四年了吧?但这套房子是前不久才买下的,你们之前住在哪里?"鸢也又问。

白小姐抿唇道:"原来不在晋城住。"

鸢也挑眉:"所以你突然带着孩子来晋城找他,是为什么?"

白小姐飞快抬起头看了她一眼,好像有些生气于她这样说话,语气比之前强硬:"姜小姐这么问是觉得我们是来找迟打秋风的?你放心,不是我的,我一分都不会要,我们母子也只会安安分分待在这里,不会去跟你抢什么的,姜小姐今天其实不用来这一趟。"

迟……鸢也一笑,好亲密的称呼。跟她抢?对方能跟她抢什么?尉迟?还是尉家太太的身份?而且还有另一个重点:"你知道我姓姜,所以早就知道我的存在。既知道我,你怎么还愿意无名无分地留在他身边?"

白小姐依旧是低眉顺眼的样子,话却比刚才多了:"姜小姐弄错前后顺序了,是我先认识迟的。不过你以前不知道我,我便不问你为什么横刀夺爱。姜小姐看到阿庭就应该知道,他三岁了,我和迟至少四年前就在一起了,而你们的婚姻才两年,也就是说,我比你更早跟他在一起,你怎么好问我那句话?"

这话七弯八拐又文绉绉的,鸢也反应了一会儿才明白她的意思是——她比自己先认识尉迟,她不是情人,反而自己才是插足他们中间的第三者。鸢也眯起眼睛:"他喜欢你这么伶牙俐齿吗?"

白小姐像是被她这一问吓到了,一下站了起来,眼眶泛红:"姜小姐对不起,对不起!我……我知道我和阿庭的存在给你造成了很多困扰,如果不是走投无路,我们也不会来到晋城。我保证,等我们渡过这个难关,我们就会走,走得远远的,再也不会妨碍到你。"

鸢也莫名其妙:"你在说什么?"

她突然抱住那孩子,跪在了鸢也面前:"求求你不要现在就赶走我们,我们真的还不能离开,我是有苦衷的,否则我真的一辈子都不会来见迟。"

孩子还小,被妈妈这突如其来的举动吓到,放声哭了起来。

鸢也莫名其妙。她什么时候要赶走他们?她明明什么都没说。鸢也

011

弯腰想把她拉起来,手还没碰到她,就被另一只手扣住手腕,用力拽了起来。她蓦然回头,正对上一双冷峭的黑眸。

白小姐咬着嘴唇,泪眼蒙眬,声音凄凄:"迟……"

"你怎么知道这里?"尉迟看着鸢也,语气沉沉,脸上更是清楚地写着不悦。

鸢也看到他,顿时明白了白小姐说那些乱七八糟的话的意思,一个没忍住就笑了。见她还笑得出来,尉迟的脸色更不好看了。鸢也没能甩开尉迟的手,微微咬牙:"虽然你不告诉我他们的存在,但怎么说他都是你的孩子,身为你的妻子,我当然要来看看缺什么少什么,也好及时补上。"

尉迟扫了一眼地上的两人,将鸢也拉出房子,说:"以后不准来这里。"

鸢也脚步踉跄,险些崴到脚。她回头看着他们,男人皱眉,女人可怜,孩子无辜,换作不知情的人看来,都会觉得她是个来破坏别人家庭的恶毒女人。鸢也觉得好没意思,扯扯嘴角,直接离开春阳路。

再之后就是他们的争吵。她质问他这对母子的身份来历,他什么都不说。她心灰意冷地提离婚,他也什么都不回答。

听完鸢也说完来龙去脉,顾久这才恍然大悟:"我说呢,三个月前你怎么会突然找我给你介绍人,原来你们都闹到这个地步了。"

他想了想,又说:"其实这样也好,当初你们突然结婚,婚礼也没办,都没几个人知道你们的事,我猜你们也没什么感情,现在说破了,也不错。"

鸢也低声说:"谁说我对他没有感情?"

顾久没听清楚,将耳朵凑过去,问:"嗯?"

鸢也推开他,喝了一口酒,语气淡淡:"我本来以为,他会介意我做的事。"

她以为他会气急败坏,会第一时间质问她、教训她,也会体会到她知道春阳路14号那对母子存在时的心情,结果他什么反应都没有,只是接下来三个月他都没再回尉公馆过夜。直到昨晚酒吧里一出当众闹开的好戏上演。

其实就算他是忍不了,也不一定是因为在乎她,更可能是因为他尉家家主的面子和尊严。

手机响了一声，鸢也拿出来一看，竟然是尉迟发来的信息，他问她在哪里。

鸢也回了一个定位。

尉氏集团总裁办公室里，尉迟看到她发来的位置，眉心微微一皱，而后起身走出办公室。站在办公桌前候命结果惨遭忽视的助理有点蒙，不是要他去接太太吗？不用他去接了？尉总亲自去？

鸢也不知道尉迟好端端问她在哪儿做什么，就和顾久边聊边喝。她酒量还行，加上红酒度数不高，她倒也没醉。过了一会儿，手机又振动起来。鸢也看到尉迟的消息："我在门口。"

太阳打西边升起来了？尉迟居然来接她？鸢也立即拿了包包起身。

顾久喊："你去哪儿？"

"回头再跟你约。"鸢也头也没回。

一出门，果然看到对面路边停着一辆熟悉的黑色轿车，鸢也眨眨眼，特意抬起头看了一下太阳，确认一下。轿车那边传来一声催促的喇叭声，鸢也这才走了过去。发现尉迟是自己开车，她便收回开后座车门的手，打开副驾驶的车门坐进去。她问："尉总不在公司上班，怎么亲自来查我的岗？怕我又背着你找别人吗？"

尉迟看她一眼，笃定道："你不敢。"

鸢也最不喜欢被人看低，刚想顶嘴一句"谁说我不敢"，就听尉迟说："这附近是不是有一家品牌店？"

鸢也呆了一下，问："这个时候，你找我逛街？"

尉迟突然松开方向盘靠近她，淡淡的男士香水味毫无征兆地逼近，鸢也的身体顿时一僵，下意识往后躲，却被牢牢困在了方寸之间。他们不是没有亲密接触过，但那都是三个月前的事情了。突然这样拉近距离，她有点不知所措。尉迟好像看出了她的紧张，素来平静的眸子里反而浮起一丝笑意。接着，鸢也只觉胸前一紧，她被扣上了安全带。

下一秒，尉迟回了自己的座位，发动车子，朝香奈儿的门店开去，声音细听起来有点兴味："中午和 Justin 有个饭局，他带了太太一起出席，有你在场比较好。"

鸢也的耳根莫名其妙有点热，总觉得自己好像被他耍了一顿，恼羞成怒道:"见客户啊,早说啊,我这身衣服也挺好的,用得着换吗?"

尉迟把方向盘打了个转,车子四平八稳地停进车位里。他说:"一身酒气。下车。"

他们俩一进门,导购就眼睛一亮,连忙迎上来:"尉先生,上午好。"

尉迟微微颔首:"嗯。"

导购跟在他们身后,问:"请问有什么可以帮您的吗?"

尉迟在沙发上坐下,抬手示意她问鸢也的意思,然后随手拿起一本杂志翻看。

鸢也没去逛店里的款式,直接问:"二月初的纽约时装周上,星空主题的那些成衣到了吗?"

导购一听就知道她也是经常留意这方面的人,说:"刚刚到,小姐想试哪款?"

"双子星那件。"鸢也很喜欢星空,早就留意了那套裙子。

她先前问过经常光顾的门店的店长,对方说还没到,今天既然来了那就顺便拿走吧。

导购便回答:"好的,请您先进更衣室稍等,我马上去拿。"

鸢也有些奇怪,自己是第一次来这家店,导购应该没她的尺码吧?怎么问都不问一声就去拿衣服?不过她也没多想,进入更衣室。没一会儿,导购便从门缝里将衣服递给她,鸢也一边换一边随口闲聊:"现在的导购眼睛都这么毒吗?我都没说我穿什么尺寸,你看一下就知道了?"

导购微微一笑:"尉先生之前来拿衣服的时候报过尺寸,我们都记住了。"

鸢也的动作一顿。尉迟没买过衣服给她。她将裙子套上,这个尺码果然不是她的,胸围太紧了。

尉迟拿的衣服应该是给白小姐的吧?难怪他知道这里有一家店,她经常来小金库都没注意到还有奢侈品店在这边。难怪尉迟一进门导购就直呼"尉先生",看来尉总经常光顾这里。

也不知道是更衣室不通风,还是衣服绷太紧,鸢也感觉有些喘不过气。她抿了抿唇,将衣服脱下来,从门缝递出去,淡淡道:"换大一码。"

导购僵了一下。能在这种地方上班的都是聪明人,一想就知道尉先生之前拿的衣服不是给这位小姐的。她自作聪明想讨好人家,反而踩了雷点。她紧张道:"好……好的。"

不过换好衣服出来的鸢也没有对她做什么,而是径直走向尉迟,张开手问他:"怎么样?"

尉迟抬起头。不知怎么的,他就想起朋友说过一句玩笑话——是衣服衬脸吗?是脸衬衣服!长得好裹个麻袋都是天仙!

鸢也就属于长得好的。可能是因为她妈妈是岭南人士,她的五官有一种特别的东方美。特别是她那双眼睛,细长上挑,比桃花眼少几分妩媚,比丹凤眼多几分风情,天生带着笑意。加上她皮肤白,烫了一头栗色的长鬈发,随便一个将长发拨到耳后的动作便充满了风情。

尉迟合上杂志,温声道:"你的眼光一向很好。"

鸢也微微笑了,忽然绕过桌子走近他。尉迟看着她靠近,不躲不闪,黑眸无波无澜。她一只手支在他身后的沙发背上,一条腿跪在沙发上,低下头在他耳边轻声问:"你闻闻,现在还有酒味吗?"

她的头发落了几缕在他的脖子上,随着她的动作轻轻拂动,像有人拿了一根羽毛恶劣地撩拨他,还专往他的敏感点撩。尉迟的喉结微微滚动。他的眼睛依旧乌黑浓郁,不过更像暴风雨前的海面,藏着不为人知的汹涌,有一丝丝危险。

一小会儿后,尉迟才说:"没有。"

他的手微微一动,看起来好像是要去碰一下鸢也。但在他做出动作前,鸢也已经直起身,顺带后退一步,利落得连发梢的香味都一起带走了。鸢也走到门口,一脸自然地回头:"没有就好。嗯?还不走吗,不是要和客户吃饭?"

尉迟微微眯起眼睛,她是在报复自己在车上帮她扣安全带的事?这个女人还真是,睚眦必报,一点都不服输。

招待客户的饭局就定在尉氏集团楼下的餐厅里。

Justin是一个四十几岁的外国人,但他的妻子是中国人。席上鸢也和她聊得非常愉快,丝毫没有代沟,甚至还交换了联系方式,约好了她下次再来中国要一起喝下午茶。

尉迟的目光从鸢也身上掠过,脸上带着微笑听Justin说话,右手轻轻转动着左手无名指上的婚戒,心想:这个女人明明一点都不温良贤淑，可不知怎么的就是很讨长辈喜欢。他的父母很喜欢她，连第一次见面的Justin夫人也很喜欢她。

手上的动作忽然一顿，他眉心一蹙。不，不是所有长辈都喜欢她，她的亲生父亲就很不喜欢她。

尉迟的思绪被拉回到两年前的一个晚上。那天下了一场雨，她就站在尉公馆门口，雨伞也不打，站了两个小时。他让管家把她带进来的时候，她整个人像从水里捞出来的似的，不住地往下淌着水。她脸色苍白，可怜巴巴地望着他。那是他见过的最温顺的她，像一只被遗弃的小狗，求着路过的好心人带走它，给它一个避雨的屋檐。他把干毛巾盖在她身上时，还感觉到她在颤抖。

饭局结束，鸢也和尉迟一起送走Justin夫妇，然后回到总裁办公室。她一边关门，一边意犹未尽地说："Justin夫人居然还是马术运动员，她说下次来中国要教我骑马，我……"

她刚转身，就被尉迟抓住双手摁在了门上，她的声音也戛然而止。

尉迟低下头靠近她的唇，没有完全贴上去，若即若离，但彼此的呼吸交缠在了一起。他低声道："没感觉裙子穿着有哪里不舒服吗？"

鸢也身子微微紧绷，问："什么？"

"标签没有剪掉。"尉迟另一只手搂住她的腰，微微收紧臂弯，鸢也立即就感觉到皮肤被纸片硌到。

她顿了顿，然后说："还好标签在里面，要不就丢脸了。"

"我帮你剪掉。"不等鸢也回答，他就拉开她背后的拉链，微凉的手探了进去。

鸢也躲了一下，还没来得及说什么，就被他咬住了唇。

办公室的窗帘被拉上，休息室的门也关上了。

鸢也其实不想跟他这样的，他们之间还有很多事情没说清楚，特别是关于那对母子，她甚至提了离婚，今天你来我往的撩拨不过是不想落下风的挑衅。但尉迟这个男人，从来都是不接受拒绝的。

许久之后，尉迟将被子盖在鸢也身上，然后进了淋浴间冲洗。

鸢也本来要睡过去了，忽然听到一阵手机铃声。她皱了皱眉，拿起床头柜上的手机，一看来电显示，睡意去了大半。

手机不是她的，是尉迟的。来电的人叫白清卿。

是春阳路14号的那位白小姐吗?她盯着屏幕看了好一会儿,然后挂断电话。

尉迟从淋浴间走出来,只围了一条浴巾在腰间,周身热气未散,衬得眉眼越发俊美。看到鸢也趴在被子上看手机,他道:"我以为你很累。"

鸢也放下手机,嘴角微勾:"哪有尉总累,白天忙着开疆拓土,晚上也忙着'开疆拓土'。"

尉迟反应了一会儿才明白她的意思,眉头一皱,说:"少跟顾久混在一起,别学他那些乱七八糟的腔调。"

"我们从小一起长大,你现在才怕他带坏我,太晚了。"鸢也伸手拿起水壶,倒了杯温水喝,压一压不适感。

尉迟走近,说:"你以为我不知道,周伟是他帮你找来的。敢在我的头上动土,他的胆子倒是不小。"

眉毛一动,鸢也立即说:"这是我们之间的事情,你别拉无关的人下水。"

尉迟伸出修长的手指将她的下巴抬起来,指腹揩过她嘴边的水渍,一双黑眸深邃:"你很在乎他?"

鸢也对上他的眼睛,直觉有点危险,立即避开,掀被子下床:"没别的事,我先回家了。"

脚还没着地,尉迟就又低头吻住她的唇,同时将她往床上压,鸢也双手推他:"喂!你——"

他的手滑到她的腹部,鸢也敏感地一缩。他碰到她那道四五厘米长的疤,在她耳边问:"怎么来的?"

"你以前不是问过吗?阑尾手术。"鸢也皱眉。

尉迟扳过她的脸和她接吻。不过这次他没能折腾她太久,因为床头柜上的手机又响了起来。尉迟百忙中瞥了一眼,本是不想理的,但看到那个闪烁的名字,脸色微微一变,立即下床接了电话。那边不知说了什么,他一边穿衣一边低声安抚:"别担心,我马上到,阿庭一定会没事的。"

属于另一个人的余温散去后,鸢也第一次感受到立冬的寒冷。她眼睛一眨不眨地看着这个从她身边毫不留恋地离开,要赶赴到另一个女人身边的男人。他还是她最喜欢的模样,但不知为什么,他的面容在她眼前越来越模糊。

尉迟挂断电话，往前翻来电记录，看到十几分钟前白清卿就打过电话，可是电话被挂断了。当时他还在洗澡，能碰他手机的，只有鸢也。他抬头，不复迷情的眼睛冷得似结冰："你挂我的电话？"

鸢也笑道："我以为我有资格。"

尉迟盯着她看了片刻，拿起外套，快步出门。握住门把手时，他停下脚步，一道沉冷的声音传来："清卿不会在我工作时间打电话给我，除非是阿庭出事……阿庭有先天性白血病。"

门"吧嗒"一声关上，鸢也独自拥着被子坐在床上，好一会儿，她才眨了眨眼睛。有什么东西滴落在她手背上，她低头一看，是一滴泪水。

难怪呢，就说怎么刚才看他越来越朦胧呢。太丢脸了，居然被他看到哭的样子。鸢也抬起手捂住脸，轻声叹气："有什么意思呢……"

鸢也收拾了一下，便离开了尉氏集团。下台阶时，她被日头一晃，那种恶心的感觉非但没有减轻，就连腹部也有些不太舒服。她本想去医院看看的，结果一通电话打乱了她的计划。

"姜副部，嘉兴的货款到现在还没有打过来。"秘书的声音有些焦急。

鸢也停下脚步，问："怎么回事？"

"原本说好下午三点前会把货款打到我们公司账户上的，现在天都要黑了，我刚回拨过去，那边也一直是忙音。"

鸢也看了看时间，已经是傍晚六点。她挂了秘书的电话，打给嘉兴的老总，电话响了没两声就被挂断，再打就是关机状态，打给嘉兴的其他人也都是如此。她皱了皱眉，回拨给秘书，直接说："订最近的航班，我亲自去一趟宁城。"

鸢也不是衣来伸手饭来张口的豪门闲太太，在嫁给尉迟之前，她就是高桥集团大中华区的商务部副部长。

嘉兴是他们公司多年的合作伙伴，但今年以来，嘉兴屡次拖欠货款，这次竟然还玩起了消失。和嘉兴的合作一直是由鸢也负责，现在出了这种事，无论如何都得她去解决。正好，她现在也不想留在晋城和尉迟相处，借机避开也不错。所以当晚，鸢也就飞往了宁城。

"麻烦帮我传达一声，高桥的姜鸢也想见一下程总，不会耽误太多时间的。"鸢也对着前台小姐微微一笑。

前台小姐轻车熟路地回答:"不好意思姜小姐,我们程总最近的预约都满了,真的抽不出时间见您。"

又是这样。鸢也将手臂搁在台上,眨巴着眼睛,可怜巴巴:"我来三次你拒绝我三次,漂亮姐姐,你忍心看我大冷天的跑来跑去?"

前台小姐苦笑着说:"真的对不起,程总太忙了。"

跟在鸢也身后的秘书实在忍不住开口:"程总没时间也没关系,财务部有时间就好,让财务部快点把钱……嗯!"

鸢也一把捂住她的嘴,对着前台小姐笑笑,把人拖出门。

秘书快气死了:"姜副部,你为什么不让我说?什么预约满了,明明就是不想见我们!这年头,欠钱还成大爷了?"

鸢也买了两杯咖啡,递给她一杯:"你也知道人家现在是大爷,还不好好供着,惹急了人家真不还钱了。"

"那就起诉他!拖欠货款本来就是不讲信用的行为,这件事传出去,看他们嘉兴还想不想在业界混!"

鸢也莞尔道:"那也得等我们把钱要回来再说呀。"

"可是我们连续三天上门,他总是不见我们,我们还能怎么办?"秘书撇嘴,"而且我听说嘉兴最近资金周转困难,我们就算见到程总,也不一定能拿到货款。"

鸢也心好累,弹了一下她的额头,说:"越说越绝望。"

"我这不是替姜副部你着急嘛,你现在和韩副部竞争正部长之位,要是我们这次拿不回货款,可就输她一截了。"

这倒也是。鸢也慢慢喝着咖啡,琢磨了一会儿,然后打发秘书:"你先回酒店吧。"

"那你呢?"

鸢也头也不回地摆摆手:"我去追求我的正部长之位。"

鸢也租了一辆车,在嘉兴大厦门前守株待兔。当晚十点多,她终于看到程总匆匆走出来,直接上了一辆轿车,车子没有任何停留就开走了。她嘴角轻勾,跟了上去,寻了一个车少无人的路段,突然加速超到他的车前,然后快速打转方向盘,横在了他的车前。

司机吓了一跳,急忙踩下刹车。后座的程总差点撞上前座椅靠背,怒道:"怎么回事?"

司机惊魂未定："程总，有辆车突然超到我们前面，挡住了我们的去路！"

程总皱眉道："什么人？"

司机看到那辆车上下来一个人，两手空空，好像没什么威胁性，说："是个女人。"

"女人？"程总按下车窗一看，还是熟人。

鸢也微笑着道："程总，能下车聊聊吗？"

程总当然知道她这些天都来公司想见他，也知道她的来意，所以一直避而不见，但没想到她竟然敢在半路上逼停他的车。程总脸色不太好看，一言不发地将车窗升上去。

一只素白的手按住车窗，鸢也脸上的笑意不改："我知道嘉兴有个不小的麻烦，给我三分钟，我替你解决这个麻烦。如果你满意，我们再聊别的事情。"

程总心中嗤笑，只觉得她不是搞不清状况就是太自以为是。三分钟就想解决困扰了他大半年的事情，荒谬！

但她神情淡然，仿佛胜券在握。程总顿了顿，到底解锁了车门——左右都被她挡住了路，给她三分钟又如何？

两个人走到路边，鸢也就直入主题："A和B、C合伙买下了一块非常有价值的地皮，A持有该地皮40%的股份，B和C各持有30%。这块地皮原本是A说了算，但是有一天，B和C突然将自己的股份卖给了D。于是D持有60%股份，A再也没办法做主地皮。和谈无效后，A一纸状书将B、C、D都告上了法庭。一审判了A胜诉，B、C、D的合同无效，但是D不服，已经提起上诉。"

程总眉心一抽。他们嘉兴就是这段话里的A。

鸢也继续说："虽然无论是二审还是终审，A的赢面都非常大，A却并非无所畏惧。因为案子迟迟没有了结，地皮就没办法启动工程，也就没办法招商。A无法回款，公司的资金周转就会非常困难，连和别家的合作都没办法继续。长久下去，整个公司都要被拖死。"

说了这么多，还都是废话！程总冷冷道："已经两分钟了。"

鸢也不疾不徐道："B和C突然把股份全部卖给D，无非是因为缺钱，D开给他们的价格够高，他们才不得不忍痛割爱。但如果这个时候有一个背景强大的E开出一个足够令B和C心动的价格,买下他们手里各10%的股份,形成A、B、C、E的局面,D自然不告而败。而且有E在,D也不敢再生事,这件事就能快速收尾。大家相安无事,合作愉快,岂非很好?"

程总霍然看向她,鸢也曼声道:"高桥很乐意做这个E,也支持以股抵债。"

第二天,鸢也带着秘书去嘉兴洽谈合作细节。路上秘书听了她昨天的操作,目瞪口呆道:"姜副部,你也太大胆了吧?怎么能代表公司做这种决定呢?万一公司完全不想掺和进去,你擅自做主,可是要负很大的责任的!"

鸢也一只手握着方向盘,一只手拿出手机点开微信聊天记录,然后递给她看。上面只有一段对话——

"外滩8号地皮有兴趣吗?我可以替公司拿下至少20%的股份,如果你支持以股抵债,我能拿更多。"

"可以。"

秘书愣住,再一看备注名,只有一个星星的表情符号。

她跟在鸢也身边多年,对这颗星星略有耳闻。虽然不知道对方的真实身份,但她知道他很厉害,在高桥内部很说得上话,帮了姜副部不少忙。没想到连这么大的事情,对方都能轻描淡写地用一句"可以"做决定。

"姜副部,他到底是谁啊?"

鸢也将车子停到车位上,避而不谈,只眨了眨眼睛:"没有请示过上面的意见,我怎么敢自作主张呢?下车,拿钱去。"

两个人春风得意地进了嘉兴,这次前台小姐得了吩咐,满面笑容地送她们进电梯。

电梯门关闭,鸢也看向一旁的广告招牌,没发现对面的电梯门打开,程总亲自送了几个人下楼。几个人里当先的男人看到了鸢也的侧脸,眼里起一点波澜。他身旁的秘书倒是一愣,说:"尉总,是……"

尉迟抬了抬手,示意她住嘴,然后对程总颔首道:"留步。"

"没事没事。"程总笑容可掬,亲自将他们一行人送上车。

后座上,尉迟闭着眼睛,淡淡道:"查一下她去嘉兴做什么。"

秘书领命:"是。"

鸢也和程总洽谈了一个上午的合作细节，中午还一起用了餐，聊得差不多了，程总亲自将她们送到电梯口。鸢也笑着说："如果没有别的问题，我马上联系公司的法务，让他们亲自带着合同过来。"

程总爽快道："可以。"

"那就预祝我们合作愉快。"鸢也伸出了手。

"合作愉快。"程总笑着说，"这次真的多谢姜副部，想出这么两全其美的办法，要不然我都不知道该怎么办了。我为之前的慢待向你道歉。"

鸢也道："以后我们就是'亲上加亲'了，不用这么见外。"

又客气了两句，鸢也便和秘书进了电梯。秘书小声嘀咕："看他笑得见牙不见眼的样儿。"

"那是当然，现在他既还上了货款，又解决了一个心腹大患，能不开心吗？"鸢也顺利解决来宁城的主要任务，还有意外收获，心情也不错。

秘书却记仇了："要我说，姜副部你就不应该给他出么好的主意，先前他连门都不让我们进。"

秘书经验尚浅，说话太意气用事。鸢也看了她一眼，伸手捋了一把自己的马尾，说："帮他也是帮我们自己。"

要不然她们到现在还拿不到货款呢。

秘书冷哼一声："我觉得还是他便宜占得多，肯定在偷着乐。等法务部到了，他肯定马上就会签约。"

然而事实却出乎她们的预料。法务当天晚上到了宁城，翌日就和嘉兴取得联系。本以为是简简单单的签约，不想嘉兴的法务却开始吹毛求疵，将合同来来回回修改，拖了整整两天。第三天，法务对鸢也说："他们好像有点拖延时间的意思。"

鸢也蹙眉道："怎么说？"

"我早上八点发给他们的合同，他们到下午四点才回复说有问题，我马上修改了发过去，他们又是到第二天才回复。但其实他们说的问题都不是什么大问题，根本不会影响合同的进行。"

鸢也咬着手指甲想了想，直接道："你带上电脑，我们一起去嘉兴，有什么问题我们当场改，今天内一定要完成签约。"

"好。"

他们到嘉兴后表明来意，程总嘴上说好，叫来法务，双方一起到会议室定下这份合同。可他们等了半个小时，程总的秘书才来说，负责这份合同的法务请了病假，没来。程总摊手道："那就很不巧了，我们公司有规定，合同一开始是谁在跟进，后面就要谁全程负责，旁人不能假手，免得出了问题互相推卸责任。"

"那位法务什么时候能来上班？"

"不知道呢，但两三天内肯定是不行的。"

就是傻子也看得出来，这根本就是在耍他们玩！鸢也心里有了火气，不过面上还是保持职业性微笑："程总，我以为我们的合作诚意很足，但贵方的行事风格是不是不太好？"

程总脸色一变，猛地站起来："你什么意思？怎么，你以为你给我出了个主意就能蹬鼻子上脸啊？我告诉你，嘉兴还落魄没到看你一个小小的商务部副部长脸色的地步！"

鸢也一愣，万万没想到他会发这么大的火："程总，我没有那个意思……"

"那你是什么意思？既然你不乐意合作，那之前说的就都作罢！"程总喊道，"财务，马上把该结算的货款打到他们公司账户上，一毛钱都别少！"

鸢也沉了脸色，道："程总，你的意思是，地皮的合作作罢？"

"对，就是因为你！我不想跟让我不舒服的人合作，货款结清，我们两不相欠！秘书，送客！"程总说完就大步出了会议室。

鸢也想追上去，可是被程总的秘书拦住，只能喊："程总，等一下，你听我解释。"

程总直接回了办公室，鸢也一行人也被请出了嘉兴。法务以落下了电脑为由得以再进去一趟，虽然见到了程总，却也是无功而返："我说换个人和他接洽，他还是拒绝，是铁了心不想和我们签。"

鸢也眉头紧皱，问秘书："货款真的到账了？"

秘书刚刚已经确认过了："到了。"

那么问题来了，鸢也说："他哪来的钱呢？"

鸢也有些烦躁，原本拿到货款这件事就算完，但公司已经知道还有一份地皮合同，现在合同没拿到，等于她此行还是以失败告终。更别提程总还当着他们团队的面说,是因为她才不想签约的。这件事若是传回公司,别说是竞争正部长之位,她没准还要被罚。赔了夫人又折兵,鸢也怎么能甘心?

思索一番后,鸢也将脖子上的项链摘下来,又进了嘉兴。

前台小姐以为她又是想求见程总,正要说话,鸢也握住她的手,将项链塞到她手里,笑道:"漂亮姐姐,我和程总之间有点误会,你能不能告诉我,除了在公司,我还能在哪里见到他?"

她压低声音道:"在公司以外的地方见到程总,那就不关你的事了呀。"

前台小姐低头瞥了一眼手心。这项链是新款,她心动了很久,但一条项链等于她两三个月的工资,她买不起。犹豫了好一会儿,到底是抵挡不住诱惑,前台小姐写了个地址给她:"程总每周三晚都会去这个酒店,你别告诉别人,我有个朋友就在酒店工作,是她偷偷告诉我的,让人知道我可就惨了。"

"哦。"鸢也笑了。今天不就是周三?

……

尉迟打来电话时,鸢也刚好看到程总的身影出现在酒店门口,她急着追上去,就直接挂断电话。

"对不起,您拨打的用户暂时无法接通,请稍后再拨。"尉迟看着暗下去的屏幕,双眉微蹙。

秘书恭敬道:"尉总,时间差不多了,我们该出发去机场了。"

尉迟起身,将手机收回口袋,长腿一迈,往外走去。

……

"奇怪,人呢?"鸢也纳闷,她明明是追着程总进的酒店,怎么一眨眼人就不见了?已经上楼了吗?

鸢也走到电梯,看到四架电梯只有一架在往上走,最后停在了22楼,想来这就是程总去的楼层,她便按了另一架电梯的上行键。电梯从负一层升上来,叮咚一声,门缓缓从两边打开。

鸢也脚步一顿,因为电梯里已经有四个身材强壮的男人。她的目光从他们身上扫过,出于一种莫名的不安,她微微一笑,抬手示意他们关门,自己不进去。

其中一个男人伸手好像是要去关电梯门,然而下一刻却突然朝鸢也抓去。鸢也大惊,当即要喊救命,另一个男人就一把捂住鸢也的嘴,合伙将她拖进电梯!

第二章
我会护着你

鸢也怎么都没想到,在大都市赫赫有名的全球连锁酒店里,她竟然会遭遇绑架!

她拼了命要逃,然而电梯门关闭后,这就是个狭窄密封的空间,她很快被他们制服,双手被麻绳捆在身后,嘴巴上也被贴了透明胶布,根本无法呼救。

他们返回负一层的车库,大概是怕监控室的工作人员看到电梯里的监控画面会来救鸢也,他们一出电梯就快速将鸢也塞进一辆面包车里。随后,车子飞驰而去。

第一次遭遇这种事,鸢也心如擂鼓,无计可施。

车子开了好长一段路才停下来,一个壮汉将她拽下车。她发现这里是个废弃的工厂,周围甚至一点灯火都没有。

她被粗暴地丢在地上,摔得眼冒金星,然后就被人揪着头发仰起头。黄毛嚼着口香糖,笑道:"小娘儿们长得还挺好看。你说你,不好好当个花瓶,为什么要做断人财路的事情?"

红毛看着鸢也,眼睛都直了:"大哥,跟她废什么话?那边说了,要给她一个终生难忘的教训,让她以后再也不敢随便给人出主意!"

黄毛说:"急什么?这个废弃工厂偏僻得很,又是大晚上的,根本没有人会来,我们可以慢慢享用她。"

很明显,他们是受人指使,要来侮辱她!鸢也心里害怕极了,同时脑子飞快地转动。她第一次来宁城，能得罪什么人？他们刚才说什么？断人财路？随便给人出主意？她什么时候断人财路？什么时候给人出主意了？

等等。难道是嘉兴和外滩那块地皮的事？是D吗？是从B、C手里买了股份又被法院判了合同无效，准备申请二审的D吗？

鸢也一头撞开黄毛，爬起来就要跑。然而她没跑两步，就被另一个壮汉一巴掌打得摔回地上。黄毛吐掉口香糖，说："去把摄像机架起来，对着她的脸拍。有视频在手，过后这个小娘儿们才不敢报警。"

红毛附和道："没错，还是大哥你想得周到，而且以后我们还可以拿视频要挟她！"

工厂里回荡着他们张狂的笑声，鸢也心里的绝望越来越浓。

红毛拍了拍她的脸："要怪就怪你自作聪明，那块地本来已经是王总的囊中之物，再拖一段时间，没准嘉兴也会是王总的了。你倒好，搅黄了王总的算盘。"

果然是D！

"你说你这是何必呢？赚了钱是公司的，又不是你的，那么拼命干什么？哥哥我今天就给你上一堂课，以后别多管闲事。"

鸢也用力摇头，想说的话都被胶带堵住：你们要是敢碰我，无论你们拍了什么，我都会报警！我不会放过你们！尉家也绝对不会放过你们！

想起尉迟，她眼眶一红，他现在没准在陪白清卿和他儿子，哪会知道她经历了什么？就算知道，他又会在乎吗？

"现在求饶，已经晚喽。"黄毛大笑。

但笑着笑着，他就笑不下去了。鸢也红着眼眶，死死地看着他，没有落泪，反而有些凶狠，就像是被逼到绝境后要反扑的凶狠母狼。莫名地，他竟然有点胆怯。意识到这一点后，黄毛更加愤怒，一个巴掌就呼了过去："看什么看！再看把你的眼睛挖出来！"

这一巴掌打得鸢也耳鸣不止，嘴里尝到血腥味，她甚至听不清他们在说什么。

黄毛咒骂道："找块布把她的眼睛蒙起来，小贱人的眼神还怪吓人。"

鸢也的眼睛上被绑上了一条黑布，整个世界都陷入了黑暗。有人扑到了鸢也身上，撕她的衣服。鸢也的双腿胡乱蹬着，把身上的人踹开，不肯让他得逞。那个人暴躁不已，接连赏了鸢也两巴掌。鸢也被打蒙了，身体却还在无意识地扭动抗拒。

忽然她好像听到谁说："大哥，好像有人来了！"

"这鬼地方能有什么人来？你们出去看看。"

过了一会儿，压在她身上的人也起来了。

她看不见也听不清，是有人来救她了吗？真的有人来救她了吗？

她努力爬起来，跟跟跄跄，不知道绊到了什么东西，整个人向前扑去。她本以为又要摔个眼冒金星，未曾想会被人接住，那个人直接将她横抱起来。是他救了自己吗？他是谁？

奇怪的是，这个人竟没有要解开她眼睛上的黑布的意思，直接抱着她走起来。接着他们便上了车，车厢里安安静静的，没有人说话。

车子不知道开了多久才停下来，她被他抱下车。她的鼻尖撞上他的胸口，闻到了一丝熟悉的味道，好像是……他。

但是怎么可能呢？他又不在宁城，怎么可能是他？

这个人到底想干什么？为什么还不放开她？难道他不是来救她的？她是刚出狼口又入虎穴？

鸢也被丢到床上，在床垫上弹了一下就又被压了回去。她心里的不安陡然升高，发出"嗯嗯"的声音。

他摸了一下她的脸，好像是在看她脸上的巴掌印，下一秒手就转到她的衣服上，直接将她的衣服给扒了。

鸢也伸脚踢过去，不料非但没有踢中他，还被他抓住了脚踝。她此刻的恐惧竟比被那四个人抓住时还要深。

然而她不知道自己此刻的模样——皮肤白嫩，双眼却蒙着黑布，两种颜色形成极致的对比。因为害怕，她的身体微微颤抖，却被控制得动弹不得。

在电梯里被抓的时候，鸢也就想到了现在这种下场。可真到要面对时，她心里还是弥漫着绝望，简直恨不得和对方同归于尽！

手上的麻绳被解开，鸢也立即想要推开他，双手却被他抓住按在头顶。他在她的脸上亲吻着，咬住胶纸的一角，慢慢揭开。

她脱口而出一句"王八蛋"，身上的人终于出声："这次是给你的教训，下次还敢不敢胡作非为？嗯？拦车？闯酒店？胆子这么大？"

微哑的声音，上翘的尾音，有些熟悉，鸢也于恐惧愤怒中抓住了一根救命稻草："尉迟？"

尉迟吻着她的眼睛："不然呢？"

黑布脱落，鸢也泪眼蒙眬。借着皎月的光，她看清了男人的容貌，果然是尉迟。刚才闻到他的味道，她还以为是自己的错觉。

她明明那么害怕，他却故意吓唬她。满腔的害怕散去后，心里涌上一种不可名状的委屈，以及更上一层楼的愤怒。

看到他身上的衣服还穿得好好的，和她的狼狈形成鲜明对比，她喉咙里像哽了什么东西，吐不出又咽不下。她想都没想，抬起手就往他脸上挥去。

打完后鸢也才反应过来自己做了什么，愣了一下，马上收回手。她绝对是这个世上胆子最大的人，居然敢打尉迟的脸，这跟在老虎面前跳迪斯科有什么区别？

房间里太暗，她看不见他眼中的神色。突然，他捏住她的下巴，有些凶地吻上去。

时间从十点半走到十二点半，尉迟从床上下来，拉起被子盖住熟睡的鸢也，披上浴袍出了卧室。

他住的是套房，附有一个小客厅。他走到酒柜前开了一瓶红酒，猩红色的酒液注入高脚杯，他有一口没一口地喝着。

秘书黎雪脚步轻轻地走到他身边，道："尉总。"

尉迟淡淡地问："人解决了吗？"

他问的是那四个不知死活的混混。黎雪道："已经交给警察了，剩下的，律师都会负责。"

这酒不合口味，他只喝了一半就搁在桌子上。他走到落地窗前，凝望宁城的夜晚。

"尉总，他们供述，是裕达的王总让他们绑走太太的。"黎雪说。

"知道了。"

黎雪虽然从尉迟接管尉氏集团起就跟在他身边，但有时候也捉摸不透他的主意，尤其是涉及房间里的那位。她抿了抿唇，问："需要给他一点惩罚吗？"

尉迟嘴角一勾:"他找来的人都进警局了,他也不必留在国内了。"

黎雪松了一口气,笑道:"早就听说裕达董事局有很多股东看不惯他的行事作风,我去打声招呼,他们一定知道该怎么做。"

尉迟的黑眸倒映着楼下的万家灯火,却无半点温度。他淡淡道:"再拟一份合同,把丰源和信巢手里剩下的股份买下来。"

黎雪心下惊讶。丰源和信巢就是鸢也那个地皮故事里的B和C,原本经过调度,四方都已经达到一个完美的平衡。现在尉总主动打破平衡,是为了教训程总吗?因为他间接导致太太遭遇意外?

她不敢多话,领命照做:"是。"

鸢也醒来时,感觉脸颊有些刺痛,忍不住闷哼一声。

"醒了?"男人的声音带有磁性,十分悦耳。

她睁开眼睛,看到尉迟生来冷清但格外俊逸的面容,昨晚的记忆悉数回笼,七上八下的心突然落了地。

好吧,就冲他救了自己这一点,她可以不跟他计较他抽身离开那件事。

鸢也想起来,尉迟按住她的肩膀:"别动,药还没擦完。"

他拿着一支药膏,轻轻地往她脸上的那个巴掌印上药,鸢也就没动了。发现他白皙的侧脸上有一个浅浅的巴掌印,她轻轻咳了一声,心虚地问:"你怎么会在宁城?"

尉迟温声道:"猜猜看。"

鸢也看了他一会儿,忽然间明白了什么,一下子坐起来,问:"嘉兴那块地皮,该不会是跟你签了吧?"

他偏过头在她的嘴角亲了一下,说:"猜对的奖励。"

鸢也被气笑:"我就说程总怎么会一直拖着我不签合同,原来是跟你暗度陈仓!"

鸢也越想越不平,一把揪住尉迟的领子,兴师问罪:"你抢我的东西!"

"尉氏和嘉兴从半个月前就在商谈这件事。"尉迟扬眉。凡事是要讲究先来后到的,他们高桥才是介入者。

"那程总为什么还要跟我谈合作细节呢?"鸢也问完,自己就反应过来了,睁大眼睛,"程总吊着我,是为了给你打掩护?"

程总知道裕达的王总是土匪做派,如果让他知道嘉兴要和尉氏联合起来将他踢出局,保不准会搞小动作。他怕被王总搅黄了合作,所以和尉氏的接触一直都是秘密进行,直到她出现。

鸢也气得磨牙,可她又不是王总,不能把程总套上麻袋打一顿,她只能把火发在面前这个男人身上。她猛地将尉迟拽过来按在床上,翻身跨坐在他精瘦的腰上,说:"我这顿苦是替你受的!你得赔我!"

尉迟躺平没挣扎,轻声说:"我不是救了你吗?"

"有因才有果,我是被你害了才会被人绑架!"

他笑了:"好吧,那你要怎么赔?"

鸢也俯身,却在与他的唇距离两三厘米的地方停下。她说:"离婚吧。"

尉迟的眸子极黑,像品相上乘的黑珍珠,清晰地映出她的容貌。两个人对视少顷,他忽然搂住她的腰一个翻身,重新将她压回床上,鸢也发出惊叫:"喂!"

他倒是没做什么,放倒她后就自己起身,将领子整理整齐,道:"别胡说了。我让黎雪定好了餐,一起下楼去吃吧。"

鸢也看着天花板上的吊灯,懒懒道:"不去,脸这样,下去丢人吗?"

尉迟很好说话:"那我让他们送上来。"

他走到门口,忽然又停下来,开口:"鸢也。"

"嗯?"鸢也看过去。

他站在门口,望着她的方向,神情和语气都很平和:"追车,你考虑过后果吗?"

鸢也一愣,这……这笔账昨晚不是算过了吗?

"没有看到你怎么办?刹不住车怎么办?突然冲出来第三辆车怎么办?"他这甚至算不上质问,只是在询问。但鸢也瞬间绷紧了背脊,连呼吸都顿了一瞬。

有些人就是这样,哪怕没有生气,一个眼神看过来,就让人心生惶恐。尉迟常年居于高位,身上自有一股不怒自威的威慑力,鸢也有时候也挺怕他的。

鸢也起身,抿起嘴唇,说:"我心里有数。"

尉迟便问:"什么数?"

鸢也确实有底,但她不是二愣子,知道不能在这种时候跟尉迟争辩这个,缩了缩脖子,摆出一副诚恳认错的态度。

尉迟看了她一会儿,淡声说:"再有下次,我就没收你的驾照。"

"知道了。"

尉迟这才离开房间。

鸢也身子后仰,重新倒回床上,躺了一会儿,胸口的气怎么都不舒畅。她想了想,抓起手机,点开微信里那个星星表情的对话框,发了个消息:"你在宁城有没有熟人?借我办点事。"

过了两分钟,对方回了她一个手机号码。

鸢也嘴角一勾,发了个弯腰鞠躬的小人表情,然后就打了那个号码。

尉迟拎着装有干净衣服的纸袋进门时,她刚刚挂断电话。他随口问:"打给谁?"

"帮我干'坏事'的人。"鸢也一扫刚才的阴霾,神清气爽地起身,从他手里接过纸袋,进浴室去洗漱。

尉迟的品位无可挑剔,无论是衣服还是食物,都精准踩中鸢也的喜好。所以当她穿着他买来的雾霾灰色长裙,坐在餐桌边吃他让酒店送上来的川菜时,她十分满意,就大方地分了他一个豆花鸡的鸡中翅。

尉迟看着鸡翅上红色的辣椒粒,顿了一下,才面不改色地吃下去,然后拿起柠檬水喝了小半杯,问:"什么时候回晋城?"

"下午,这里已经没什么事了。你呢?"

尉迟道:"和你一起回。"

"哦。"鸢也吐出一块骨头,拿起柠檬水,却没有马上喝,"你儿子没事吧?"

尉迟抬头看她,淡淡道:"没有大碍。"

"那就好。"鸢也神色一松,瞥见桌子上的手机屏幕在闪,拿起来一看,是一段小视频。视频里,程总在嘉兴大厦门前被一个女人拎着包猛砸,斯文扫地,十分狼狈。她忍不住笑起来。

鸢也思忖,程夫人真是豪爽,都不等回家再算账,当街出手,把程总的面子和里子一起扒了。

尉迟见她嘴角的笑一直没有停下,不禁感到奇怪:"开心什么?"

"报仇雪恨了。"鸢也锁了屏,拎包起身,"该去机场了。"

虽然是一起回晋城,但鸢也和尉迟并没有坐在一起。因为尉总是各个航空公司的VIP客户,终身享受头等舱待遇。而鸢也他们这些打工仔,只勉强够得上商务舱。

鸢也昨晚没怎么睡,上了飞机就开始补眠,一路睡到了晋城。下飞机后,秘书去帮鸢也拿行李,她则站在出口,一边等着,一边回复失联三个小时里没有处理的信息。

"你把程总在希尔顿包房里养人的事情告诉他的妻子了?"尉迟的声音从她身后传来。

鸢也回头。他身后跟着秘书和团队,清一色的西装革履,格外引人注目,路过的旅客都忍不住拿起手机偷拍。

她挑眉道:"尉总的消息好灵通。"

没错,她找"星星"借人就是为了偷拍程总。鸢也勾起嘴角,这是她回敬程总的,让他敢拿她挡刀。

尉迟的关注点却不在这里,他微微眯起眼:"你在宁城应该没有熟人,谁帮你拍的照片?"

鸢也笑意微敛,眼珠子转了一圈,模棱两可道:"有钱能使鬼推磨,雇的。"

恰在此时,来接尉迟的轿车开过来。鸢也马上让开路:"尉总请。"

尉迟问:"晚上一起吃饭?"

"再说吧。"

尉迟又看了她一眼,才弯腰坐上车。

尉迟那一队人离开后,秘书才带着她的行李赶来。鸢也打发她回公司,秘书有些愣怔:"那你呢?"

"我还有别的事。"鸢也眨了眨眼,拦了一辆出租车去小金库。

一堆工作信息里,顾久约她去小金库玩儿的信息格外醒目。鸢也本是没心情去玩的,但顾久说还有特别重要的事情对她说,她这才决定过去看看。

此时只是下午四点,没到小金库正式营业的时间,只有寥寥几桌人。她在卡座里找到顾久,在他的对面坐下。

"和你老公从宁城度蜜月回来了?"顾久怀里拥着一个妹子,一点都不避讳她。

鸢也纳罕:"你怎么知道尉迟也去了宁城?"

尉迟的行踪一向低调,有时候连她这个正牌妻子都不知道。

"前天晚上跟我爸一起陪客户吃饭,那客户在嘉兴有点股份,说漏了嘴,称嘉兴要和尉氏合作,尉迟现在人就在宁城签约。我寻思你不也去了宁城吗?"顾久说完,他怀里的妹子就喂给他一颗剥了皮的葡萄。

鸢也叹气:"度蜜月是没有的,差点被坑死是有的。"

"怎么说?"

鸢也就把昨晚的事情简述了一遍。顾久没想到还有这么一出,立即放开怀里的妹子,皱着眉道:"你没伤到哪儿吧?"

小金库里灯光昏暗,再加上鸢也涂了粉底,要很仔细看才能看出她脸上还有未消的巴掌印。顾久咒骂一句:"什么东西也敢欺负你,我一定帮你出气!"

"不用了。"尉迟虽然没跟她说,但她也知道,那些混混一定被他收拾了——他怎么可能忍得了有人对他的人动心思?

鸢也说不清心里是什么滋味,喟叹一声:"不说这个了,你不是找我有要紧事吗?"

顾久支走了妹子,坐到鸢也身边,邀功道:"我替你查了春阳路14号那对母子的来龙去脉。"

鸢也皱眉道:"谁让你去查的?"

顾久一本正经道:"身为你最好的朋友的使命感驱使我义无反顾地去做这件事。"

鸢也嘀咕:"多事。"

"你就不想知道有本事生下尉迟的孩子的女人是何方神圣?"顾先生有一双多情的眼睛,微微一笑时,漂亮又诱人。

鸢也没吭声。顾久就笑眯眯地看着她,也不吭声。

三五分钟后,鸢也踢了他一脚,说:"查都查了还不快说,吊什么胃口呢?"

顾久笑起来,果然她还是想知道嘛。他拿出一个牛皮纸袋,抽出里面的A4纸,清了清嗓子,念道:"白清卿,二十七岁,女。"

鸢也无语,她当年怎么就眼瞎交了这么个朋友?

他后面的话总算不是废话了:"青城人士,父亲开了一家小型超市,母亲是家庭主妇,家境还不错。她自己也争气,从小到大学习成绩都很好,一路保送到大学。"

鸢也倒了杯水喝。

"她在钢琴上颇有天分,四年前被柯蒂斯音乐学院以全额奖学金录取。这所音乐学院,是世界顶级音乐学院之一,是很多学音乐的人梦寐以求的殿堂。"

四年前?鸢也想起那个小男孩的年纪,猜到了后续:"她没有去读?"

顾久点头道:"是的,她没有去。因为她检查出怀孕了,然后就人间蒸发了。"

鸢也皱了皱眉,放下水杯,问:"什么叫人间蒸发?"

顾久将A4纸递给她,说:"字面意思。四年前她怀孕后,就再也找不到任何下落,她父母至今都以为她当初是去了柯蒂斯音乐学院就读。"

鸢也的心一沉。

"直到四个月前,她才带着孩子在晋城现身。尉迟先是安排她在酒店住下,后又买了春阳路14号那套房子给她。"顾久想了想,再补充一句,"她的儿子叫尉言庭,有先天性白血病。"

鸢也抿唇:"这个我知道。"

顾久耸了耸肩,说:"能查到的就是这些,查不到的那部分应该是被人故意抹去了。有这种本事的人,不用我说你也猜得到。所以我要是没想错的话,四年前她突然消失,应该是被尉迟藏起来了。"

鸢也觉得有哪里不对:"尉迟藏她干什么?"

"嗯?"

"四年前,尉迟和她,男未婚女未嫁,他大可以直接把人娶回家,何必藏着掖着?"鸢也说。

顾久理所当然地说:"自然是因为尉家不肯接纳她啊。白清卿家世虽然清白,但和尉迟差太多了,王子和灰姑娘的故事只存在于童话里好吧?"

这么解释也合理。鸢也沉默片刻,然后嘲弄一笑:"明知家里不肯,还执意养着她,甚至让她生下孩子,果然是真爱。"

那尉迟为什么就是不肯同意离婚呢?非要她看着他们俩恩爱,他才觉得过瘾吗?胸口一阵缺氧的窒闷,鸢也不禁深吸一口气。吸入混了酒味、烟味和香水味的空气后,她越发不舒服,胸口闷闷的,有点想吐。

"其实我觉得你大可不必忧虑,你和白清卿,尉家肯定选你。据我推断,将来很大概率是去母留子。"顾久漫不经心道。

鸢也默然,她想过这种可能性。

顾久眸光明亮,一针见血:"那孩子给你养,你愿意吗?"

"我不知道。"鸢也叹气,前几天她对尉迟言辞凿凿地说绝不会帮别人养孩子,是气话居多。现在从现实出发,重新考虑这个问题,她只觉得心里堵得慌。

"青城人,"顾久琢磨道,"你外祖家不就是青城的?你可以让你外祖家帮你打听打听,他们肯定能挖出白清卿那四年去了哪儿。"

"是嫌我不够丢人吗?还惊动我外祖家。"鸢也嗤笑着起身。

顾久不乐意了:"你怎么又要走?主题还没开始呢?"

鸢也挥挥手:"去一趟医院,最近总闹恶心。"

顾久的眉毛高高挑起:"别是怀孕了吧?那可太棒了,可以和白清卿正面决战了。"

鸢也随手拿起一包纸巾丢向他,道:"去你的。"

鸢也没想到,刚进医院就有人叫住了她:"鸢也。"

鸢也回头,看到两个穿着白大褂的女人朝她走来。当先的女人相貌清丽,面带微笑,打扮简单,不过在医院里倒是一道赏心悦目的风景。

鸢也说:"是你啊。"

女人关心地问:"你来医院做什么?是身体有哪里不舒服吗?"

"我没事,"鸢也态度平淡,"你还在上班吧?去忙吧,不用管我。"

鸢也说完就要走,她却拉住鸢也的手,说:"你的脸色真的不太好,快告诉我你哪里不舒服,我带你去科室,我有熟人。"

看到她鸢也其实有点烦,她一副关怀备至的样子看着更烦,更别提鸢也现在的心情算不上多好,鸢也也就懒得跟她做戏,直接甩开手,说:"我说了没事。"

女人身边的同事看不下去了:"你怎么这样?鸢锦是关心你,你不领情就算了，怎么还动手啊？"

鸯锦拉住同事的手，示意她不要说了，但双眉微皱，瞧着好像是多么难过。

同事当即打抱不平："当了尉家太太就是了不起，也不想想，要不是鸯锦让着你，你能嫁进尉家吗？"

鸢也本不想跟她们在大庭广众下多说什么，抬脚要走。可听到这句，她脚步一顿，微微偏头："她让着我？"

鸢也走到鸯锦面前，似笑非笑地问："你跟你朋友说，尉迟原本要娶的人是你，你不要，让给我，所以我才能嫁进尉家？"

鸯锦的脸色有些不自然，避开鸢也的眼神，推了推同事，说："瑞兰，科室里还忙，你快回去工作吧。"

鸢也抬手一拦，不准她把人支开，勾唇一哂："我刚下飞机是有些晕乎乎，却也没到意识不清的地步——如果我没记岔的话，你是姓宋吧？"

宋鸯锦倏地抬起头，眼睛里闪过一道锐利的光。

她们三个人站在医院大厅里，其中两个样貌还十分出众，多少引起了一些路人的注意。

尉迟走下电动扶梯时，看到的就是鸢也眉毛扬起，神情微悄，整个人写着"桀骜不驯"四个大字的样子。

"虽然我叫鸢也，你叫鸯锦，名字听起来像姐妹，但姜家确确实实只有我一个女儿。当初尉家要娶的就是姜家大小姐，这件事跟你一个姓宋的有什么关系？"

鸢也知道她跟她妈都属于脸皮比城墙厚的，但万万没想到，她竟然还说得出尉家的婚事是她让给自己的这种话。

宋鸯锦抿紧嘴唇，她是姓宋，但她最不愿意承认的也是自己姓宋。平时自我介绍时，她总会故意忽略"宋"字，甚至浑水摸鱼说自己姓姜。所以大家都以为她是姜家大小姐，鸢也是姜家二小姐，鸢也能嫁给尉迟，是她这个姜家大小姐让出来的。结果现在，鸢也当着她同事的面，直接戳穿了这一切。

姜鸢也，宋鸯锦。

不加上个姓，不明真相的人还真会以为她们是姐妹，可她凭什么让人这样误会？鸢也才不管鸳锦是谁的女儿，将来会不会从"宋鸳锦"变成"姜鸳锦"，但她妈妈就只生了她一个，什么姐姐妹妹的，她不认。

宋鸳锦挤出一个笑，说："鸢也，我从来没说过你能嫁进尉家是我让着你……"

鸢也直接打断她的话："那是当然，我能嫁给尉迟，是我妈妈和尉迟的妈妈的交情，这桩婚事是我们小时候就已定下的。"

宋鸳锦终是忍不住，讥讽道："是啊，姜家只有你一个女儿，宋家也只有我一个女儿。但如果不是因为你，我本来可以有个弟弟的。"

鸢也眸光一冷。

"你有个好妈妈，临终前帮你把婚事定好，高嫁尉家，才让你这个杀人犯逃过了罪责。也怪我没本事，非但保护不了我妈，还让我妈受那么大的委屈。你但凡有一点人性，也不应该这么得意。那可是血淋淋的一条人命啊！"

"杀人犯"三个字一出，那团火"噗"的一声直接烧到鸢也的天灵盖。她猛地往前一步，刚要说话，却被一双手搂住，拥入怀中。

男人低头看着她，温声问："怎么来医院？是哪里不舒服？"

鸢也有点诧异地看着尉迟，他怎么会在这里？她很快想起来，那个孩子几天前就身体不好，估计是住院了，他是来看孩子的。但是也太巧了，晋城那么多家医院，他们偏偏选了同一家。

尉迟抬头看向宋鸳锦，语气倒还温和："你是鸢鸢的表姐，我也应该随她喊你一声表姐。鸢也有些任性，都是被我惯坏了，言语中有冒犯的地方，我代她致歉，表姐别跟她一般计较。"

宋鸳锦在尉迟面前哪敢说什么话，正要挤出一个大度的笑，尉迟的语气突然淡了许多："但是'杀人犯'三个字，她是担不得的，也请表姐慎言。"

宋鸳锦神情僵硬，垂在身侧的手倏地捏紧。

尉迟不再看她，低头对鸢也说："我们走吧。"

鸢也被他搂着出了医院，心情有些形容不出的复杂。要不是尉迟及时出现，就冲那三个字，她当场就会跟宋鸳锦彻底撕破脸。

以前发生类似的事情，她都是一个人面对，这是第一次，有人把她护在身后，替她说话。

"在这里等我，我去开车。"尉迟松开搂着她的手，转身往停车场走去。

鸢也忽然抓住他的手，抿了嘴唇，道："谢谢。"

尉迟看着她，只觉得刚才气焰嚣张的小狮子突然间变成了可怜的小猫。微风吹乱她的长发，几缕碎发散在她的脸上。他想帮她把头发拨好，手伸到半空，却转为弹了一下她的额头。

"我答应过你，在那件事情上，我会护着你。"

尉迟去开车，鸢也站在人行道上，被风吹得有些乱的思绪随着他那句"我会护着你"的余音，飘去了两年前的一个雨夜。

那时她从姜家逃出来，手上还沾着血，跌跌撞撞跑到尉公馆门口，想见尉迟。但是尉迟没有见她，管家说他在开一个跨国会议，没时间见客，让她回去。

但她已经没有地方可以去，她固执地站在公馆门口，任大雨倾盆，把她全身都淋湿。

也不知道站了多久，她终于等到公馆的门再次打开，她又冷又累，整个人摇摇欲坠。他穿着黑色衬衣站在屋檐下，平静地看着她。她隔着雨帘与他对视，动了动嘴唇："尉迟。"

尉迟让管家把她带进客厅，他坐在沙发上，修长的双腿交叠，手里端着一杯热腾腾的咖啡，香味浓郁。

尉迟没有问她的来意，目光落在她身后的电视上，电视里正在播报《晚间新闻》。

他完全无视她。

除了主持人字正腔圆的声音，偌大的公馆也就只能听见窗外的雨滴打在叶子上的声音。用人们都低着头站在一旁，好似没有在看他们。但不用说也知道，他们的注意力肯定都在两个人身上。这样的气氛让鸢很尴尬，她浑身僵硬，有些无所适从。

尉迟是故意的，这叫下马威。

新闻中间插了一段广告，尉迟的目光才终于从电视上移开，落在鸢也的身上，俊眉微挑，示意她可以说话了。

鸢也咬了一下自己的舌尖，感觉到疼痛，找回一点知觉，才道："娶我。"

管家的眼皮动了一下,却没敢抬头看此刻鸢也或是尉迟的表情,只在心里想:姜家小姐真是……尉、姜两家的婚事是两位夫人十几年前定下的,但先生一直没有点头,连夫人都说动不了他。她倒是不客气,一开口就要先生娶她。先生怎么可能答应呢?

尉迟倒是不怒,温和一笑:"理由?"

"宋妙云从楼梯上摔下去,摔断一条腿,还流产了,他们都说是我做的。"鸢也说得漠然,"明明是她自己踩空了,难道只因为我刚好走在她后面就要我承担责任?"

尉迟抬起一只手搁在下巴处:"你既然那么宁折不弯,那还来找我做什么?"

"我爸很生气,要把我送去警察局,我是逃出来的。"

"所以?"

"我们两家早有婚约,晋城人人都知道,尉家大先生将来要娶姜家大小姐。我爸要把我送去警察局,一是想帮那个女人报仇,二是想顺水推舟让宋鸢锦成为姜家大小姐,然后把她嫁给你。"鸢也往前一步,冻得苍白的嘴唇抿成一条直线,"比起她,你应该更愿意娶我。"

"我更愿意娶你?"他从上到下打量鸢也,见她此刻神色狼狈,头发还在往下淌着水,他不禁嘴角一勾,"是'姜家有女初长成,天生丽质难自弃'给你的自信吗?"

就连用人都听得出来,先生这是在嘲讽鸢也。

结果鸢也还真的点了点头:"对。"

她就是长得好,这张脸就是给了她自信,否则她今天也没有这么大的底气站在尉公馆的客厅里。

尉迟难得一愣,再看鸢也面不改色的样子,笑着摇摇头,说:"姜小姐很有趣,"不过也只是有趣而已,"我暂时还不需要一个花瓶当妻子。"

说完他起身上楼,语气淡淡地吩咐管家:"给姜小姐一把伞,送她出去。"

管家上前请鸢也离开,鸢也从口袋里拿出一张早已湿透的纸,不慌不忙地说:"尉总要不先看看这份骨髓配对结果,再决定下不下逐客令?"

尉迟脚步一顿，在楼梯上转身，神色冰凉。

鸢也将报告交给管家，管家连忙将报告送到尉迟面前。尉迟一眼就锁定"匹配程度98％"的字眼，又看向鸢也，一眼看不到底的眸子越发黑沉。

鸢也握紧放在身侧的双手，深吸一口气："我不知道你是在帮谁找合适的骨髓，但你找了这么久，想必那个人对你来说一定很重要。我算是现成的救命药引吧？如果你肯娶我，我就捐献骨髓。"

尉迟这才正视这个女人。恃美而骄就敢到尉公馆要求他娶她，是她蠢；手握筹码上门谈判，才是她的聪明之处。看来她不只是个花瓶。

尉迟从楼梯上走下来，缓声道："姜宏达靠你妈妈的嫁妆才发展出姜氏，这些年要不是你外公留在公司的那些人手，姜氏早就被他败光了。他确实不是块材料，但你是个会谈生意的。"

他手一伸，用人立即送上干毛巾。他拿起毛巾裹住她湿透的身体，这才发现她看起来冷静镇定，其实全身都在颤抖。

"抖得这么厉害，先去楼上洗个热水澡吧，其他事情我会替你摆平的。"

成了。鸢也精神一放松，强撑的力气突然抽去，双腿一软，险些摔倒。还好尉迟一把扶住了她。鸢也哑声道："谢谢。"

其实她也不知道自己是谢他扶自己这一把，还是谢他娶自己。

"不用客气，这是我们交易的内容。"尉迟声音温和，"在这件事上，我会一直护着你。"

第三章
模糊的记忆

尉迟把车开到她身边,降下车窗,道:"上车吧。"

鸢也才将思绪收回,坐到副驾驶座上,扣上安全带。车子启动的同时,她问:"不是说那个孩子没什么大碍吗?"

尉迟转动方向盘,将车子驶入主道,说:"病情是稳定了,但还要留院观察。"

鸢也低下头看着自己的手掌,百无聊赖地数着自己的掌纹,问:"当初我捐的骨髓,就是给他用的吧?"

尉迟倒是没有否认:"嗯。"

鸢也无声一笑,这算什么命运?两年前,她因为和他的孩子骨髓配型成功,才得以嫁给他;而现在,因为他的孩子,他们的婚姻岌岌可危。

她随口问:"你不是他爸爸吗?你的骨髓为什么和他不匹配?白小姐和他也不匹配吗?"

尉迟没回她的话,鸢也讨了个没趣,撇撇嘴,也没再说别的,靠着车窗看飞逝而过的车水马龙。

车子开到尉公馆时,天已经黑了。鸢也知道他肯定还要回去陪那对母子,识趣地去推车门。但她发现车门还没解锁,于是奇怪地回头看尉迟。

尉迟目视前方,侧脸棱角分明。

"爸妈年纪大了,有些事情不要传到他们的耳朵里,让他们平添烦恼。"他语气温和,但内含警告。

鸢也一顿，然后笑了："我什么都不会说的，你放心。"

无论她和尉迟怎么样，尉父尉母对她都是真心的好，她不会去说些让他们不开心的话。

"但是尉迟，哪怕我们不是因为相爱而结婚，我也不会允许我的丈夫在外面有女人、有孩子，甚至为了他们夜不归宿。你如果不想跟他们断干净，那就考虑我的提议，离婚吧。"说到这儿，鸢也故作无谓地耸耸肩，"说起来还是我不对，当初形势所逼，非要你娶我，拆散了你和白小姐，还好现在来得及挽回。"

尉迟听了半天，开口却问："为什么要离婚？"

鸢也瞪大眼睛看他。她跟他闹了三个多月的离婚，他难道都不知道她是为什么要离婚吗？是她太含蓄，以至于一向明察秋毫的尉总到现在还搞不清楚状况，还是他是故意耍着她玩呢？

鸢也面向他，认认真真地说："不好意思问一下，尉总，是我说得还不够清楚，还是你听不懂中文？要不我给你翻译成英文？听妈说你小时候在法国住过几年，法语我也会的。"

她都气成这样了，可是对尉母的称呼还是"妈"。尉迟倒是一笑，神色温和了许多："不用，我知道你在介意什么。但清卿和阿庭不会是我们离婚的理由，既然不是理由，你说的那些话也就不成立。"

鸢也眯起眼睛："你的意思是，不离婚？"

尉迟淡声道："尉家从来没有离婚这件事。"

鸢也再问："你也没打算跟白清卿母子断绝关系？"

"他们只会住在春阳路14号，怎么都妨碍不到你，你无视就好。至于夜不归宿，你想让我回来住，从今天起我就住在公馆，不要再胡闹了。"

到最后竟然是她胡闹？鸢也深呼吸一下，气极反笑："尉总就是尉总，二十一世纪了还能把齐人之福说得这么理直气壮。"

"没什么齐人之福，在内在外你都是尉家唯一的太太。"尉迟解锁了车门，"你应该饿了，晚饭让张婶做点你爱吃的，我陪你一起吃。"

鸢也有时候真是恨极了他这副风雨不动的样子，什么都打乱不了他的节奏，什么都干扰不了他的情绪。她跟他说正事呢，他却在说晚上吃什么，就好像她是个不懂事的小孩在无理取闹一样！

对，他就是觉得她在无理取闹，他从来没有真正考虑过她的感受，哪会知道她的心结是什么？

鸢也快气疯了，一时也拿他没办法，索性抓起他的手，重重一口咬在他的手腕上。

尉迟怎么都没想到这个女人会粗暴到这种地步，竟然还咬人，一时愣怔，反而没立即把手给抽回来。

鸢也狠狠地咬了他一口，心里舒坦了一点，剐了他一眼，踹开车门下了车。

车门"砰"的一声关上，尉迟才后知后觉感到疼。他看着手腕上深深的牙印，一时半会儿都不知道该露出什么表情。

他活了二十八年，只在小时候被爷爷家养的金毛咬过，姜鸢也是疯了吗？

尉迟嘴唇一抿，开门下车。他进了客厅，看到鸢也不在，直接问一个路过的用人："太太呢？"

"刚刚上楼了。"用人回道。

尉迟直接追上楼。鸢也看到他追上来，立即蹿进房间，关门上锁。

"姜鸢也，开门。"尉迟沉沉的声音传来。

鸢也一边脱衣服一边说："不早了，尉总还是快点去看你的老婆和儿子吧。"

"我数五声，开门，否则我今晚不会放过你。"

鸢也嗤笑，威胁谁呢？他进得来吗？

脱得差不多了，鸢也就准备进浴室去洗个澡。

只听门外的男人说："五、四、三……"

"三"的尾音还没落下，门突然"咔嚓"一声被打开了。鸢也瞪大了眼睛。

尉迟拔出钥匙，进门，关门，目光危险地盯着她。

"不是数五声吗！"鸢也转身就跑。

但是房间就这么大，她能跑哪儿去？她一个不小心就被尉迟抓住，他还理直气壮："骗你的。"

男人的目光从她身上掠过。昨晚的痕迹还没消，犹如雪地上落了梅花。他双眸深邃，道："你要洗澡？正好，我也要，一起。"

尉迟拉着她就往浴室去，鸢也就是个傻子也知道他不可能只是要洗澡，拼命挣扎，匆忙之中抓住沙发："我不洗！我不洗！"

尉迟直接将她打横抱起。

浴室门一关，只能听见噼里啪啦的水声和鸢也的叫喊声："尉迟你有病是不是？你去找白清卿啊！你别……"

尉迟的声音反而很从容："尉太太说哪儿的话？你是我的妻子，这种事情当然只能找你了。不准说脏话。"

翌日，鸢也难得让家里的司机送自己去上班。

都怪尉迟那个浑蛋，她的腰都差点断了，哪开得了车？鸢也一边在心里骂骂咧咧，一边拿着水杯到茶水间泡咖啡。不巧，她遇到了韩漫淇。

韩漫淇和鸢也一样，都是高桥商务部的副部长。自从年前正部长被调去总部后，这一年里，两个人明里暗里互相较劲，都在争取那个空出来的部长职位。目前两个人算是旗鼓相当，不分伯仲。

韩漫淇踩着八厘米的恨天高，细长的双腿一伸，往那儿一杵，笑吟吟道："听说姜副部这几天去宁城出差了？"

"韩副部这么关心我的行程，不愧是好姐妹，中午一起吃饭呀。"鸢也娇嗔地用肩膀撞了她一下，险些把她撞倒。

韩漫淇忙站稳了，冷笑道："霍总让我们十点去他的办公室，如果听完霍总的话你还吃得下饭，那当然没有问题了。"

鸢也按下热水键，懒懒道："霍总长得那么帅，能见到他，中午我肯定能多添一碗饭。"

韩漫淇就是看不惯她这副明知自己闯了多大的祸还能气定神闲的样子，装什么装？她毫不客气地讥讽："现在整个商务部都在看你的笑话呢。自作聪明，还以股抵债。想法那么多，也不看人家理你吗？"

鸢也微微一笑："人嘛，都是要勇于尝试的，不试试怎么知道会不会成功？反正像韩副部那种外面下雨怕淋湿刚买的鞋，所以连到手的合作都拱手让人的觉悟，我大概这辈子都领悟不了。"

"你！"韩漫淇咬牙切齿。都死到临头了，这人竟然还敢拿她当初丢合作的事情讽刺她！

"这次你出了这么大的纰漏，霍总绝不可能饶过你，正部长的职位你就别想了。等我坐上去，看我怎么收拾你！"

鸢也搅拌着咖啡，一个眼神都懒得赏给她，转身离开。

韩漫淇眼珠子一转，突然快速走上前来，重重地撞了她的肩膀一下。满杯的咖啡顿时溢出来，泼湿了鸢也的白衬衣。

"韩漫淇！"

韩漫淇做作地说了声"sorry"，然后扭着水蛇腰走了。

鸢也将咖啡杯搁在一旁的桌子上，连抽了几张纸擦拭。但大片的咖啡渍洒在白衬衫上，压根儿擦不掉，她也没在公司放备用衣服，现在去买一件……她看了看手表，九点四十五分，已经来不及了。

没办法，最后她只能穿着这么一件染了大片污渍的衣服去总经理办公室。

韩漫淇早她一步，幸灾乐祸地看着她。霍衍坐在办公桌后，皱了皱眉，问："你的衣服怎么了？"

鸢也淡淡道："没什么，被不长眼的人撞了一下，等会儿我再去换一件。"

"坐吧。"霍衍双腿交叠，"找你们来，是想说一下宁城外滩那块地皮的事。"

果然是为了追责，鸢也轻呼一口气。也是，出了这么大的纰漏，总要有个负责的人。

韩漫淇一副很欠揍的语气："姜副部，表个态吧。"

"这件事是我太冒进，没有事先调查清楚就急匆匆地把法务找去，我应该负全责。"鸢也说。

霍衍的神情意味不明，道："你打算怎么负责？"

高桥集团是全球五百强企业，历史底蕴丰厚，但掌管大中华区的总经理霍衍很年轻。霍衍是混血儿，鼻梁高挺，天生一头栗色的碎发，似笑非笑地看着一个人的时候，感觉更像是花天酒地的纨绔子弟，而不是商场上所向披靡的精英。

鸢也第一次见到他的时候，就很想介绍他和顾久认识一下，总觉得他们会聊得来。但在他手下干了这么多年后，她觉得他和尉迟没准会更有话题。

"这次法务团队去宁城的差旅费从我的奖金里扣，其他的，听霍总安排。"鸢也诚恳道。

霍衍爽快地点头:"好,如果这次和尉氏的合作你还拿不下来,就这么处置你。"

鸢也和韩漫淇均一愣,不约而同地问:"什么和尉氏的合作?"

"尉氏现在是外滩地皮70%的股份持有者,最近会公开对外招商。我们的优势很大,这等于是个现成的项目。"霍衍微笑道。

鸢也还没有说什么,韩漫淇先站了起来:"霍总,你怎么这么偏心?这个项目也可以给我负责啊,我一定能做得更好!"

"你们都有机会,下周五给我一份计划书。"霍衍勾唇,"新的一年万象更新,商务部也需要有个正部长,你们看着办吧。"

这是他第一次公开说要在她们之间选一个人接任正部长之位,韩漫淇兴奋不已,但回过头想又觉得不对劲:"姜鸢也丢了地皮合作的事情就这么算了吗?"

霍衍从桌子上拿起一份文件,说:"她虽然丢了地皮合作,但做了补救方案,已经和六元签下了新一年的合作,算是功过相抵了。"

六元不是不打算续约了吗?韩漫淇看向不知道在想什么的鸢也,低声问:"你什么时候和六元接洽的?我怎么不知道?"

鸢也漫不经心地回了一句:"要是让你知道还得了?"

事已至此,本想看鸢也的笑话的韩漫淇期望落空,只能冷哼一声,率先离开办公室去准备计划书。

鸢也也打算出去工作,霍衍忽然道:"姜副部,留步。"

他身子后倾,靠在椅背上,窗外乌云飞过遮住艳阳,办公室里的光线一下子暗下来,他深邃的五官一时也有些看不清。

"你和总部那边一直有联系?"

鸢也将手从门把上放下来:"霍总怎么会这么问?"

"外滩那块地皮的合作,还有以股抵债的想法,都是总部直接传达给你的,我都是过后才知道。"霍衍歪了歪头,笑了笑。

越级汇报可是职场大忌,她连忙说:"霍总,当时的情况比较紧急,所以我才直接联系的总部。"

霍衍没有打断她的话,好好地听她解释。

"那个时候程总连续三天拒不见我,我不想再浪费时间在宁城,所以就准备在程总下班的路上堵他的车。当时想出地皮合作和以股抵债的办法,我是先联系您,但是您的电话打不通,所以我才去问的总部的意思。"

霍衍点了点头,接受了她的解释:"好,我知道了。但是公司有公司的章程,下不为例。"

鸢也愣了一下,没想到他这么大度。

乌云被风吹散,办公室重新恢复明亮。霍衍勾起嘴角,拿起文件开始批复:"他帮你也不是第一次,我又不是头一回知道,随便问问而已。"

"霍总也知道他?"鸢也抿了抿唇。

霍衍只道:"出去忙吧。"

鸢也只得开门离去。

好一会儿,霍衍才从文件里抬起头,屈起手指摩擦嘴唇,似在想什么。

鸢也出了总经理办公室,径直下楼,想先买件衬衣换上再说。

秘书从商务部探出脑袋,问:"姜副部,中午吃什么?要点餐吗?"

鸢也脚步不停,顺手把她拉出来,说:"你跟我出去吃。"

"好嘞!"秘书笑嘻嘻地跟上,小碎步跑去按电梯,这才发现鸢也衬衣上的污渍,惊讶地问,"姜副部,你衣服怎么了?"

她继而想到鸢也刚从总经理办公室出来,顿时吸了一口气:"难道是被霍总泼的?"

鸢也失笑:"想什么呢?霍总是那种会泼女人水的男人吗?韩漫淇干的。"

"又是韩副部,她怎么老耍这些阴招?"秘书气得鼓起腮帮子。

"没本事当然只能耍阴招了。不用气,眼下就有一个能打她脸的好机会。"鸢也说。

秘书忙问:"什么呀?"

电梯到了,鸢也走进去,按了一楼的楼层键,然后才把霍衍的话大致说了一遍。秘书懂了:"霍总的意思是,你和韩副部各做一份计划书,谁做得好,这个项目就交给谁负责?"

"对。"

秘书士气大振:"我们这次一定要赢!"

鸢也却在想着别的事情:"其实我有一点想不明白。"

"哪一点？"

"尉氏怎么会是外滩地皮70％股份的持有者呢？"她本来以为尉氏至多持股30％。

秘书理所当然道："那肯定是因为丰源和信巢把自己手里的股份都卖给尉氏了啊。"

可这不是和当初的"D"——裕达的手段一样？嘉兴这次居然肯了？难道是尉迟对嘉兴施压了？

等等，尉迟该不会是因为程总害她差点出事，所以才主动破坏平衡，购入丰源和信巢的股份，重创嘉兴吧？

这个想法一出，鸢也自己都觉得不可能。尉迟怎么可能为她大动干戈呢？她在想什么呢？真是自作多情。

鸢也对秘书说："你去点餐，我去买件衣服，我们边吃边聊计划书。"

"好嘞！"

高桥大厦位于晋城最繁华的商业中心，与许多有名的大公司互为邻居，出了门右转就是购物广场。秘书去了四楼的美食街，鸢也就进了二楼的一家品牌专柜。

鸢也挑了件衬衫，直接进了更衣室，没注意到被衣架挡住的女人。女人看到她，停下挑选衣服的手，若有所思着。

鸢也一边换衣服，一边想着这次和尉氏的合作。要拿下尉氏的合作并不难，就像霍衍说的，这是送上门的合作，鸢也并没有打算做计划书跟韩漫淇竞争——与其等待被选择，还不如主动出击——她已经决定直接去跟尉氏签下合作。

比起一份计划书，霍衍会更想看到一份合同。

她决定吃完饭就去尉氏找尉迟谈这件事。顺利的话，没准今天就能把合同丢韩漫淇脸上。

鸢也换好衣服，打开试衣间的门，冷不防和门外的男人四目相对。

试衣间的外门是全身镜，男人刚才应该是在照镜子，他也没想到镜子后面会出来一个人，神情微愣。

鸢也眨了眨眼，道："霍总？"

霍衍想也知道她是来买衣服的，顿了顿，抬手示意："丢了一颗袖扣。"

鸢也了然。看他自己倒腾半天都戴不上袖扣,导购也不在这附近,她干站在旁边看着又有点怪异,想了想,她上前去帮他戴上袖扣。

霍衍便放开手让她弄,垂下眼帘,看着她细密上翘的眼睫,问:"你不是喜欢穿有星星的衣服吗?"

怎么还是换了一件白衬衫?

"这不是为了显得我比较成熟专业嘛。"鸢也嘴角轻勾。

"高桥的包容性很强,你喜欢什么就穿什么。"

戴好袖扣后,鸢也放下手,后退半步,说:"真的吗?那我明天穿一条抹胸长裙,就之前上过热搜的那条星空裙来上班。"

霍衍挑眉道:"你不嫌冷就可以。"

鸢也举手求饶。

霍衍只是来买袖扣的,买完就走了。鸢也对着镜子整理好衣服就去结账,导购却说:"刚才那位先生已经埋单了。"

鸢也愣了一下。虽然一件衣服对霍衍来说不算什么,但怎么说都是无功不受禄。她瞥见玻璃柜里摆着许多领带,想了想,选了其中一条,然后出了专卖店,去四楼找秘书。

她走后,宋鸢锦才从衣架后边走出来。

她看了看自己的手机,嘴角一勾,拿了一件衣服去结账。付款的时候扫了几次都不成功,她苦恼地蹙起眉头:"哎,我这微信也不知道是怎么回事,时不时出毛病,能借你的手机给我登一下微信付款吗?"

导购退出自己的微信,将手机递给她。宋鸢锦接过手机,却不是登录微信,而是点开短信,将方才拍下的照片通过导购的手机发给了一个号码……

鸢也在日料餐厅找到秘书时,菜已经上齐了。她先捏起飞鱼子寿司吃下,再说了自己打算去尉氏找尉迟的主意。

秘书呆愣住,问:"就这么去吗?我听说尉氏的总裁神出鬼没的,我们要不先预约一下?"

鸢也眨了眨眼,说:"不用,我有关系。"

秘书打心里佩服她家部长。

鸢也说:"给我一碗拉面吧,这些寿司我吃着有点犯恶心。"

与此同时,尉迟正在办公桌前处理公务。一旁的手机忽然一亮,收到一条陌生号码发来的信息。他看了一眼没理会,"唰唰"几下签了合同。

秘书黎雪找了个他停下来喝水的空隙,敲了敲门,走进来说:"尉总,秦先生来了,现在要见吗?"

尉迟看了一眼桌上的电子时钟。今天是周五,每周五的午后两点,秦自白都会来尉氏找他。

他点了点头,声音温和:"请他进来。"

黎雪会意,没一会儿就带着一个年轻男人进了门。

男人穿着一件黑色长风衣,身形笔挺,手里拎着个三十厘米长的方形箱子,瞧着颇像港剧里要进行神秘交易的神秘人物。他将箱子放在茶几上,声音里透着玩世不恭:"给你带了礼物。"

尉迟起身朝他走去,说:"客气了,不需要。"

"好说,花你的钱买的,还是收下吧。"秦自白笑着打开箱子,里面有一些说不上名字但很明显是医疗器具的东西。

尉迟走到皮质的躺椅上坐下,身侧是一面玻璃墙,可以俯览整个晋城的繁华。

秦自白一边整理着器材,一边询问:"这几天睡眠怎么样?"

"不错。"

"情绪呢?"

"稳定。"

"没有生过气?"

尉迟闭上眼睛,答:"没有。"

其实除了第一个问题,后面两个纯粹是多此一问。秦自白认识尉迟十几年了,哪曾见过他生气?他的情绪比机器人还要稳定,除了四年前那件事,他一直都是淡漠的、冷静的、从容的。

秦自白拿着一个只有手掌大小的电子仪器走向尉迟,说:"那我们试一下……"

黎雪忽然敲门,有些紧张,没等尉迟同意就推开门说:"尉总,太太来了。"

尉迟睁开眼睛，眉头轻蹙，看了一眼秦自白，到底不想让他和鸢也碰上面："带上你的东西，去里间等我。"

秦自白摊手道："好吧。"

尉迟没有起身，依旧躺在皮椅上。鸢也进来看到他这副模样，诧异又羡慕，尉总也太会享受了吧？

尉迟出声道："怎么会来公司找我？"

鸢也道："我这次是代表高桥来的。"

"谈合作？"

"对。"

尉迟平静地看着她："走私人关系？"

他的声线没什么起伏，但"私人"两个字从他嘴里说出来，就多了几分像云一样抓不住又明晃晃的暧昧。

昨晚浴缸里的水似从脑海里荡漾而过，鸢也红了耳根，一时间不敢直视他的眼睛，却又不甘认输，硬邦邦地回答："不行吗？"

尉迟起身朝她的方向走去，熟悉的气息逼近，鸢也背脊微僵。结果他径直从她的身侧经过，只留下轻声的一句："怎么会不行呢？"

她尚在心猿意马，他已经摆出了要谈正事的态度。鸢也不想在他面前露怯，忙整理好思绪，转身在他面前的椅子上坐下，从包里拿出一份文件，往前一递，说："这是我草拟出来的方案，你先看一下。我认为我们高桥是尉氏最好的合作对象。"

尉迟拿起手机想查东西，看见右下角显示一条未读信息，顺手点开。他本以为是垃圾消息，不承想却是几张照片。

看着照片，他的眸光清寒了许多，他复而抬起头，凝视着鸢也。她在宁城受的伤已经好了，所以只上淡妆也看不见任何瑕疵，眼皮上涂了金橘色的眼影，既不妖媚也不寡淡，干净通透。阳光从一侧照过来，照出她鼻尖细细的绒毛，不乏几分可爱。

他的目光下移，落在她的衬衫上。他状似不经意地问："你早上出门好像不是穿的这件衣服，换了？"

"啊？是啊。"鸢也没想到他还记得自己早上穿的什么。

虽然都是白衬衣，但细节处还是有些差别。她倒也不是故意选一件元素差不多的，只是碰巧而已。但在旁人看来，她都换了衣服却还选款式差不多的，不是欲盖弥彰又是什么？

尉迟放下手机，眸子里雾气沉沉，他问："为什么换衣服？"

鸢也说："原来那件不小心弄脏了。"

"怎么弄脏的？"他又问。

"咖啡渍。"

尉迟眼里带有一丝深究："自己去买的衣服？"

听到这里，鸢也觉出他语气里的微妙，心下莫名，又隐隐感觉不太舒服，不由得反问："不然呢？"

她递文件的手还放在桌子上没有收回来，听出她语气里的不耐，尉迟忽然抓住她的手腕，猛地将她拉到自己面前："我以为你是个聪明人，知道什么该做，什么不该做。"

鸢也眉心一紧，倏地抬头对上他的眼睛。他的声音平缓，这份平缓下却有着一丝不快："是我高估你了吗？"

鸢也愣怔，第一反应是记起他曾警告她不准再去找白清卿的事。

她的手腕被他抓住，身体不得不倾在办公桌上，她抿唇道："那次之后我就再没有去找过白清卿。"

谁问她这个了？不过，既然提到白清卿，尉迟便问："你昨天去医院做什么？"

果然是因为白清卿来质问她的？鸢也的脸色也冷了下来："去医院当然是去看医生了，否则你以为我去做什么？砸白清卿几百万让她离你远点吗？"

鸢也没好气道："麻烦你转告白小姐，少看些狗血电视剧，这种剧情她编得出来，我还懒得去做呢。"

尉迟眼神锐利，薄唇微抿。

他很少会让自己的情绪外露，反正鸢也和他结婚这两年，只在最近见过几次他不高兴，而且都是和白清卿有关。鸢也只觉胸口发闷，郁气翻涌。她想再次郑重声明自己没去找过白清卿，但看到他的脸，忽然又觉得没意思极了，换成一句嘲讽："真当谁都稀罕她稀罕的东西似的。"

此话一出，有没有杀敌一千她不知道，反正她是被伤了一千二。有什么尖锐的东西藏在郁气下刺着她，鼻子里有酸意上涌。

两人沉默了足足十五分钟，直到内线电话响起，尉迟按下接听。

"尉总,会议时间到了。"那头传来黎雪的声音。

尉迟淡淡道:"好。"

然后他就起身,不再看鸢也一眼,直接出了办公室。

鸢也呼出一口气,本是想减少窒闷的,结果腹部隐隐作痛,极不舒服。她转身倒了杯水喝下去,还是不好受,又闻到一股平时在尉迟身上闻到的味道,眼睛也有些酸涩了。

鸢也盯着尉迟的座椅,咬牙切齿道:"尉迟你这个浑蛋,等你没钱了,我就砸几百万让你离我远点。"

但一想到尉氏的规模和这几年不断攀升的市值,明白这个梦想可能有点不切实际,她又改口:"算了,你不配我砸这么多钱。"

躲在里间听了一场夫妻吵架的秦自白没忍住,"噗"的一声笑了。还好他的声音不大,没让外面的鸢也听见。他打开一条门缝,刚好看到鸢也离开办公室的背影。

才说认识尉迟十几年也没见过他生气,这不就恼了吗?只是不知道他究竟是为什么生气。为了白清卿母子?未必吧。

知道尉迟四年前那件旧事的秦自白勾起嘴角,只觉得这件事挺有意思的。

鸢也出了尉氏大厦,本想回高桥的,包里的手机却突然响了。她脚步一顿,拿出手机一看,竟然是表姐——不是宋鸳锦,而是她的亲表姐,她舅舅的女儿,从小就跟她十分要好的陈桑夏。

"鸢鸢,在忙吗?"陈桑夏爽朗的声音传入耳,顿时驱散了鸢也在尉迟那里受的气。

"没有呢。"

"那正好,我来晋城公干,刚忙完,有两个小时自由活动的时间,我们可以见一面。"

鸢也笑着说:"好啊,你在哪儿呢?我过去找你。"

"嗯,我把地址发给你。"

鸢也得了地址,立马就叫了车过去。

赶到约定的地方,鸢也远远就看到陈桑夏在清吧门口等她,便三步并成两步扑过去,一把将陈桑夏抱住,说:"好久不见啊!"

陈桑夏笑着回抱她，说："是啊，所以一有机会就马上联系你了。"

鸢也发现她竟然把头发剃成了短寸，诧异极了，不禁捧着她的脸仔细看起来。

陈桑夏这个名字听起来婉约，其实她本人从小就是个假小子，这些年她在海上风吹日晒，皮肤黑了好几个度，衬得相貌越发英气了。

鸢也赞道："帅哟！"

陈桑夏摸了摸自己的小刺头，扬扬得意："是吧？我也这么觉得。但是大哥说我没把头发留回来之前别回家。"

鸢也笑道："大表哥一向嘴硬心软，没准现在就在家里盼着你回去呢。"

两个人说笑了两句，就一起进了清吧，点了几杯饮品，伴着轻音乐，边喝边聊。许久未见，随便一个话题她们都能聊得捧腹大笑。但笑着笑着，陈桑夏忽然说："我总觉得你好像不太开心？"

嘴角的笑容一滞，鸢也拿起一杯葡萄紫色的酒摇了摇，却没有喝，反过来鄙视她："你这个常年断网的2G少女懂什么？现在就流行忧郁女神，我是紧跟潮流，树立人设。"

陈桑夏偏头看着她，说："可我就是觉得，小时候的你才是真的开心。"

"你都说那是小时候的事情了。"鸢也淡淡一笑。

人是会长大的，也是会变的。

陈桑夏喝了一口酒，说："我还记得四年前，你到青城找我们，让我们收留你，还不让大哥和家里知道，那失魂落魄的模样可把我们吓坏了。从那以后，你就越来越不一样了。"

四年前……鸢也微微眯起眼睛，盯着那盏璀璨的水晶灯，回想了起来。那时候她得知妈妈真正的死因，内心承受不住，就买了张机票飞去青城找陈桑夏和小表哥，住了快一年才回晋城。大概是那段记忆太痛苦，才过去四年，就已经有些模糊不清了。鸢也苦笑着摇摇头，也不愿深思，毕竟不是谁都能承受得住那样荒诞又残酷的真相。

手忽然被握住，鸢也抬起头，正对上陈桑夏关切的目光："我一直想问你，你当初怎么会突然决定嫁进尉家？"

"怎么是突然决定呢？和尉家的婚事，是我妈早就定好的。"鸢也轻描淡写地一句话带过。

"我是第一天认识你吗？虽然婚事是姑姑十几年前就给你定好的，但别说姑姑本来也没有下死命令要求你必须嫁，就说她哪怕真的下了死命令，你也不是一个会老老实实服从安排的人。"陈桑夏说。

鸢也笑起来："你不觉得你这话说得有点自相矛盾吗？"

"啊？"

"你也知道我不是个会老老实实服从安排的人，所以我嫁了，肯定就是我心甘情愿的啊。"

陈桑夏撇嘴："你是商务部的，我说不过你！"

鸢也搂着她的手臂，头靠在她的肩膀上，笑着说："就别说这个了，喝酒喝酒。"

清酒没什么度数，入口甘甜，又带有水果的清香，陈桑夏却有些食不知味。凭她敏锐的直觉，她还是怀疑鸢也隐瞒了她什么。

"之前我都没听你说过喜欢尉迟，你突然就决定嫁了。这两年我虽然在海上漂着，心里却一直在纳闷这件事。你跟我说实话。就算我护不了你，青城陈家也护得了。姑姑是陈家唯一的女儿，你又是姑姑唯一的女儿，陈家永远都是你的退路。"

胸口陡然一热，鸢也仓皇地低下头，掩饰险些泄露出来的狼狈。这几个月来所有的难过和委屈是一道道刻在心上的疤痕，陈桑夏一句"陈家永远是你的退路"，犹如往上面抹了药膏，有效愈合，却也让她先经历了刺痛。

她知道陈桑夏想帮她，但自从外公去世后，陈家那几房就一直争斗不休。时至今日，陈家也还没有真正太平，她又怎么敢再给他们添麻烦呢？是她自己选择的嫁给尉迟，就应该由她自己来承担后果。

她压下心中的酸涩，对陈桑夏扬起一个没心没肺的笑："就是啊，我还有陈家这个大靠山呢，谁能给我委屈受？"

"真的没有？"陈桑夏看着她。

鸢也回答得斩钉截铁："没有！"

看她的神情不似作伪，陈桑夏松了一口气。过了一会儿，她又问："你真的喜欢尉迟？"

"我爱死他了！"

"那尉迟喜欢你吗？"

"简直非我不可！"

就在鸢也和陈桑夏会面时，尉迟坐在会议室的首座，听着手下的团队分析宁城外滩那块地皮的前景和后续。

高管说建筑材料方面倾向于与高桥合作时，他想起了那个女人，视线往门的方向移动了一寸。

她就是来找他谈合作的，但她现在应该已经走了。

搁在桌子上的手碰到了桌面的手机，他轻点几下，调出方才那条信息。照片很明显是偷拍的，至于照片是谁拍的、发给他做什么，都没有照片的内容重要。

画面里，鸢也正低头替一个男人戴袖扣，嘴角有一抹淡淡的笑，与男人交谈着什么。男人只有一个背影，看不见长相。但下一张照片，鸢也举着双手求饶，神情比刚才更加放松，应该是男人说了什么话逗她。

看到这些，他神情没有半点波澜，锁屏后继续听下属分析。就是台上发言的小哥突然间感觉到，尉总那个方向散发出了能冻死人的强烈寒意。他瑟瑟发抖，说话都结巴了。

好在这股无形的杀气并没有存在太久，因为尉总的手机响了。他看了一眼，没有立即接听，而是起身说："就按你们定的方案进行。"

众人应了声"是"，他便拿着手机率先出了会议室。

两个小时很短暂，转眼就过了，陈桑夏要归队了。鸢也亲自送她到集合地点，看着她上了大巴车，这才转身走回高桥。

晋城说小，有近两千万的人口，从东边到西边，开车也要整整五个小时，也不算小。晋城说大，鸢也走在路上竟然都能遇到白清卿，还真说不上大。

今年的第一场雪来得突然，白清卿穿着一条香叶红色的刺绣丝绒连衣裙，黑色的长发绾起，露出圆润的耳垂和闪耀的钻石耳线，在纷纷扬扬的雪花下，她显得温柔极了。儿子住院，她还能将自己收拾得这么漂亮。

鸢也微微一笑："好巧啊白小姐。"

白清卿双手放在身前，拎着一个包，颔首道："姜小姐。"

鸢也挑眉："你不是应该叫我尉太太吗？"

白清卿只是笑了笑。

鸢也想起尉迟在办公室质问她的那些话，嘴角的弧度依旧："能冒昧问一句，你又跟尉迟说了我什么？"

白清卿皱了皱眉，露出一点疑惑："我没有。"

"是吗？"鸢也不信她。

白清卿微笑道："姜小姐若是身正，也不必怕旁人说你影子斜。你特意来问我这句话，不恰恰代表你自己也心虚？"

鸢也向前一步，拉近两个人之间的距离。她们都是微笑的模样，旁人看到只会以为是两个在街上偶遇后停下来相谈甚欢的好友。

"白小姐不是学钢琴的吗？怎么感觉好像是学语言的？"

白清卿的表情陡然一僵，倏地看向她，道："你查过我？"

鸢也只是随口嘲讽一句，没想到她的反应竟然这么大。难道真如自己先前猜想的那样，她人间蒸发的那四年另有隐情？鸢也有心诈她一下，故意说："白小姐是青城人，巧的是，我外祖家也是青城的，姓陈，不知道白小姐有没有听说过？"

白清卿抿了抿唇，转身就走，说："我还要去照顾阿庭，下次再与姜小姐多聊。"

"白小姐在紧张什么？"鸢也紧跟上去，还没走几步，手就被人抓住。

她倏地回头，就撞进尉迟有些凉的目光里。他意味不明地问："没有再私下见过清卿？"

第四章
狡猾的男人

"如果我说是巧遇你信不信？"鸢也说完，不等他反应，兀自耸了耸肩，"你当然不信，你只要看到我和白清卿在一起，就笃定我会欺负她。"

她想抽回自己的手，但尉迟握得很紧，她抿了唇，愠怒道："放开。"

尉迟看向白清卿，将手里的几个袋子递给她，说："你先回医院。"

白清卿眼神清澈，看着尉迟，说："迟，你和姜小姐好好说，不要吵架，她没有对我做什么。"

尉迟只道："去吧。"

白清卿拦了一辆出租车走了，鸢也才将视线落回尉迟身上，问："不是开会吗？尉总的会议内容就是怎么陪第三者逛街？"

尉迟皱了皱眉，说："她不是第三者，我跟她，并非你想的那样。"

那是怎样？鸢也从善如流地点头："她不是，那我是？确实，是我插足了你们，是我的错。"

她总是能用最平静的语气说出最讽刺的话，尉迟听得蹙眉，问："你来这边做什么？"

鸢也却懒得跟他解释："放开，我要回公司了。"

她永远都是这么桀骜，从来不知道温柔顺从为何物。尉迟抿紧了嘴唇，忽地将她按在路边的电线杆上。

"姜鸢也。"连名带姓地叫人，总会给人生硬又愤怒的感觉，但尉迟有着极好的涵养，他到现在也只是语气中带了点不耐而已，"我说过，清卿不会成为我们之间的障碍，你大可以无视她。我们还像以前那样不好吗？"

像以前一样？鸢也恍了一下神。

谁敢相信呢？虽然现在一口一句"我们不是因为相爱结婚""我们的婚姻是形势所逼"，但在没有白清卿母子出现的那两年里，他们的夫妻关系也算和睦。

可有些人既然存在了，她就不可能当没看见。鸢也学不会忍气吞声，直接道："不好。"

尉迟深深地看着她，说："你总是这么倔，迟早会吃亏。"

鸢也想说，能让她吃亏的，从来就只有他尉迟一个人。

接下来的周末，鸢也没有出门，窝在尉公馆里写计划书。

从尉迟对她的态度来看，她只能按霍衍说的规则进行了。无论如何，她这次都不想输给韩漫淇。

而尉迟说以后都回尉公馆住，实际上这两天也没有回来。他说是去出差了，至于是真的出差还是找个借口不回公馆，鸢也没有问。反正他也不是第一次夜不归宿了。

工作累了，鸢也就裹着毯子躺在软沙发上看电影。鸢也看得入迷，没听到手机铃声，电话连续响了三次她才发现。

一看来电人，鸢也忽然很想假装没看见。但她要是不接，这个电话估计能一直打下去，烦得很。她只好接听了。

那边传来一道温柔的女声："鸢也，明天是你爸爸的生日，你和阿迟一起回来吃顿饭吧。"

这个女人明明恨她恨得咬牙切齿，却还能装出这副温柔贤淑的嘴脸，不用问也知道，肯定是她爸在旁边。

鸢也淡淡道："尉迟最近工作忙，抽不出时间。"

宋妙云笑着说："阿迟管着那么大个公司确实不容易，但你没什么事啊，会来的吧？"

鸢也不想去，现在那个家里的三个人她没一个看得顺眼的。

宋妙云抢在她拒绝之前道："怎么说都是你爸爸，你要是也不来，他会很难过的。只是一家人在一起吃顿饭而已，又没什么。"

鸢也顿了一下，只回："再说吧。"

然后她就挂断电话，顺手捏了一颗酸梅丢进嘴里。

姜家这边，宋妙云放下电话，神情踟蹰。姜宏达连忙问："他们会来吗？"

宋妙云倒了杯茶递给他，轻声细语道："鸢也说阿迟工作忙，她也没时间，就都不来了。"

姜宏达一听，脸色一沉，将茶杯重重地放在桌子上，骂道："她怎么没时间？那天还在医院跟鸢锦吵架，鸢锦的同事就在旁边看着，她也不知道收敛一点！"

宋妙云维护道："鸢也应该不是故意的。"

姜宏达却越想越气，说："当初嫁进尉家的要是鸢锦，她一定不会像鸢也这么没用！"

宋妙云目光一闪，做作地弯腰，揉了揉自己瘸了的左腿，叹气道："是鸢锦没有这个福气，我也没有福气。要是当初能给你生下个儿子，将来你也好有个依靠，不用像现在这样，还要去麻烦鸢也和她夫家。"

姜宏达一下子就想起两年前的那件事。就是因为姜鸢也，他非但没了儿子，连鸢锦也没能嫁入尉家！

不行，他的生日他们必须来参加。鸢也不来没关系，尉迟必须来！尉迟不来，他的计划还怎么施行呢？

"把电话给我，我亲自给她打！"

宋妙云嘴角轻轻一勾，抬起头时却做出一副犹豫的样子："要不还是算了吧，我和鸢锦陪你过生日也一样。"

姜宏达眼神阴沉，说："鸢也不顶用，我必须想别的办法从尉家弄钱。那天说的那件事我已经决定做了，把电话拿来！"

宋妙云只好"不情不愿"地将电话递给他。

姜宏达直接给鸢也打电话，那边刚接通，他就大声地命令："明天晚上你和阿迟必须来！否则，你妈那间房就给用人住了！"

鸢也倏地站起来，道："你！"

姜宏达说完，就把电话给挂断了。鸢也火冒三丈，她对那一家人已经够忍耐了，他竟然还敢拿她妈妈来威胁她！好，行，不就是想让她回去吃饭吗？她回去就是！就怕到时候谁都吃不下饭！

061

周日的晚上，鸢也独自开车去了姜家。姜家院子里停了四辆车，其中两辆很陌生。鸢也看了一眼，心里闪过一种奇怪的感觉。

一进门，宋妙云就热情地迎上来："鸢也来了啊，外面很冷吧，快坐下喝杯热茶。"

鸢也看都没看她一眼，也不换鞋，踩着高跟鞋直接进了客厅，将车钥匙随手丢在茶几上，人也在沙发上坐下。

宋鸯锦注意到她的鞋是新出的限量款，一个尺码就一双，她买不到也买不起，而车钥匙上面的logo也十分显眼。更别提她一进门就摆着一张冷脸，涂着红唇，像个女王一样。

鸢也过得那么好，是她求也求不来的。但这些，曾经差点就是她的。宋鸯锦心里嫉妒，但是一想到没准过了今晚这些她也能拥有，脸上就露出笑容，装出一副体贴关心的样子："鸢也，饿不饿？要不要先喝碗汤垫胃？"

姜宏达往门口张望，问："阿迟呢？"

"忙，没空来。"鸢也淡淡道。

姜宏达的脸色一沉："我不是强调过，一定要阿迟来吗？"

鸢也似笑非笑地看着他："他是尉氏集团的总裁，分分钟几千万上下的人物，你好意思把人绑来给你过生日吗？换了我是不敢的，没那么大的脸。"

宋妙云又是一副老好人的架势："只是一起吃顿家常便饭，鸢也来了就好。再坐一会儿，马上就能开席了。"

压了压火气，姜宏达盯着鸢也问："前段时间我跟你说的事情，你办好了吗？"

前段时间的事情？鸢也想了一会儿才记起来，几天前姜宏达发信息给她，要她想办法让尉迟给姜氏一个一看就赔钱的项目投钱。她当时直接就回绝了，敢情他还没死心啊？

"我不是说了我做不到？"

姜宏达皱眉道："你怎么会做不到？你是尉家的太太，尉家的钱就是你的钱。"

鸢也一个没忍住，嗤笑出声。

"你想让尉氏给姜氏投钱就自己去找尉迟谈，我没有那么大的本事，给你弄几个亿来。"

姜宏达咒骂道："连这点能耐都没有，你真是废物！"

姜宏达越想越恼火，自尊心作祟，觉得尉家没把他当回事。他奈何不了尉家，却能辱骂鸢也："真是废物！连自己丈夫都管不了，没用的废物！"

鸢也恶心透了他这副嘴脸，再想起昨天他威胁她的事情，更是怒火中烧。但她这个人，心里越气，脸上就笑得越好看："我没用还不是遗传了您的，谁家的钱都不是大风刮来的，凭什么白白送给您挥霍？也就是我妈傻，但不是全世界的人都跟我妈一样傻。"

姜宏达霍然站起来，手指着她，道："你！你还敢顶嘴！当初要是鸢锦进了尉家，我要什么没有？你抢了鸢锦的丈夫，还不帮我办事，我养你有什么用！"

鸢也嘲讽一笑："你养过我吗？姜家和姜氏集团能在晋城立足，难道不是靠我妈妈的嫁妆和我外公的人脉？"

姜宏达勃然大怒："你！"

"哎呀，鸢也好不容易回家一趟，宏达，你消消气，有话好好说。"宋妙云在一旁劝和。

鸢也一个眼刀扔过去，道："我跟我爸说话有你插嘴的份儿？当初不是说暂住吗？一住就是十几年，哪家姑娘像你这么不要脸的？想嫁进姜家就直说，宋鸢锦以后也能光明正大地说自己是姜家大小姐，不用成天偷鸡摸狗地往自己身上贴金。"

顿了顿，鸢也又嗤笑道："哦，是我忘了，我外公虽然不在了，但我外公那边的人还没凋零，你拿着我妈妈的嫁妆想娶别的女人坐享其成，也得他们同意才行。"

宋妙云眼眶一红，好似受了莫大的侮辱，抽泣着道："鸢也，你怎么能这样说我呢？我对你没敌意啊，就算当初你把我推下楼梯，害我流产和瘸了一条腿，我也只当你是小孩子不懂事，这些年都没怪过你，你又何必字字带刺？"

宋鸢锦搂着她妈，跟着一起叫屈："我都说了那天医院的事情是个误会，鸢也，你怎么这么得理不饶人？"

鸢也冷笑："是我推你还是你自己摔下去的，我们心知肚明！"

她目光从他们三人身上扫过,冷冷地说:"你们做的事情要是能见人,我也没话说你们,归根到底,还不是你们自己作孽!"

"混账东西!我怎么生了你这么个孽女!"姜宏达气急败坏,抓起桌子上的一个烟灰缸就朝鸢也砸去。这要是砸中了,必定头破血流!

鸢也利索地往旁边一躲,烟灰缸砸在墙角,碎成无数片。她霍然回头,不可思议地看着姜宏达。他是想杀了她吗?

姜宏达完全被她激怒了:"还敢躲?来人啊!把她给我抓起来!"

用人们往前两步,鸢也斥道:"你们敢?"

用人们的脚步都一顿,顾忌地互相看看。姜宏达更加暴躁:"抓起来!抓!陈清婉死了十几年了,姜家现在是我做主!"

用人们想着自己还是要靠姜宏达吃饭的,心一横,蜂拥而上抓住鸢也。姜宏达冲上前,抬起手就要往鸢也脸上打。宋鸢锦在一旁紧紧握拳——打下去!打下去!

鸢也的眉眼冷而凌厉:"你敢打我,尉家那边你交代不了。"

姜宏达的手生生停在了半空中。他知道,尉家父母都很喜欢鸢也,他要是打了她,他们真生气了可怎么办?

宋鸢锦哪甘心就这么放过鸢也,她今天非要姜宏达把鸢也打一顿出气不可。心思一转,她喊道:"鸢也,无论你嫁给谁,在爸面前你都是女儿。顶撞爸本来就是你不对,爸教训你你就受着,怎么还威胁爸呢?这可是大不孝。"

鸢也瞧着她,讽刺道:"你妈还没嫁呢,这句'爸'你叫得也太早了吧?"

宋鸢锦脸一僵,很快又恢复自然,没接她的话,兀自叹气道:"尉家那边……我也才知道,原来我们院刚转来的那位小白血病患者是阿迟的儿子啊。"

宋妙云立即问:"什么儿子?"

"唉,阿迟有个三岁大的孩子,生了病在我们医院住院,阿迟每天都去看他。那孩子的妈妈十分漂亮温婉,阿迟对她也特别好……鸢也,你也学乖一点嘛,阿迟一看就喜欢听话的女人,要不然你们也不会到现在还没孩子。"宋鸢锦说。

宋妙云故作怜悯:"原来是这样,难怪今天你爸生日阿迟都不来。

鸢也,你在尉家这么不受重视,可真是委屈你了。"

她们母女俩说这些话的意思就是,鸢也在尉家没地位,所以尉迟才在外面有女人和孩子,现在就算打了她,尉迟也不会说什么。而且尉迟喜欢温柔的女人,就是她不温柔才不讨尉迟喜欢。要是当初嫁给尉迟的人是鸢锦,以鸢锦的品性,一定能得尉迟的喜欢,那从尉家拿钱来姜家还不是易如反掌?归根到底,就是姜鸢也没用!

鸢也伸手把她推开,说:"我和尉迟的事轮得到你多嘴吗?"

宋莺锦倒在沙发上,姜宏达见状,反手一巴掌打向鸢也的侧脸!

"啪"的一声,短暂,清脆。鸢也的头被打得偏向一旁。

宋莺锦捂住嘴,惊呼:"爸,你怎么能打鸢也呢?"

话是关心,但她没被手掌遮住的嘴角却咧到了耳根。

"说一句顶一句,你真以为你嫁去尉家后我就不敢拿你怎么样?姜鸢也,我忍你够久了!你跟你妈就是一个性子!"姜宏达大骂。

鸢也的眼里覆上一层血色:"别提我妈,你不配!"

要不是他和宋妙云这对奸夫淫妇,她妈妈又怎么会死!

姜宏达往四下看,看到高尔夫球杆,一把抄了起来,怒道:"我今天就打死你这个孽女!"

就在这时,门外传来一道平缓淡漠的男声:"今天是爸的生日,鸢鸢你怎么不乖一点?又惹爸生气。"

众人齐齐看向门口。

鸢也听到这个声音,不知怎么的,忽然安心了。意识到这一点后,她觉得有些荒唐。明明前天还和他不欢而散,现在只听见他的声音,她就安心了?

尉迟穿一身笔挺的淡蓝灰色西装,缓步走进来。他的目光从鸢也脸上的巴掌印上扫过,薄唇一抿。

鸢也整个人像一只竖起所有尖刺的刺猬,这个时候谁敢靠近她,都要被她扎出一手血。尉迟知道鸢也的性子,但还是第一次看到她锋芒毕露到这个份上。

他再看一眼抓着鸢也的用人,用人们只觉得芒刺在背,连忙放开手。

尉迟走到鸢也身边,低头问她:"没事吧?"

谁都没想到原本说不来的尉迟会突然出现，还看到了他们打他妻子的一幕，姜家三个人的表情都极不自然。姜宏达草草地将高尔夫球杆丢到一旁，扯出个笑说："阿迟来了啊。"

尉迟只看着鸢也，握着她的手轻轻摩挲，道："礼物都买好了，明明是想好好陪爸过个生日的，怎么又闹脾气了？是因为我没陪你一起来吗？我不是说了你先来，我忙完手上的工作就过来。"

哪有什么礼物？她都没跟他说今天是姜宏达的生日。

鸢也其实也知道，他说这些话是想在姜家人面前给她面子，让他们知道，她不是请不动他，不是在尉家没地位。

鸢也被他的动作安抚，渐渐平息了情绪。

尉迟这才看向姜宏达，语气说不上是平和还是冷漠："爸，鸢鸢跟我闹脾气，心情不好才会出言顶撞，你别跟她一般计较。"

宋妙云笑着说："当然了，都是一家人，怎么会计较这些？"

姜宏达抽了抽嘴角："鸢也在家里就被惯坏了，阿迟你别太宠着她，越来越没规矩了。"

尉迟一笑："那不行，我就这么一个妻子，不宠着她还宠着谁？"

鸢也松开了紧咬着的牙齿，看了尉迟一眼。陈桑夏说她是商务部的会说话，依她看，这个男人比她还会。连她都差点当真了。

此时此刻的气氛实在古怪尴尬，尉迟只关心鸢也，一个眼神都不分给他们，那三个人都不知道该说什么。

姜宏达拼命对宋妙云使眼色，让她周旋，宋妙云一时半会儿也不知道怎么办。宋鸢锦站在角落里，看着尉迟和鸢也，心里嫉妒得要命——尉迟对她竟然这么好！他难道没看到自己那天发给他的照片吗？姜鸢也在外面跟别的男人卿卿我我，他都不生气的吗？要不是怕被人知道是她偷拍的照片，她都想当场质问了。

好在用人及时出现，说饭菜都已经上桌，可以开席了。宋妙云终于找到了台阶，连忙招呼："那就别站着了，都坐下吃饭吧。阿迟、鸢也，都坐下吧。"

鸢也其实很想马上离开，却被尉迟抓着手，强行带到饭桌前坐下。

饭桌上，宋妙云一个劲儿地对尉迟献殷勤："阿迟最近工作很忙吧？看你都瘦了。"

姜宏达也对着尉迟摆出一副笑脸，想要说什么。

尉迟先开了口，问的却是："爸刚才为什么打鸢鸢？"

姜宏达脸上的笑容一僵，不自然地说："她……她忤逆我，跟我顶嘴，推了她姐姐一把，还在家里大放厥词，简直反了天了！"

"是吗？"尉迟温和一笑，又问，"鸢鸢是因为什么顶嘴？"

"她……"姜宏达说不出来，总不能说因为他让她从尉家捞钱给他，她不肯吧？

鸢也冷眼看着，没有开口的意思。

尉迟温和的目光落在姜宏达身上，却越来越让他坐立不安。

宋妙云干笑道："你爸爸等你们的时候，先喝了两杯酒，有点上头，和鸢鸢只是有些言语摩擦，没真的闹出矛盾。"

带着凉意的目光扫过墙角还没有来得及收拾的碎片、用人刚才捡起的球杆，尉迟再看向姜宏达："言语摩擦，需要叫上用人一起制服鸢鸢？还有烟灰缸、高尔夫球杆，都是做什么用的？"

他竟是要追究到底。姜家三个人低下头互相对视，有些不知所措。他们没想到尉迟护了鸢也还不够，还要替鸢也出头。

"鸢鸢是小辈，有做得不好的地方，爸管教她也是应该的。"尉迟顿了一下，话锋突转，"但既然爸说不出她为什么该管教，我作为她的丈夫，替她挨的那一巴掌要一个道歉，不过分吧？"

别说是姜宏达了，就连鸢也也是一愣，看向尉迟。他要她爸跟她……道歉？

没人比鸢也更知道姜宏达是什么人。他自私贪婪没本事，自尊心却极强，否则刚才就不会恼羞成怒打她一巴掌了。要他道歉，他怎么会肯？

尉迟与她对视一眼，眼里没什么特殊情绪，只是乌黑如墨的眼里溢出了漂亮的流光。那一瞬间，鸢也说不清楚心里是一种什么感觉。

这个男人，越来越会玩弄人心了，前面一句"不宠她宠谁"，现在一句"我是她的丈夫"，搞得好像他有多爱她似的。明明前两天他才因为白清卿冷了她一顿。

鸢也心绪复杂，没有说话，尉迟也没有再开口，场面就完全僵住了。

姜宏达的脸色已经不能再难看，可即使如此，他也不敢说什么——

哪怕这是在他家里，哪怕尉迟是独自前来。

好半天过去，还是宋妙云硬着头皮说："对不起啊鸢鸢，是云姨不好，没有看住你爸爸。大家都是一家人，你可别真生你爸爸的气啊。"

宋莺锦也忙不迭地接了一句："是啊鸢鸢，舅舅平时多疼你啊，都不舍得凶你，今天是喝多了才会失态，你就别计较了。"

她这会儿倒是改口喊"舅舅"了。

尉迟没理会她们，问用人："有水煮蛋吗？给我一个。"

用人愣了一下后连连点头："有，有。"

晋城有过生日吃圆蛋的习俗，厨房里早就煮好了一碗水煮蛋。用人全端来给尉迟，尉迟只拿了一个，在桌子上磕开，满桌子的人就看着他剥蛋壳。

那双手骨节分明，修长白皙，与白嫩嫩的鸡蛋比竟然也不逊色。然后，他把蛋贴在鸢也的脸颊上，轻轻地揉着。

鸡蛋还有余热，柔软又有弹性，在红肿的皮肤上慢慢滚着也不疼，反而还有点舒服。鸢也抿了抿唇，想自己来，但尉迟躲开了，亲自拿着鸡蛋帮她消肿。

他都做到这个份上了，姜家人再瞎也看得出来他是什么意思。看来这句道歉今天不说出来，他是不会善罢甘休的。

姜宏达颤抖着脸颊的赘肉，咬着牙说："鸢鸢，是爸不对，爸不该打你，对……对不起。"

鸢也有些想笑，她妈妈到现在都没等到他一句"对不起"，她挨了他一巴掌，居然就让他放下了那颗卑劣的自尊心。

这算是她赚了？呵。

鸢也当然不可能回什么"没关系""我原谅你"之类的话，反正有尉迟在这里，她就是甩脸色他又能对她怎么样？索性就晾着他好了。

尉迟揉到鸡蛋凉了才收手，看了看她的脸颊。她脸上的红印褪不少，回去再消肿一次，明天应该就看不见痕迹了。

他这才道："吃饭吧。"

尉迟发了话，满桌子的人才敢动筷，姜家那三人齐齐地松了一口气。

因为刚才那一出，就是宋妙云也没敢再对尉迟叽叽喳喳。宋莺锦狠狠嚼着嘴里的肉，把它当成鸢也。

鸢也则在心里叹了一口气，唾弃自己没出息。原本那么生他的气，现在他一使出温柔的手段，她的火就"扑哧"一下熄灭了。

一顿饭吃到尾声，姜宏达终于缓过来，竟然还不死心，对宋妙云使了个眼色。宋妙云在心里暗骂。但是她还要倚仗姜宏达，不得不照他的吩咐做，扯出个笑容："莺锦，还不快盛碗鱼汤给阿迟，这汤你精心熬制了那么久，不就是为了让阿迟尝尝吗？"

宋莺锦立即盛上鱼汤，亲自送到尉迟面前。那含羞带怯的样子，看得鸢也没由来地腹痛。

尉迟颔首道谢，却将鱼汤送到鸢也面前，道："喝点汤吧。"

鱼汤熬成奶白色，香味浓郁，但入鼻还是有些腥味。鸢也这段时间本就总觉得犯恶心，这下更是忍不住："哕——"

饭桌上的人都一愣。

鸢也实在受不了那种味道，扭过头去，说："拿远点。"

尉迟立即将鱼汤移到另一边。

宋妙云眼神闪烁，突然说："鸢也不会是怀孕了吧？"

尉迟的手微微抖了一下，些许鱼汤洒出来，溅湿了他的衬衫袖子。他抬头看向鸢也。鸢也亦是第一时间看向尉迟，两个人目光相对，却都猜不透此刻对方在想什么。

最后，鸢也先移开目光，抿了抿唇，说："最近肠胃不舒服而已。"

宋妙云当然不希望鸢也是怀孕，眼睛滴溜溜转了一圈，她微微笑道："是吗？我以为鸢也是有孩子了呢。"

宋莺锦忍不住追问："确定是胃病吗？看过医生了吗？"

姜宏达也眼巴巴地看着鸢也。他和宋妙云恰恰相反，如果鸢也能怀上尉家的孩子，对他来说可是有大大的好处。他急道："问你话呢，看过了吗？没看过就别瞎说，快去做个检查。"

鸢也情不自禁地转头去看尉迟。用人送来温湿的毛巾，他正在擦手，微低着头，神情疏淡，看不出什么。

半晌，鸢也笑着抬头看向那三张各有心机、各有算计唯独没有真心的脸，说："我两天前刚来月事。"

姜宏达咳了一声后拿起酒杯，宋莺锦放了心，微微笑了。宋妙云嗔道："说什么呢你这个孩子，什么话都放到台面上说，也不害臊。还好在场都是自家人,下次注意了。"

鸢也嗤笑一声,让用人倒一杯柠檬水给她。尉迟按住她的手,对用人道:"温水就行。她的肠胃不好,不要吃太多酸的。"

宋妙云注意到尉迟的袖子,说:"哎呀,阿迟的衣服弄脏了,快去楼上换一件吧,刚好鸢锦买了两件新衬衫要给……给她舅舅当生日礼物,都是白衬衫,将就一下。"

说着她就对宋鸢锦使眼色:"鸢锦,快带阿迟上楼去。"

宋鸢锦忙站起来,殷勤地邀请尉迟上楼。

鸢也觉得这对母女有点古怪,就着尉迟按住她的手,反过来抓住他的手腕,说:"阿迟的肩膀宽,爸的衣服不合身,别忙了。"

她顺势拉着他起身,说:"去我的房间脱下来,我洗一下,再用吹风机吹干就可以了。"

尉迟看着她,温声说了一句:"好。"

宋妙云起身挡住他们的路,抿着红唇说:"不用这么麻烦,鸢锦那两件衬衫买大了,给阿迟穿应该合身的。"

鸢也挑眉:"那就拿来给我,我陪阿迟上去换,我在这里,怎么都轮不到表姐。你们怎么都推着表姐上?不会是别有企图吧?"

宋鸢锦瞪大眼道:"当……当然没有了,我这不是看你身体不舒服,想让你休息一下吗?你想到哪儿去了?"

"没有就好。"鸢也淡淡的笑意下是浓浓的讥讽,她懒得再跟他们废话,直接带着尉迟上楼。

两个人走后,宋鸢锦就跑到姜宏达面前说:"爸,怎么办啊?"

"我哪知道怎么办?"姜宏达脸色铁青,"你怎么那么没用?人都在你面前了,你还把握不住!"

宋鸢锦微微咬牙:"姜鸢也黏尉迟黏那么紧,我根本没有靠近他的机会!"

尉迟很少来姜家,平时他们也没有见到他的机会,现在好不容易有这个机会,姜宏达不甘心就这么放过。想了想,他说:"妙云,你去把鸢也引出来,让她到花园见我。鸢锦,你趁机进去。"

宋妙云有些为难:"鸢也好像已经对我们起疑了,怕是不会那么容易被引出来。"

"你就说我想跟她聊聊陈清婉的事情,她一定会出来。"姜宏达的眼睛里闪过一抹算计的暗光。

鸢也带着尉迟去了她以前的房间,房间里的陈设还是老样子。姜宏达还想靠她从尉家拿钱,不敢得罪她太狠,就没让人乱动她的东西。

尉迟第一次进她的房间,四处看了看。桌面上摆着一个加湿器,仿佛是滴了什么精油,闻起来有一股淡淡的清香,与少女房间的布置倒是相得益彰。加湿器旁边是一个相框,尉迟拿起来看,上面是鸢也小时候和她妈妈的合影。

姜宏达其实长得不差,要不然也骗不到青城陈家的小姐心甘情愿下嫁。但鸢也更多的是遗传了她妈妈的容貌,从小就是个美人坯子。

照片里的她看着才六七岁,长发乌黑,自然微卷,披在肩头,亲昵地和陈清婉脸贴脸。母女俩都笑得眉眼弯弯,曦光映着她们的脸颊,容色清艳,如玉生烟。

尉迟的嘴角也轻扬起一个浅浅的弧度。

鸢也没拿宋莺锦买的衬衣给尉迟,她嫌硌硬,在自己的衣柜里找了找,找出一件半新不旧的黑色衬衫给他,哼声道:"尉总是唐僧肉,到哪里都有人觊觎。"

尉迟放下相框,将西装外套脱下,搭在床沿,又挨个解开衬衫扣子,轻声道:"胡说。"

鸢也倚着衣柜看他,心忖:她哪有胡说?宋莺锦那般勤的样子,还有宋妙云配合的架势,很明显就是对尉迟另有所图。这个男人真是祸害,在外面招人,在家里也招人。

鸢也一撇嘴,将黑衬衫递给他,尉迟却摊开手,挑眉示意。

大先生使唤人还使唤得挺自然。对峙半晌,最后她还是认命地上前,帮他换衣服。

"这件衬衫是谁的?"尉迟低头,看她星空色的美甲。手指从下至上扣好扣子,像流星从夜空轻划而过。她的呼吸落在他的胸口,虽然隔了层布料,却也能感受到温度。

"好像是我小表哥的吧。"鸢也说。

"好像?"

仅此一件的男士衣服，应该记得很清楚才对。是就是，不是就不是，怎么会是"好像"？尉迟乌黑温润的眸子里带有几分深究。

鸢也确实记不清了。这是她四年前从青城回来，收拾行李箱的时候在箱底找出来的。在青城的那一年里，和她接触的男人只有她小表哥一个。这么一件男士衣服，只有可能是他的——虽然她也想不出在什么情况下小表哥才会把衬衣落在她这里。

在青城的那段记忆她已经很模糊了，也不太想去回忆，就应了一声，一笔带过。

衬衫穿好了，鸢也踮起脚帮他把领子折好，后退一步，不禁一笑。尺寸竟然刚刚好，看来尉迟和她小表哥的身材差不多。

尉迟忽然搂住她的腰，猛地将她的身体压到自己身上。鸢也微微一惊，然后就感觉他的另一只手轻轻地碰了碰她的侧脸。

"你这张脸，最近真是多灾多难。"

鸢也的眼睫飞快地闪了闪："谁说不是呢。"

尉迟脸上闪过一抹冷厉，复而淡淡道："我说过，你那么倔，是会吃亏的。"

鸢也躲开他的手，说："这一巴掌，若论起来也是因为你。"

要不是知道白清卿母子的存在，姜宏达也不敢这么教训她。

尉迟捏住她的下巴："真的是肠胃不舒服？"

别人不知道，他是最清楚的。前两天他们才有过房事，她刚才撒谎了。所以，是怀孕，还是真的肠胃不适？

鸢也愣了一下，未曾想过他会特意问她这个，一时觉得有些好笑，然后就笑出了声。

"笑什么？"尉迟的眼睛像一方沼泽，深不见底又很容易让人泥足深陷。

"没，只是觉得语言真是奇妙又有趣。"同一句话，却可以分解出两种全然不同的意思。

真的是肠胃不舒服？如果尉迟爱她，这么问，是关心她身体的意思；如果尉迟不爱她，这么问，就是介意她怀孕的意思。

鸢也拿起领带帮他系上，手指穿梭，打了一个浪漫的圣安德鲁结，却在束紧的时候猛地一拉，勒住他的脖子。她抬头直视他的眼睛："去宁城之前我就感觉腹痛又犯恶心，在那之前，我们有三个月没有同房过。如果我是怀孕了，你觉得孩子的爸爸是谁？"

她笑意绵软，双眸如星火般熠熠。尉迟看着，却感觉到了她深藏在底下的愠怒。尉迟顿了一下，握住她的手，松了松过紧的领结，平和道："明天我陪你去医院做个检查。"

鸢也一下子咬住了后槽牙，道："你真觉得我怀孕了？"

"身体健康最重要，检查一下比较放心。"尉迟说。

是为了她的身体健康，还是为了消除怀疑呢？她都把话说得那么清楚了，可他还是要检查，他是觉得她真的在外面有男人？

鸢也闭了闭眼睛。这个男人总是这样，前一刻让她消气，后一刻又把她激怒。

她重新定眼看他，忍不住问："尉迟，你到底什么意思？"你以为我是什么人？

后一句还没来得及问出口，恰在这时，门被敲响。鸢也不耐烦地回头道："谁？"

"是我。"宋妙云的声音传来，"鸢也，你爸爸让你去花园一趟，有话对你说。"

鸢也冷冷道："没空，饭也吃完了，我们要回去了。"

"你爸爸好像是想跟你聊一下你妈妈的事情。"

这句话戳中了她的死穴。鸢也静默片刻，放开了尉迟，转身出门。

宋妙云瞄了一眼，尉迟正背对着门站着，她又笑了笑，说："快去吧，别让你爸爸久等。"

鸢也冷淡地问："他想跟我聊我妈妈的什么事？"

"我也不太清楚，但你爸爸的神情看起来挺沉重的，也有些愧疚，大概是想和你说几句心里话。"宋妙云低头，将脸颊边的碎发别到耳后。

愧疚？他也会愧疚？现在愧疚有什么用？她妈妈已经过世那么多年了。

她虽然厌恶极了姜宏达，却还是想替她妈妈听一听这个妈妈到死都还傻傻爱着的男人说一句"对不起"。

她回头看了一眼尉迟，然后关上门下楼。

073

宋妙云也跟着她下楼,却在走到一半时回头看了一眼。

宋鸾锦躲在转角处,对她点了点头。

尉迟拿起西装外套正要穿上,忽然感觉头有些晕,不由得蹙眉。

第五章
她走或我走

姜家的别墅是姜宏达和陈清婉结婚的时候鸢也的外公送的,这是姜宏达从陈家挖到的第一桶金。后来的几年里,他靠着陈清婉的嫁妆和鸢也外公的人脉以及帮助建立了姜氏,很快就在晋城就有了一席之地。

然而现在这里就只剩下陈清婉生前住过的房间里还有她的东西,别的从里到外都换了女主人。这也是鸢也越长大越不愿意住在家里的原因。

花园里种了很多植物,姜宏达提着花洒在浇花。

鸢也在秋千架上坐下,说:"我以为你不敢再提起她。"

姜宏达叹了一口气:"我知道你在心里怪我和你云姨好上了,但你妈已经走了十八年,我总不能一辈子都一个人过吧?我只是想找个知冷知暖的女人陪我过完下半辈子,可你为什么就是介意呢?"

鸢也讥讽地一笑,他不知道自己早就知道了妈妈的死因。

"你就那么想看爸爸孤苦伶仃吗?你怎么能这么自私呢?"

鸢也点了点头,无所谓道:"原来在你心里,我是自私的。"

"你不自私吗?你就是想让我当一辈子鳏夫!比起别的女人,你云姨也算是看着你长大的,你小时候也很喜欢她。让她正式加入我们这个家,对你来说有什么不好?你的反应为什么那么大?你还杀了我的儿子!"姜宏达咄咄逼人。

鸢也嗤笑:"某部剧的经典台词就是'我是来加入这个家,不是来破坏这个家',你没看现在网上多少人说新月格格是第三者?"

"你云姨不是第三者！"

这话听着怎么有点耳熟？鸢也转了转眼珠子，想起尉迟也说过一句类似的话。鸢也脚下一蹬，秋千轻轻晃荡起来，她说："是啊，宋鸳锦都比我大一岁，你们早就好上了，合起伙来蒙骗我妈妈。是我妈妈傻。"

姜宏达脸色一变："你知道了？"

"知道什么？知道你跟宋妙云不是所谓的姐弟，而是青梅竹马？还是知道宋鸳锦不是宋妙云跟前夫生的，而是跟你生的？"

又或是知道，他们这对奸夫淫妇打从一开始就算计了她妈妈，算计了陈家，连她妈妈也是死在他们的算计之中？那她确实早就知道了。要不是没有证据，她早就把他们送去警察局了！

但她现在还不能把这一切说穿，免得这对狗男女狗急跳墙，再对她做什么。她毫不怀疑，如果姜宏达知道她已经知道是他害死了她妈妈，他一定会对她下手！

姜宏达突然抓住她的手腕，紧张地问："你有没有告诉陈家？"

无论过去多少年，哪怕她外公已经去世，他还是出于本能地畏惧陈家。鸢也甩开他的手，语气淡淡："我要是说了，你那一巴掌还能打到我脸上吗？"

姜宏达松了一口气，然后警告她："这件事你绝对不能说出去！"

"你只知其一不知其二，我和你云姨的事是在你妈之前，后来她嫁给了别人，我就断了前情，一心一意对你妈妈好。"姜宏达编造着解释，"我根本不知道她生了我的女儿，你妈妈去世后她才告诉我这件事，我们才重新在一起的，没有什么第三者。"

"是吗？"鸢也笑了，要不是她早就查出宋妙云当年根本没有嫁人而是一直被他养在外面，她就信了他的鬼话了。

"那当然了，我那么爱你妈妈，怎么会让她当第三者呢？"姜宏达郑重地警告，"你记住，我是和你云姨断了以后才和你妈妈在一起的。你妈妈去世后，我才和你云姨旧情复燃，一切都坦坦荡荡的，你不要出去乱说。"

鸢也慢慢晃着秋千，一个眼神都多余给他。

姜宏达还是不太放心，绕到鸢也的另一边，继续说："你听爸的话，这件事烂在肚子里别说出去。爸以后再也不打你了，好不好？"

"我怕我妈在天上看到会怪我呢。"鸢也懒懒道。

"她是你妈妈，我就不是你爸爸了吗？虽然你做错了那么多事，这两年也不跟我联系，但我还是把你当成我的女儿。你的房间我一直关着，用人都不让进去，就是怕弄坏了你的东西。"

开始打感情牌了？鸢也哂笑。她的房间，没她的同意，谁敢动？就是宋鸢锦一直觊觎，都没敢真的搬进去。

嗯？等一等，他刚才说什么？鸢也神情一顿，脚撑住地面。

用人都不准进她的房间？确实，她刚打开房间门的时候，就闻到一股常年不通风的室闷的气味。

但她怎么觉得这句话有哪里不对？是哪里呢？

对了！是加湿器！

鸢也睁大眼睛，她的房间连用人都不能进去打扫，那么那个加湿器是谁放的？谁会在一个常年关闭的房间里放加湿器？话说回来，刚才下楼怎么没看到宋鸢锦？她去哪里了？难道……

鸢也倏地起身，转身就跑。姜宏达都没反应过来，她就已经进了屋。

"鸢也，你去哪里？"

鸢也径直进入主屋要往二楼去。如果她没想错，姜宏达是故意把她引去花园，好让尉迟落单！

宋鸢锦，宋鸢锦她还在打尉迟的主意！

鸢也一进客厅，宋妙云就上来拦她："鸢也，你和你爸爸聊完了吗？其实云姨也有话想对你说，我……"

鸢也毫不客气地直接把人推开："滚！"

宋妙云被推倒在沙发上，立即大喊："把她给我拦住！"

用人们蜂拥而上，鸢也一股脑把客厅里的架子推倒，架子上的花盆和花瓶碎了一地，用人连忙躲闪。

鸢也大步上楼，楼上也有用人冲上来要拦住她，她把人一个个都推开。

"废物！"宋妙云气急败坏，"连一个人都抓不住，养你们有什么用！"

用人们互相对视一眼，前赴后继地扑上来，场面一度十分混乱。

鸢也看着那扇紧闭的房门，心急如焚。但现实不是拍电视剧，她没有以一敌十的身手,能在这么多人的围攻下脱身。

宋妙云得意地一笑,想破坏她女儿的好事,做梦!

鸢也在距离房门不到五十厘米的时候,被飞扑过来的人抱住了大腿。还有两个用人一左一右抓住鸢也,直接把她架了起来。宋妙云在楼下喊:"快抬走!快抬走!人要来了!"

谁要来了?鸢也不知道,现在也不是想这个的时候。她怒道:"宋妙云你是疯了吗?放开我!"

宋妙云大喊:"大小姐喝醉了,快把她扶到我的房间去休息!"

用人抬起鸢也就走,鸢也拼命挣扎,但双手双脚都被人抓住,她蹬了半天也只蹬出去一只鞋。鞋飞了出去,砸在房门边。恰好,房门在这个时候打开了。

"都多大的人了,还让这么多人陪你玩游戏,也不怕被笑话。"尉迟走出来,一双乌黑的眸子清明,不沾半点情绪。

别说宋妙云傻了,就是鸢也也愣住了,他没有中招吗?

尉迟弯腰捡起地上的鞋,头一抬,无形的压力直逼而来。用人们连忙将鸢也放下,纷纷后退一步。

尉迟走到鸢也面前,半跪下来帮她穿鞋。鸢也连忙也蹲下,问:"你没事吧?"

尉迟绯色的唇微挑:"你看我像有事?"

"加湿器没问题?"难道是她想多了?

尉迟道:"有问题。"

有问题?那他怎么会没事?鸢也又问:"宋鸯锦没进去?"

"进去了。"

"人呢?"

"在里面躺着。"

不等鸢也想明白,突然从四面八方冲出来一群人。他们手里拿着相机,不管三七二十一,对着尉迟和鸢也就是一顿猛拍。

鸢也愣怔地看着,这又是闹的哪一出?

这些人拍了半天才看清楚现场,也都愣住了。一群人你看看我,我看看你,都没弄明白状况。唯一清醒的就是尉迟了。

尉迟跟没看到那些拍照的人似的,牵着鸢也走下楼,淡声道:"不早了,我们就不打扰爸休息了,改日再来看您。"

姜宏达整个面部表情都扭曲了,干巴巴地笑道:"好,好,呵呵——"

出了姜家,鸢也回头看了一眼灯光明亮的别墅,到底没忍住,"扑哧"一声笑起来。今晚这一出也太戏剧性了吧?

她明白了,全明白了。

这件事的正常发展应该是尉迟中了迷药,被宋莺锦乘虚而入,然后媒体拍下"尉氏集团总裁出轨妻子表姐"的照片。尉家和尉氏绝对不会让这么大一个丑闻公开,到时候便只能花钱消灾。可惜尉迟没有中招,所以一切算计都成了笑话。鸢也现在一想起姜宏达和宋妙云那茫然的样子就想笑。

尉迟看她笑弯了腰,摇了摇头。他语气平稳地问:"你开车来的?"

"嗯。"

"上你的车吧。"

尉迟应该是由司机送来的,鸢也看到他的车就停在那边。不过她正好也有事情想问他,就没赶他,直接解锁车门。

尉迟先坐进副驾驶座,鸢也随后也上了车。她一边启动车辆,一边笑着问:"你怎么脱身的?宋莺锦被你打晕了吗?"

"嗯。"尉迟抬手松了松领带,喉结上下滚动了一下,垂下头。窗外的路灯一闪而过,他眸子里的暗沉之色稍纵即逝。

方向盘打了个转,鸢也一踩油门开出去,勾唇道:"我说院子里怎么会多出两辆车,原来是姜宏达找来的媒体。"

姜家别墅位于郊区,车子在笔直的小路上开着,鸢也空出一只手,虚握着递到他面前,说:"采访一下尉总,如果真的被拍下了照片,你愿意花多少钱'赎身'?"

涂了护手霜的手细嫩清香,尉迟顺着她的手看向她的脸。她大概是真的很开心,连眼里都有细碎的光芒,与天边的星子一样熠熠生辉。尉迟的呼吸渐渐变得粗重,低声问她:"你觉得呢?"

鸢也想了想,回答:"姜宏达绝对不会一次性把照片卖给你,他会握着这个筹码慢慢吸你的血。宋妙云就更绝了,没准还会一哭二闹三上吊地要你对宋莺锦负责。"

尉迟闭上眼睛,说:"我已经娶了你,还能怎么对她负责?"

"人家愿意给你当小四。"或者是要求他和她离婚。

经过今晚之后,鸢也对那三个人又有了全新的认识,没什么事是他们做不出来的。

逼仄的车厢里全是她的香水味,犹如一把小钩子,若有似无地引着他。尉迟忽然说:"把车靠边停下。"

"嗯?怎么了?"鸢也想都没想,就将车靠边停下了。

路边树木错落,一辆车停在这里,不那么起眼。鸢也刚刚停好车,尉迟突然欺身过来。

"你……"鸢也忽然感觉到他喷洒在她脖颈上的气息异样滚烫,脑子里有一根弦陡然绷紧,她似猜到了什么,"他们给你下的是迷情药?"

"嗯。"尉迟的声音低闷。

鸢也诧异地看着他。姜家那三人想要速战速决,肯定是用的短时间内就会起效的猛药,他竟然还能保持清醒这么久,险些让人以为他没有中招,这个男人的自制力也太可怕了。

不是,等等,他干吗呢!鸢也连忙抓住他胡作非为的手。尉迟突然放平座椅,她猝不及防,整个人往后倒,直接被他压住。

"你……你起来,放开我,我送你去医院。"

尉迟的脸上升起热度,眼角也像不小心染了夹竹桃的花汁似的,微微泛红,端的是蛊惑人心的美。他就那样居高临下地看着她,竟然给人一种深情的错觉。

鸢也走了一下神,原本抵在他胸口的双手失了防备,被他抓住。

男人的声音沙哑:"不用那么麻烦。"

鸢也总算知道他为什么要上她的车了,这个浑蛋,处心积虑!

夜间的树林里寂静无声,只有不堪重负的枝头簌簌地抖落积雪,停在路旁的轿车从外表看好像也没有半点动静。

与这边的安宁截然相反的是姜家的别墅,那些被姜宏达找来的媒体七嘴八舌地抱怨,姜宏达铁青着脸坐在客厅里,一句话都说不出来,宋妙云又是道歉又是塞红包安抚,忙前忙后,一个头两个大。

她让用人去房间看宋鸳锦,用人进房间发现宋鸳锦晕倒在地上,后脑勺有个大包,地上有一根棒球棍,估计她是被尉迟打晕的。

好不容易把媒体都安抚好了,这时,门外冲进来一群警察。

"接到群众举报,这里有人使用违法药品从事不良活动,全都不准动,搜!"

姜宏达傻眼了,宋妙云也傻眼了,还没反应过来就被警察控制住。随后警察在房间里找到下了迷情药的加湿器,又在宋鸢锦身上找到一包可疑的白色粉末,所以理所当然的,宋鸢锦被带回警察局调查。

媒体记者们一看,纷纷举起相机。拍不到尉氏总裁的绯闻不要紧,好歹拍到了姜家小姐被警察带走的画面,这也是个大消息啊!

这一晚,姜家注定不会太平。

树林这边,鸢也耳垂通红,雪白的颈子上也添几个新鲜的吻痕。尉迟重新启动车子,从小路驶出来,很快就上了公路。

"好像从来没有听你说过你爸妈的事情?"大概是心情好,尉迟的声音都比平时清越。

鸢也没什么好气道:"不想告诉你,家丑不可外扬。"

尉迟反问:"我们不是一家人?"

她静默了一会儿,到底说了:"我爸娶我妈妈之前只是一个小企业的老板,姜氏还没有现在的规模。"

尉迟专注地看着前方,说:"嗯,我知道。"

"我妈妈是我外公唯一的女儿,我外公其实不同意我妈妈嫁给我爸,是我爸花言巧语把我妈妈哄骗得非他不可。父女俩犟了小半年,最后还是我外公认输了。我外公怕我妈妈受委屈,不仅给了很多嫁妆,还安排人帮我爸打理公司。三五年的时间,姜氏就扩大了三倍。"这些事,都是鸢也知道陈清婉的死因后从陈家老人那里打听来的。

"陈老先生是枭雄,有他扶持,姜氏自然一帆风顺。"尉迟对那位商界老前辈还是很敬重的。

"我外公就是年轻的时候太拼了,落下一身病,在我七岁那年就走了。"说到这里,鸢也眼里泛起一丝涟漪,看向他,"我们第一次见面就是在我外公的葬礼上。"

尉迟也偏头看了她一眼,说:"是吗?"

鸢也无声地笑了一下:"你从来不记得我的事。"

只有她还清晰地记得,那天他穿着小西装,在尉父尉母的带领下,到灵堂来鞠躬。尉母去安慰她妈妈时,他也在旁边,她当时可能哭成了小花猫,他就把西装口袋里的帕子递给了她。那条帕子,她到现在还收着。

鸢也有点饿了,她记得前面有一条小吃街,什么东西都有,就对尉迟说:"你在前面的路口右拐。"

"做什么?"问归问,尉迟已经将方向盘打转,拐了弯。

"买点东西。"

她下车买了一份鸡蛋仔回来吃,鸡蛋仔入口有浓郁的奶香味,外脆里软。

尉迟神色无奈,将车重新开出小街。鸢也瞧他有点看不起的样子,掰了一个塞到他嘴里,说:"比你的培根三明治好吃多了,尉总。"

尉迟细嚼慢咽吃下,鸢也眼珠子一转,起了什么坏心思,又喂给他一个,再一个……最后这份鸡蛋仔反是尉迟吃得多些。末了鸢也才慢吞吞道:"其实我刚才手还没擦干净。"

鸢也看着他一下子黑了的脸,倒在座椅上哈哈大笑。

她到底哪来那么多恶作剧的想法?尉迟好气又好笑,伸手拉过她的安全带,准确地扣进凹槽里,说:"现在出气了?"

鸢也知道他问的是今晚在房间里那场不愉快的对话。

"宋家那对母女又是怎么一回事?"尉迟又将话题带回来。

"我外公去世一年后,我爸就从外面带回了那对母女,说宋妙云是他的姐姐,丈夫做生意失败破产自杀,债主追上门要抓他们母女卖身抵债,他不忍心,就带回家照顾,哪怕当个用人也比毁了一辈子强。"说到这里,鸢也冷笑一声,"什么姐姐,他们根本就没有血缘关系。宋妙云是他的青梅竹马,他们一直有私情,宋鸢锦就是他们的亲生女儿。"

尉迟挑了挑眉,大概也是没想到。

鸢也把今晚姜宏达编的那些瞎话告诉他,讥讽道:"编故事的能力那么强,难怪我妈妈会被他骗到。"

"不是这样?"

"当然不是了。"鸢也面无表情道,"他从来就没有跟宋妙云断过,宋妙云也没有什么破产自杀的丈夫,她一直被他养在外面,两个人合谋骗我妈妈。"

或者说,是骗陈家的财产。

尉迟问:"后来呢?"

后来？鸢也的眼神暗了下来。后来她妈妈怀孕了，然后在分娩的时候发生了意外，和她已经足月的弟弟一起走了。

"你为什么会去查宋妙云？"尉迟忽然问。

尉迟太敏锐了。鸢也心里"咯噔"一下，连忙收拾了低落的心情。她在坦诚她妈妈的死因和隐瞒之间犹豫了一下，最终选择了后者："宋鸢锦自己说漏嘴了，说她是姜家的大小姐，我才想到去查的。"

也不知道尉迟信了没有，总之他没有再追问。

不一会儿，他们就到尉公馆了。鸢也身上黏黏的不太舒服，想先洗个澡。下了车，她也没等尉迟，直接回了房间。

尉迟跟着上楼，才走到门口，就听到她"砰"的一声关上浴室门的声音。他微垂下头，淡淡一笑，脚步一转，去了书房。

随后，助理黎屹带着一沓文件进门，道："尉总，都整理好了。"

尉迟这两天确实是去出差了，傍晚才下飞机。黎屹来接他的时候，说起今天是姜宏达的生日，所以他才会改道去姜家别墅。毕竟以鸢也和姜宏达的关系，他不用想也知道，他们肯定会起争执。他要是不去，都不知道场面会闹到什么样的地步。也是巧，他一进门就正好看到姜宏达打鸢也的一幕。

尉迟眸光暗沉，轻轻转着手指上的婚戒，薄唇抿紧。黎屹是黎雪的亲弟弟，姐弟俩都是尉迟的左膀右臂，跟在他身边多年，知道这是他不悦的表现。黎屹想了想，问："尉总今晚在姜家是不是遇到什么了？"

尉迟淡漠道："没什么，姜宏达给我设了一个局，想敲诈我。"

黎屹笑了："他穷疯了。姜氏最近几年的市值一贬再贬，年前蛇吞大象吃下锐大制造也没能改变他们的处境，反而闹得资金周转困难。"

"是吗？"尉迟有些漫不经心。他出了姜家别墅就让人报警了，单是加湿器里的迷情药，姜家就说不清楚，更别提现场还有媒体在。等明天这件事报道出去，姜氏怕是要雪上加霜了。姜宏达这次，可谓是搬起石头砸自己的脚。

有件事黎屹觉得还是要问一问比较放心："尉总，姜氏拖欠银行不少贷款，听说最快下周，银行就会申请法院仲裁，到时候姜氏怕是会出大乱子，我们要不要帮一把？"

尉迟却问："你听过'扶不起的阿斗'这个故事吗？"

黎屹一愣，回答："听过。"

尉迟语调温和："陈家留了那么多有能力的人在姜氏辅佐，姜宏达都有本事把姜氏作成这样，可见他比阿斗还要扶不起。我不是慈善家，尉氏也没有兴趣做他的提款机。"

话已至此，黎屹便不再为姜氏多话。

"再查一下姜宏达和宋妙云。"尉迟听得出来，鸢也今晚没有对他说实话。陈清婉的死，应该另有原因。

黎屹刚应了"好"，忽然，外面传来"砰"的一声，他还没反应过来，尉迟眉头一皱，快速起身，直奔卧室。尉迟直接推门而入，只见浴室门半开，热气微散，鸢也跌坐在地上，身上不着寸缕，脸色惨白。

尉迟马上蹲下身搂住她，皱着眉头问："摔到哪里了？"

"不是摔倒，是疼……"鸢也捂着小腹，急促地喘气。

尉迟覆上她的手，低头看着她，问："这里疼？"

"嗯。"鸢也疼得身体和声音都在颤抖。

尉迟偏头对候在走廊里的黎屹说："备车，去医院。"

黎屹立即应声："是。"

鸢也抿了抿唇，低吟道："好疼……尉迟，我好疼。"

尉迟沉声道："没事的。"

给鸢也穿好衣物，尉迟抱着她下楼，直接驱车去了私人医院。

医生以最快的速度排查病因，最后鸢也被确诊为急性阑尾炎，需要马上做手术，彻底切除阑尾。

签字确认手术的时候，尉迟顿了一下。急性阑尾炎？她小腹右下那道淡淡的疤痕，她不是说是切除阑尾后留下的吗？

"阑尾切除后还会再长出来吗？"尉迟抬头问医生。这个问题他其实知道答案，但还是想再确认一遍。

医生给予了答复："不可能。"

尉迟抿紧薄唇，飞快地签了字，道："麻烦医生了。"

医生道了一句"应该的"，就进了手术室。而尉迟站在手术室门口，黑眸凝住"手术中"三个红字，陷入思索。

两个小时后，鸢也被护士推出了手术室。手术很顺利，等人醒了就没事了。

切除阑尾虽然不算什么大手术，却也要住院几日。尉迟记下护士叮嘱的术后注意事项，又让黎屹回去唤用人收拾些东西来，自己则坐在病床边等着鸢也醒来。

卸去所有彩妆的鸢也容貌还是好看的，她闭着眼睛，睫毛在白皙的皮肤上投下阴影，有种苍白的脆弱感。

她鼻梁上有一颗痣，很淡，平时擦了粉底几乎看不见。尉迟伸手按住，鸢也仿佛感觉到了，皱了皱眉，他才收回手。

鸢也睡了一整夜，第二天早上，尉迟帮她给伤口换药的时候，又看到了那道旧疤痕。这道疤痕和切除阑尾的位置很接近，长度也差不多。若是没有昨晚的事情，他也不会怀疑这不是切除阑尾留下的疤。可这如果不是阑尾手术的疤，那还能是什么疤呢？

"我怎么了？"鸢也睁开眼，看到整间房都是白色的，又闻到一股淡淡的消毒水味道，想来自己是在医院。

尉迟收回手，将她的衣服拉好，说："急性阑尾炎。"

鸢也愣住："怎么会？不是割了阑尾后就不会再发阑尾炎的吗？"

她后知后觉发现小腹有些痛感，伸手一摸，摸到了一块纱布，又愣住，问："我为什么要开刀？"

尉迟盯着她看了一会儿，才说："切除阑尾。"

"我切过阑尾了啊，阑尾又不会再长出来，为什么要再切一次？"鸢也摸着自己的刀口，眉头皱了起来。搞错了吧？

尉迟抓住她乱摸的手，定定地看她，问："你以为你的阑尾是什么时候切除的？"

鸢也毫不犹豫地说："四年前，在青城，是我小表哥送我去的医院。你不是看过吗？那道疤还在。"

那段时间她心情窒闷，经常借酒消愁，活生生把自己的身体给折腾坏了。那天她也是突然腹痛难忍，还好她小表哥在她身边，判断出她是急性阑尾炎，把她送去医院做了手术。

尉迟无言片刻。

这时，医生来巡房，鸢也撑着床板起身，问："医生，我能不能问一下，是在什么情况下，切除过阑尾的人还要再切除一次？"

"没有这种情况，阑尾不会再生，切除后就没有了。"医生说着，顿了一下,"不过如果第一次手术的时候主刀医生不够专业,阑尾没有彻底切除干净,就有可能复发。这种概率很小,却也不是不存在。"

鸢也无语极了,这种事情也能被她碰上?回头她一定要谴责一下她小表哥,找的什么不靠谱的医生?

医生为鸢也做了简单的检查后就走了,尉公馆的用人煮了流食送来。鸢也有些洁癖,想刷牙后再吃,就让用人拿洗漱用品来。

在一旁的尉迟主动往漱口杯里兑了温水,又在电动牙刷上挤了牙膏,才递给她。

第一次享受尉总的服务,鸢也十分受宠若惊,眨了眨眼看他,然后才接过来。等她洗漱完,抬起头才发现尉迟已经离开了,她也没在意,毕竟尉总是个大忙人。

尉迟出了医院,黎屹将车开到大门口接他。神情淡薄的男人坐到后座上,然后吩咐:"让人去查,四年前,鸢也在青城的医院做阑尾切除术的详细资料。"

黎屹微微一愣,然后才应道:"好的。"

开了一段路,他到底忍不住,问:"如果,太太知道了呢?"

"没关系。"尉迟只这样说。

鸢也睡到午后才醒,精神好了就在病床上架起小桌板,开始工作。

傍晚,秘书下了班,拎着果篮来医院看她。秘书从包里拿出鸢也要的文件,正要说什么,病房的门就被敲响了。她和鸢也一起回头,看到一个温柔恬静的女子。

女人手里提着一个保温包,对着她们微微一笑:"姜小姐。"

她怎么会来?鸢也挑了挑眉:"白小姐。"

白清卿自然而然地走进来,将手里的东西放在桌子上,说:"我听迟说你住院了,就做了点东西给你送来。"

随意的一句话,却有好大的信息量。鸢也玩味地一笑,合上电脑,道:"麻烦了。"

"不麻烦,阿庭最近也要吃流食,只是多加一把米而已。"白清卿亲昵的态度让不明所以的秘书以为她是鸢也的好友。

鸢也委实好奇白清卿主动找她的原因,看了白清卿几眼,就对秘书说:"贞贞,你先回去吧,有什么事我再联系你。"

秘书点点头:"好的。"

外人都走了,白清卿仍然维持那副亲切近人的样子,将保温桶里煮得很烂的蔬菜粥倒出来,说:"现在吃刚刚好。"

鸢也没有接,只是问:"白小姐来做什么?"

她理所当然地笑道:"送饭啊。"

"用人会送。"

"那就让用人不要忙了,以后都由我送来就可以了。"

鸢也与她对视了几秒钟,她都是一副关心又体贴的样子。身子往后一靠,鸢也心想,自己不去找她,她反而主动走到自己面前来了,鸢也可不信这个白小姐是真的关心自己,她到底是想干吗呢?还是说,她此次来的主要目的,是为了暗示自己,尉迟跟她时刻联系、无话不说?

刀口突然隐隐作痛,鸢也按住腹部,嗤笑一声:心都还没疼呢,你瞎凑什么热闹?她不动声色地深呼吸好几下才缓过来。

"白小姐还是直说自己打的什么主意吧。"

白清卿将米粥放在桌上,柔声道:"我只是觉得,我和姜小姐没有过矛盾,可以坐下来好好谈谈。"

没有过矛盾?鸢也笑意浅淡。

"那就聊聊吧,"鸢也说,"你打算什么时候离开晋城?"

白清卿一顿,抬起头说:"姜小姐要我离开?"

"对,我觉得你很碍眼,所以希望你快点离开,最好就是这几天,别让我过个糟心年。"鸢也微笑道。

白清卿抿唇道:"迟不会让我走的。"

鸢也挑眉:"腿长在你身上,你愿意走就能走。"

白清卿仿佛觉得她的话很好笑,竟摇头笑出声:"你知道你在说什么吗?我是迟最爱的女人,我还给他生了一个儿子,我怎么可能离开他?"

鸢也笑:"最爱?他要是真有那么爱你,四年前怎么不把你娶回家?"

"姜小姐的话是悖论,如果迟不爱我,又怎么会让我生下阿庭?姜小姐嫁给迟两年,又怎么会一直没有孩子?"白清卿帮她掖了掖被角,在倾身时，轻声道，"他和你有做措施吧？但和我从来没有，他还想让我给阿庭生个妹妹。"

鸢也倏地捏紧放在被子上的手，复而掀起眼帘，眸色冰寒。

白清卿直起腰，莞尔道："所以要走，也是姜小姐你走。"

"我刚做了手术，医生嘱咐我不能大笑，白小姐就别跟我讲笑话了。"鸢也道。

白清卿摇头："迟四年前就跟我在一起了，我们还有了阿庭。而你，卑鄙地以骨髓要挟迟娶你，占了本该属于我的位置，现在却说我是第三者。姜小姐，你不能这么不知廉耻吧？"

现在倒成了她不知廉耻？鸢也玩味地一笑："那请问，明知道他已经娶了妻子还留在他身边的白小姐你，又有多廉耻？"

白清卿神情一凛，仿佛要说什么，却被鸢也直接打断："你又想说尉迟是先跟你在一起的？"

她一哂："算了吧，兜来转去就这一句话，我们争到明年也没有结论。你既然觉得自己比我先到他身边两年，还给他生了孩子，所以他是你的。那么请问，你为什么不让他娶你？为什么不阻止他娶我呢？你两样都做不到，现在和他同在一本结婚证上的人是我，法律只承认我和他互为对方所有，那么你就是第三者。"

再精致的妆容也盖不住白清卿白了一度的脸色。

鸢也顿了一下，语气缓和些许："人活着要有尊严，我要是你，我就离开他，丢了爱情也别丢了自我。在你接受他娶别的女人的那一刻，他就不是你的了。至于骨髓，确实，当初是我说的他娶我，我就捐。你可以说他是为了救孩子，所以受我的威胁。但是，当初我提出这个交易的时候，他根本没有告诉我有你的存在，他也没有丝毫犹豫就答应了，可见是白小姐你把自己在他心里的位置想得太重了。"

白清卿的呼吸明显一滞，涂着枫叶色口红的嘴唇也在小幅度地颤抖着。鸢也现在倒是给她说话的时间了，只可惜她一句话都说不出来。

鸢也凭自己的本事，从一个小职员走到高桥商务部副部长的位置，论口舌之争，她还真没输给过谁，甚至还能在轻描淡写间——杀人诛心。

"他拿尉太太的位置和我做交换，看重的是孩子不是你。虽然我也很奇怪，他那么在乎孩子，怎么会这样轻视你。难道你不是孩子的……"

鸢也眯起了眼睛,"妈妈?"

"你说话要负责任!阿庭是我怀胎十月生下来的,你凭什么说他不是我的孩子?难道你抢走我的迟后,还要再抢走我的孩子?"白清卿的情绪一下子变得激动起来。

鸢也淡然道:"我对你的孩子没兴趣。"

白清卿咬牙:"姜小姐,你巧舌如簧,我说不过你,但是……"

"但你还想跟我论先来后到是吗?也行。"那鸢也就跟她说一说,"我七岁就认识尉迟,我和尉迟的婚姻是十八年前我妈妈和尉迟的妈妈定下来的,尉家从那个时候起就把我当儿媳妇了。十八年前你在哪里?"

白清卿睁大眼睛:"不可能!"

"尉迟没跟你说过这件事?也是,你又不是他想娶回家的女人,他当然不用跟你说得太清楚。"鸢也笑了笑。

白清卿不接受也不相信:"不可能!你骗我!你明明是拿着和阿庭骨髓匹配的报告才能嫁给迟,他是被迫娶你的!"

唉,和她再多说一句话都是浪费口舌。鸢也下了逐客令:"白小姐的美意我心领了,不过我还是习惯吃自家的东西。你的米粥带回去吧,以后也不劳烦你送了。什么时候你准备走了,再来跟我告个别就行。看着有这几面之缘,机票钱我还是可以给你报销的。"

白清卿深吸一口气,语气突然变得很果决:"我不可能离开。"

鸢也看着她。

"半年前我来到晋城,就没有打算再离开!"白清卿眼睛一眨不眨地与她对视,那双婉转且柔情似水的眼里也满是坚定。

鸢也缓声说:"打没打算是你的事,有没有本事送你离开是我的事。"

白清卿突兀地一笑,拿起那碗粥走到垃圾桶前,手一倾,将粥全部倒掉,说:"粥冷了,再热口感也不好。"

鸢也扬起了眉梢,道:"你早这样做,我就拿你当个角儿了。"

白清卿连碗也一起丢了,拿起包包,又是一派优雅:"迟今晚有个晚宴,我该回去准备了。姜小姐,我们下次再见。"

说完她转身就走,鸢也脸上的淡然微笑一直维持到她离开,才如一滴墨水落入水中那样渐渐淡去。

一天过去,刀口原本已经不那么疼了,但不知是坐得太久,还是哪个不小心的动作扯到了,此刻又泛起一阵疼。鸢也手按着刀口,微微弯腰蜷起身体,深深地吸气,再深深地呼气。

这口气她要是不出,今晚肯定是睡不着的。鸢也果断拿起手机,给秘书打去电话:"贞贞,帮我打听一下,今晚有什么尉氏会出席的晚宴。"

"晚宴啊,不用查,我知道。"

"你怎么知道?"

"韩副部在办公室炫耀,说她拿到Sirius慈善夜的邀请函,还说可以直接见到尉氏的总裁。"秘书不屑,"见到又怎么样?尉总怎么可能跟她谈合作?"

得了确切的地址,鸢也短促地一笑,说:"挂了。"

然后她又给顾久打去电话,那边一接听,她便喊:"哥哥……"

"啊!"顾久浑身不对劲,"别别别,你一叫我'哥哥'我后背就发凉,你有事说事,别来这一套。"

不愧是一起长大的交情,懂她,鸢也便不客气了:"我想要一张Sirius慈善夜的邀请函!"

第六章
为你而来的

Sirius慈善夜是圈子里规格比较高的商业晚宴,没有邀请函还真进不去。

顾久挑眉道:"你想去参加?"

"对。"

这倒不是什么难事,别说是晋城当地办的晚宴了,就是在国外办的宴会,顾公子都有门路能进去:"巧了,我也要去,你当我的女伴就可以。"

鸢也笑:"行,八点整你到医院接我。"

"啊?"医院?

鸢也不等他问,就匆匆结束通话,又打出了今天的第三通电话——给妆造团队。等到八点整,病房门一开,走出来的就是一个与平时截然不同的鸢也。病号服换成了收腰的薄纱贝母裙,栗色的长卷发也做成了黑色的齐肩短发,眉毛细细描画,又细又弯地延长到眼尾,将她原本就漂亮的凤眼衬得越发娇媚,又因为她下眼睑点缀了亮亮的眼影做修饰,看起来无辜又无害。娇是娇的,可是连女人都不会觉得她妖气。

顾久瞧见她走出医院,亲自将车门打开。

"谢了。"

鸢也提起裙摆,弯腰钻进去,顾久闻到了她身上淡淡的香水味。她打扮得这么隆重,再用太浓郁的香味就会过犹不及,这样淡淡的若有似无，正好。从有形的外表到无形的气味，处处完美，可见她对这次晚宴的用心。

顾久揉了揉鼻子，从另一边上车："你们女人到底有几副面孔？我以为我对你够熟了，但你这么一打扮，我又不认识你了。"

"是吗？"鸢也从包里拿出一对由十几颗小珍珠攒成雏菊形的耳环戴上，对着他一笑，那一笑比珍珠还要耀眼。

顾久若有所思："我本来是觉得兔子不吃窝边草，但是你这样……"

鸢也眯起眼睛："嗯？"

顾久立即改口："但是你这样，我一定好好保护你，不会让你被晚宴上那些如狼似虎的男人吃了的。"

鸢也直接踢了他的小腿一下，连她都敢消遣，找打吗？

"你怎么在医院？"顾久才想起来问这个。

鸢也道："没什么，做了个小手术。"

顾久皱眉："什么手术？"

"回头再跟你细说。"

她上了妆，看不出脸色，但精神不错，行动自如，想来确实不是什么大手术，顾久便没再追问，只是纳闷："你都住院了，还那么拼要去晚宴？不就是一个慈善晚会嘛。"

当然要，鸢也勾唇，她要去把自己丢掉的面子——夺回来！

Sirius慈善夜的举办地是尉氏集团名下的一座城堡，鸢也挽着顾久的手入场时，毫不意外地引起了一阵轰动。

那会儿他们迟到了五分钟，城堡里因为要开暖气，所以到点大门就会关闭。为了放他们进去，大门又轰隆隆地打开，全场所有人的目光都被响声吸引了过去。

其中也包括尉迟。他手里端着红酒，看向门口，见那一男一女从红毯的那头走来，沿路的水晶壁灯明亮且璀璨，照着她脸上那抹落落大方的微笑。

霎时间，他的眸光堕入深渊。

鸢也对大家微笑示意，好多人都情不自禁地挥手回应，做完才意识到不该这么主动，又连忙放下手，神情尴尬。她好像是被逗笑了，眉眼弯弯，像黄昏下从维也纳缓缓流淌而过的多瑙河。

慢慢地将酒杯抵到嘴边，抿了一口，尉迟的喉咙滚动。她，又给了他一次意外。

他身旁站着一袭白色落肩丝绒裙的白清卿，她今晚特意打扮了一番，原本也算得上风韵别致。刚才与尉迟寒暄的人还别有深意地夸她这样端庄的女人就很宜室宜家，但现在……白清卿狠狠地将妒意和愤怒压在心底，不敢显露半分。

不只是她，在场很多女人都对摇曳生姿的鸢也有些嫉妒，几个女人你一言我一语，把鸢也贬了一顿，心里舒服了一些。但这个时候，有一个女人认出了鸢也，一言难尽地看着她们："你们是真不知道还是假不知道？那是姜鸢也啊。"

女人们脸色微变，不可置信地问："姜家大小姐？"

"是啊，她也不低调啊，化个妆你们就不认识了？"

女人们忙定睛再看几眼，好不容易舒了的那口气又堵在了胸口。

顾久含笑低头，对鸢也说："艳压全场。"

鸢也微笑的弧度刚刚好："那是当然。"

顾久的损友端着酒杯过来打招呼，挤眉弄眼道："顾三，好福气啊。"

顾久还没说什么，鸢也就挑着眉道："季二，晚宴才刚开始你就喝醉了吗？"

那个人愣愣地问："你怎么知道我是……啊？姜鸢也？"

鸢也哼了一声，他哑然失笑："是你啊，我说呢，晋城什么时候多了这么个美人，我竟然不知道，原来还是你。"

晋城年龄差不多的先生小姐们小时候都在一起读过书，虽然这些年没什么来往，但闲聊几句还是能很快就熟络起来。再者，谁不愿意跟美女多聊几句呢？于是，尉迟就看着鸢也被几个男人围了起来，谈笑风生。

白清卿发现，从鸢也入场到现在，他的视线就没从她身上移开过。白清卿抿了抿唇，声音柔和地说："那边好像是姜小姐？她刚做完手术，怎么不在医院好好休息？迟，你快过去看看吧。"

尉迟将空了的酒杯放在桌子上，力道不重不轻。

白清卿疑惑地问："她身边的男人……迟，你知道是谁吗？"

"顾久，她的朋友。"尉迟淡声道。

白清卿笑了笑："原来是朋友，我说呢，白小姐怎么会和他挽着手，那么亲密。"

尉迟忽然转身，朝另一个方向走去。白清卿看了鸢也一眼，然后追上尉迟，重新挽住他的臂弯。

鸢也看似不在乎尉迟，其实一直都在关注他。见他走了，她美眸一转，敷衍地应付了前来攀谈的男人们，然后就拉着顾久跟过去。

尉迟正与慈善晚宴的主办人寒暄。这位主办人是国内影响力最大的都市报纸创始人，姓吴，也是他最先开创"以拍代捐"模式的慈善活动。时至今日，Sirius慈善夜已经持续十五年。

吴总看到顾久走过来，笑着说："三少今晚来迟了啊，得罚酒。"

顾久笑道："要罚我的话，吴总也得陪我喝，我迟到主要还是怪您。"

"哦？这是为什么？"

"因为今晚各界大佬，还有明星、媒体、围观群众都聚在中山路，把路都给堵了。要不然我七点出门，怎么可能会迟到？"

说是在怪路堵，其实是在夸他的慈善晚宴影响力越来越大，吴总被哄得心花怒放："都是大家热衷公益，又抬爱我们Sirius，吴某人真是感激不尽。对了，这位是尉氏集团的尉总，两位应该认识吧？"

顾久自然而然地看向尉迟："认识啊。尉总，好久不见。"

尉迟颔首："三少。"

尉迟的目光在他身上一落，收回时，又轻描淡写地从鸢也的脸上掠过。

女人面上带着得体的微笑，专心地在顾久身边扮演一个装饰品。和他的视线对上，她客气地点头致意，疏离得仿佛和他没有任何关系。

"三少可真是咱们晋城的风流人物，要不是我们报纸只报道社会性事件，否则单独开个八卦栏目，三少一个人就能养活我们整个报社。"吴总调侃。

顾久只是笑笑，丝毫不介意这个风流的名头——他本来就很风流。

聊着顾久，自然无法忽视他身边的鸢也。连吴总都不禁看了几眼："三少今晚的女伴，一出场就把大家的目光都吸引了过去，下次见到老顾总，我一定要夸夸他，好眼光都遗传给了儿子。"

尉迟随手从桌子上拿起一杯红酒，抿了一口，唇畔依旧有淡淡的笑，细看那笑，却有些冷意。

鸢也垂眸拨了拨裙摆，笑了笑。她漫不经心地撩起头发，露出白皙的颈子，藏在头发下的肌肤上有两三个淡淡的吻痕。那都是他昨晚在树林里咬的，很隐秘，旁人看不到，但始作俑者会随着她的动作一下子注意到。

然后她视线自下而上移动，走过尉迟扣得整齐的西装，再到束得漂亮的领带，棱角分明的衬衫衣领，最后是他非凡英俊的脸。她的目光如有实质性，在他身上移动。他并非没有感觉，所以她不出意料地在他眼里看到了幽光。

试问有什么比一个漂亮夺目的女人身上留有他烙印的痕迹，而她又似是而非地引诱着他，更能让一个男人心动的？答案是没有。

哪怕清冷如尉迟，也逃不过这种活色生香的诱惑，所以他的目光就在鸢也身上，再移不开。鸢也笑意盈盈，论撩人，她也是有手段的。

白清卿站在那里，几乎要维持不住虚假的笑容，表情僵硬至极。

"吴总不要拿我开玩笑了，这是姜家的鸢也，您悠着点说话，她家刚在您的报纸上吃了亏，现在看到您了，今晚非得灌您多喝几杯不可。"顾久笑了起来。

吴总愣了一下，姜家？他们报纸今天是报道了姜家表小姐在家里偷藏了非法药品，被警察带走拘留的事情。

鸢也落落大方地微笑，伸出手："你好吴总，我是高桥集团大中华区的商务部副部长，姜鸢也，久仰您的大名。"

吴总听说过这号人物，只是第一次见："姜小姐，你好。"

鸢也顺势看向尉迟，笑意加深了许多："没想到尉总也来赴宴，那我今晚算是没白来啊。尉总，你好啊。"

吴总听说过尉姜两家的婚事，但不太确定，现在看他们两个人的模样，也不像是夫妻，便只当那些是风言风语，笑着接话："可不是，尉总可不容易请得动。"

尉迟轻轻重复了一遍她的名字："鸢也。"

喊她名字的人很多，但从他口中念出来，不知怎么的，多了一股旖旎之味。鸢也的心一紧，笑着端起酒杯："我敬尉总一杯。"

尉迟拒了："不必。"

"尉总好不给我面子啊。"鸢也眉毛一挑，"那我能邀请尉总一起跳舞吗？"

像是怕再被他拒绝，她又说："尉总，你已经拒了我一次，可不能拒我第二次。"

尉迟乌黑的眸子凝视她的脸，少顷，他随手将酒杯放下，对她伸出手："我的荣幸。"

顾久饶有兴味地看着那对装模作样的夫妻一起进了舞池，抿了一口酒。吴总已经去跟别人应酬了，但还留下一个女人。白清卿紧抿着嘴唇，眼睛一眨不眨地看着舞池里相拥的两个人，不知道在想什么。顾久偏头看她，笑意温柔："你就是白清卿白小姐？"

白清卿愣了一下，低声道："是。"

"初次见面，我是顾久。"顾久绅士地伸出手，"就剩下我们两个人了，可以邀请你一起跳个舞吗？"

白清卿面上倒是看不出什么，只犹豫了一会儿，便接受了邀请，与他一起进入舞池。

这种晚宴的舞蹈自然是悠扬舒缓的华尔兹，尉迟拥着鸢也，两个人第一次一起跳舞。意外的是，进退动作竟然十分默契。

尉迟的手虚搂在她的腰上，低下头看进她的眼里："刀口不疼了？"

"疼啊，你看我裙子下都没敢穿高跟鞋。"

"疼还来？"尉迟温声道。

鸢也笑意盈盈："当然要来，不来尉总面前晃一晃，尉总都要忘记你还有个老婆了。带其他人来参加这种档次的晚宴，这么没把我放在眼里，我很难过呢。"

她嘴上说着难过，嘴角的弧度却半点都没有减少。尉迟深深地看她一眼，手松开她的腰，抓着她的手就往外走："我让黎屹送你回医院。"

鸢也直接站定："不。"

她身上毕竟还有伤，尉迟不想对她强拉硬拽，免得撕裂了刀口。他回头，目光沉沉地看着她。

鸢也本来以为做好了心理准备，可以淡定地面对。但刚才入场时，看到他挽着白清卿，男的冷峻女的温柔，多么般配，她还是被刺疼了眼。鸢也勾唇，忽然风马牛不相及地问他："尉总，你觉得我今晚漂亮吗？"

尉迟顿了一下，到底是应了："漂亮。"

鸢也笑了，把自己的手抽回来："是啊，这么漂亮的我，现在可是别的男人的女伴。"

尉迟蓦地一愣，她已经转身离开。盯着她凸出的蝴蝶骨看了一会儿，他忽然感到一种微妙的，从来没有过的，不爽的感觉。

这边，顾久也放开白清卿，往后退了一步，笑着夸奖："白小姐的舞跳得很好。"

白清卿的心情愉快了很多，低头轻声道："谢谢。"

"但是我有个小建议。"顾久的眉眼微弯。

白清卿眨了眨眼睛，抬起头："什么？"

他忽然伸手去碰她的头发，白清卿顿时一愣，然后就闻到他的手腕处散发出的男士香水味，耳根忽然滚烫起来。下一秒，顾久取下了她别在鬓边的发夹，抓起她的手，放回她的手心，轻描淡写道："戴了钻石耳环就不要戴钻石发夹了，脖子以上的饰品有一个重点就够了。多了，就俗了。"

所有旖旎在霎时间灰飞烟灭，白清卿倏地看向他。顾久弯腰，在她耳边轻声说："就像偷了灰姑娘的水晶鞋，明明不合脚还非要穿进去，走起路来跌跌撞撞的，一点都不美。"

说完，他也不看白清卿是什么表情，便笑着走开了。

白清卿站在原地，面色平淡，好像没有什么情绪。但细看可以发现，她的嘴唇在颤抖。白清卿又去看尉迟，尉迟的目光落在了远处，乌黑的眸子里浮沉着什么。她甚至不用转头去看他看的方向，也知道那边是谁！

她一下咬住了牙齿，将手里的钻石发卡捏得紧紧的，也不顾钻石锋利的边缘将她的掌心硌得生疼。

鸢也不敢喝酒，就跟侍应生要了一杯温水，倒在高脚杯里，装模作样地品尝着。注意到白清卿的目光，她有些纳闷："你对她做了什么？那眼神跟要吃了我似的。"

顾久有些漫不经心："没有啊，我只是告诉她一点穿搭技巧而已。"

他看向另一边，说："我倒是觉得尉迟的脸色不好看，他又不是不知道我和你的关系，至于吗？"

"谁知道他。"鸢也一副无所谓的语气，而后低下头，淡去笑意后的脸上，细看有些落寞。

顾久看了一眼手表:"时间差不多了,可以入座了。"

"我去一趟洗手间。"鸢也说。

顾久颔首:"好,我在这里等你。"

"嗯。"鸢也放下高脚杯。

从洗手间的隔间出来,鸢也走到洗手台洗手,身后忽然有人喊她:"姜鸢也。"

她抬起头,从镜子里看到了那个人的身影,是表情难看的白清卿。

"白小姐两个小时前才说下次再见,没想到这么快就见面了。"鸢也挤了一点洗手液,慢条斯理地揉搓手指,语气淡淡。

白清卿紧紧捏着手指:"你是故意的。"

"故意什么?"

"你故意来跟我抢迟的!"

鸢也一笑,将满是泡沫的手伸到自动感应的水龙头下冲洗,语调微扬:"是啊。"

她竟然敢这么肆无忌惮!白清卿猛地上前:"你!"

鸢也随手抽了一张纸巾擦手,转过身,妆容精致,笑容优雅:"你信不信,他今晚会跟我走?"

白清卿仿佛被什么击中一般,整个人都一震,心里忽然涌起一种从未有过的恐惧感,仿佛即将失去什么东西。

怎么可能?迟怎么可能被她抢走?她和迟还有个儿子,迟怎么可能会离开她?可白清卿也想起了过去几年,尉迟从来没有主动联系过她,只将她放在小镇里,只让秘书每月定期给她打钱的事。他对她到底有没有感情,她自己其实心知肚明。

她从牙缝里挤出话:"姜鸢也,你别想得逞!"

懒得和她多说,鸢也将纸巾丢进垃圾桶里,径直走出了洗手间。不巧的是,她遇到了韩漫淇。

鸢也入场时的动静那么大,韩漫淇自然知道她来了,韩漫淇阴阳怪气地嘲讽道:"你不是请病假了吗?我看你现在这样,也不像有病的样子。"

鸢也轻轻捂着腹部:"我真病了,开了刀,差点下不了床。"

韩漫淇撇嘴:"信你的鬼话。"

鸢也叹气,这年头,说真话都没人信了。

韩漫淇偏头看了一眼还站在洗手台前的女人,她刚才只听到女人气急败坏地对鸢也喊话,不由得好奇:"她是谁啊?"

鸢也只说了句"对手",然后就走了。

竞争对手?韩漫淇想到那个地皮项目,自然而然地把白清卿当成别家公司想趁这个慈善晚宴接近尉迟商谈合作的人。

韩漫淇的心思转了几圈,打定主意,勾起红唇,转身离开。

回到宴会厅,鸢也环顾一圈想找顾久,结果先对上一个熟人的视线。那个人立即喊道:"姜副部。"

鸢也顿了顿,出于礼貌,朝他走过去,随手拿起一杯酒与他相碰:"形总,您今晚也来了。"

"是啊,为了慈善,再忙也要赶过来。姜副部今晚可是艳压全场,美得让人移不开眼睛啊。"地中海、啤酒肚、身高不过一米七的老总,眼睛滴溜溜地在鸢也身上转,笑出一口黄牙。

鸢也打完招呼就想借口走人,结果她忽然发现,尉迟就在他们身后四五步远的地方与别人寒暄。她心思一转,没了走人的意思,对着形总笑道:"形总谬赞了。"

形总被她的笑迷得神魂颠倒:"看到你啊我才记起来,高达和蒙亚的合同好像还没签吧?姜副部什么时候有空,我们把这个流程走完?"

"形总开口,我什么时候都有空。等我回了公司,马上准备合同。"鸢也说着,眼角轻轻往后一瞥,果不其然捕捉到尉迟朝他们这个方向侧身,嘴角的笑意越发轻柔。

"好啊,那我一定准备丰盛的晚餐招待姜副部。"形总连连点头,又恋恋不舍地看了她几眼,到底没忘记这是什么场合,没敢越界,叮嘱了她一句一定要来签约,这才走开。

鸢也莞尔:"尉总,你说他的主要目的是签约,还是约我吃顿饭呢?"

她知道尉迟关注着他们这边,果不其然,她问完那句话,尉迟就抿起了嘴唇。鸢也又问:"你觉得我是让手下的人去签这份合同就好,还是亲自走一趟?"

尉迟伸手拿走她的酒杯,搁在桌子上,冷淡地瞥她一眼:"你要是敢去,我就……"

099

鸢也抢话:"没收我的驾照?"

这是他在宁城威胁她的那一招。她"扑哧"一声笑了:"那我还能打车呀,再不行,找人送我。"

尉迟清冷的眸子里浮着不悦,事实上从鸢也入场到现在,他的心情就没有好过,尤其是在鸢也怼他那句话之后。

鸢也往他身边走了两步:"既然尉总这么不乐意我被别人觊觎,那就把我藏好了。"

尉迟低头看她,声音缓慢:"你藏得住吗?"

鸢也笑了,眼睛弯弯,嘴角弯弯。她当然藏不住,也不愿意被藏住。金丝雀才会待在牢笼里,她可是搏击长空的白鹭。

"尉总等会儿送我回去吧。"

尉迟顿了一下,然后说:"好。"

白清卿在洗手间里冷静了许久,才将表情调整回端庄优雅的样子,转身出门。

一个保洁正在拖地,她特意贴着墙走,想避开。然而没想到的是,保洁突然将拖把伸到她的脚下。白清卿吓了一跳,下意识地收回脚,这么一躲一避,整个人重心不稳地朝地上扑去。地上正好有一摊水,白清卿这一摔就直接坐到了上面。她连忙爬起来,然而还是晚了,白色的丝绒裙从臀部到大腿的位置已经留下了一大块非常明显的水渍。

保洁叫道:"哎哟,你怎么这么不小心?都看到我在拖地了,还把脚伸到我拖把下。"

白清卿怎么也没想到会出这种事,拎着裙子,完全不知道该怎么办。

韩漫淇悠然地从走廊经过,嘲笑道:"裙子都脏了,就别去宴会上凑热闹了,趁早离开吧,省得丢人。"

白清卿难堪至极,低着头咬着牙,紧紧地捏着裙摆。

韩漫淇轻哼一声,扭着细腰走了,想跟她抢合作?做梦!

白清卿确实想走了,但心里忽然涌起强烈的不甘,如果她现在走了,尉迟就真的会跟姜鸢也走了!白清卿深吸一口气,转身朝尉迟走去。

尉迟微微蹙眉:"怎么回事?"

白清卿咬着下唇,眼眶红润,小声道:"我在洗手间遇到了姜小姐。"

尉迟看向鸢也，鸢也莫名其妙：您有事儿？

尉迟摇了摇头，表情说不上喜或怒，带着白清卿往另一个方向走。鸢也转过头，随手从桌子上端了一杯酒喝下，想压住胸口的不适感，却忘了自己刚做完阑尾手术，辛辣的酒一入肠胃，她顿时咳嗽起来。

"咳咳——"鸢也咳得扯到了刀口，很疼，她连忙捂着腹部，眼角都泛出了泪水。

顾久见她咳得厉害，忙将手放在她的后背上轻拍："你慢点，呛到了吧？"

鸢也感觉自己要疼死在这里了，捂着腹部的手指间有一丝濡湿。她忙靠着柱子，调整呼吸，忍住咳嗽的冲动。要不是脸上打了腮红，现在她的脸色应该是惨白的。

痛感能让人萌生许多极端的想法，那一刻，鸢也真的恨死尉迟那个浑蛋了。

"你到底怎么了？是哪里不舒服？你状态不太好的样子。"顾久看着她。

"没事。"鸢也抿了抿唇，声音沙哑，"这附近有药店吗？"

"出了门左转走三四百米有一个。"顾久不算是个细心的人，可对鸢也还比较关心，"你到底哪里不舒服？要买什么药？"

鸢也摆摆手："我腹部有点疼，没事，你先入场吧。"

顾久想起她是从医院出来的，刚才又去了洗手间，现在说肚子疼，便自然而然地以为是肠胃不适。这确实不算什么大病，他也就没有跟她出去。

鸢也出了城堡，被冷风一吹，身体战栗，腹部抽筋，刀口更疼了，她得扶着墙才能勉强前行。忽然，她听到了尉迟的声音："她为什么会泼你水？"

脚步停顿，鸢也从转角处探出头，看到尉迟和白清卿站在路边，应该是在等黎屹开车过来。

"啊……"白清卿的语气迟疑又疑惑。

从鸢也的角度看不到尉迟的脸，只听见他的声音还是一贯的温和："我了解她，她不会做这种事。能让她失了一贯的行事作风，一定是生了气。你们吵架了？"

这个"她",指的是她?鸢也一时间也不知道该先纳闷自己什么时候给白清卿泼过水,还是先惊讶尉迟竟然说出"我了解她"这句话。而且他好像……确实有点了解她。

白清卿低着头,小声说:"姜小姐不喜欢我也不是第一天了,刚才又让我离开你,让我带着阿庭离开晋城。"

尉迟没有说话。

鸢也又听到白清卿说:"我说等阿庭身体好了我就走,她不肯,一定要我马上走。就阿庭现在的身体状况,怎么经得起颠簸?我拒绝了几次,她就把我推倒了,地上刚好有一摊水。"

鸢也的眉梢高高地挑起来,这个白清卿还真是谎话张口就来。

白清卿拉了拉身上的西装外套,柔柔弱弱地说:"以后我看到姜小姐,会小心避开的。"

尉迟偏头看她一眼,终于开口说一句:"委屈你了。"

"不委屈,只要能留在你身边,让我做什么我都愿意。"白清卿对他一笑,显得既温柔可人又善解人意。

鸢也看不见尉迟有什么反应,只见白清卿犹豫了一下,然后小心翼翼地伸手,想去牵他的手。

鸢也眼睛一眨不眨,就在白清卿的手指要碰到尉迟的手心时,尉迟忽然绕了一圈,站在她的另一边,大概是想看车来了没有,可也好巧不巧让她的手落了空。

白清卿抬手拨弄了一下头发,掩饰尴尬,抿了抿唇,突然来了一句:"迟,你还是劝一劝姜小姐吧,她怎么说都尉家的儿媳妇,总是跟那些男人太亲密,对尉家不好,对你也不好。"

这女人泼她脏水还泼上瘾了?听到这里,鸢也终于忍不住,走了出来:"我跟哪些男人太亲密我自己都不知道,还有劳白小姐为我解惑。"

她的声音轻柔带笑,很是悦耳,白清卿却脸一白。她没想到鸢也竟然在这里,而且还都听到了。她飞快地眨了眨眼睛,有点被戳穿谎言的慌乱:"姜小姐……"

突然之间,鸢也三步上前,速度快得像箭,甩手就是一耳光。清脆的一声响,白清卿整个人都跟跄了一下,不可思议地捂着脸,眼泪倏地掉下来。

"鸢也！"尉迟一把抓住她的手，出声一斥。

鸢也只盯着白清卿，冷冷一笑："嘴那么脏，小时候你妈妈没教你怎么做个人吗？"

美人发怒也还是美人，甚至还有几分惊心动魄的耀眼，尉迟紧盯她的脸。鸢也微抬起下巴，婉约的弯眉也压不住她的桀骜："说清楚，我跟哪些男人太亲密？"

白清卿哪还敢说什么，捂着脸躲在一旁抽泣，只敢用可怜的目光看着尉迟，想让他帮自己主持公道。

鸢也作呕，厌恶多看她一眼，转头对尉迟平铺直叙道："她裙子上的水不是我干的，让她离开晋城的话是我说的。我不需要任何人来教我怎么人际交往，亲疏我心里有数！"

说完，她也不管尉迟信不信、要给出什么回答，挣脱开他的桎梏，转身就走。她有着纤细窈窕的身姿，却有一条比男人还硬的脊梁骨。

尉迟的目光追随着她，许久没有移开。

走了几步，鸢也看到黎屹开车经过，她没有回头，而是径直往前走了一两百米才停下。她回头，尉迟和白清卿都已经不在原地，应该是上了黎屹的车走了。

尉迟大概不信她的话吧。她双腿颤抖，慢慢靠到墙上，捂着腹部的手掌张开，手指间全是血。刀口裂了，真麻烦。

鸢也眼神冷淡地看着路上的车来车往，在打车回医院和吃点止疼药应付之间考虑了五分钟，最终选择了后者。

以前她的小表哥骂过她臭脾气，她想自己可能是有点。心里疼的时候，她就喜欢自虐，仿佛要通过身体的疼来分散心里的疼，又仿佛是为了教训谁、故意让谁不舒服。不过很大概率只有她自己疼，没别的人在乎她。

她找到顾久说的那个药店，买了几片止疼药吃了，又回到宴会上。宴会大厅此时已经没什么人了，鸢也神色自然地走到顾久身边："入座吧。"

酒水和拥舞只是今晚宴会的热身场，接下来才是正式进入主题——慈善拍卖。

座位是一排排的，座椅上都贴了标签。尉迟自然是坐第一排，顾久

103

其实也是坐第一排，但鸢也现在已不打算再惹人注目，随便在后排找了个空位，于是顾久陪着她一起坐下。

顾久拿着写了今晚所有拍品的详细资料的单子，问："有喜欢的吗？我拍给你。"

鸢也有气无力道："没有。"

"选一样吧，哥哥今晚心情好，就想买点东西。"顾久笑吟吟地说。

鸢也就看了几眼："翡翠手镯不错，给我妈戴应该挺好看。"

顾久爽快地答应："行。"

鸢也看向第一排空出的两个位子，尉迟和白清卿还没到。

更衣室打开，身穿一袭红裙的白清卿走了出来，羞涩地一笑："迟，好看吗？"

尉迟坐在沙发上翻看杂志，闻言抬起头，淡淡地回应："嗯。"

然后她想都没想就问："和姜小姐比呢？"

听到她的这句话后，尉迟的眼神冷淡了许多。

他虽然什么都没说，但没有任何回答已经是最好的回答。白清卿的笑容一僵，突然意识到自己是在自取其辱，尴尬极了。她匆匆低头，将长发别到耳后："当然还是姜小姐漂亮……"

尉迟合上杂志起身，将卡递给导购支付："黎屹送你回去。"

白清卿愣了一下："为什么？"

尉迟道："你说的那个医生，航班取消，今晚不来了。"

白清卿捏紧了手，是的，她今晚能跟着尉迟赴宴，是因为她打听到美国一个治疗白血病的权威专家也去了慈善夜，所以她求了尉迟带她一起来，说想帮阿庭争取那位医生的会诊。但其实她直到现在都没想起这件事。现在医生没有来，他就让她回去。

白清卿咬着唇，试探着问："那你呢？你还要回晚宴吗？"

"宴会还没结束，我应该回去。"尉迟说。

白清卿一时忍不住脱口而出："是因为宴会，还是因为姜小姐？迟，你想去找姜小姐对吗？"

尉迟从来不喜欢旁人过多干涉自己的事情，白清卿说出这些话，已然让他不悦，他蹙眉道："清卿，把阿庭照顾好，这才是你应该做的事。"

既然她提起了鸢也，他便说："以后不要去找鸢也，她的眼里容不下沙子。"

白清卿的心一紧，她傍晚去过和睦家医院的事情他知道了？她连忙拉住尉迟的手臂："我去医院只是给姜小姐送吃，没有做别的事情。"

尉迟只道："她不喜欢你。"

姜鸢也不喜欢她，所以她就不要出现在姜鸢也面前。白清卿愣住，他怎么会这么在乎姜鸢也的感受？他不是不爱她吗？好一会儿，她才找回声音，说："好，我知道了，我听你的。裙子我很喜欢，但以后大概没有机会穿了。迟，带我回宴会好不好？别浪费了这么漂亮的裙子。"

大概是她的听话让他感到满意，尉迟略一顿之后，点了头："好。"

拍卖进行到第三件物品时，那两个位子的主人终于到了。

鸢也发现白清卿换了一条裙子，红色的抹胸纱裙。她皮肤白皙，身材也不错，完全不像生过孩子的样子，衬得起。落座后，白清卿的身子朝尉迟那边倾。从鸢也的角度来看，几乎是靠在尉迟身上。

翡翠手镯是第五件拍卖品，主持拍卖的主持人上台，一本正经地念着台本。

开始拍卖后，顾久马上举牌。主持人笑道："好，那边已经有人举牌了，现在是五十五万。"

第三排也有一个中年男人看上这款手镯，也举了牌。顾久眉毛都没有动一下，再举。

白清卿悄悄回头看了一眼，见顾久意气风发地跟鸢也说什么，想来那手镯是拍给她的。她垂下眸子，小声地用艳羡的语气说："真好看。"

尉迟看了她一眼，也举了牌。主持人惊呼："尉先生也举牌了，现在是七十五万。"

顾久扬了眉梢，噙着笑，举牌。

尉迟淡声道："一百。"

"尉总一口气加到了一百万！"主持人喊道，"还有比一百万高的吗？"

顾久说："一百五。"

尉迟翻倍："三百。"

一个翡翠手镯，就算是上上品，也不值三百万啊。全场的人都不由

105

得议论起来,尉总有那么喜欢这个镯子吗?

顾久也笑着问鸢也:"你觉得尉迟跟我对着出价,是真的喜欢那个玉镯,还是介意我跟你一起出席晚宴?"

鸢也抿了抿唇,唇峰没有涂满口红的一小块地方泄露出苍白。她哑声道:"我选C。"

"嗯?"

"他是为了白清卿。"她刚才看到了,白清卿对他说了一句什么,然后他才举牌的。

她抢了顾久的牌子,直接喊:"五百。"

全场哗然。

尉迟回了头,看到她靠在椅背上,挑着眉梢,嘴角勾起的样子。

主持人激动得声音都变得尖锐:"这位女士直接出价五百万!请问!还有比这个价更高的吗!"

大家纷纷看向尉迟,出乎意料的是,他竟然完全没有举牌的意思。

主持人喊:"五百万一次,五百万两次——"

白清卿咬牙,自是不愿意手镯被鸢也得到。这对她来说,不仅是丢了一个手镯,还是今晚第三次输给了鸢也!为了踩鸢也一次,她说:"我真的很喜欢那个镯子,迟。"

尉迟眉眼不动,仿佛没有听见她的话。白清卿一下子咬住了嘴唇。

"五百万三次!成交!今日第五款拍品,由这位女士获得!"主持人高喊。

工作人员立即拿着单子过来给鸢也签,非常直白地履行一手交钱一手交货的规则。鸢也接过,没有签,也没有让顾久签,而是漫不经心地将单子折成纸飞机。工作人员都愣住了:"女士,这……"

折好后,鸢也笑着对第一排的尉迟喊:"尉总。"

尉迟转身,隔着几排攒动的人头看向她。鸢也将纸飞机射向他,笑容明艳:"帮我签一下单呗!"

纸飞机刚好落在尉迟的腿上,一时间,全场人的目光,有的集中在鸢也身上,有的集中在尉迟身上,大家都不明所以又隐隐嗅到什么八卦,按捺不住激动之情。让人大跌眼镜的是,尉迟顿了一下,就把纸飞机拆开,伸手跟工作人员要笔,然后就签了名字!有那么一瞬间,全场发出整齐划一的吸气声。

顾久已经快笑得直不起腰,对鸢也竖起大拇指:"太狠了。"

鸢也笑了笑,坦然地将手镯收进包里。发现白小姐也在看她,她便跟白小姐眨了眨眼。

白清卿终于没办法再待下去,倏地起身,大步离开。但很快,尉迟就追着她出去了。

鸢也嘴角的笑容依旧,只是淡了许多,眼底也少了许多色彩。

你明明答应要送我回去,现在却跟着白清卿走,是要食言了吗尉迟?

直到晚上十一点,晚宴才完美地落下帷幕。

尉迟、顾久和顾久的女伴,都成了赴宴的客人们口中最频繁提起的名字。鸢也坦坦荡荡地接受着各种各样的目光,与顾久一起走出城堡。雪花飞舞,气温骤降,他脱下外套披在鸢也的肩上,鸢也说了句"谢谢"。

"东西不是拍到了,还不高兴吗?"顾久发现,从拍下玉镯到现在,她都没怎么说过话。

"我都输了,还有什么可高兴的?"

"输了?"顾久看着她,有些疑惑,小一会儿后才恍然大悟,"你今晚是冲着尉迟来的?"

鸢也睁开眼,眸子映着雪花,好似有些朦胧:"不然呢?我刚做完阑尾切除术,刀口都还没愈合,跑来这里图什么?"

顾久睁大眼睛:"你刚做完阑尾切除术?"

鸢也点了点头。

顾久顿时就炸了,气急败坏地指着她的鼻子:"你有病是不是?你刚开完刀,不好好在床上躺着,你穿裙子、化妆、染头发,还跑到宴会上跳舞、喝酒?"

鸢也说:"我就喝了一口。"

还敢狡辩!顾久在原地转了几圈:"姜鸢也,你要是哪天意外身亡,别指望我为你掉一滴眼泪,你就是活该!"

鸢也勾起嘴角笑了笑:"但是我现在觉得我还能抢救一下……"

最后一个字比落雪还要轻,她身子一软,整个人向后倒下。

顾久的眸子一缩:"鸢也!"

他当即伸手去接,却被另一双强有力的手捷足先登。顾久愣怔了,抬头一看，竟是尉迟。

"你不是走了吗？"

尉迟没回他的话，看着鸢也的腹部，抿紧嘴唇，横抱起她，大步离开。

顾久没有去追，敛去所有吊儿郎当的笑意，认真道："尉迟，你对鸢也好一点，要不然我都不会答应。"

医院里，鸢也刚刚重新缝合了伤口，还昏迷不醒。尉迟站在病床边，神色淡淡地看着她，脑海里浮现去慈善晚宴前黎屹对他说的话。

"尉总，姜宏达和宋妙云的事情查清楚了。宋妙云是孤儿，自幼被姜家收养，和姜宏达一直有染。后来姜宏达认识了清婉夫人，就和宋妙云分开，用了些手段哄骗了清婉夫人下嫁，至此攀上陈家。说是分开，其实并没有。他将宋妙云安置在一处房子里，两个人经常见面，宋鸢锦是他们的亲生女儿。婚后，姜宏达凭着陈家的帮助步步高升，可他又觉得清婉夫人性子过于冷淡，且陈家对他的掣肘过深，他怀恨在心。在陈老先生——也就是太太的外公去世后，他将宋妙云母女以姐姐和外甥女的身份接回了姜家。不久后清婉夫人诊出怀孕，姜家的管家之权也被姜宏达收走了给了宋妙云。清婉夫人即将分娩时，宋妙云告诉了她自己和姜宏达的事情，令清婉夫人胎气大动。再之后，清婉夫人和孩子都没能活下来。太太四年前从贴身照顾清婉夫人的用人口中知道了这件事。"

原来姜家还有这样一段过往。

尉迟伸手碰了碰鸢也的脸颊，一双眸子深邃。

鸢也醒来时，听到一口标准又流利的牛津腔，声音低沉，十分有磁性。她微微偏头看过去，先看到从百叶窗缝隙里钻进来的光，再然后就是光影里的尉迟。他坐在沙发上，面前摆着笔记本电脑，专注地看着屏幕，应该是在跟人开视频会议。

她见过很多长得不错的男人，但始终觉得尉迟是最好看的。最起码，他的眼神就是最特别的。乌黑的眸子有光泽，很平和温润，可就是没什么感情。有时候看进他的眼里，会产生一种他也在温柔地看着自己的错觉。其实不然，那就只是一个漫不经心的回视而已。

她看了他那么多年，都看不出什么时候才是他真正赋予感情的时候。

他就像是天将明时的晨星，天将暗时的昏星，最亮的那颗星，对抬头仰望天空的人有着极致的吸引力,偏偏又可望不可即,是碰也碰不到的人间妄想。她泥足深陷,不是没有道理。

过了一会儿,她感觉身子有些麻,想要翻个身。尉迟这才发现她醒了,匆匆结束会议,大步走过来按住她:"别动。"

紧接着,分辨不出从身体哪个部位传来的疼痛汹涌地袭来,鸢也忍不住呻吟:"你是不是趁我昏迷打了我一顿?好狠的男人啊。"

尉迟按了呼叫铃,让医生过来,回道:"确实有过这个想法,可惜我没有对女人动手的习惯,最后还是忍住了。"

医生来得很快,看鸢也实在疼得难以忍受,便给她开了半片止疼药。吃了药,鸢也才有力气说话:"顾久呢?"

"我怎么知道?"尉总的语气算不上温和。

鸢也的眸子忽然亮起来:"是你送我来的医院?"

"嗯。"

然后鸢也就笑了,要不是怕扯到刀口,她简直想笑出声。尉迟真是跟不上她的节奏,问:"笑什么?"

鸢也得意道:"最后还是我赢了,你是跟我走的。"

尉迟忽然伸手按了一下她的刀口,鸢也顿时像煮熟的对虾一样弓起来:"啊……疼!"

"原来你还知道疼。"尉迟的黑眸里藏着冷芒,"就为了跟清卿斗气,命都不要了?"

鸢也浑然不觉自己哪里不对,再给她一次选择的机会,她还是会去慈善夜。她冷哼道:"我怎么能输给第三者呢?"

见尉迟的脸色又黑一度,她以为他是不乐意自己拿那个称呼叫白清卿,就阴阳怪气地说:"好好好,知道,她不是。"

鸢也腹诽,她不是谁是?

尉迟看了她一会儿,才说:"我气的是你不在乎自己的身体。"

鸢也微微一愣,他第一次对她说这种话,她有些不自然,揪了一下被子:"我没有不在乎。"

他的脸色还是不好看,淡淡地看着她,有些愠色。她赶忙搜肠刮肚,说出以前的自己来做对比:"你是没看到四年前的我,那会儿我才是真的没把自己的身体当回事。有一天连喝了两打啤酒,差点把苦胆吐出来,上次阑尾炎开刀就是那段时间的事。"

"那个时候是为了什么？"他明知故问。

"失恋你信不信？"鸢也笑着说。

看尉迟皱了眉头，她才道："开玩笑的，是我家里出了一些事，心情不好。现在的我已经很保重自己了，参加应酬都不怎么喝，有时候还会让贞贞给我打掩护，往酒瓶里装散了气的可乐或者雪碧。"

她卖乖道："以后你也可以这样。当然了，自己也要演得像那么回事儿，不然可能会被发现。嗯，到时候人家会以为，堂堂尉氏总裁是个只会喝可乐的小屁孩，那你的一世英名可就毁了。"

小屁孩？这种完全跟他不沾边的形容词亏她说得出口，尉迟差点被她气笑。一抬头，他蓦地发现鸢也倾身靠近自己，笑意盈盈地问："尉总看我这样，是不是很心疼呀？"

她脸上的妆昨晚让黎雪擦掉了，头发也乱糟糟的，没了晚宴上那种惊心动魄的美，但多了几分干净的稚嫩。她笑成这样，就像是个讨糖果吃的小孩。

尉迟忽然想起一个原本被他遗忘在记忆深处的画面。那是个哭得抽抽搭搭的七八岁的小丫头，她小脸白嫩，鼻头红红，小嘴肉嘟嘟的，手不停地擦着眼泪，但总是擦不完，反而把眼睛揉肿了，看着实在可怜。他从口袋里拿出一条手帕递给她，她软软地说了句："谢谢哥哥。"

她说他们小时候见过面，他原本以为她是信口胡说，原来真的是他忘了。

鸢也看他半天没说话，心下自嘲地一笑，她瞎说什么呢？她收起了顽皮的笑，低声道："妈在门外。"

尉迟顿了一下，眼睛往外瞥了一下，果然看到尉母大衣的衣摆。他垂下眸子，不知是出于真心，还是为了应付尉母，"嗯"了一声，算是应了她刚才那句话。

鸢也拉了拉他的袖子，说："那你肯定不舍得我伤还没好全就又要跑上跑下谈合作吧？"

尉迟挑眉道："你想说什么？"

"我上次和你说的那件事，高桥和尉氏的合作。"鸢也眨眨眼，眼里藏着狡黠。

尉迟知道，她是料准了有尉母在，他无论如何都不能拒绝她，所以才在这个当口提合作的事。她还真是，能算又会计。鸢也坦坦荡荡接受他的目光，他做了那么多没把她当尉太太的事儿，她就拿尉太太的身份反过来要挟他一次，不过分啊。

"你草拟的合作案我看了，虽然还有细节要商榷，但你有一句话说得对，高桥确实是尉氏最理想的合作伙伴。"尉迟轻声说。

鸢也眼睛一亮："那你是答应了？"

尉迟笑道："市场部郭总监的联系方式，我等会儿发给你。"

"你最好啦！"鸢也立即伸手抱住他的脖子，顺便在他耳边说了一句，"我是不是第一个威胁你的人？"

尉迟手托着她的身子，没让她扯到刀口，淡然若笑："是，等你伤好了，等着，尉太太。"

尉母看到这里，才笑出声："原来尉总也有公私不分的时候？"

两人假装刚发现她的样子，尉迟将鸢也放回床上，起身道："妈。"

鸢也顺了顺头发："妈，您怎么来啦？"

尉母瞋她一眼："你还敢问？开刀这么大的事，要不是我问阿迟你这几天怎么没打电话回家，你是不是都不打算告诉我？"

"只是切个阑尾，又不是什么大手术，过两天就能出院了。"像是怕被她说，鸢也连忙转移话题，"妈，我买了一个翡翠手镯给您，您看看喜不喜欢。"

她边说边朝尉迟挥了挥手，尉迟从包里拿出一个盒子给她，她又献宝似的送到尉母面前。

尉母笑看他们的小动作，莞尔道："真好看，这水头很不错，我很喜欢。"

鸢也笑容乖巧："那您就别生气了，以后有什么事我肯定告诉您。"

尉母本来就没真的生气，手指点了一下她的鼻尖："我在家里熬了点粥，趁热吃吧。"

她带来的用人立即将保温桶打开，盛了粥到碗里。尉母又说："阿迟，喂鸢鸢吃。"

鸢也一愣，下意识道："不用，我自己可以。"

尉迟却已经接过了碗："好。"

在尉母慈爱的目光下，鸢也没办法拒绝，也不能拒绝，被迫吃完了一碗尉迟喂的粥，脸上还要装出很甜蜜很感动的样子，险些把脸笑僵。果然啊，尉总不是能随便威胁的人，他绝对是故意的！

吃完有用人打来热水，帮鸢也擦身体、换衣服，尉母将尉迟叫了出去。尉母拿出手镯看了看，淡笑道："这就是昨晚Siriu慈善夜上，以五百万成交的那个吧？"

尉迟没有否认："是。"

尉母收起手镯，抬头瞥了他一眼："我看了个八卦报道，说这个手镯是顾三少的女伴拍下，由尉总签的单，所以这里面的故事是什么？"

兜来转去，说白了就是问尉迟和鸢也之间出了什么事。

尉迟的眸光清淡："小报道只会哗众取宠。"

尉母轻挑秀眉："你的意思是，上面说的都是假的？"

尉迟一副默认的态度。

尉母摇了摇头："我和你爸虽然退了，但还没有到耳目闭塞的地步。"

她略一顿，声音低了些许："姓白的那个女人和孩子的事情，我们已经知道了。"

尉迟并不意外，从白清卿带着孩子来到晋城的那一刻，他就知道这件事瞒不住他们。

尉母眼神复杂地看着他，最后化为一声叹息："你从小就很有主见，接管尉氏后也做得很好，早就不用受我和你爸的管教，我和你爸也相信你能把事情处理好。这件事我们不会干涉，但你自己要处理好，别伤了鸢也的心。"

尉迟沉默了好一会儿，说："我知道的。"

鸢也换好衣服，尉母又进来和她说了几句话，只字未提刚才和尉迟在门外说的事，最后嘱咐她好好休息，然后就离开了。

尉迟看保温桶里还有米粥，问她："还吃吗？"

要个头啊！鸢也咬牙切齿，盯着这个男人温雅俊美的脸看了半天，最后还是算了，毕竟她还有求于他。

"刚才你答应的事情，可不能反悔。"她指的是合作。

"我答应的事情，从来不会反悔。"

有了他的这句话，鸢也就放心了。

尉迟将被子重新盖好,用最温和的语气说出最不可商量的话:"刀口愈合之前,你就待在病房里,哪儿都不许去。"

尉迟笑着起身,顺了一把她的头发,柔声道:"乖一点,我去公司,晚上再来看你。"

鸢也抓住他要收回的手,看进他的眼睛里,收起开玩笑的意思,认真地问:"你昨晚为什么会回来?"

尉迟温和地看着她:"你以为呢?"

鸢也抿了抿唇:"我不知道。"

尉迟忽然弯腰,吻了一下她的嘴角,在她愣怔之际,轻描淡写地说:"昨晚你为了什么去的慈善夜,我就是为了什么回来的。"

然后他就离开病房,独留鸢也坐在床上。

鸢也好一会儿都没回过神。

她为了……他去慈善夜,所以他就是为了……她回来?要命,鸢也心想,这个男人也太会哄人了。她怎么就没出息地吃这一套呢?

第七章
他的两次温柔

接下来的两日，鸢也总算老老实实地在床上养伤。闲来无事，她就把黎雪叫过来闲聊。

"如果我没记错的话，尉迟的助理黎屹是你弟弟吧？是你介绍他到尉迟身边工作的吗？"

黎雪正色道："尉总不是任人唯亲的人。"

"那是？"

"四年前尉总在青城……"黎雪说了个开头，不知想到什么，忽然又闭了嘴。

鸢也立即善解人意道："没事，为难就不说了，随便聊聊而已。对了，黎秘书有男朋友了吗？"

"有。"

"在一起几年了？"

"七年。"

"还没有结婚的打算吗？"

黎雪逐渐放松："二月会先订婚，年底再看时间办婚礼。"

鸢也"哦"了一声，又很感兴趣似的问："男朋友是哪里人？"

"宋城人。"

"房门钥匙在哪里？"

"在……"两个人一问一答，中间没有丝毫停歇，鸢也冷不防来了那么一句，黎雪差点脱口而出，黎雪恼羞成怒，"太太不要费心思了，尉总有吩咐，我是绝对不会让您离开病房的，您还是吃药吧。"

一杯温水和几颗药强硬地送到她面前，鸢也叹了口气，吃下去。

黎雪小声说："尉总是为了太太好，那晚尉总抱着您回医院，脸色很难看，是真的很担心太太的身体。"

"哦。"

傍晚，秘书带来了一些文件给鸢也，看到一旁的黎雪，感觉这个大姐姐很有气场，忍不住小声问："姜副部，她是谁呀？"

"表姐。"鸢也敷衍地回答。

她又对黎雪说："表姐，麻烦你去帮我买点吃的，我饿了。"

黎雪知道鸢也主要是想把她支开，单独和秘书说话，猜想多半是因为工作的事情，她一个外人不好听见，就点点头："好的。"

人走后，鸢也翻了几页文件，问："韩漫淇那边什么情况？"

"她已经交了计划书，晚上还请了她手下的人聚餐。"秘书关心她的进展，"姜副部，你做完了吗？霍总明天就回来了。"

鸢也懒懒道："写了一半没写了。"

"啊？为什么不写了？难道你想把合作拱手让给韩副部吗？"

"美得她。"鸢也轻笑，拿起手机把玩，没一会儿就听到"叮咚"一声，点开微信一看，果然是尉迟发来的市场部郭总监的名片。

她嘴角一弯："成了。"

"成什么呀？"秘书问。

"合同成了。"鸢也加了对方，一秒通过。她噼里啪啦打字，一来一往几句话后，两个人便约定了签约时间和地点。

秘书十分惊讶："你已经签到合同了？"

"嗯。"鸢也露出思索的表情，"但是我要先离开医院。"

鸢也活动了一下筋骨，然后就把秘书塞进被子里，说："你躺在这里睡觉，假装成我，无论是谁来你都不要露脸。"

秘书觉得这样不好，伸出脑袋："可是……"

鸢也又把脑袋给她按回去："乖，回头我帮你申请涨工资。"

秘书："……"

鸢也换了衣服，左看看右看看，避开黎雪，成功地溜出医院。

明天就是周五了,也是霍衍给她们的死线日,今天无论如何都要把合同签下来。鸢也打车去尉氏的路上,跟法务部要了一份合同。到了尉氏,鸢也就看到大厦门口站着一个打扮颇为干练的年轻女人,想来她就是市场部的郭总监,便微笑着朝她走去:"你好郭总监,我是高桥的姜鸢也。"

郭总监伸手与她相握:"姜副部,你好。"

两个人并肩走进尉氏,现在已经是下班时间,大厦里人迹寥寥。

签完合同后,鸢也带着合同,哼着小曲儿出了会议室。然后她就看到黎雪站在十几米外,有点幽怨地看着她。黎雪板着脸:"太太,尉总请您上去一趟。"

哎呀糟了,连尉迟都知道了,鸢也有点心虚:"不了吧,我还要回医院,医生要查房了。"

黎雪直接说:"请。"

没办法,鸢也只好进了电梯。站在总裁办公室门前,鸢也揉揉脸,摆出一副诚恳知错的样子才进去。

"我就知道你一定会跑。"尉迟坐在办公桌后。

这个女人怎么可能会老实养伤?只是早跑和晚跑的区别而已。

鸢也认真地解释:"我只是打算来跟郭总监签份合同,这就打算回医院了。"

尉迟扬眉道:"这么说,还是我耽误了你?"

鸢也嘴里说着不敢,尉迟拿起钢笔,顺手指了沙发:"在那边等我一会儿,下了班一起回家。"

鸢也一笑:"好。"

翌日周五,鸢也销假上班。出了电梯就遇到韩漫淇,她笑容明媚地打招呼:"早啊韩副部。"

韩漫淇端着杯咖啡,悠然道:"终于敢来公司了,我还以为你要一直躲到下周呢。"

"那怎么行呢?霍总今天出差回来,怎么着都应该为他接风洗尘,帅哥在咱们商务部享有最高规格的待遇不是吗?"鸢也笑眯眯地说。

韩漫淇只觉得她死到临头还笑得出来,真是勇气可嘉,嘲讽道:"你的计划书还没交吧?"

鸢也坦白:"我才写了一半。"

"没想到你这次认输认得这么干脆,就冲着你这份识相,等我升职了正部长,一定不会让你太难堪。"

鸢也配合她,微微弯了腰:"那我就先谢过韩部长啦!"

韩漫淇越发得意,正要再抖抖威风,专属电梯"叮"的一声打开,穿一身烟灰色西装的霍衍走了出来。鸢也和韩漫淇都站直了,道:"霍总,早上好。"

霍衍的目光从两个人身上扫过,在鸢也身上停顿了一秒,然后点点头说:"早。"

十点半,霍衍召集高层到小会议室开会,主要说了他这次去总部汇报工作时总部下达的指令。末了,他点了鸢也的名:"和尉氏8号地皮的合作,由姜副部担任负责人,自己组建团队。总部很看重这次合作,绝对不能出任何纰漏。"

鸢也颔首道:"我明白。"

韩漫淇听得一愣,质问道:"为什么是她负责和尉氏的合作?她连计划书都没有交,凭什么是她?"

霍衍浅棕色的眸子转向她,说:"她签的合同,自然是她负责了。"

韩漫淇又愣了片刻,倏地回头问:"你和尉氏签合同了?"

鸢也喝了一口水润了润喉,说:"昨天签的。"

"你!你怎么这么狡猾?霍总只是让我们做计划书,你竟然跑去跟尉氏签合同!"韩漫淇咬牙。

"你不是也偷偷联系过尉氏的人?你还去Sirius慈善晚会想接近尉总,咱们俩的心思半斤对八两,只是你没成功,我成功了而已。你怎么能反咬我一口呢?"鸢也笑着说,"韩部长,不厚道啊。"

这个称呼充斥着浓浓的讽刺意味。

韩漫淇脸色铁青,几乎把手里的本子揪烂。出了会议室,她脚步不停地回了自己的办公室,"砰"的一声关上门。鸢也特意在她门口站了一会儿,果不其然听到了她噼里啪啦摔东西的声音。

小秘书要不是穿着高跟鞋,都想跳起来欢呼,总算出了口恶气!

鸢也扬声道:"跟大家说一声,晚上我请客,地方你们定。"

"好嘞!"小秘书应得更大声。

鸢也敲了敲门，问："韩副部，一起？"

回应她的是不知道什么东西砸向门板的声音。她心情舒爽，不和这种输不起的人计较。

回到自己的办公室，鸢也解锁了电脑，点开邮箱，开始工作。她正用英文回复一份国外发来的邮件时，手边的手机忽然响了起来。她瞥了一眼，竟是姜宏达。

这两年她跟家里断绝了联系，姜宏达也端着，有事一般都是让宋妙云转达，或是以命令的口吻发条信息来，很少给她打电话。现在究竟所为何事？她敲完最后几个单词，然后才接了电话："什么事？"

同时她的手指滑动鼠标，目光一行行游走，检查自己的语法问题。

只听姜宏达大声说："你马上让尉迟放了莺锦！她已经在派出所待了好几天了，也不知道过的是什么日子，再这样下去会把她毁了的！"

哦，原来是为了这件事。鸢也住院第二天听说了，宋莺锦被人举报藏有非法药品，被警察从家里带走，还被各路媒体一通报道，说是声名狼藉也不为过。她能猜到是尉迟做的，就是没想到都一个星期了宋莺锦还没被放出来。当然，放不放的她也不在意。她用鼠标选中一个单词，敲几下键盘替换成更合适的词汇，漫不经心道："您多虑了，她在里面好吃好喝还不用工作，就当是休假了。"

"你！"姜宏达恼怒她的这种态度，"她怎么说都是你的亲姐姐，你怎么能这么绝情呢？你还有良心吗？"

鸢也哂笑："一，我妈妈就生了我一个，谁是谁亲姐姐？二，谁让她不知死活去给尉迟下药？她也不想想尉迟是什么人，想用这种下三烂的手段逼他就范，痴人说梦。好心奉劝你一句，还是让尉迟出了这口气吧。他已经够手下留情了，要不然早就连你也一起送进去了。"

说完，她直接挂断电话，顺手把姜宏达的号码拉进黑名单，免得他再打电话来打扰她的工作。

她再从头检查了一遍邮件，确定没问题了，接着点击发送，回复过去。她端起杯子喝了一口水，点开第二封邮件。这时，门被敲响两下，她说："进。"

小秘书走进来："姜副部，有你的快递。"

是一个信封，鸢也接过去，道："谢谢。"

她掂了掂信封，几乎没什么重量，猜测可能是合同之类的东西，也没太放在心上，随手撕开封口。然而，里面却是两张照片。鸢也将照片拿出来看，竟然是偷拍的她上周在服装店帮霍衍戴袖扣的画面。她眉头一皱。什么意思？

　　她又去看寄件人，但上面只有一个一看就很假的名字和电话号码，连发件地都没有。她想了想，上网查快递单号，物流显示快递是从本市发出的。

　　她完全不记得那天店里还有什么人，更别说知道是谁偷拍她了。而且从这两张照片也看不出什么问题，连拍的必要都没有。对方现在寄给她，到底图什么？

　　想了半天，鸢也也没想明白对方的目的。恰好内线电话响起，有个部门会议要开，她便先将照片丢进抽屉里，回头再琢磨。

　　直到傍晚下班，鸢也才把病假这几天积累的工作处理完毕。小秘书发信息给她，说了聚餐的地址。她回复让他们随便点，她再过半小时就到。然后她关了电脑，拿起手机和车钥匙，直接乘坐电梯到负一层的地下车库。

　　巧的是，她的车停在霍衍的旁边，而霍衍就站在车边看手机。看到她走来，霍衍锁了手机屏，喊道："姜副部。"

　　"霍总。"鸢也想起一件事，"对了霍总，我有东西要送你。"

　　霍衍挑眉道："送我？"

　　鸢也从包里拿出一个手提袋，笑着递给他，说："上次你帮我付了衬衫的钱，礼尚往来。"

　　她不喜欢欠别人的东西，却又不好直接把钱还给他，所以送的是一条领带，算是还了他为她付款的人情。

　　霍衍看了一眼那个手提袋，接下了，说："好，我收下了。"

　　然后他开了车门，却不是要上车离开，而是拿出一个小盒子，说："我也有东西要给你。"

　　鸢也愣了一下，没敢接。

　　霍衍解释道："不是我送你的。这次去总部，我见到他了，他问了我一些你的近况，然后托我把这个转交给你。"

　　他没有直说"他"是谁，不过他们都心知肚明——微信里那颗星星。

鸢也接过来，打开一看，是一个缀满碎钻的发夹，别在鬓边，就像戴了一束流星。

"麻烦霍总找机会还给他，我不能收他这么贵重的礼物。"盒子上没品牌名，多半是他找人专门定制的，可想而知造价不菲。鸢也合上盒子，递还给霍衍。

霍衍没有接，道："他说是送你的生日礼物。"

鸢也觉得好笑："我生日还有很久呢。"

"但到时候不一定有人能帮他转交，你不想收的话就自己找机会还给他，'霍衍快递'不接受退件。"霍衍开了个玩笑。

鸢也只好收回手，道："那……谢谢霍总。"

霍衍摆了摆手表示不用，又问："一起吃饭？"

"我跟部门里的同事约了聚餐，要不霍总跟我一起去？"鸢也发出邀请。

"不了，你们玩得开心。"他在场会让这顿快乐聚餐变成正襟危坐的饭局，霍衍很有自知之明，坐上自己的车，"先走一步。"

鸢也颔首："霍总路上小心。"

看着霍衍的车彻底消失在视线里后，鸢也又打开盒子看了看，拿出手机给"星星"发了条信息："发夹收到了，但太贵重了，我不能收，回头还给你。"

过了三分钟，那边都没有回复，鸢也就再编辑了一条："这些年你帮了我很多，我都不知道该怎么谢你，怎么好再收你的东西？"

发完觉得这些话好像有点生硬，怕他看了会不高兴，她就又找了个可爱的表情图发给他。但是这次发送完，信息前面显示了一个红色的感叹号，很快系统就提示一句"对方已开启好友认证，您还不是他（她）的好友，请先发送好友请求"。

居然把她删了？行吧，果然还是不高兴了，这个男人啊，傲娇。

鸢也叹了一口气，上车，离开车库。她不知道的是，她和霍衍在车库的接触，被一个躲在车后的人悉数拍了下来。

那是一个娱记，他今早收到一个匿名快递，除了两张照片，还有一张字条。字条上说前两天轰动商界的Sirius慈善晚宴上那个与顾三少相携出席，拍下五百万的翡翠玉镯却由尉氏总裁签单事件里的女子，就是高桥商务部副部长。上面还说这个副部长非但与顾三少、尉氏总裁关系匪浅，还与多位男性保持亲密关系！

娱记一向热衷挖掘名人们的隐私，尤其是不干不净的私生活。如果事实真如字条上所说，那这里面的文章可就有得做了，所以他就来蹲守了，没想到竟然这么顺利就让他拍到了照片。尖嘴猴腮的娱记捧着相机，按着后退键看刚才的照片，"嘿嘿"一笑。这个男人他认识，就是高桥在大中华区的总经理，上司和下属互相交换礼物，怎么想都不对劲吧？看来他的年终奖有着落咯！

尉氏集团，总裁办里，尉迟从落地窗前的那张躺椅上睁开眼睛，第一时间还没有彻底恢复清明。

今天是周五，是秦自白几年来雷打不动地来替尉迟看诊的日子。他将电子仪器从尉迟的手腕上拆下来，然后宣布："好了，意料之中的没有任何变化，尉总的数据库已经两年没有更新了。"

尉迟毫无反应，看着前方虚无的一点，乌黑的瞳像静谧的深渊。

秦自白收拾仪器，想起一件事，饶有兴致地问："上周五来办公室找你的那位女士，就是你的妻子？"

尉迟这才偏头，问："你见到她了？"

"没有，只看到她离开办公室的背影。"秦自白揶揄道，"我记得我问过你你是怎么看待这位妻子的，你当时怎么回我的话来着？"

那是两年前的某个周五，尉迟刚娶了鸢也，秦自白说感觉他最近的心情好像比以前要好，锲而不舍地追问，他才说了自己结婚的事情。然后秦自白就问他怎么看待这位新婚妻子。他当时说的是，交易关系而已。

尉迟垂眸，起身走回办公桌后坐下。秦自白追着他问："现在还是这样吗？只是交易关系？我看不是吧？你当时生气，不是因为她提起白清卿，而是她换了衣服这件事吧？对了，换衣服是什么情况？她……"

尉迟只是神色平淡地瞧他，问："这些是治疗内容，还是你的八卦兴趣？"

"咯！"秦自白摸了摸鼻子，"撇去医患关系不提，我们也是朋友嘛，身为朋友，关心关心你也是应该的嘛。"

但尉总拒绝承认这段友情："并不是。"

秦自白："……"

黎雪敲门进来，一脸严肃。秦自白调侃："黎秘书，不要这么压抑自己的情绪。心理学上说了，过度克制自己反而会适得其反，人是感性动物，偶尔也需要适当的发泄。"

黎雪现在可笑不出来，她快步走到尉迟身边，弯腰在他耳边说了几句什么，又将手机递给他看。尉迟垂眸看着，半晌无言。

秦自白发现，尉迟的神色越来越淡，越来越冷，乃至最后归于毫无生气，宛如死海一般寂静。他讶异至极，就像他刚才说的，尉迟的数据几年都不用更新，因为尉迟一直都是从容的、淡漠的，这还是他第一次这么清楚地看到尉迟……生气？

这种程度对一般人来说只是愠色而已。但他是尉迟，四年前那件事后，他就有意地控制自己的情绪，从不轻易变脸。

"尉迟，我确认一下，"秦自白还具体地描述了一番，"你现在有没有感觉心跳加速、血液上涌、脸上发热，有吗？"

尉迟将手机还给黎雪，面色寡淡："我不是傻子，不会连生气是什么都不知道。"

"那你有吗？"

"没有。"

"真的没有？那你现在是什么感觉？"

"我很好。"

"可是……"

"黎雪，"尉迟打断他的话，"送秦先生离开。"

黎秘书马上说："秦先生，请。"

秦自白不肯走，自己治疗了他这么多年，终于看到他有所变化，怎么肯轻易放过？

"你抗拒我？排斥沟通对你来说不是好征兆，而且尉迟，因为她，你有了两次有动怒的趋势。这几年来你很少有情绪波动，她可能就是你的……"

尉迟望向他，那双乌黑的眸比腊月里的冰锥还要刺骨："下周五见。"

虽然很想了解他的具体情况，但秦自白也知道，尉迟现在已经拒绝跟自己聊下去。他对尉迟的治疗不能强迫，尉迟不愿意说，他只好举手表示投降:"我不问,你冷静一下,实在不行就吃点药。"

尉迟的身子后倾,靠着椅背,用表情告诉他,没有谁比自己更冷静了。

黎雪送他到电梯门口,秦自白按住电梯门,低头问:"秘书小姐,能问一下,你刚才给尉迟看了什么吗?"

黎雪抬手示意:"秦先生,慢走。"

果然是他手下的人,一样的不好对付。秦自白叹了一口气,放开手,任由电梯门关闭。

黎雪回到总裁办时,尉迟在浏览网页。她不用过去看也知道,他是在看刚才网上爆出的消息——那篇报道非常吸引眼球,直接写着——高桥集团大中华区商务部副部长签下合同的底气,是美貌还是身体?

黎雪斟酌着道:"现在还没有完全发酵,尉总,要压下吗?"

尉迟看着报道里的照片,背景明显是在地下车库,虽然昏暗,不过也能看到鸢也将手提袋递给男人的动作。男人的背影很熟悉,就是上次在服装店里,鸢也帮他戴袖扣的那个。这次有了正面照,他认出来,是高桥总经理霍衍。所以上次,也是霍衍。他冷冷地说:"压。"

黎雪松了一口气,马上出去联络公关部处理。还好他们的消息网强大,高桥作为他们的新合作方,他们也多多关注,才能在引起热议前发现这件事。不然再过两三个小时,就是想压也压不住了。

"查清楚,是谁写的报道。"尉迟突然说。

黎雪走到门口,回头应了一句"好的"。

浑然不知一场针对自己的暴风雨正在以排山倒海之势压来的鸢也,和同事们一起吃了火锅。她的刀口虽然愈合了,但还不敢吃辛辣重口的,全程就在一旁涮清汤,吃些蔬菜和肉丸。

结束聚餐已经是晚上十点,鸢也回到尉公馆。尉迟还没有回来,管家说他有饭局,她点点头,回了房间。

她一身的火锅味,卸完妆后便拿了衣物去洗澡。等她洗完出来,尉迟也回来了,身上带了些酒味。她跟他打了声招呼,他点了点头,也拿起睡衣进了浴室。

鸢也坐在梳妆台前护肤,心思还在工作上,一时没有察觉到尉迟走到她的身后,拿起她搁在一旁的小盒子。打开盒子,里面是一个缀满钻石的小发夹。他温声问:"哪儿来的?"

鸢也抬起头，从镜子里看到尉迟的身影。他穿着黑色的睡衣，一只手拿着干毛巾在擦拭自己的湿头发。刚刚从热气萦绕的浴室出来，他的眉眼比平时更加深邃。

鸢也眨了眨眼，说："别人送的。"

"送这么贵重的礼物，好朋友？"尉迟看向镜子里的她。素颜状态下，她比实际年龄更显小，鼻梁上的那颗小痣也更清晰一些。

鸢也眨了眨眼睛，将精华往自己脸上涂抹，说："嗯，算是吧。"

尉迟将盒子放下，像只是随便问问而已。忽然，他伸手撩开她的衣摆。鸢也手上的动作一顿，他低声说："我看看你的伤口。"

即便这样说，他微微弯着腰，手伸到她小腹的动作，看起来还是像将她拥在了怀中。加上两个人都穿着单薄的睡衣，鸢也甚至能感觉到他身体的热气。

指腹从凹凸不平的缝线上摸过，像一簇电流从她的尾椎蹿过。鸢也不由得一抖，又听见他在她耳边低声问："霍衍是你的上司？"

"嗯，他是高桥大中华区的总经理。"鸢也皱了皱眉，抓住他的手，"你，别……我的伤口还没好，医生让我避免剧烈运动。"

尉迟低眉一笑："那就用不剧烈的方式。"

她不是这个意思！鸢也连忙转过身，把这个随便一个轻笑就能拨弄她心弦的男人推开。尉迟顺势抓住她的手，一只手和她的手指紧扣，另一只手抬起她的下巴。他眸光深邃，指腹从她的唇上划过。

鸢也感觉今晚的尉迟有些不一样，虽然他在这种事上一向不太温柔，但这次更凶了，还狠狠地咬了她的脖子一口，疼得她怀疑他是不是想吸她的血。

简单的清洗后，鸢也走出浴室，看到尉迟坐在床边，双目紧闭，眉心微蹙，不太舒服的样子。她想起他刚才吻她的时候口里的酒味，心想他大概是在今晚的饭局上喝多了酒，现在头疼了。

"帮我吹干头发。"尉迟听到她走过来的脚步声，没有睁开眼就说。

鸢也转身从抽屉里拿了吹风机，接了床头的插座，手指插入他的短发里，随着热气轻轻拨弄着。他的发质比较粗硬，而且头发很浓密。虽然快到而立之年，但他完全没有秃头迹象，乌黑的发丝从她的手指间撩过，感觉就像在……摸狗。

确实是狗，就知道咬她。鸢也没忍住勾起唇，扯到嘴角刚刚磕出的小破口，又轻轻地"嘶"了一下，连忙收敛弧度。可不能让尉总知道她把他想成了狗。

吹干头发，尉迟眉心的折痕还没有松开。鸢也收起吹风机，出门吩咐用人泡一杯蜂蜜水送上来。她回来时，尉迟睁开了眼睛，在暖色的床头灯光下，黑眸看起来比平时多了一些温度。他对她说："过来帮我按按。"

鸢也就走过去，跪坐在床上，伸手按揉他的额角。渐渐地，他的眉头松开了。

"折腾我的时候倒是不记得自己头疼。"她嘀咕。

尉迟看了她的嘴唇一眼："就是因为怎么教你都教不会才头疼。"

鸢也有时候真的挺想打他一顿的。还好用人及时送来蜂蜜水，阻止了这场"弑夫"。

蜂蜜水是温的，尉迟三五口喝完，将空了的杯子放在桌子上，打量着她，问："今晚怎么这么听话？"

鸢也的心情确实很不错："应该的。"

"嗯？"

鸢也道："尉氏和高桥签的这份合同，可以让我在年后晋升为正部长。"

她说着说着，尾音还翘了起来，可见是有多高兴。尉迟挑眉道："正部？我记得两年前你在高桥还只是一个普通员工？"

鸢也将杯子拿去洗干净，漫不经心地应了一声。

尉迟别有他意地说："升得确实很快。"

鸢也觉得他是在夸自己，扬扬得意，尾巴都要翘上天了："这证明我的工作能力强。"

尉迟道："交际能力也不错。"

鸢也开玩笑："毕竟我长得好，人嘛，都是会给好看的人一点特殊待遇的。"

尉迟望着她，淡声道："所以连你们霍总也拜倒在了你的裙下？"

听他这话说的，鸢也感觉他的意思是，她能走到正部长的位置是因为霍衍看上了她，给她开了后门？

"霍总才不是那种人。"

"你很了解他？"

鸢也皮笑肉不笑地说："尉总手下那位郭总监，和我年龄相仿，也已经是市场部总监了。难道是尉总拜倒在了她的石榴裙下？"

尉迟皱眉道："这怎么能混为一谈呢？"

"怎么不能？就许你质疑我的真材实料，不许我质疑她的能耐本领？尉总这么护着她，莫非真和她有什么不能见光的关系？"

鸢也面带微笑，和他对视。尉迟的眼里没太多温度，像是不高兴了。大半夜的，鸢也懒得跟他斗嘴，轻哼一声，掀开被子钻进去睡觉。

虽然已经休战，但鸢也心里还是不舒服。她裹着被子背对他，直接睡到边沿，用行动告诉他自己不想与他为伍。尉迟盯着她的后脑勺看了半晌，薄唇一抿，关灯。

房内漆黑一片，安静无声。鸢也闭着眼睛，脑海里幻想出一个尉迟，毫不留情地把他暴揍一顿！旁人觉得她是靠脸上位也就算了，他怎么能跟他们一样呢？多少个夜晚她通宵达旦地做计划书，在同一个屋檐下的他又不是不知道！

她气着气着就睡着了，还是维持睡前的那个姿势，离尉迟远远的。而还没有睡着的尉总看着她，做了一件特别幼稚、特别不符合他一贯的气质的事情——他将被子拽走了，让鸢也大半个身子都暴露在外面。

虽然屋里开了暖气，但晋城的冬天，晚上睡觉不盖被子还是会觉得冷。没一会儿，鸢也就下意识地蜷起身子，皱了皱眉，又翻了个身，寻着暖源靠过去。

翌日是周六，但鸢也还是被生物钟叫醒。她迷迷糊糊的，先是感觉身体周围很温暖，之后就闻到很熟悉的气息。清晨人的意识不清醒，又没有太多戒备心，心里一种名为眷恋的情感争先恐后地冒出来，让她忍不住往里面钻了钻。

"好好睡，别闹我。"头顶忽然传来一个沙哑慵懒的男声。

鸢也的背脊一僵，突然之间彻底清醒了。她……她……她怎么跑尉迟怀里去了？！

不只是在他怀里，她还枕着他的手臂，像小猫一样蜷在他的胸膛前。也不知道是被她抓的还是被她钻的，尉迟的睡衣都敞开了，露出覆着一层薄薄的肌肉的胸膛,以及微微凸起的锁骨。

他们睡前明明都冷战了,她怎么那么没出息,睡着睡着竟然跑他怀里去了,这也太丢人了吧!

相拥而眠,耳鬓厮磨。八个大字蓦然出现在脑海里,鸢也的耳根热了起来,忙不迭地从他怀里逃开。尉迟像是被她不安分的动作给弄得不耐烦,皱起眉头,一把搂住她的腰,把她压回怀里:"还早,再睡一会儿。"

还带着睡意的尉迟,声音低低的,充满磁性,细品好像少了平时那些故作的从容和温和,是最真实的他。

鸢也的鼻子撞在他裸露的胸膛上,因为心慌意乱,呼吸乱了频率,热气快一下慢一下地全落在他的胸口。尉迟忽然收紧了抱着她的手。两个人几乎是贴在一起,所以鸢也很快发现了尉迟身上微妙的变化。她起初没反应过来,愣了一下,然后才像被火舌舔到一样,猛地把他推开,飞快地滚到床尾,睁大眼睛看着他。

尉迟终于醒了,懒懒地坐起来,一只手搁在支起来的膝盖上,随意地将额前的碎发捋到脑后,一双眼睛意味不明地看着她。不知道为什么,鸢也就是觉得特别尴尬,跟他对视一眼,尾椎骨都仿佛酥了。她慌忙下床,头也不回地钻进浴室,结结巴巴道:"我……我起床了,我去洗脸刷牙。"

门"砰"的一声关上,尉迟乌黑的眼珠子转了转,嘴角轻轻勾起来。

鸢也捧起一捧水泼了自己一脸,想让自己冷静点。可大概是因为用的是热水,她的脸还是火辣辣的。

扪心自问,好歹也做了两年夫妻,更亲密的接触都有过,为什么这次的反应会这么大呢?鸢也认真思考了许久,最后得出一个结论——哪怕之前有过更亲密的接触,他们也没有像今天早上这样……缱绻。她从来没在尉迟的怀里睡过一整夜。

鸢也将窗户打开,今天的天气很好。她看着,却想起了那个大雨天,她来尉公馆要求他娶她的那个雨天。

他们谈妥"交易"后,尉迟看她浑身湿透,就让她上楼洗个热水澡。用人不知是误会了什么,自作聪明地把她带到他的房间。

她冻得有些麻木,再加上心绪复杂,没有留意到这是主卧,双手僵硬地把衣服脱下来。这时房门忽然从外面打开。她蓦地抬起头,正对上尉迟也有点惊讶的眼神。

他同样没想到用人会把她带到自己的房间,进门的脚步一顿,目光往她身上一落,眉毛抬了一下。鸢也顿时感觉冻僵的身体好像回暖了一样,霎时间热了起来。

他没有要退出去的意思,她呆滞了几秒钟才想起自己没有穿衣服。她浑身一个激灵,双手抱胸,蹿进浴室,"砰"的一声关上门。所谓祸不单行,她进了浴室后才要命地发现,她跑得太仓皇,连用人给她准备的内衣裤和睡袍都没有带进来。

在浴室里磨磨蹭蹭大半个小时,她特意把耳朵贴在门上听了一阵,没有听到任何声音,便抱着尉迟可能不在房间里的侥幸念头打开门。然后,她就又和开门进来的尉迟撞上了。

但凡她早出来两分钟,衣服什么的就都穿好了!那一刻,鸢也真的很想一巴掌拍在自己的脑门上,把自己拍晕算了。主动上门求娶,在他房里洗澡,出来只包着浴巾……如此种种,任谁看都会觉得是她对他有那种意思。

鸢也活了二十三年,从来没有这么尴尬过。尉迟看了她一眼,关上房门,那细微的"咔嚓"声直叫她手脚冰凉。鸢也的脸涨得通红,尴尬道:"我……我把衣服落在外面了,我……"

尉迟径直走过来,招呼都不打就将她横抱起来,吓得她搂住他的脖子,惊慌地睁大眼睛:"你!"

尉迟跨步走向大床,鸢也的心跳如擂鼓。她来找他纯属孤注一掷,完全没有想好后面的事情,蓦然间进展这么快,她是真的没有准备好。

"你放我下来!我不,我……"天不怕地不怕的鸢也生平第一次想逃,但她又不敢用力挣扎,因为她身上只有一条浴巾,长度堪堪到她的臀下,再扭两下,可能就什么都遮不住了。

尉迟看起来像个清俊的书生,实际上手臂的力量不容小觑,她毫无抵抗力地被他放在榻榻米上。鸢也愣了一下,尉迟淡淡地看她一眼,将衬衫袖子往上提了提。他臂膀上戴着袖箍,禁欲而优雅的气质居高临下地扑来。

"你……"

尉迟在她身边坐下，抬起她的左脚，不等鸢也有什么反应，便指着她的脚趾问："洗澡的时候，没有感觉到疼吗？"

鸢也眨眨眼，低头一看，这才发现自己第二根脚趾和第三根脚趾的指甲盖翻了，渗出了血，又因为洗澡的时候泡了水，现在又肿又烂，惨不忍睹。她顿时叫了一声。

应该是在她狂奔十几公里来尉公馆的路上受伤的。原先的注意力不在这上面就毫无感觉，现在被他指了出来，鸢也疼得牙齿都在颤抖："在想别的事情，没有发现。"

尉迟摇了摇头，将药箱打开，拿出一罐酒精棉球。但看她眼眶都红了，他想了想，又将棉球放回去，起身离开房间，没几分钟就带着一瓶碘伏回来。碘伏的刺激性比酒精要小，他怕她忍不了消毒的痛。

这是她第二次体验到这个男人的温柔——第一次是七岁那年的那一方手帕。

晋城很多人都知道，有着丰厚历史底蕴的尉家新一任家主是个儒商，他温和有礼，平易近人，讲文化也讲规矩，热衷慈善，尊重对手，业内对他多是褒奖，甚至是以他为首。哪怕他年仅二十六岁，在商界还过于年轻，却也不妨碍他们对他推崇备至。鸢也以前对他没什么太特别的感觉，现在才若有似无地感受到他的魅力。乃至于在后来的两年相处里，对他无法自拔。

"你爸那边我已经打过招呼了，他不会再抓你了。"尉迟低着头，小心地用小剪子将她翻开了的指甲剪掉，声音平淡。

鸢也抿唇："嗯。"

尉迟拿起一瓶药粉，撒了些在她的伤口上。鸢也感觉到疼，下意识地缩腿。尉迟抓住她的脚踝，道："别动。"

"疼啊。"

"忍一下。"

尉迟用纱布将她那两根脚趾包扎好，再抬起头看她。她受不了疼痛地将头扭向一旁，双眼紧闭，好像还咬住了后槽牙，下颚紧绷着。可即使疼成了这样，她也没哭。仅此一点，就足以证明这个女人的韧性。要说她刚才像一只受惊的兔子，那现在的她就像一只受苦的小猫，连浴巾松了都没有发现。尉迟移开视线，"绅士"地没有提醒她浴巾松了，只是将东西收回药箱里，忽然问："为什么不向你外祖家求助？"

鸢也的神情一黯："不想给他们添乱。"

尉迟挑眉，倒也能明白。自从老爷子十几年前离世后，陈家就陷入了无休无止的内斗，乱得不行。如今是大房长子继位家主，可陈家不服他的人多如过江之鲫，作为外孙的姜鸢也在这种时候确实不好去添乱。

鸢也低头揪着浴巾的标签，她来尉公馆不是一时冲动，也是经过深思熟虑的。顾久和其他朋友固然可以护得住她一时，但姜宏达刚刚没了儿子，正疯魔呢，必须有个压得住他的人，不然他绝对会把这件事捅到媒体和大众面前，添油加醋地抹黑她。人大多会听信所谓受害者的一面之词，她还有工作和亲友，不能被他搅得声名狼藉。她想来想去，只有尉迟能控制得住他，所以才会来尉公馆。至于那份配型报告，事发之前她就做了。她当初之所以会去做，是听顾久说尉迟在各大医院寻找匹配的骨髓，还许下了重金。她纯粹是出于好奇去做的配对，没想到竟然刚好合适。只能说是天不亡她，否则以尉迟的性子，他怎么可能随随便便答应娶她？

"对了，我有个东西给你看。"鸢也想起一件事。

"嗯？"尉迟抬起头。

鸢也冷不防对上他深邃的眸子，大脑宕机，左脚想都没想直接踩在地上。脚趾的痛感立刻攀着神经蹿上来，她"哎哟"一声马上收回脚，不料重心不稳，人歪倒了。尉迟出于本能地去拉她，她身上的浴巾本就松松垮垮，在这一番动作下更是直接散开。尉迟本来可以轻而易举地稳住身体，可不知怎么的，也跟着她一起跌向榻榻米对面的大床。

鼻尖与鼻尖相抵的距离下，鸢也甚至可以数得清他的睫毛。酝酿了一夜的暧昧，终于随着这个意外彻底爆炸了。尉迟在她的耳边吐纳气息："管家管不住嘴，已经把我们的婚事告诉了我妈，老人家性子急，多半明天就会押我们去民政局登记。"

登记了，就是夫妻了，做什么都是理所当然的。鸢也内心天人交战，到底是败在他极具蛊惑的眼神下，鬼使神差地放开了手。

思绪复杂间，她听到他问："第一次？"

"嗯。"

那一晚，鸢也没有落红。不过两个人都没觉得有什么，毕竟都是接受过高等教育的，知道在很多情况下都有可能造成脱落的意外。比起那层所谓的证据，尉迟从鸢也生涩的反应里已经知道了答案。

事后鸢也因为疲累睡着了，但后半夜又因为身体不适被迫醒来。她借着床头的小夜灯一看，发现她和尉迟各占据半边床，中间空出的位置还可以再睡一个人。她承认，那一瞬间，她心里划过一丝微妙的感觉。但是也就那么一下而已，毕竟那个时候她也还没有喜欢上他，可以把那场云雨当成孤男寡女的失控。后来她喜欢上他了，却也已经习惯了这样的"泾渭分明"。

"看什么？"耳边忽然传来男人清淡的声音，走神的鸢也蓦地醒来。

尉迟站在她身后，也看向窗外，只能看到阳光遍地和几只鸟掠过枝头。

"咯，没什么。"鸢也和他拉开些许距离，"我洗漱好了，你可以去了。"

她转身要走，尉迟却说："等会儿，帮我挤牙膏。"

鸢也："啊？"

尉迟捶了捶自己的手臂，睨她一眼，道："被某人枕了一夜，手臂麻了，动不了。"

鸢也："……"

尉迟又说："你知道你的头有多重吗？"

鸢也将脸埋在手掌里，哀号："别说了别说了，我错了，我知道错了。"

"罪孽深重"的鸢也被迫留下做个小女佣，帮他挤牙膏，又帮他刮胡子、洗脸，完了往他身下瞟了一眼——嗯，尉总还是精力旺盛的尉总，于是她自以为很贴心地退出浴室，留给他解决私人问题的空间。可还没走两步，她就被他抓住。尉迟当着她的面关上浴室的门，说："我说了，我手麻。"

鸢也今年最后悔的事情之一，就是昨晚枕着尉迟的手睡了一夜，给了这个男人理直气壮地"奴役"她和取笑她的理由。

大半个小时后，管家和用人们终于等来了罕见晚起的先生和太太用早餐。

"米粥有些冷了，已经拿去重温，太太稍等五分钟。"用人恭敬道。

手已然不麻的尉总神清气爽地将芝士火腿切片吃下,道:"先给太太一杯热牛奶。"

用人应了声"好",鸢也拿起叉子从他的盘子里戳走一块西蓝花。尉迟看了她一眼,将流心蛋切开,往她的方向推了推。她也不客气,一起戳走。

"要出去?"尉迟发现她化了妆,但今天是周六。

"去老宅陪爸妈吃顿午饭,下午去工厂看瓷砖的样品。"她住院的时候,尉母去看过她,现在她好了,也应该去看看他们,好让他们放心。并且老宅和工厂都在城南,顺路。

"好。"

鸢也眨了眨眼,问:"你不跟我一起回老宅吗?"

尉迟顿了一下,道:"阿庭今天出院。"

鸢也的神色瞬间淡了许多:"哦。"

她搅拌着米粥,感觉没了胃口,索性不吃了:"我去老宅吃。"

然后她便起身出门。

她在门口遇到了黎屹,黎屹恭敬地说:"太太,早上好。"

她笑着说:"早上好黎助理,大周末的还要工作,辛苦了。"

黎屹下意识地将手里的文件袋捏紧,好在鸢也只是顺口一说,说完就上车离开,没有注意到他变化的脸色和动作。黎屹抿唇,进入公馆。

尉迟还坐在餐桌前,伸手去拿鸢也的那碗米粥。用人下意识地阻止:"先生,我重新盛一碗给您吧?"

虽然鸢也只吃了两三口,但到底是吃剩下的,不好再给他吃。尉迟却觉得无所谓,摇摇头,就着碗里的勺子吃了。

"尉总,"黎屹将文件送上,"这是你之前让我查的太太四年前在青城医院做手术的资料。"

因为医院不会轻易泄露病人的病历,加上事情已经过去四年了,查起来有些费劲,才要多花一些时间,到现在方知结果。

尉迟将里面的文件抽出来,看着看着,温润的眸子仿若玉石一般,有了些许凉意。

黎屹迟疑片刻:"还有一件事。"

尉迟抬头看他。

"上次调查姜宏达和宋妙云的时候,我又往前查了清婉夫人和姜宏达的事情,发现了一些奇怪之处。"

"什么?"

"清婉夫人嫁给姜宏达不到七个月便生下了太太,虽然不排除早产的可能,却也有可能,太太其实不是……"说到这里,黎屹便住了嘴,但言下之意很明确——鸢也可能不是姜宏达的亲女儿!

一时间,尉迟的脸色变得晦暗。

黎屹询问:"尉总,要继续往下查吗?"

尉迟薄唇轻启,吐出一个字:"查。"

"黎秘书还托我转述一件事,"黎屹抿唇,"写那篇关于太太的报道的人,是一个八卦杂志社记者,但是他背后还有推波助澜的人。"

公关部门在压下新闻时遇到了一些阻挠,所幸对方没有胡搅蛮缠的意思,意识到是他们出手后就退出去了。

尉迟将文件装回信封里,搁在桌子上,问:"谁?"

许是觉得周围人多嘴杂,不好明说,黎屹拿手指沾了一点水,在桌子上写下一个名字。

尉迟敛眸。竟然是他。

字迹很快干涸,在干净的桌面上消失无形。

鸢也到老宅时还很早,才九点。门卫认出是她的车,连忙开门放行:"太太,早上好。"

鸢也将车停到前院的车位上,一路走向主屋。路过的用人都跟她打招呼,她一一回了。她一向没架子,老宅的人都很喜欢她。

尉母在屋里听到此起彼伏的"太太",迎了出来:"是鸢鸢来了吗?"

鸢也扬声应道:"是我啊,妈。"

尉母笑容满面:"吃早饭了吗?即使吃了也再吃点,祥嫂做了汤包,刚刚出锅。"

"还没呢,一起床就过来了,专门来蹭饭的。"鸢也挽住她的手臂,一脸乖巧的模样。

"一家人还用得上蹭?就盼着你来呢。"尉母带着她进了餐厅。

尉父放下报纸,严肃的眉眼放柔了些许:"身体好些了吗?"

"让爸挂心了，已经没事了。"鸢也在椅子上坐下，用人立即送上一副干净的碗筷和两屉还冒着热气的汤包。

鸢也深吸一口气，香，比尉公馆里的早餐合胃口多了。

尉母夹起一个蟹黄包放到她的碗里，问："阿迟怎么没跟你一起回来？"

"尉总是个没有休息日的人，等会儿还有个跨国会议等着他呢。"鸢也自然而然地回答，没有说实话，二老也没有起疑。

饭后，他们在客厅的沙发上坐下，鸢也亲自切了水果，用牙签扎了一块兔子形状的苹果递给尉母。尉母想起陈清婉以前就很喜欢把苹果切成这样，记起故人，再想起最近的事，她不由得生出些许愧疚："鸢鸢，阿迟要是有哪里对不住你，尽管告诉妈，妈替你做主。"

鸢也有些莫名："妈怎么会突然这么说？阿迟一直都对我很好。"

"没什么，只是觉得我们尉家亏待了你。当初你和阿迟结婚也没有办个像样的婚礼，连亲朋好友都没有宴请，两个红本子就让你进了尉公馆，想想真是对不起我那个老姐妹。"尉母笑着叹气。

鸢也心想，可别因此兴起给他们补办一个婚礼啊。她忙坐到尉母身边，揽住她的肩膀："妈，您想多了。现在的年轻人，真的不太喜欢铺张的场合。特别是我和阿迟这种工作性质，三天两头参加这个宴会那个饭局，应酬本来就多，结婚还要应酬，也太可怜了，我们还是更喜欢两个人单独庆祝。"

这是鸢也不想办婚礼的原因之一。

原因之二，就是白清卿和那个孩子。

虽然他们最近没怎么提起那对母子，但存在的人不可能消失，他们早晚还是要面对这个问题的。照尉迟对那对母子的看重程度，他多半不会放手，指不定他们还会离婚呢。所以说，这种关头办什么婚礼啊？

尉父想了想，道："鸢鸢说得对，咱们结婚的时候，现在你还记得什么？我就只记得那天跑了几十桌敬酒，喝得分不清东南西北，半夜还起来吐了，隔天头疼得要命，结婚的喜悦都折腾没了。"

尉母忍俊不禁。

尉父开明地摆摆手："别搞这些形式主义，孩子们自己觉得开心就好。"

鸢也非常赞同，连忙送上水果，感谢爸爸仗义执言。尉母也就没再提这一茬。

午饭后，鸢也离开老宅，心里有一点若有似无的奇怪的感觉——两位老人是不是知道了什么？要不怎么会突然说什么尉迟对她好不好的话，他们俩在父母面前不一直都演得很像么回事吗？

尉母从窗口看到鸢也已经将车子驶出老宅，才回头问尉父："那个女人和孩子的事情你是怎么想的？"

尉父的眉头皱起。

尉母的态度坚决："总之，我只认鸢鸢这一个儿媳妇。清婉当年把唯一的女儿交给我，是信任我，我不能辜负她。"

尉父叹气："但那个孩子毕竟是我们尉家的血脉。"

孩子是软肋，尉母也有一丝迟疑，心情复杂地说："那个女人愿意没名没分地跟着阿迟，多半是冲着阿迟的地位和尉家的家产。这样心思不纯的女人，教出的孩子能是好苗子吗？"

尉父沉了脸："所以才不能把孩子留在她的身边，跟着她长大。"

尉母一愣："你的意思是，留下孩子，把那个女人送走？只是那个女人怕是不会轻易答应吧？鸢鸢又愿不愿意养这个孩子呢？"

鸢也的性子像陈清婉，说好听点是宁折不弯，说直白点就是犟脾气。当年陈清婉就是因为这种性子才一意孤行嫁给了姜宏达，而鸢也，她低得下这个头吗？

尉父心里已经有了主意，道："让阿迟这两天抽空回来一趟吧。"

鸢也去了工厂，老厂长亲自接待了她，很是客气和顺从。只是看到那些样品后，鸢也还是毫不留情地否定了："这个釉色不好，重新调。我不是给过你们色卡吗？这个色和我给的那个色差别也太大了吧？"

老厂长有些尴尬地点头："好，好的，我重新调。"

鸢也又想了想，说："算了，图案也重新设计一下。这么复杂的线条，铺完整间房，会把人看得眼花缭乱。"

"让设计部下周五之前交三个以上的设计稿给我，先定了稿，再做样品也不迟。"一道男声插入，鸢也和老厂长一起朝门口看去，原来是霍衍。

不同于平时在公司西装革履的样子，霍衍今天的穿着比较随性。羊驼色的高领毛衣搭配同色系但深了一个号的长外套，脚下一双短靴，颇有大学时期那种阳光暖男学长的气质。

"霍总。"鸢也猜到他的来意，"您也来看样品？"

"嗯。"霍衍看向瓷砖，"这个图案偏向欧洲宫廷风，'浮士德'的建筑风格是德式，采用这种，整体会有违和感。"

"浮士德"就是那块地即将要建成的小区的名字，取自德国作家的一本诗集，小区的整体也在追求现实主义和浪漫主义的结合，瓷砖是风格中最重要的一环，难怪霍衍也要亲自来看看。

鸢也赞同："我和霍总的看法一样。"

老厂长半是玩笑半是奉承地说："毕竟姜副部是霍总一手带出来的人，眼光自然是像霍总了。"

这么说也没错，鸢也刚进高桥商务部的时候只是一个小员工，是霍衍将她提拔成副部长，年后又要任命她为正部长，她确实是他的亲兵。

老厂长让人将样品撤走，招呼他们坐下，想泡茶给他们喝，却被霍衍婉拒了。

"来都来了，一起去看看流水线？"霍衍看向鸢也。

鸢也没意见："好啊。"

两个人一起走下楼，霍衍低头看着阶梯，轻声说："老厂长年纪大了，眼睛不好使，颜色把握不准，别跟他生气。"

鸢也回头看了一眼，可能是因为刚犯了错，又被拒绝喝茶，老厂长的神情有些惶恐，佝偻着背，站在门口望着他们的方向。她这个人就是心软，叹了一口气，扬声道："对了老厂长，我车上有盒普洱茶，是我妈给我的，等会儿我让人拿给你。"

老厂长愣了一下，总算是笑了："那怎么好意思呢？"

"没事，我本来就不爱喝茶。"

"那好，谢谢啊姜副部。"

霍衍嘴角一勾："不爱喝？我怎么听说整个商务部就数你最爱喝茶？"

鸢也调侃回去："我也是才知道霍总如此重情重义。"

就说嘛，老厂长这个年纪早该退休了，怎么还能继续担任厂长，原来是霍总在背后留人。

"老厂长一辈子都为着这个瓷砖厂,妻子早逝,只有一个儿子,也在这个厂里工作,总不能寒了老人的心吧。"霍衍只道。

鸢也点点头,戴上工业口罩,和霍衍一起巡视制造瓷砖的每一个环节,又跟工人聊了聊工厂日常的情况,直到日薄西山两个人才离开工厂。

霍衍是由司机送来的,但是司机先回去了。他本来是想打电话让司机来接的,鸢也索性道:"不用再麻烦司机先生了,就由我送霍总吧。"

霍衍没有拒绝:"那就送我到中山路好了,我约了朋友。"

鸢也点点头。工厂远离城区,开车也得近一个小时。路上两个人没怎么说话,霍衍用手机看工作邮件,回复了几条信息。

车子驶入中山路时,遇到一个红灯。鸢也停下了车,霍衍无意间往窗外一看,注意到了停在他们旁边的一辆车——黑色的宾利。

车子对男人的吸引力,大概就相当于口红和包包对女人的吸引力,即便是霍衍也不能免俗,多看了几眼。

鸢也这辆车的车窗玻璃没有贴防窥膜,外人可以很轻易看到车里的人。忽然,宾利车的后座车窗降了下来。一时间,两个男人的目光对上,霍衍轻轻地眯了眼。他们明明互相认识,但谁都没有主动出声打招呼。

红灯转绿灯后,鸢也将车子左转,霍衍收回视线。不过他从后视镜里看到,那辆车跟着他们一起左转了。

鸢也知道中山路有一家酒吧挺有名,猜测霍衍和朋友是约在这里见面,就把车停在了酒吧附近,问:"霍总,在这里可以吗?"

"可以,我是约在这里的。"霍衍露出笑意,"谢谢。"

"不客气。"鸢也看到距离酒吧一小段路的地方有个面包店,她正好有点饿了,索性跟着一起下车,想过去买点吃的。

大概是因为朋友还没来,霍衍并不着急进酒吧,拿出烟盒对着鸢也示意一下,意思是问她介不介意。鸢也本想直接走去面包店,但他这一问,分明是有话想对她说,她只好停下脚步,表示没关系。

霍衍点了一支烟,夹在手指间,轻轻吐出白雾。那辆宾利就停在道路对面,不用猜也知道车上的人在看他们。他忽然问:"听说你和尉迟要离婚了?"

鸢也一顿,然后微笑道:"以前怎么不知道霍总这样关心员工的私生活？"

霍衍的眸子是浅棕色的，在黄昏下回望她。他说："我们只是上司和下属的关系吗？我以为看在他的面子上，我们起码算是朋友。"

"上次就想问了，霍总和他是怎么认识的？又是怎么知道我和他……"在"交情"和"关系"之间斟酌了一会儿，鸢也最后选用了第三个词，"相关。"

霍衍挑了挑眉，不知是意外她会这么问，还是意外她会这样定义，笑着说："他是总部的，我是区公司的，说到底都在一个屋檐下，工作上有接触，来往几次也就认识了。"

这倒也是。鸢也脚底碾着一颗石子，不过心想他都把他们的事情告诉霍衍了，应该也不只是认识而已吧？

霍衍弹掉烟灰，说："你还没有回答我的问题。"

鸢也自然不会承认，一脸坦然地说："我和尉迟好好的，怎么会离婚呢？霍总道听途说了吧？不过我很意外，霍总竟然知道我和尉迟的婚姻。"

"他知道我就知道，我知道他就知道，你和尉迟又没有刻意隐婚，愿意知道就会知道。"霍衍绕了一圈话，兀自下了定论，"不过你回答了我的问题，我姑且认为你认了我这个朋友。"

鸢也哑然："霍总说这句话真是折煞我了。"

霍衍嘴角的弧度加深，又说："他托我替他照顾你一些，认识他这么多年，第一次看他有求于人，他很把你放心上。"

鸢也叹气："可是他把我的微信删了。"

后来她再加，他也没有通过。

霍衍笑了："那肯定是他不高兴了，你要想个办法哄哄他。"

"我能怎么哄他？"鸢也毫无头绪，现在又没办法飞到苏黎世跟他道歉。

霍衍突然将还剩大半支的香烟摁灭后丢进垃圾桶，而后朝鸢也伸出右手。鸢也一愣，下意识要躲，却听霍衍说："烟灰飞到你的头发上了。"

鸢也的身子顿住，霍衍的手拨弄着她的头发，挑出烟灰。只是烟灰这东西一捏就碎，全散在她的发丝间，没办法快速弄干净。他走近一点，一边挑一边说："抱歉，太失礼了，下次一定不在你面前抽烟。"

时间恰好到六点整，路灯从头到尾依次亮起，他们落在地上的影子被光拉长后重叠在一起。

　　从宾利车的角度看，两个人也几乎贴在一起。

第八章
尉迟，霍衍

驾驶座的黎屹忐忑地从后视镜看了一眼后座男人的脸色，可惜他一向是淡漠的，看不出喜怒来。

唉，怎么会那么巧呢？竟然在路上遇到太太的车，偏偏太太车上还有一个男人。他们现在又在干什么？怎么会靠得那么近？

霍衍的指尖有淡淡的烟草味，鸢也突然觉得这种距离不合适，忙后退一步避开，随意地撩了几下头发，笑着说："没事，反正今晚也要洗。"

"话说回来，要哄他也很简单。上次去瑞士和他一起吃饭，他专门找了会做湘菜的中餐厅，点了两道菜。"霍衍别有深意道，"就算是国际快递，也只要三五天就能送到。"

鸢也眨了眨眼，有点知道他的意思了："多谢霍总指教。"

"将！将！"年仅三岁的小孩住了这么多天的医院，终于可以离开，一路上兴奋极了。这会儿他又趴在车窗上，口齿不清地喊。

黎屹干笑着问："尉总，阿庭是在说什么？"

"将？姜？"尉迟指着窗外鸢也的身影，"你是在叫她吗？"

阿庭虽然只见过鸢也一次，却意外地记住了她："将！将！"

尉迟抱着他小小的身子，轻声道："你要叫她'妈妈'。"

自从患病后，阿庭就和别的孩子不一样。别的孩子三岁已经大致能用言语表达出自己的意思，但他只会说几个字的词语："妈妈，不是，不是妈妈。"

尉迟明白他的意思，抬起头看着那边。霍衍已经在和鸢也告别，尉迟不知是在对谁说："以后会是的。"

黎屹听着这话，想到一种可能性，不由得愕然。尉总是想把阿庭……他有些不敢多想，忙问："尉总，要跟太太打招呼吗？"

他的本意是想快点离开，但出乎意料的是，尉迟竟然答应了："嗯。"

黎屹只好把车开过去。

鸢也买了面包，本来是要上车回家的，结果身边停下一辆挺眼熟的宾利。她愣了一下，看到车窗降下来，露出男人俊秀温雅的脸。她不由感到诧异："尉迟？"

尉迟问："要回家？"

鸢也问："你刚从医院出来？"

两个人的声音重叠，又异口同声："是。"

平时怎么不见他们这么默契？尉迟笑了笑，手搁在窗口，衣袖上捋，露出一截白皙的手腕，是少见的漫不经心："刚才那个人是霍衍？"

鸢也感到意外："你看到了？"

他反问："我不能看到吗？"

鸢也微笑道："霍总从离开到现在至少五分钟，所以你五分钟前就看到我们了。我只是没想到，尉总竟然有偷看的爱好。"

"见不得人才要偷看，你们在马路边说话，我在马路边看你们，只是看而已。"尉迟比她还要自然。

"那为什么刚才不过来打招呼？"

"会有更好的见面场合。"不等鸢也再说什么，他便示意，"上车吧。你的车让黎屹开回去。"

鸢也看到那个孩子，没动，问："你不是还要去春阳路？"

"送回去只要几分钟。"

听他的意思是，他没打算在春阳路14号吃晚饭？更没打算留宿过夜？鸢也窒闷了一天的心情突然变好，网开一面不跟他计较那些阴阳怪气的话，答应得也爽快："好啊。"

于是黎屹就开着鸢也的车回尉公馆，这辆车换了尉迟开，后座是鸢也和阿庭。

宾利车一眨眼就消失在视线范围内，霍衍倚着酒吧的门，又点了一支烟。好友拿拳头捶了一下他的肩膀,道:"干站在这里想什么呢?进去啊。"

"在替别人后悔。"霍衍笑着吐出一口烟雾。

"后悔?"还是替别人后悔?好友丈二和尚摸不着头脑。

霍衍说:"搁眼前放了好几年的东西,一不留神就被别人拿走了。"

好友十分纳闷:"东西丢了再买一个就是,你霍衍还怕买不起东西?"

"买不到怎么办?"

"孤品啊?"好友想了想,支了简单粗暴的一招,"那就只能抢回来了。"

霍衍勾唇,转身进入酒吧,道:"你说得对。"

恰逢晚高峰,宾利车车速不快,鸢也正襟危坐,心里比霍衍还后悔。她就不该上这辆车!

阿庭这个孩子一点都不认生,还很黏人。起初他还只是抓着她大衣上的装饰品玩,鸢也就当没发现,低头用手机刷微博。没一会儿她就感觉大衣被拉扯住,用余光一瞥,是这个孩子抓着她的衣服站了起来。车上没有安装儿童安全座椅,他站在座椅上摇摇晃晃的。鸢也有点怕他摔了,但她这样的身份和他那样的身份,她要是去关心他,会不会很奇怪?没等她想出合适的对待方式,这个小孩竟然还爬到她的身上,一屁股坐在她的大腿上。鸢也猝不及防,整个人都愣住了。

尉迟从后视镜里看了他们一眼,嘴角轻勾,忽然踩下刹车减速。阿庭因为惯性往前倒去,鸢也吓了一跳,下意识地把他抱住,才没让他滚到座椅下。

冬天小孩穿得厚实,软软的身体带着一点奶香味。

鸢也从来没有抱过小孩,也没准备好抱孩子,完全是临时发挥,所以她就是双手掐住他的腰,看起来像是捧着一瓶水。

阿庭估计也没被人这样抱过,睁着大大的眼睛看鸢也,再配上鸢也呆愣的表情,这一幕喜剧效果极好。尉迟在一个红灯路口停下,挂了空挡,手抵在嘴边笑出声。鸢也恼羞成怒,将阿庭直接放到旁边的位子上,强行给他系上安全带,双手抱胸扭头看向窗外。

阿庭浑然不知他爬的那一下给鸢也带来了多大的心理波动,此时被禁锢在座椅上不哭也不闹,而是对前座的尉迟说:"爸爸,阿庭饿饿。"

尉迟笑够了,路口的灯也变绿了,他手指一拨打了向左的转向灯,方向盘也朝左转去。

"朝华路有一家馄饨店,味道还不错,你也尝尝。"这话是对鸢也说的。鸢也仍在生气,没有回话,尉迟直接将车开去了那家店。

那是一家颇为其貌不扬的店,起码尉迟说起的时候,鸢也没想到会这样普通——街头随处可见的一碗十来块钱的那种汤面店,怎么看怎么不符合尉总的气质。

尉迟停好车后,打开后座车门,将阿庭抱出来,抬头看了鸢也一眼,说:"下车。"

尉迟寻了一张靠窗的桌子,将阿庭放下,跟老板说要三碗馄饨。

鸢也实在想不明白:"你怎么会来这种店?"

店虽然是小,但很干净。尉迟拿一次性纸杯倒了杯茶水给她,薄唇舒展:"你觉得有钱人只能去米其林餐厅烧钱吗?"

鸢也纠正:"我是觉得尉总应该只会去米其林餐厅烧钱。"

她总是有那么多乱七八糟的想法。尉迟摇摇头,只说:"机缘巧合下知道的,几年前吃过一次,觉得还不错就一直记着,只是后来总没机会再来尝。刚才想起来,就带你们过来了。"

鸢也喝了一口茶,路边小店的免费茶水自然和他们平时喝的比不了,茶味很淡,却有一股不知名的香味,喝起来还挺新鲜。

面汤店的老板是一对中年夫妇,一个人负责煮东西,一个人负责拿碗和洗菜,配合默契。老板娘先上了一碗,放在了阿庭面前。阿庭用小手抓着勺子,笨拙地在碗里舀。只是那馄饨个个圆滚滚的,他费了半天劲也没能把馄饨舀起来。可他竟然没有哭闹,只是抿着嘴唇,盯着馄饨,锲而不舍地继续舀。

鸢也不禁看向尉迟,这不是他儿子吗?他怎么都不管一下?尉迟一副不明白她意思的表情:"嗯?"

鸢也忍不住要开口,阿庭终于舀起了一个馄饨,却是递给她:"吃吃。"

鸢也一愣,然后说:"你自己吃吧。"

阿庭又将勺子往前递了递:"妈妈,吃吃。"

鸢也惊愕地看向尉迟,这小孩管谁叫妈呢?

尉迟抽了一张纸巾,擦了擦桌子上因为阿庭舀馄饨而溅出来的汤汁,淡定地解释:"清卿教过他,吃任何东西,第一口都要给妈妈。"

鸢也眨了眨眼。所以这个小孩是不太理解白小姐的意思,以为"第一口要给妈妈",所以吃了他的第一口食物的都是他的妈妈?吓死她了,还在想他怎么会管自己叫妈妈呢。鸢也松了一口气,在心里腹诽了一句"白小姐这是什么样的教育方式"。

尉迟说:"吃吧。"

他都这样说了,她也不好再拒绝。毕竟只是个三岁的小孩,大人之间的事情她不能跟他计较,于是她低头吃下那个馄饨,小声说:"谢谢你啊。"

阿庭又舀了一个馄饨递给尉迟:"爸爸,吃吃。"

尉迟低头吃了,伸手摸了摸他的脑袋:"阿庭自己吃吧,爸爸妈妈还有。"

鸢也在桌子底下踢了他一脚,谁是他的妈妈?尉迟只是笑。

老板很快再送上来两碗馄饨,鸢也没再说什么,低头吃起来。这馄饨的味道确实不错,难怪尉总念念不忘。汤尤其入味,像是用各种骨头熬出来的,浓郁鲜甜。

尉迟打开一个小罐子,说:"这家店开了二十多年了,什么都是自己做,辣椒酱也是自己做的。你不是喜欢吃辣吗?可以试一下。"

鸢也闻到辣椒的香味,眼前一亮:"好,那我……"

她的手才刚伸出去,尉总又"啪"的一声把陶瓷盖子给盖回去,说:"差点忘了,医生说过你十天内不能吃辛辣重口的东西。下次带你来再给你试。"

鸢也悻悻地低头,一口一口喝汤。现在的她还不知道,尉迟口中的"下次再来"又是几年后了。到了那个时候,她已经不爱吃辣了。这家老店的辣椒,她一辈子都没有尝过。

离开面汤店后,尉迟就把车开去了春阳路 14 号。

到底是孩子,吃饱喝足了就犯困。阿庭睡在皮座椅上,小脑袋枕着鸢也的大腿——鸢也坐着没动,是他自己凑上来的。

"他平时不会这么黏不熟的人。"尉迟状似无意地说。

所以呢？他是想说这孩子跟她投缘吗？鸢也面无表情。她看他的头是挺圆的。鸢也没接他的话，也不想去思考他话里的深意，安静无声。

到了春阳路14号，鸢也看到白清卿站在门口。她只穿了一件亚麻色的宽松毛衣，头发随意地绾起，很是贤惠居家的样子。她似是觉得冷了，抱着手臂，左右张望着。门口那盏灯照着她纤细又可怜的身影，饶是过路的人都会回头看一眼。

鸢也嗤笑一声，家就在她身后，觉得冷进门去拿件衣服穿上便是，是有谁苦着她吗？

看到尉迟的车停下，白清卿的眼睛蓦地亮了，避着车流小跑过来："迟。"

鸢也不想跟她搭话，索性靠着车窗假装睡着了。

尉迟先行下车，先将医院开的药交给白清卿，又转述了医生的嘱咐。白清卿心猿意马地听着，满脑子都是——已经这么晚了，他应该还没吃饭吧？还好她做了饭，等会儿一起吃了饭，她就可以理所当然地留他过夜吧？

"我知道了，都记住了，你放心吧。"白清卿抿了嘴唇，柔声道，"今天辛苦你了，怪我不好，昨晚贪嘴吃多了砂糖橘，早上起来腹泻，才不能跟你去接阿庭出院。"

鸢也几不可察地挑了挑眉，她说呢，白小姐怎么会错过和尉迟相处的机会，竟没跟他去医院，原来是有这个原因在。

尉迟询问道："现在好点了吗？"

白清卿道："去诊所开了药，吃了药已经没事了。"

"那就好。"

尉迟一向温和，语气亦是如常，白清卿拨了一下头发，发出邀请："我炖了鸡汤，你进来喝一碗垫垫胃吧？"

"不用了。"尉迟打开后座的车门，将睡着的阿庭小心地抱出来。

白清卿脸上的欣喜在看到鸢也的身影后彻底灰飞烟灭，尤其是看到阿庭身上还盖着鸢也的外衣，两个人都睡得极为香甜。那样和谐的一幕，仿佛他们才是母子俩。她心头一震，失了端庄也失了温柔，惊得大叫："她怎么会在这里？"

鸢也不想搭理她，但她叫得这么大声，连阿庭都被吵醒了，自己如果再装睡就太假了，鸢也只好懒怠地睁开眼。

"我在我丈夫的车里，白小姐是觉得哪里不对？"鸢也拿起外套，慢吞吞地穿上，看了她错愕的面容一眼，"啧"了一声。

阿庭睁开眼，抓着尉迟的衣领："爸爸！爸爸！"

尉迟皱了皱眉，看了白清卿一眼，他们本可以不吵醒阿庭的。白清卿这才意识到失态，懊恼地皱眉。她最怕他不高兴了，咬了咬唇："迟，我……我是太意外了，我没想到姜小姐也在，才……"

阿庭听到妈妈的声音，在尉迟怀里扭过身："妈妈，妈妈抱。"

白清卿连忙抱过孩子："阿庭乖，妈妈炖了鸡汤，等会儿喂你喝。"

尉迟道："阿庭已经吃过晚饭了，不要再给他吃东西，吃撑了不舒服。"

白清卿迟疑道："你们……都吃过了吗？"

"嗯。"

鸢也打了个哈欠，说："尉迟，回家了。"

尉迟颔首，握住阿庭的小手，用低缓的男音道："乖乖睡觉，爸爸改天再来看你。"

这孩子很懂事，不会跟一般的小孩一样哭着闹着不让大人走，还笨拙地挥挥手："爸爸，拜拜！"

他又对车里的鸢也挥手："姜，姜，拜拜！"

鸢也听着阿庭那句话，含混不清地回了一句"拜拜"，然后关上车门。

鸢也在这里，白清卿没有理由留下尉迟，她原本想说的话也只能强行忍住。她看了鸢也一眼，有些怨恨，将阿庭抱得更紧了。尉迟很快也上了车，白清卿无可奈何地看着车子远去。

"妈妈，妈妈，看。"阿庭奶声奶气地说着话，举高手里的东西，"一闪一闪亮晶晶。"

白清卿一看，原来是阿庭从鸢也衣服上揪下来的钻石胸针。星星形状的钻石胸针闪闪发光，他爱不释手。但白清卿想到他趴在鸢也腿上睡着的样子，脸色一沉，将胸针从他手里抢过去，远远地丢开："有什么好的？白眼狼，那是抢了你爸爸的坏女人！"

阿庭不明白妈妈的愤怒，只有被丢弃新玩具的委屈，"哇"的一声哭起来。白清卿没有哄他，只将他抱回屋内，"砰"的一声关上大门。

车上，鸢也想起刚才的事情，有感而发："我一定是这个世上脾气最好的太太。"

尉迟开着车，说："我为有你这样善解人意的太太感到自豪。"

"那么请问以我为豪的尉先生，打算什么时候送他们离开晋城呢？"鸢也看着他后脑的发旋，"我看阿庭已经没什么大问题了，去更宜居的城市住不是更有利于他的调养吗？"

尉迟沉默了。

这在鸢也的意料之中，她自嘲地勾了勾嘴角，不再说什么，偏头看向窗外。两个人都没有说话，车里就剩下暖气吹出时细微的声响。没有特意去记车子开了多久，直到最后一抹霓虹灯消失在眼里，鸢也才听到一声淡淡的答复："快了。"

鸢也一顿，看向后视镜，不偏不倚地和尉迟的眼睛对上。

这是他第一次给了她回复，虽然没有具体日期，但鸢也不知何时握紧的手慢慢松开了。

第二天，尉迟比平时早起一个小时，没有吵醒还在熟睡的鸢也，动作轻轻地下床。洗漱后，他穿戴整齐，单独开车去了老宅。昨天下午尉母打电话给他，让他抽空回去一趟，有话对他说。他大概猜到二老找他是什么事，所以没有对鸢也说起这件事。

"爸。"尉迟从车上下来，将车钥匙递给用人。

尉父正在修剪前院花圃里的花草，回头看他一眼，说："来了。你妈昨晚犯头疼，凌晨才睡下，现在还没起来。"

"妈又犯头疼？"尉迟蹙眉，"让孙医生来看过了吗？"

"吃了药好多了。"尉父道。

尉迟还是道："今天让孙医生过来看看吧。"

尉父点点头："也好。"

"我等妈起床。"尉迟拿起洒水壶，给花浇水。这些花平时都是尉母在养护，今天她不舒服，尉父便替她照顾，他们夫妻这几十年来都是这样互相扶持的。

"不用，你妈想跟你说的话，由我来说也一样。"尉父严肃地看着他，"那对母子，你准备怎么安置？"

"怎么说起这个？"尉迟并无太多表情，将水均匀地洒在每一片叶子上。

"昨天鸢鸢走后，你妈直说尉家的儿媳妇她只认鸢鸢一个。她是这个意思，我也是这个意思。"

尉迟淡笑："因为清婉阿姨？妈多虑了，我本就没有离婚的打算。"

尉父凝眸："但是鸢鸢不会接受那对母子的存在。"

"所以爸和妈的意思是？"

尉父意味深长道："先抑后扬的道理你应该懂，只留下孩子，鸢也会比较容易接受。"

尉迟微微皱了眉头，没再多言其他，放下花洒："麻烦爸跟妈说一声，我和鸢也的事情我心里有数，让她不要太为我们操心。我下周再和鸢也回家吃饭。"

尉父深深地看他一眼，相信他有分寸，也就没再多言："好。"

鸢也醒来，一摸身边的床位已经冷了，觉得奇怪，尉迟今天怎么起那么早？洗脸刷牙后，她只在睡衣外套了件睡袍便下楼，在客厅也没看到尉迟的身影，就问用人："尉迟呢？"

用人正要说先生一早就开车出去了，但不知道去了哪里，门口方向便传来男人清朗的声音："尉太太一起来就找我？"

鸢也看他穿戴整齐的样子，问："你去哪儿了？"

"在公馆周围走了一圈，晨间的空气很新鲜，明天你也可以试试。"尉迟答得随意。

"你什么时候有晨练的习惯？"

"是今天天气太好了。"尉迟一笔带过，走到餐厅坐下，"吃早餐吧，吃完你跟我出去一趟。"

鸢也跟着他走过去，问："去哪里？"

尉迟只说："去了你就知道了。"

饭后两个人出门，没有让司机送，尉迟亲自开车，更让鸢也好奇他要带自己去做什么。

车子从西边的郊区开到东边的郊区，最后终于停在一大片草地前。鸢也打量着，这是个欧式庄园，远处还养着小鹿。尉迟下车，将车钥匙交给泊车小哥，然后带着鸢也进去。

"这是西园吧？已经建好了吗？"

尉迟道："刚刚完工，我们是第一批客人。"

鸢也了然，尉氏在这个庄园有股份，当然可以享有特权。

她深深地呼吸了一口空气，这里有大面积的绿植和各种人造的湖泊湿地，空气里的水分多，也比城市的清新，干净的气息在肺里走一圈，人都神清气爽了许多。

鸢也看到那边有个男人朝着他们走来，远远地就跟尉迟挥手，尉迟也笑了笑。她愣了一下，这是他的朋友？今天还有外人？她顿时有些懊恼，跟尉迟抱怨："你早说还有朋友，我就收拾得精致一点了。"

尉迟但笑不语，那男人走近后喊："阿迟。"

"初北。"尉迟回道。

鸢也从来没见过尉迟的朋友，不禁多看了这个男人两眼。他的相貌极好，年纪和尉迟差不多，气质也和尉迟差不多，都是温雅平和那一挂的。但他一笑起来，就比尉迟多了种不正经的浪荡。

"我说你怎么迟到这么久，原来是带了女伴。"男人别有深意地看向鸢也。

尉迟的手轻轻搂在鸢也的腰上，跟她介绍："鸢也，这是榕城风南的陆初北。"

榕城的风南集团？鸢也眼里掠过短暂的讶异："原来是陆先生。你好，久仰大名。"

陆家在榕城的地位，相当于尉家在晋城的地位，鸢也确实是久仰大名。

陆初北听了她的名字，恍然大悟："原来是弟妹啊。"

弟妹？鸢也眨眨眼，看向尉迟，他跟朋友提起过她？她还以为他没有对任何人透露过自己已婚的身份呢。

尉迟勾唇："女人出门麻烦得很，等了她好一会儿，结果刚刚还在跟我说打扮得不够好看。"

"怎么会呢？弟妹就是不打扮也好看。早就知道阿迟娶了青城陈家那个貌美如花的外孙女，可惜一直没机会见，没想到今天阿迟会愿意把人带来。"陆初北笑着说。

两三句话，鸢也就判断出陆初北跟尉迟的关系不是一般的好，于是莞尔："陆先生谬赞。"

149

"走,我带你们过去,大家都到齐了。"陆初北拍拍尉迟的肩膀,走在前面。

庄园很大,养了不少动物,除了鹿还有羊驼,而且它们一点都不怕人。有只灰色的小羊驼跟了鸢也一路,试图咬她的衣服。鸢也连忙躲到尉迟身边,尉迟一个眼神,那小羊驼就被吓跑了。一条长长的甲板路通往湖心,那里有一桌人在打麻将。四周水波粼粼,绿树红花,其中一个红发男人看到尉迟,喊道:"迟哥,迟到了啊,先赔一把给我们。"

尉迟神色淡然:"凭本事赢来的才有意思,赔有什么趣味?"

"你这是挑衅我们?行,来,今天我不让你赔一套小别墅我就不姓杨!"红毛叫嚣完,才发现他身边跟了个人,"哎,你居然还带了女人来?这不够意思啊。"

陆初北的手往他的肩膀上一按,说:"又没不让你带,你羡慕就把你的女人也叫来。"

红毛冷哼了一声,但对美女还是摆出好脸色:"这位妹妹怎么称呼呀?我叫杨炯,你可以跟他们一样叫我小杨。"

鸢也从善如流:"小杨,叫我鸢也就可以。"

"鸢也?你名字怪好听的,哪个鸢?姓什么?"

"纸鸢的鸢,姓姜。"

"哦哦,姜小姐,咱们以后就是朋友了,等会儿加个微信啊!"

尉迟和陆初北都没主动对其他人介绍她的身份,鸢也最大的优点就是识趣,也就没多话。其他人也都做了自我介绍,鸢也回了笑。他们都不是晋城的人,但名号她全听过,非富即贵的人物。

今天应该是他们这群平时远在天南地北的朋友们的一个聚会,可尉迟带她来的原因是什么?鸢也面上微笑,心下疑惑。

"谁到了?"甲板上又传来脚步声。

这声音熟悉,鸢也转身一看,这次当真是惊讶了:"霍总?"

陆初北出现在这里都没霍衍出现在这里让鸢也感到惊讶。霍总和尉迟是一个圈子的?鸢也感觉有点魔幻,又觉得她这个周末遇到霍总的次数是不是过多了。

霍衍手里拎着几瓶bellini鸡尾酒,看到鸢也,眉毛挑了一下,也是没想到她会在。不过很快,他的目光就移到了她身边的尉迟身上。

陆初北挑眉道："认识？"

"当然认识，她是高桥商务部的，在我的手下工作。"

霍衍将鸡尾酒放下，对着尉迟颔首示意："尉总也来了。"

尉迟回了句："霍总。"

红毛小杨摸了摸自己的刺头，说："我说呢，前两天怎么听到风声说尉氏和高桥合作，看来是姜小姐在中间牵线搭桥啊？"

鸢也笑眯眯的，没否认。

陆初北则不知想到什么，看了尉迟一眼，表情有点古怪，在椅子上坐下，说："那正好，省得我再介绍你们互相认识了。反正都是朋友，以后没事可以多聚聚。"

尉迟往前走了一步，说："本想周一再约霍总见面的，现在遇到，倒是巧合。"

"没关系，回头我做东再请尉总。高桥和尉氏成功签订合约，本就应该一起吃顿饭。"霍衍应对得宜。

"哪怕没有这份合同，我也应该请霍总吃饭，这些年鸢也给霍总添了不少麻烦。"尉迟的语气自然。

鸢也听着有些不对劲，什么叫添麻烦？她哪有给霍总添麻烦？她不乐意地用手肘撞了一下尉迟的腰，嗔他一眼。尉迟含笑受了她这一眼，惯着她的小脾气。

霍衍就站在他们对面，自然看得见他们的小动作，浅棕色的眸子里掠过一丝不明情绪，道："姜副部是我们公司的人才，有这么一员得力干将，我万分荣幸，又怎么会是添麻烦呢？"

两个大男人的商业客套鸢也没多大兴趣，她看到河面上时不时冒出几个泡泡，突然起了玩心："这里可以钓鱼吗？"

小杨刚好打完一局，起来把位子让给别人，凑到鸢也身边说："可以啊，姜小姐想钓，我去帮你拿工具。"

"谢谢你啊。"

小杨很快拿来一根钓鱼竿、一盒鱼饵和一个塑料桶，鸢也又道了声谢，然后就抓着鱼钩挂上鱼饵。尉迟和霍衍看着她的动作，有些好笑，都要开口说话。不过尉迟动作更快，抓着鸢也的手，帮她将鱼饵重新放好，说："鱼饵不是这么放的。这样放，一条小鱼也能轻轻松松把饵吃

151

了跑掉。"

霍衍就把话收了回去，开了一瓶鸡尾酒，倒入几个玻璃杯里。

鸢也看他放饵的手法，恍然大悟："我说呢，以前陪客户钓鱼，每次都只有我没钓上来，还丢了鱼饵。"

尉迟轻笑道："那么多次都没钓上来，你还不懂得反省，看来鱼比你聪明。"

"有你这么说话的吗？"鸢也又想去撞尉迟的腰，不过这次被尉迟抓住手肘，他握着她的手一起将鱼线抛出去，再调整她手臂和鱼竿的弧度。他几乎是半拥着鸢也的姿态。

霍衍抿了一口鸡尾酒，收回目光时，视线在鸢也的脚上顿了一下，然后他放下酒杯，拿着手机暂时离开湖中心。

尉迟又将一张躺椅拉到鸢也身边，说："坐。"

鸢也喜滋滋地坐下，开始偷得浮生半日闲。

钓鱼要有耐心，鸢也又是出了名的没耐心，守了小半个小时就开始犯困，抱着鱼竿合上眼皮，很快便坠入梦乡。不知睡了多久，鸢也感觉怀里的鱼竿被人抽走，蓦地睁开眼，就见霍衍一收一放，将一条已经咬钩的鱼儿钓起来。

霍衍解了钩子上的鱼丢进塑料桶里，笑话她："你这是在钓鱼，还是鱼在钓你啊？"

鸢也摸了摸鼻子，不好意思地说："主要是今天天气确实很好，冬天很少有这样的暖阳。"

她用目光去寻尉迟，见他坐在麻将桌前，也在看他们的方向。不过在她看过去后，他就收回了目光，将面前的牌一推，道："和了。"

小杨又赔了，他深吸一口气，眼珠子转了转，忽然蹿起来跑到鸢也身边，说："姜小姐说得有道理啊，这么好的天气干坐着也太浪费了。"

陆初北笑着说："不坐着，难不成要起来唱歌跳舞？"

"打网球呗，咱们这儿不是有球场嘛。"小杨企图蒙混过关，把要赔给尉迟的一辆跑车赖掉。

鸢也眼睛一亮，说："好啊，我网球打得也不错。"

尉迟说："你穿着高跟鞋能打球吗？又想脱一次指甲？"

鸢也低头一看，才想起自己穿的是高跟鞋。不过听他说"再脱一次指甲"，他也记得？鸢也飞快眨了两下眼，抿唇笑道："那你们先去玩，我出去买双鞋。"

尉迟问："我跟你一起去？"

"不用，把车钥匙给我，我开车去，半小时就能回来。"

尉迟没有勉强，将车钥匙给她，叮嘱："小心开车。"

鸢也挥挥手走了。在她走后没两分钟，霍衍也说要暂时离开一会儿。霍衍和鸢也离开的方向是同一个，尉迟手指摩挲着麻将牌，乌黑的眸子比这湖面还要平静。

陆初北倒了两杯鸡尾酒，顺手递给尉迟一杯，尉迟摇头拒绝了。他打趣道："没心情喝？"

尉迟只道："等会儿要开车回去。"

陆初北可不信他的借口。昨天晚上他打电话约尉迟来西园玩，尉迟反过来问他和霍衍有没有交情。他说有，还不错，尉迟就说——"那就约上他一起吧。"

霍衍来，他就来，这里面有什么因果关系呢？陆初北打眼瞧了一下鸢也离开的方向，勾起嘴角，感觉自己大概猜到了。

鸢也记忆力好，沿着来时的路走出庄园，在路上遇到一个穿红色西装马甲、手里捧着个礼盒的小哥。小哥正在四处张望，她判断对方是来送东西的，好心问了一句："迷路了吗？"

"是啊，请问哪里能找到姜鸢也姜小姐？"

鸢也感到意外："我就是。"

小哥一扫愁云惨淡，连忙笑道："那太好了，这是给您的。"

"给我？谁给我的？"鸢也打开盒子一看，竟是一双小白鞋。

她身后同时响起一道男声："我给你的。"

鸢也转身，见霍衍双手抄兜站在她身后。他说："试试合不合脚。"

鸢也转了转眼珠子，笑起来："霍总什么时候准备的？未卜先知吗？"

从她说要换鞋到此刻，至多才过去五分钟，哪怕庄园门口就开着一家鞋店，也不可能这么快就准备好鞋送来，这鞋一定是他提前订好的。可他怎么知道她需要换鞋呢？

霍衍签了单，接过鞋盒，送货小哥就走了。

153

"没有未卜先知,也没有想到你要打球,只是觉得庄园里多是草地,你穿着高跟鞋应该会不方便,就让人送来了。"

共事多年,鸢也知道霍衍细心,但没想到他会细心到这种地步。她拿起鞋子看了看,说:"正好是我的鞋码。"

"女孩子大多是这个码。"

买都买来了,鸢也又正好需要,没道理拒绝,她就在路边的长椅上坐下,把鞋子换上试着走几步。鞋子确实刚刚好。她笑道:"又收霍总一份礼物,真不好意思。"

"不好意思的话,等会儿打球跟我一组。"霍衍轻描淡写道,"我不怎么会打网球,要是输了,他们肯定要我为今天所有的消费埋单。"

鸢也马上表态:"有我在,一定不让霍总出这个血!"

闻言,霍衍嘴角的弧度略微深了几分。

两个人折返回去,尉迟等人才刚从湖心走出来,正要去球场。小杨十分诧异:"哎,姜小姐,怎么这么快就回来了?没去买鞋吗?"

尉迟的目光往下一垂,发现鸢也脚上的鞋已经换了。就这点时间,连大门都没有走到,她又是去哪里换的鞋呢?他复而想到跟鸢也一起离开的霍衍,抬头看向霍衍。

霍衍对上他的眼神,很快又移开,笑着提议:"打双人网球吧,比较有趣。"

"好啊。"鸢也主动约战,"尉总,来对垒一局呗!"

她这话说得有明显的挑衅意味,旁人只会觉得是情人之间的情趣,就没有多想。小杨极力赞同:"哈哈,迟哥网球打得好,刚才听姜小姐说自己的网球也打得好,还怕你们混合双打呢,分开正好!"

是啊,她要和他对垒,就代表他们不能在一组,又是打双人网球,那么她想跟谁一组呢?尉迟嘴角的微笑依旧。

大概全场就小杨的心思真的在打球上,他跑到尉迟身边说:"迟哥,我和你一组啊。"

尉迟淡声道:"好。"

于是这一局就是尉迟和小杨联手对垒鸢也和霍衍。

网球场很大,二对二也足够发挥,只是鸢也怀疑自己被霍衍骗了,他哪里技术不好了?每个球都接得稳稳的,比她还厉害。

来来往往几个回合后，小杨双手叉腰，喘着粗气道："哇！不愧是在一起工作那么多年的上司下属，这么默契！"

尉迟扭了扭手，道："再来一局。"

霍衍笑着说好。

这一次两位老总直接把双人网球打成了一对一，鸢也和小杨完全没有用武之地。眼看着球飞过来，她连忙后退去接，还没接到，身后就有个球拍直接将球打了回去。

鸢也和小杨面面相觑。旁观的几个人也是面面相觑，有人小声地对陆初北说："不就是个打发时间的运动吗？我怎么感觉迟哥很上头？"

另一个人也接了一句："阿衍也很拼啊。难道竞技运动的感染力真的这么强？画面莫名其妙就燃起来了。"

陆初北老神在在，不跟这些看不透的人多话。

数不清几个回合后，球终于落在了霍衍这边的地上，以尉迟险胜宣告结束。小杨挂在球网上，哀号道："我再也不想玩双人网球了，我感觉我全程都在陪跑！"

尉迟道："那是因为霍总技术好，我也很久没有这么酣畅淋漓地打过球了。如果霍总以后有空，可以多约。"

"打球也要有好的对手才带得起来，尉总这个对手我就很喜欢。"霍衍弯腰捡起地上的球，随手丢进了收纳筐里，继而直起腰，目光与尉迟的对上。

陆初北走出来打圆场："午餐已经准备好了，各位国家网球队预备队员，先吃饭吧。"

小杨早就饿了："好好好。"

一行人便往屋内走去。鸢也和小杨走在前面，小杨是个话痨，有的是话说，鸢也被他带走了注意力，忘了原本想跟尉迟说什么。陆初北和尉迟走在最后，他打量着问尉迟："你对霍衍有意见？"

尉迟面色不动："没有。"

"是吗？"陆初北笑了，"可是我看你们今天都有点较劲。"

"你想多了。"

"最好是我想多了。"话虽这样说，但陆初北可是个人精，怎会看不出其中的猫腻？

尉迟仍是一派温雅："多操心一下自己吧，傅家那个丫头，追了这么多年还没有追到，丢不丢人？"

提起这件事，陆初北就感觉一阵窒息："你——"

骂人不揭短，尉总不是最讲风度的吗？

尉总不看他了，大步进了屋。

菜都上了桌，鸢也已经落座，不知道是有意还是无意，她左边坐了霍衍，右边坐了小杨，小杨还在跟鸢也叽叽喳喳。尉迟顿了一下，走到鸢也身后，按住她要去夹水煮鱼的手："又忘记医生嘱咐的话了？术后十天不能吃辛辣刺激的东西。"

"什么手术？"小杨才发现自己占了尉迟的位子，连忙挪了个位，"不好意思啊迟哥，我没注意坐了你的位子。"

"没关系。"尉迟落座在鸢也的右手边，随意地接了话，"阑尾切除术。"

"吃这个。"他夹了一块外酥里嫩的普宁豆腐放在鸢也碗里。

鸢也本来想偷吃一块水煮鱼的，可恨尉总来得太快，她只能不情不愿道："哦。"

这可是她钓上来的鱼，居然一口都不能吃！

"对了，迟哥和姜小姐今晚要留下过夜吗？后面那几间房里还有温泉，可以泡一泡。"小杨说。

尉迟无所谓，只问鸢也："怎么样？"

鸢也也觉得没什么不妥，明天早起半小时，上班也不会迟到，便说："好啊。"

"那就住一晚。"

陆初北原本也要留下过夜的，但饭后大家在客厅闲聊的时候，他接了个电话，温和的脸色突然变得十分难看，他冷冷地说："把人看住，我马上过来。"

他挂断电话，拎起外套走到尉迟身边，说："我有事要先走了。"

尉迟坐在吧台边看着他，问："需要帮忙吗？"

"自己女人的事情还要你帮忙，岂不是给了你笑话我的机会？不用，我解决得了。"陆初北拍了拍他的肩膀，又跟其他人打了招呼，然后就走了。

鸢也蹭到尉迟身边，八卦道："陆少怎么了？"

尉迟捏起一颗车厘子，送到她嘴边，说："他的女人比你还会折腾，大概是又跑了。"

"跑了？"鸢也讶然。

"那女孩和他一起长大，两家长辈也是旧交，但就是不愿意嫁给他，总趁他不注意跑掉，最近又在外面有了男友。"尉迟摇摇头，为这个好兄弟感到无奈。

鸢也却觉得这个女孩有意思："要是有机会，我一定要跟她认识，学习学习。"

这么深的情分，是怎么做到轻易割舍的？怎么她就舍不得呢？

尉迟倚着长吧台，含笑看着她："学习什么？学她跑？"

这可是送命题！鸢也马上换了一副谄媚的笑脸："哪敢啊，我要是敢跑，尉总还不要把我给关起来？"

尉迟觉得她花言巧语的功夫一天比一天厉害。

鸢也喜欢车厘子，怕尉迟又要管着她不让她多吃，就悄悄伸手拿了几个。那盆车厘子在尉迟的左边，鸢也在尉迟的右边，手要从他的后背绕过去。她三番四次偷吃成功没被发现，胆子越发大了，再次伸手去拿，却和另一只手不期而遇。鸢也一看，是霍衍。他在吧台后面，面前放着一杯刚刚调好的鸡尾酒，大概是想拿车厘子调味或装饰，结果和"潜伏而来"的鸢也撞上，两个人拿的还是同一颗。

鸢也放开手，做了个"您请您请"的动作，然后去拿另一颗。不料霍衍也谦让她，放开了原先那颗车厘子，重新拿的一颗又和鸢也拿的是同一颗。霍衍低头笑起来，这次是他先放手，鸢也连忙拿了就跑。霍衍只拿了一颗，然后将整盘车厘子都放到鸢也那边。鸢也眼睛一亮，感激不尽。

庄园虽然是刚刚建成的，但什么都不缺，娱乐项目也很多。鸢也听说还有电子游戏室，大感兴趣，就一个人去玩了几场。她玩腻了回来后，发现屋子里多了几个美貌女郎，应该是男人们找来的。

尉迟和霍衍都不在，鸢也问小杨，小杨想了想，说："好像是去射箭了。"

"咄——"白羽箭破风而出，如闪电般中了箭靶红心。侍箭员立即吹响口哨，挥动双手的旗帜。这是打出十分的意思。

射箭场在广阔的草地上，地上画了一条黄线，而黄线外5米、10米、20米、30米等地方都放了箭靶，这一箭中的就是最远的那个50米的箭靶。尉迟放下弓，嘴角轻勾，身旁的霍衍道："尉总好箭法。"

"霍总也不错。"尉迟并非恭维，霍衍刚才也中了50米箭靶的十分。

霍衍道："我用的是复合弓，本就比尉总用的反曲弓更容易瞄准，还是尉总的箭术更好。"

现代的弓一般分为复合弓和反曲弓，反曲弓和古代的弓外形上差不多，而复合弓则是现代改良版，加入了许多机械零件。

尉迟附以一笑："复合弓更需要力量才能拉开，能射出这么远的距离，可见霍总的能耐在我之上。"

霍衍从箭筒里拿了一支黑羽箭，弯弓瞄准，说："一些蛮力加一些技巧辅助而已，反曲弓才是老祖宗的智慧，更加脚踏实地。"

两个人互相夸赞，气氛看起来和谐极了。

尉迟也拿了一支白羽箭，同样瞄准一个靶心，说："这句话倒不错，无论做人还是做事，脚踏实地比较好。"

然后他率先射出箭，这次是个30米的十分。

霍衍将语速放慢："是不错，不过想想，'脚踏实地'这四个字从我们这些人口中说出来，本就有些讽刺。"

语毕，他手指一松，黑羽箭势如破竹，直中50米靶的靶心。霍衍放下弓，看向尉迟，道："尉总在二级市场做空姜氏股票那一手，一进一出，净赚至少一个亿，这笔钱，普通人'脚踏实地'一辈子都赚不来。就是不知道姜副部知道你这么做吗？"

鸢也走到射箭场，就恰好听到这句话。空旷的草场上不是完全没有遮挡物。鸢也的脚步一顿，对看到她的侍箭员做了个嘘的动作，然后躲到了树后。

尉迟语气平淡："还没来得及告诉她。"

霍衍反问："是没来得及，还是不敢？"

尉迟将弓弦拉开，手臂肌肉勾勒出好看的线条："霍总说笑了，有什么不敢的？我只是顺势而为，姜氏败局已定，没有我也会有别人。既然总会有一个人，还不如是我。起码我的，就是鸢也的。"

霍衍的眸子一眯，粲然一笑："刚才夸得太早了，应该现在再夸。尉总好漂亮的箭术，好漂亮的手段，好漂亮的理由。"

确实漂亮，这就相当于害了人家还说是为了人家好，再加上他那人畜无害的脸，旁人看了真的会相信他此举是出自善心。可如果真是善心，他就应该对姜氏伸出援手，使它不至于沦落到这一步。

鸢也拿出手机，把黑名单里的姜宏达放出来，果然看到几十个未接电话和上百条信息。还好她提前把人拉黑了，要不然这两天都不得安生。

仿佛是不懂他的反讽，尉迟领了霍衍的夸奖："应该的，毕竟我是她的丈夫。"

鸢也说不上来心里是一种什么样的感觉。自从四年前知道妈妈的死因后，她就单方面跟姜宏达断绝了关系。他的死活她不在乎，她甚至巴不得他快点和宋妙云一起去妈妈面前谢罪。只是姜氏到底有一大部分是她妈妈的心血，或者说，是外公对她妈妈的心意，她真的愿意看着它付之一炬吗？

不待她想出答案，霍衍就不疾不徐地说："那是我的不对了，我以为，毕竟是她父亲的公司，中国有句老话，打断骨头连着筋，她应该不想看着姜氏倒了。昨晚我又很巧地遇到了姜总，聊了几句，签了一份合同。"

尉迟淡淡一笑："是吗？"

霍衍道："总是觉得，就算是要还给她，她也会更喜欢完整的，而不是打散了的姜氏。"

尉迟并无太大反应，拉弓射了一箭，正中30米的靶子，声音比他射箭的动作更轻描淡写："昨天晚上？那应该不是巧遇。霍总为了帮姜氏，喝了酒还特意约见姜总商谈业务，确实很有心。"

他还能从如今的姜氏里挑挑拣拣出一个能合作的业务，不容易。

尉迟仿佛喜欢上了射箭这项运动，又射了一箭在20米的靶子上，他像是打算把所有靶子都射一遍。反观霍衍，他只专注于50米的那个靶子。他推弓挂弦，姿势标准，明知故问："尉总知道我昨晚去了酒吧？"

尉迟学他的，反问："霍总不是知道我知道？"

两个人心照不宣，齐齐放箭，都中了靶心。不过霍衍中的是50米的，而尉迟中的是10米的。这么一来，尉迟这边所有的靶子，便都留有他的白羽箭。

鸢也想起谁曾说过，有时候从一个人的行事作风就能看出他是什么样的人。如果这句话成立，那尉总还真是个相当贪心的人呢。只要是他的领地，就都要有他的标志。

尉迟将弓交给侍箭员，一边解开手上的护腕，一边语气平和地说："霍总对鸢也确实有心，只是你应该知道，她已经是我的妻子了。无论你对她的举动多么亲近，在八卦报道上怎么下功夫传播不实信息，都不会改变这一点。"

霍衍倏然看向他。尉迟没有看他，侍箭员送上干净的热毛巾，尉迟接过去擦手，微敛的眼中无甚情绪。

昨天早上，黎屹在桌子上写下的那个名字，就是霍衍！刚刚知道是他时，尉迟确实有短暂的意外。那则绯闻说起来对他也不利，他怎么会非但不压下，反而还张扬出去呢？但很快尉迟就明白了他的意图，这个男人对鸢也有兴趣，所以不惜自损八百。这也是尉迟决定今日和他一聚的原因。

霍衍收起多余的情绪，淡淡地说："尉总知道得还不少。"

他以为自己做得很隐蔽。

"毕竟这里是晋城。"尉迟的话语波澜不惊。

无形中有一支箭迎面射来，在他心头同样发出"咄"的一声，中了红心，霍衍的目光倏然一冷。

第九章
她才是外人

霍衍凝视着这个男人,尉家从百年前就立于晋城,确实有过说一不二、任何人都要看他们的脸色才能在晋城讨口饭吃的时候。

但那是以前了。

"现在已经不是那个时代了。"霍衍沉声道。

尉迟忽而一笑:"霍总六年前才被派遣到晋城来担任总经理,一直都是按规矩办事,尉家自然也是以礼相待。我们对客人一向很容忍。"

霍衍脸色一沉,往前一步。鸢也觉得自己再不出去,两位老总可能会从言语切磋变成身体切磋——虽然这种概率很小。

"原来你们在这里。"鸢也一副刚发现他们的样子,随手拿起尉迟的弓,"射箭吗?看起来挺有趣的,早知道就跟你们一起玩了。"

她一来,两个男人就不约而同地将方才说的话揭过,尉迟低头看着她:"想玩?"

"想啊。"

"我教你。"尉迟站到她身后,手把手地帮她调整姿势,"反曲弓比较容易上手,你学这个比较好。站直,这样搭箭,每次射箭前都要记得检查箭尾有没有裂痕。如果箭尾有破损,射出去的一瞬间很容易伤到自己。"

鸢也像在听又像没在听,没什么诚意地"嗯"了一声。

"射箭很简单,只要会技巧。"尉迟带着她对着10米的靶子射了一箭，中了，只不过没中红心。

尉迟放开她，让她自己试一箭，在旁边指导："推弓手握紧，勾弦手拉直。"

鸢也拉了一阵，觉得很累，就放下了弓。霍衍拿了一把小一号的复合弓递给她，说："反曲弓虽然容易上手，但刚开始学还是用复合弓适合些。"

鸢也接过复合弓，比画了一下。霍衍亦解释："复合弓虽然看起来复杂，不过只要知道每个零件都是做什么用的，就可以很容易地射中目标。"

这两个男人，一个推荐反曲弓，一个推荐复合弓，说到底都是在推荐自己的弓。鸢也看着他们，却说："不用。"

她拿起反曲弓，随手抽了一支白羽箭，倏地拉开，手臂与视线在同一水平线上，眸子一眯，手指一松，箭矢穿云破风，正中50米的红心。

尉迟："……"

"我会射箭。"鸢也放下反曲弓，又拿起复合弓——不是那把小弓，而是霍衍用的那把。然后她后退一步，一脚蹬在柱子上，借力将弦拉开，同样射出一支中了靶心的箭。在同一个靶上，一黑一白并立，不分上下。

霍衍："……"

鸢也慢吞吞地说完最后一句话："两种都会。"

空气里凝结着一股微妙的尴尬，安静了好半天，谁都没有说话。鸢也故作淡定地转过身，很给面子地没当着他们的面笑出声。教谁射箭呢？来比比，没准她比他们都厉害。

尉迟似无奈又似好笑地看着她，才想明白："你故意的。"

不是问句，就是肯定。她刚开始拿弓的姿势装得那么生疏，就是为了骗他们，让他们以为她不会射箭。这个女人，是想看他们的笑话。

鸢也勾起嘴角，不否认也不承认，拿了一支箭，像笔一样在指间转动："看，我厉不厉害？我还能反着转。"

这无厘头的一出，冲淡了两个男人之间原本一触即发的敌意。尉迟摇了摇头，眼里漾开柔和的神色："哪里学的？"

鸢也将箭放下，说："陈家在海上发家，那会儿海上有水匪，经常打劫过路的货船，船员们都是用弓箭抵御，这也算是陈家立家之本。所以陈家自古有祖训，陈家的子弟必须会两样东西，一是水性，二是射箭。小时候我外公教过我，后来是小表哥教我。"

"原来是家学渊源。"霍衍心服口服。

玩够了射箭，三个人返回别墅。小杨他们要办派对，鸢也考虑到自己的身体状况还不太能喝酒，索性就不参加了，省得眼馋。

庄园里有一座全木仿古建筑的院子，院内有一汪温泉眼。鸢也中午听小杨说的时候就很感兴趣，趁着大家都在派对上玩，就独自前来享受。

她脱了浴袍，赤裸着身体下水，舒服地呼出一口气——庄园里虽然什么都有，却还没细致到连女性的贴身衣物都有准备的地步，她没有可以更换的，也就只能这样。她正闭目养神，头发忽然被人抓住。她猛地睁开眼，下一秒就冷静下来。她之前就把院门反锁上了，外人根本进不来，来的只可能是同样住在温泉别院里的尉迟。

确实是尉迟，他将她浸在水里的长发拢起，低声问："怎么不扎起来？"

鸢也说："没找到橡皮筋。"

尉迟的手指在她的发间穿梭几下，鸢也就感觉头皮一紧，伸手一摸，头发已经被他束成一个丸子，连发带都不用就牢牢地团在那里，也不知道他是怎么做到的。她顺嘴调侃："尉总会得挺多嘛，帮几个女人绾过头发才练出的这种本事呀？"

"乱吃醋。"尉迟淡淡道。

鸢也勾唇，转身将手叠放在池边，看着他说："跟尉总学的。"

尉迟嘴角勾起一抹笑，居高临下地回视她，说："我可没教你维护绯闻对象。"

"我有吗？我维护谁了？我有绯闻对象我自己都不知道。"鸢也叹气，"要是有就好了，我从尉总那里学了不少维护'真爱'的手段，可恨一直没有用武之地。"

还不承认？下午她在射箭场上"耍"了他和霍衍一顿，不单单是恶作剧，更是在改变当时的气氛。她不就是为了维护霍衍，不让他们撕破脸吗？

尉迟坐在垫子上，低头看着她，漆黑的双眸像看不见尽头的隧道。对视几秒钟后，鸢也认输，转身靠在池壁上，背对着他说："好吧，可谁让你把话说到那种地步了呢？"

尉迟笑了笑："他连我的妻子都敢惦记，我还不能说几句话了？"

"霍总对我没那个意思。"

饶是最迟钝的女人，从霍衍特意买来那双鞋起，也该意识到什么了，何况鸢也还是个聪明的女人。她那位英俊的上司，有着西方绅士的优雅和成熟男人的魅力。如果她心无所属而且还没有结婚，最重要的是她年轻个三五岁的话，这些攻势大概会让她生出几分虚荣心，觉得他真的是在追求她。可她是一个跟形形色色的人打过交道，敢上谈判桌和最狡猾的客户斡旋的商务。不敢说看得穿人心，但最起码人家是不是喜欢自己，她还是能感觉出来的。再说了，他们共事这么多年，他要是有那个意思，不可能现在才展露，她也不会现在才发现。只是不知道为什么，他最近对她确实比以前要亲近。

"最好是。"尉迟的态度漠然。

鸢也看了他一眼，总算知道他今天怎么会带她来西园了。就是因为霍衍也在吧？他想当面警告人家别对她动心思。这算什么？宣示主权吗？她到白小姐面前宣示主权就不行，他来她的绯闻对象面前宣示主权就可以。尉总就是尉总，永远都走在双标的最前沿。不过想到他说快把白清卿母子送走了，鸢也就勉强按捺住情绪。

池边温着清酒，鸢也伸手去拿，白花花的胳膊在月下像镀了一层漂亮的流光。尉迟在边上看着，将酒杯递给她。鸢也说："谢谢。"

"不想问我点什么？"尉迟微微偏头，空气里浮动硫黄的特殊香味，四下静谧无声，很适合夫妻相处。

"问什么？"清酒几乎没有度数，还很解渴，鸢也端着空了的酒杯向尉迟示意。

尉迟直接把她的酒杯没收。说到底也是酒，她不适合多喝。

鸢也："⋯⋯"

尉迟神色不改："下午在射箭场不是都偷听到了？"

她便回道："见不得人才要偷听，你们在射箭场说话，我在射箭场后面听，只是听而已。"

这话听起来怎么那么耳熟？尉迟想了一下，这不就是昨天他在马路边对她说的？她倒是挺会活学活用。

"真的没有想问的?"

鸢也拿脚丫踢了踢水,说:"那就问一问吧,嗯……尉总对姜氏是个什么想法?"

她语气随意,好像是被他的再三追问给问烦了,敷衍他一下。尉迟神色冷清地看着她,没有说话。鸢也咳了一声,态度端正了一点:"我都不知道尉氏有姜氏的股票,这是什么时候的事情?"

尉迟道:"尉氏如果入股了姜氏,你怎么可能不知道?"

唉,尉总怎么那么难伺候?鸢也道:"那我重新组织一下措辞——我都不知道你有姜氏的股票,你是什么时候准备的?"

"一年前。发现你这个名正言顺的姜氏大小姐竟然连一分姜氏股份都没有,连宋莺锦都有百分之五,这么可怜,就替你存了一些。"

嗯?这么说的话……鸢也的眼睛亮了,马上伸出手:"既然是替我存的,你那一个亿,分我一半不多吧?"

尉迟起身就走。真是懒得跟她说,没一句正经的。

鸢也喊道:"实在不行四六?三七?别走啊,再商量商量嘛!"

尉迟走到温泉池的另一边,脱了浴袍下水。鸢也朝他游过去,继续道:"要不然二八?不能再少了,再少买钻石都不够了。"

尉迟睨她一眼,问:"你想买什么钻石?"

"我刚丢了一枚挺喜欢的钻石胸针,本来想买个同款的,不过发现又上新了,比我原来的大,但要这个数。"鸢也伸出几根手指,然后可怜兮兮道,"我没钱。"

她不是没钱,而是为了分他这笔钱不择手段。尉迟哪会不知道她的小九九,淡淡地盯着她看了一会儿。也不知道她是不是忘了自己现在没穿衣服,竟然敢靠他这么近。曼妙的身体曲线在水下若隐若现,他的喉结滚动,说:"早在你的账户上了。"

"我的账户?银行怎么没给我发短信?"鸢也连忙拿起垫子上的手机,登录手机银行,发现还真的多了一个下挂账户,她喜滋滋的,"发了发了。"

"姜氏现在的局面,不是和高桥的一份合同就救得回来的。你不知道,有很多人在盯着它,随时准备蚕食它的剩余价值,它至多再熬一两年。你如果想救它,我可以帮你,但要费很大功夫,而且可能最后的结

165

果依旧是失败。"尉迟说。

鸢也脸上的笑容淡了一点,她放下手机,叹了一口气:"你没看出来我不想跟你聊姜氏吗?"

尉迟当然看出来了,他倚在池边,温泉水极尽温柔地在他身边荡漾,他轻笑道:"我不想被人在背后说,为了利益,我连妻子的娘家都不放过,有些事情起码要跟你说清楚比较好。"

鸢也没那么拎不清。她虽然没怎么关注姜氏的情况,却也有所耳闻。最近几个月,姜宏达不断变卖资产给姜氏输血,意图挽救处于悬崖边缘的姜氏,可惜都是杯水车薪。都到这种地步了,姜氏的股票会跌,全在意料之中。就像他对霍衍说的那样,不是他也会是别人。是别人还不如是他,最起码,他们算是熟人。

鸢也抬起腿,大逆不道地朝他的小腹轻踢了一脚:"在下高桥商务部精英人才,连这个都要你跟我解释,我还当什么部长?"

尉迟在水里抓住她的脚踝,泉水澄澈,烟雾缭绕,她白皙的皮肤被烫成粉色,自上而下的每一寸都散发着诱人的气息。坦白讲,从刚才起,他就在忍她了。

"没人教过你,泡温泉的时候不准用脚踢人吗?"

"现在有了。"

鸢也看到他眯起的眼睛,立马想把脚收回来。结果这个男人顺势压向她,毫无阻隔地和她肌肤相贴。鸢也的脸颊立即热起来。

他的手指在她腰部的疤痕上摩挲两下,说:"应该没什么大碍了,你配合一点,我轻一点。"

周一上班,鸢也还是迟到了。好在到了她这个职位,迟到半个小时或是四十分钟都无伤大雅。她也没有懈怠,马上进入工作状态,召集部门的同事在小会议室开会,组建浮士德项目团队。

韩漫淇全程没有吭声,一个人在角落里画圈圈,也不知道是在诅咒谁。鸢也手托腮看向她,问:"韩副部,有兴趣参与吗?"

"谁稀罕你的那个瓷砖项目,我这里有更好的。"韩漫淇嗤笑。

"哦?什么更好的?"

韩漫淇说话掷地有声:"万岁山国际度假村。"

鸢也一脸叹服："厉害啊。"

"那是！"

鸢也拿起茶杯喝了一口茶。万岁山确实是个大项目，立项之初就说要打造成中国高端山地度假体验地。只不过进行过程困难重重，光是投资就拉了一年还没拉到。

"这个项目从老大那会儿就留下来了，挺难搞的，你要接手可想清楚了。"

韩漫淇完全是死鸭子嘴硬："我就喜欢这种有挑战性的项目。"

鸢也笑了笑："韩副部，打个商量呗。"

韩漫淇警惕地看着她，问："什么？"

鸢也说："浮士德项目你做副组长，万岁山项目交给我。"

还有这种好事？韩漫淇当下就要答应，但转念一想又提高警惕："你有这么好心？"

鸢也伸出爪子摸摸她的小手，顺带抛了个媚眼："怎么这样说话？我们不是亲如姐妹吗？"

韩漫淇被她恶心得鸡皮疙瘩都要冒出来了，立即把手抽回来："我考虑考虑。"

她说"考虑"其实是故意端着，这种送上门的好事哪有人会拒绝？百岁山项目连她们原来的部长都搞不定，可见有多难。她又不是傻子，怎么会放着轻轻松松的跟进项目不干，去啃硬骨头？所以当天下午，韩漫淇就把万岁山项目的材料都搬到鸢也的办公室，临走前还丢下一句"既然你诚心诚意求我，我就勉为其难答应"。鸢也没兴趣跟她废话，收下材料就让她好走不送。

小秘书想不明白鸢也此举何意，韩漫淇走后，她就溜进鸢也的办公室，只是一进门就被冲鼻的辣椒味给呛到："喀喀——姜副部，你干什么啊？"

鸢也用筷子夹起一个鸡爪，问："泡椒凤爪，要试试吗？"

秘书连忙走过去看，就见茶几上摆着电磁炉、平底锅、高压锅，还有油盐酱醋等佐料，以及一碟已经做好的泡椒凤爪。她现在在炸鸡肉块。

秘书瞠目结舌："你哪儿来的这些东西？"

鸢也用筷子在热油里翻动，说："跟食堂阿姨借的。"

看火候还要再炸一小会儿,她就把那碟泡椒凤爪递给小秘书,说:"尝一下,我觉得挺好吃的。"

秘书就拿了一个,吃着味道是不错……不对,这不是重点:"姜副部,你怎么会在办公室里做饭?中午没吃吗?"

不应该啊,中午的饭盒是自己亲手送给她的,难道她没吃?

"当然是有我的原因。"鸢也不打算详细解释,只问,"找我什么事?有文件要签?"

秘书挠挠头,道:"我是想不明白,姜副部你为什么要揽下万岁山项目?那个项目那么难,我们私下都给它取了个名叫'铁树',绝对不会开花的那种铁树。"

鸢也笑道:"这个项目本就是我们商务部负责,再难也要有人做。韩漫淇做不好的,回头搞砸了还不是让别人看我们商务部的笑话?反正左右推不掉,还是我自己来吧。"

秘书一脸崇拜,鸢也的形象在她心里顿时高大了好多:"姜副部,你好好啊。"

"那是。"鸢也不谦虚地收下夸奖,顺便升华一下思想,"咱们内部怎么斗是咱们自己的事,对外我们还是一个整体,韩漫淇虽然怪讨厌的,但她也明白这个道理。所以我要这个项目,她就乖乖给我了。喏,你看,她还把材料给我分了类。"

小秘书将材料拿起来翻了翻,皱皱眉头,狐疑道:"不对啊,这好像是老大分的类,标签的字迹是老大的,这个排序方式也是老大的习惯。姜副部,韩副部好像根本没翻过这些材料。"

鸢也:"……"

小秘书有点懂了:"她是不是故意的啊?就等着你来接手?"

知道鸢也不会让她做那个项目,所以她就先揽下那个项目,等鸢也来要,她就能理所当然地继承浮士德项目,还赚了一个"我本来是要自己做这个项目,但姜副部想要我就让给她了"的美名。

"韩副部好会自己给自己面子啊。"小秘书感慨。

鸢也捏了捏眉心。算了,反正浮士德是她签的,功劳已经记在了她头上,后续项目的跟进也没什么好处了,给了就给了……这个韩漫淇,一如既往地会耍小心机。

鸢也不再和秘书说话,关掉电磁炉,将鸡肉捞出来,再下干辣椒和尖辣椒翻炒,最后做成了一道很有名的川菜——辣子鸡。

"好了。"鸢也心满意足,"等放凉了,再拿去食堂让阿姨帮我做真空包装,就可以快递了。"

秘书伸手要去拿,闻言一愣,问:"啊?快递?快递去哪里?"

鸢也嘴角一勾,看向窗外,想着那个人收到这两道菜时的表情,道:"苏黎世。"

傍晚快递员来收件,抱着打包好的纸箱从高桥大厦离开。霍衍站在玻璃窗前看着,顺便打了个越洋电话。铃声响了好一会儿,霍衍耐心地等着,第一段音乐结束时,那边才接通,他听见一句低沉微哑的"喂"。

冬日的白昼短暂,才六点,太阳就退到了地平线下。霍衍望着这一天的最后一道光亮,笑着说:"本来是想帮你把人抢回来的,但第一次挖别人的墙脚,没什么经验,被尉迟发现了。"

那边的人语气明显不悦:"不要多事。"

四个字说完,霍衍就听到一阵咳嗽声,他讶异道:"你生病了?"

"没留神受了寒。"

霍衍猜他一定是又通宵工作了,现在的苏黎世夜里的温度直达零下,他身边又没有人提醒他添衣保暖,难怪会感冒。

"当心一点,你家可是有过劳猝死的先例。"霍衍提醒一句。

不过他现在都咳嗽了,还能吃辣吗?霍衍转身走回办公桌前,说:"我可能给姜副部出了个不太好的主意。"

本来就不怎么爱说话的人,嗓子不舒服后更是言简意赅:"嗯?"

霍衍笑了笑:"没事,再过几天你应该就知道了。"

接下来的几天,鸢也按部就班地上班下班,并无什么意外发生。唯独算得上波澜的,就是姜宏达在打不通她的手机后竟然跑到公司堵她。当然,姜总裁快破产了也是自觉高人一等的姜总裁,做不出在大庭广众之下闹事丢人这种事。他只是在下班时间把车停在高桥大厦门口,逼鸢也上他的车。

鸢也一坐到后座,司机便将车开动起来,绕着高桥大厦转圈。姜宏达用命令的口吻说:"你马上让尉迟给姜氏投三个亿。"

鸢也脱口而出:"你有病?"

169

"你!"

他这么敢开口,除了有病,鸢也想不出第二种解释。

姜宏达看到她这副事不关己的样子,气就不打一处来,抢过她手里的文件就要撕掉。他怒道:"你知不知道家里现在成什么样了?啊?鸢锦刚被放出来,就被医院开除了,公司也要破产了,你还上班?你还有心思上班!"

鸢也冷了眉眼,道:"那是我公司现在最值钱的项目,你要是敢撕,你猜霍总会给你什么脸色?"

霍衍现在是姜氏唯一的投资者。

这果然震慑住了姜宏达,他狠狠地咬牙,将文件丢还给她,道:"总之我告诉你,姜氏撑不到开春了,你要是不想我们所有人都去喝西北风,就让尉迟给姜氏投钱!"

"尉氏不可能给姜氏投钱。"鸢也直截了当道。

姜宏达忍不住要打她,怒道:"你再说一遍!"

鸢也淡淡道:"尉氏不是尉迟一个人的尉氏,他要对董事和员工负责,不可能做出这种错误的决策。"

"那就让他自己出钱,他不可能连三个亿都没有吧?"

"尉迟凭什么给你投三个亿?"在他开口之前,鸢也又嘲讽道,"凭你的女儿嫁给了他吗?你觉得你的女儿值这么多钱吗?上次是谁说我是废物?拿废物跟你换三个亿你愿意吗?"

姜宏达的脸色黑一阵青一阵,沉下声音:"你现在是跟我翻旧账?你别忘了,姜氏也有你妈妈的心血,你要眼睁睁看着它完蛋,你就不怕你妈妈半夜来找你?你良心放得下吗?"

鸢也看向窗外的万家灯火,眼神冷极了,总算知道什么叫"有事钟无艳,无事夏迎春"。平时好好的时候,他就一点都不会记起那个叫陈清婉的女人,只有现在,他才会把她妈妈搬出来。半夜来找她?那很好啊,天知道她这些年有多盼望再见妈妈一面,问一问妈妈当年和弟弟一起死在产房疼不疼?冷不冷?她要怎么报复这对狗男女,才能让妈妈安息?

一些疯狂的念头在心中蠢蠢欲动着,鸢也闭上眼睛,沉下一口气,面无表情地说:"早知今日,何必当初?我妈妈去世后,你觉得我外公留在公司帮你的人是想分你的权,用各种理由把他们降职甚至开除。你要是自己有本事经营也就罢了,偏偏你还没有本事,姜氏走到这个地步,全是拜你自己所赐。"

说完,她就对司机喊:"停车。"

司机下意识地听令,鸢也开门下车,站在车边说:"你不要再来公司找我,我不可能去帮你跟尉迟要钱。你既然想得出这么不要脸的办法,也不必再珍惜最后一点面子,自己去求尉迟吧。"

他要是敢去跟尉迟要钱,又何必三番五次找她?!姜宏达狠狠踹了一下前座的座椅,想起了两年前的情景。那个时候宋妙云好不容易怀上他的孩子,眼看三个月胎稳了,他马上就有儿子了,结果姜鸢也这个小贱人竟然把宋妙云从楼梯上推下去,宋妙云活活摔流产了!事后她竟然还敢跑!

当时他正准备让人报警,手机响了,是陌生的号码。姜宏达粗声粗气地接听,那边的声音却很温润:"我是尉迟。"

他当场就愣了:"尉……尉……尉……"

那个人不温不火地说:"入夜打扰,实在抱歉,但有一件事,于情于理都应该和姜先生说一下。我母亲和清婉阿姨在我和鸢也小时候就给我们订了婚,现在我和鸢也的年龄也到了,我们商量着可以把婚事给办了。"

姜宏达差点怀疑自己听错了:"你的意思是,你要……要娶鸢也?"

"是,鸢也现在就在尉公馆。"

她竟然跑去尉公馆找尉迟了?

姜宏达恼怒,难怪他到处都找不到她!

"从现在起,她就是尉公馆的女主人。姜先生,有意见吗?"

她都傍上尉迟这棵大树了,他还能说什么?姜宏达几乎咬碎牙齿,硬生生忍住喷发的怒火:"没有。"

"那就好。听说姜先生最近想进行一个项目,需要一块地,恰好我手上有三百亩地,就送给姜先生用,权当是聘礼了。"

三百亩地!姜宏达被这迎面而来的巨大惊喜砸得脑子一片空白,简直控制不住要跳起来:"好好好,鸢也能嫁给你是她的福气!尉总,你放心,我一定会好好教导鸢也,让她过门后尽心尽力伺候你!"

尉迟淡淡一笑:"不麻烦姜先生,鸢也以后是尉家的人,我自己教就可以。"

"都好，都好，哈哈哈。"姜宏达终于忍不住笑出声。

尉迟又说："地的事情，不用让鸢也知道。"

姜宏达连声说好，现在尉迟说什么他都说好，满脑子都是那三百亩地可以给他创造多少财富。正飘飘然呢，他却突然听到尉迟说："我怕她知道了会不高兴，毕竟，她不会同意给姜家一分钱。她是这个意思，我也是这个意思，姜先生，你听明白了吗？"

姜宏达的笑容僵在了嘴角。他的意思是，给了这三百亩地后，他就不会再给姜家一分钱了？

美梦轰然间破碎，姜宏达什么都来不及说，尉迟便已经把电话挂断。他不敢回拨过去，也不敢不把尉迟的话记在心里。

尉迟说一不二，谁都不敢在他面前明知故犯，这就是他始终不敢当面去找尉迟要钱的缘故。可是他现在已经没有别的生路，如果姜氏破产，他就要成穷光蛋，他用了三十年才走到今天的位置，他绝对不要再被打回原形！姜宏达下定决心，对司机说："去尉氏集团。"

鸢也回到尉公馆，听管家说尉迟今晚有饭局，要很晚才回来，所以晚餐她是一个人吃的。吃完饭，她就去了小书房继续工作。管家送进来一杯绿茶，又将一个首饰盒放在她的手边："这是先生刚才让黎秘书送来的。"

鸢也打开一看，竟是一枚钻石胸针。她很意外，因为这就是她看上的那枚。尉迟事先没有问过她，就刚好买了这一枚，无论是巧合还是他特意研究过她钟爱的首饰品牌，都足以驱散她加班工作的疲累。

鸢也把胸针摆在电脑前，一抬头就可以看到，然后深吸一口气，继续攻克手上的难题。

万岁山项目之所以难搞，有多种原因，其中最大的一个问题就是投资数字过大。饶是鸢也见多识广，也没有接触过比这个项目更高的投资——足足两百亿。高桥负担这笔投资的百分之三十，剩余百分之七十要另找投资商，国内没有几家公司愿意且有能力付这么大一笔钱。

更别提这个项目背后有一个让人啼笑皆非的故事。那就是原本和高桥一起投资这个项目的鼎盛集团年中的时候宣布破产了，虽然破产和这个项目没有直接关系，但这个项目确实在一定程度上拖垮了鼎盛的资金链。商人一般都有点迷信，就算不信，开局就这么晦气，人家又不是没处花钱，何必投在这上面呢？几种原因综合起来，就让万岁山这个项目成了商务部人人敬而远之的"铁树"。

鸢也算了算，高桥投在上面的那百分之三十已经快花完了，要是再找不到投资，这个项目就得停工，"开工不停工"也是行内规矩。如果真停了那就更晦气了，以后想拉投资更不容易。换句话说，她还真必须在这一个月里找到一百四十亿的投资。难啊。

尉迟回到尉公馆时，已经快凌晨两点。他走上二楼，偏头一看，小书房的门缝下泄露出微微灯光，应该是鸢也。他脚步一转，便走了过去。

推开门，尉迟看到鸢也趴在桌上睡着了，电脑却还开着，可见她是连自己什么时候睡着的都不知道。他摇了摇头，走进去将人抱起来，无意中瞥见桌子上的文件——万岁山国际度假村。

"嗯。"鸢也迷迷糊糊睁开眼，看到尉迟的侧脸，咕哝一句，"你回来了啊。"

尉迟将她抱回房，应道："嗯。"

"几点了？"她声音含混不清，尉迟把她放在床上，还没回答她的问题，她又睡了过去。她这几天都加班到凌晨，今天终于撑不住了。

尉迟将她散在脸颊上的头发拨开，发现她脸上的妆还没有卸，估计是忙忘了。平时那么爱惜自己皮肤的女人，要是明天醒来看到自己没有卸妆过了一夜，估计会抓狂。想着她的反应，尉迟就有些想笑。他起身走到梳妆台边，从她那堆瓶瓶罐罐里找到卸妆水，又翻出化妆棉，按照平时看她卸妆的手法，生疏地擦拭她脸上的彩妆。她的皮肤很好，脸上没有半点瑕疵。如果不是腹部那两道疤痕，身体也可以说得上白璧无瑕。

尉迟低头，在她的额头亲吻一下："晚安，我的尉太太。"

第二天清晨，鸢也洗了个澡，神清气爽地下楼吃早餐。

她没看见自家尉先生，问了管家才知道他没吃早餐就去公司了。

看来尉迟最近也很忙。

鸢也匆匆喝了一碗米粥，也去上班了。她昨晚已经想出了初步方案，一百四十亿全由一家公司投资不现实，多拉几家公司一起出力，相对会

173

比较容易。她也物色好了几家各方面都适合合作的公司，一到公司就开始发动人脉联络。

"你好，请问是广海集团卢董事长的秘书吗？我是高桥商务部的姜鸢也，关于万岁山国际度假区那个项目，我想和卢董事谈一谈，麻烦帮我转达一下……"

小秘书眼巴巴地看着她，等着她的进展，听她说了一堆话后，以一句"那好吧，期待您的回复"作为结尾。看她挂断电话，秘书忙问："怎么样？"

鸢也言简意赅："忙，没时间见我，先预约着，年后再通知我见面。"

秘书顿时蔫了，这种说辞一般都是推辞，就是没兴趣合作。

鸢也一边按号码一边说："这才第一个，现在泄气还太早了。"

说完她就把手机放到耳边，嘴角同时挂上职业化的微笑："你好，请问是方一集团孙总的秘书吗？我是高桥商务部的姜鸢也……"

一个上午，鸢也不知道做了几次自我介绍，重复了几遍同样的话，口干舌燥到不行："水，水。"

秘书连忙送上茶杯，鸢也一口气喝了半杯，长呼一口气说："总算有个人愿意见我了。"

秘书眼睛一亮："是谁？"

"永裕集团的许总。"鸢也低头亲吻了一下胸口别着的钻石胸针，嘴角一勾，一脸意气风发，"准备准备，午饭后就去见许总。"

见面的地方是许总定的，在高尔夫球场——商务人士最喜欢的洽谈公务的地方之一，鸢也没有任何疑虑，只带了秘书赴约。

然而到了以后她才发现，许总并不是一个人，他身边还有一个形总。是不是有点耳熟？就是Sirius慈善晚宴上那个约鸢也去他公司签合同的老总。

后来鸢也当然没有去签约，只让一个男同事带着合同去了一趟蒙亚。蒙亚找了一堆驴唇不对马嘴的理由，拒绝了签约。这都在鸢也的意料之中，她在商务部这几年，见多了想借合作揩油占便宜的人，形总不过是其中之一。她没怎么把这事放在心上，却没想到今天竟然又遇到他了。

许总倒是客气，先打了个招呼："姜副部来了。"

鸢也微笑道："许总怎么没有告诉我形总也在？我的礼物只准备了一份，看起来好失礼啊。"

许总摆摆手，说："不用管他，他不请自来，晚餐我都没准备他的份。"

形总又用那种贪婪的目光在鸢也身上游走一圈，在她又白又细的双腿上停留得尤其久。鸢也倒是还能维持面不改色，但他的目光实在太赤裸裸，连秘书都看不下去了。可她也知道这种情况不适合说什么，只能咬唇忍了。

形总舔了舔嘴唇，回头对许总说："姐夫，你这样我可是要跟我姐告状的。"

许总竟然是形总的姐夫？鸢也挑了挑眉，委实感到意外。

许总拍拍他的肩膀，说："开玩笑的，还能少你一顿饭不成？"

而且还是关系不错的姐夫小舅子关系——鸢也在心中下好定论，并且预感今日之行不会太顺利。

许总挥了挥球杆，问："姜副部，会打高尔夫吗？"

鸢也将手中的文件和包递给秘书，从球童手里接过球杆，说："和许总的技术比不了，但应该还能进洞。"

形总阴阳怪气地呵笑："姜副部当然能进洞，那边那个洞，多得是人想进。"

秘书愣了一下，反应过来他说的那叫什么话后，顿时怒火中烧："你！"

鸢也的声音盖过了她的："看来形总比我还不会打高尔夫，这个球洞的位置崎岖又难打，谁会选这个？许总，您说是吧？"

她假装没听出他话里的粗俗之意，只当他是在说她脚边的这个球洞。许总知道自己这个小舅子的品性，一猜就知道他对鸢也动了色心，不咸不淡地看他一眼，对鸢也说："来一局吧。"

"好啊。"鸢也笑着点头，一边打球一边积极找空隙说正事，"许总，秘书小姐应该有向您转达我的来意吧？"

许总"嗯"了一声，猛地一挥球杆，球飞出几十米，但没有进球洞。他只好再走到那个球旁边，继续将它往球洞的方向打。

鸢也跟在他身边继续介绍："万岁山本身每年就有超一百五十万的旅游人次，而度假区又是集滑雪、度假、酒店、小镇、娱乐、温泉于一体，放眼国内，极少有这样优质的资源。许总眼光独到，应该看得到它背后的利益。"

"真有那么好，怎么会没有人投资？还要你亲自上门来谈？姜副部，你可别诓我啊。"许总打量着她说。

形总也来了一句："谁不知道那就是个晦气的项目，谁沾上谁倒霉，根本没人愿意投资，你以为我们永裕是收破烂的吗？"

鸢也微笑着回望，道："这个项目计划投资两百亿，如果这种档次在形总眼里都是破烂的话，那大概只有凡尔赛宫能达到您的标准了。"

形总脸色一沉，正准备骂回去，鸢也又笑着说："或者是尉氏城堡那样的。"

形总一愣，然后火气"扑哧"一下熄灭了，他悻悻地低头。尉氏城堡就是Sirius慈善晚宴举办的地方，她一提，形总就想起在那个晚宴上，她和顾大少、尉总暧昧不明的传闻。该死！怎么忘了这个女人和那两位有关系？他本来还想趁这个机会把人吃到嘴里呢！形总不敢乱来，却又不甘心送上门的美味跑了，天知道他惦记鸢也多久了。突然，他脑子里有了个主意……

鸢也没理他，只对许总说："不是没有人投资，而是放眼国内，没有几家公司有能力承担这样的项目。实不相瞒，其实一直有公司想和我们合作，但我们还是觉得永裕更加合适。"

这也算是侧面恭维了一把永裕，许总很受用，抖擞了一下精神。

"许总，我们非常有诚意，也为您考虑到了实际情况。这个项目高桥承担百分之三十的投资，永裕百分之二十，剩下的百分之五十，我们会再邀请侨喜控股、利逸集团和瑞琪集团一起投资，大家互利共赢。当然，如果许总有其他想法，我们也很愿意尽力配合。"

许总一时间没有说话，露出思考之色。鸢也没有打断他，随手一挥球杆，球滚进了最近的球洞里。

"我小舅子说得没错，你们这个项目确实算不上有彩头，鼎盛集团的事情我们可都还记着。"许总慢声道。

鸢也面不改色："许总应该清楚鼎盛破产的真正原因，他们早已是沉疴顽疾，和万岁山项目并无太大关系。许总如此英明，怎么会也人云亦云，因为这种莫须有的罪名就对这么好的项目却步呢？"

许总看她一眼："瞧你这话说得，我不投，反倒是我不对了。"

"我只是觉得许总更要有自己的看法。"鸢也道。

沉默良久，许总最终道："虽然鼎盛不是因为万岁山项目破产的，却也给我们这些投资者敲响了警钟——凡事量力而行，不可逞强，否则可能就会把自己带进去。永裕今年已经投资了不少项目，这件事我还要慎重考虑。"

鸢也从秘书手里接过文件，双手奉上："许总，我这里有一份计划书，您可以看看，有任何疑问可以随时联系我。"

"好，我会再通知你的。"许总说完就走开了，继续去打球。

鸢也没有再跟上，话到这里就够了，死缠烂打对项目没有任何好处。她想，许总对项目应该是有兴趣的，只是还不能完全定下心意，她得再想个别的推进的办法，让他松口签约。

"姜副部。"形总又说话了。

鸢也回头。

他带着意味不明的笑走到她身边，道："亏你还是副部长，怎么那么不懂得变通？"

鸢也不动声色地挑眉，道："哦？那形总教教我该怎么变通？"

"你是女人，要发挥你身为女人的优势。"形总的手直接搂上鸢也的细腰，"姜副部，你是知道我对你的心意的，只要你识趣，投资的事情，我一定帮你在我姐夫面前多多美言。"

鸢也笑着看他："形总的面子有这么大？"

形总大言不惭："那当然了，这可是我姐夫！"

鸢也握了握手中的球杆，道："形总，我们也来打一球，看谁先进洞？"

形总色眯眯地说："要是我先进洞，姜副部可要给我奖励啊……这个高尔夫球会所的床也是德国进口的，我们可以一起试试。"

鸢也只是笑："形总，帮我放个球。"

"好好好。"形总以为她是同意了，从球童手里拿了个球，撅起屁股把球放在球座上。但是在他把手收回前，鸢也忽然一挥球杆，直接打在他的咸猪手上。

形总顿时惨叫出声:"啊!"

鸢也十分惊讶:"哎呀!形总,对不住,我不是故意的,我以为你已经收手了。唉,你也真是的,放个球都那么慢,我一个没留神……你没有大碍吧?"

她那一杆可没留力气,形总的手已经肿了,他气得浑身直哆嗦:"你!"

"看来形总今天是打不了球了,真是可惜,不过这也教给了形总一个道理——手啊,别乱放。"鸢也将球杆丢进筒里,轻嗤一声,招呼秘书走人。

路上秘书还气呼呼的,把形总祖宗十八代都问候了一遍。见鸢也一声不吭,她不禁问:"姜副部,你都不生气吗?那个老色鬼竟然那样说话!"

那么多人在场,他姐夫都在呢,侮辱谁呢?把她们当什么了?有那么点身份就真把自己当盘菜了?

"气啊,但是现在骂人除了浪费自己的口水,还有什么作用?"鸢也看着灰蒙蒙的天空,心情也被感染得有些沉闷。

骂完了人,秘书又开始担忧:"姜副部,你刚才那样对形总,形总会不会搞破坏啊?万一许总不给我们投资怎么办?"

"重新找呗,总有慧眼识珠的。"

路上突然蹿过去一只野猫,鸢也立即踩下刹车,好险没有撞到。她松了一口气,想重新启动车子时,却发现车子没反应了。她把车钥匙拔出来再插回去,重新点火,车子始终纹丝不动。秘书傻了眼:"姜副部,这是……怎么了?"

"故障。"鸢也不太懂车,只能把自己会的都倒腾一遍,可还是没能把车子启动。本就算不上好的心情,又因为车子半路出现故障而变得更加窒闷。

鸢也看了看四周,因为高尔夫球场是在郊区,这条路周围也没有人家,天黑下来后,四下更多了一分阴森。秘书胆子小:"姜副部,我怕……"

"有什么好怕的?这里又没狼会吃你。"鸢也笑了笑,拿出手机给

4S 店打电话，询问该怎么处理。然后她按照 4S 店的指示又操作了一遍，可惜没用。

"你们安排人过来看看可以吗？"鸢也说。

4S 店的工作人员磨磨蹭蹭的，不太乐意。鸢也猜他们应该是快要下班了，才不想走这一趟。于是她说："我给你们两倍的维修费。"

"行！马上来，小姐您把地址发给我。"

车里有点闷，鸢也和秘书都下车去透气。才过了五分钟，秘书就看到前面有车灯照过来，她问："姜副部，那是 4S 店的车吗？"

鸢也看着那辆车越来越近，不知怎么的，平白有了一种不太好的预感。车子在距离她们三五米的地方停下，前后左右四个车门齐齐打开。鸢也立即扯秘书，说："上车！"

"啊？"秘书还没反应过来。

鸢也转身跑回车上，催促道："快点上车！"

秘书慌慌张张上车后，鸢也迅速锁上车门。从那辆车下来四个男人，直接把她们的车围住。其中一个凑在鸢也的车窗边道："妹妹，你们怎么把车停在这里？是不是车坏了？没事儿，哥帮你们修。"

说完他就来拉她们的车门，还好鸢也提前锁上了。

这些人流里流气的，一看就不是好人。秘书害怕极了："姜……姜……姜副部，这些是什么人啊？"

鸢也还算镇定，握紧了方向盘，道："别理。"

"我们真的是好心帮你，别那么不相信人嘛，出门在外守望相助，不是人和人之间的基本原则吗？"见鸢也完全不搭理他们，他们就开始露出原形，"你这车挺贵的吧？我们砸坏了可赔不起，你还是下车跟我们谈吧？"

其他混混已经从路边捡起了石头，准备砸窗了。鸢也抿唇道："你们到底想干什么？要钱？"

混混笑着说："对，对，我们只是要钱。你可以不下车，你从车窗把身上值钱的东西给我们，我们就走。"

要是花钱能消灾，那也很划算，秘书有些动摇了："姜副部……"

鸢也没有上当，突然说："你们形总的胆子倒是不小，知道我和谁有关系还敢动我，也不知道是有几条命。"

179

混混的脸色顿时一变，鸢也就知道自己猜中了。果然是形总！但混混还在狡辩："什么形总？我们不认识！"

鸢也冷笑道："这个地方只有一个高尔夫球场，看你们的穿着也不像出入得起那种地方的人。你们是被人雇来的吧？"

鸢也现在还怀疑，她的车会出故障，没准也是形总搞的鬼，就是为了把她困在半路，让这群混混来抓她。她斥道："滚！要不然我现在就报警。把你们老板连累进去，你猜你们老板会不会要你们的命？"

混混们开始犹豫，恰好这时4S店的车来了，混混们下不了手，只能离开。秘书紧紧抓着鸢也的手，手都出汗了，他们一走，她就哭了出来："我都要吓死了……"

鸢也虽然冷静地把人赶走了，却也不是不怕。她神经一松，靠在椅背上喘气，缓了一会儿才拍了拍秘书的肩膀，道："没事了，没事了。"

4S店的维修师穿着工作服，手里拎着工具箱，看起来很可信，但鸢也还是给4S店回拨了电话，确认来人身份后才敢解锁车门。

维修师在检查车子的时候，鸢也就站在马路边。夜风一吹，她冷得瑟瑟发抖，突然就有点……想尉迟了。她给尉迟打了电话，但接听的人是黎雪。黎雪说尉迟还在忙，问她有什么事情。她动了动唇，最后还是没把刚才的事情说出来，只道："他今晚要回家吃饭吗？"

"请稍等，我问一下尉总。"

鸢也仰起头看夜空，天气预报说会下雨，现在乌云密布，竟然看不到一颗星星。

过了一会儿后，黎雪回复："尉总还在忙，今晚可能赶不回去吃晚饭，太太请自便。"

鸢也"哦"了一声，然后挂断电话。

维修师傅检查完车子，说是发动机上的一条什么皮带断了，看起来像是人为剪断的。这也就佐证了鸢也的猜测，果然是形总搞的鬼。维修师又说，得把车子拖回店里才能修，鸢也和秘书只好跟着他们一起把车拖去店里。4S店在城里，街上到处都是人，秘书总算没那么惴惴不安了。鸢也让她打车回家，自己留下等车修好。秘书有些犹豫："姜副部，你一个人可以吗？"

"只是等修车而已，有什么不可以的？你快回去吧，要下雨了。"

秘书今天也吓得够呛，确实很想回家了，勉强支撑着陪鸢也多等了半个小时，这才离开。

等车修好，时间已经是晚上八点半。鸢也疲累且饥饿，又因为今天一连串的事情心情窒闷，没什么胃口吃东西，就直接开车回了尉公馆。

从4S店到尉公馆，有四十分钟路程，预告了一天的雨终于落下来了，这座城市一下子变得潮湿和寒冷。今天的老天爷就好像是故意要跟鸢也过不去一样，她在路上还遇到堵车以及无数个红灯。她望了一眼看不见尽头的车流，索性挂了空挡，拿起一份文件翻看。但她一个字也看不下去。

她能走到副部这个位子，更难听的话不是没听过，更不好的事情也不是没有遇到过，就比如说在宁城那次。她的心理承受能力一直都很好，但今天真的太不顺心了，一点一点的负面情绪积攒在一起，还找不到宣泄之处，堵得她心里特别难受。她"啪"的一声合上文件，把文件丢回副驾驶座，冷着脸继续把车开回家。

尉公馆灯光明亮，在雨幕里格外清晰。鸢也定了定心神，没想把工作上的不开心带回家，用人撑伞去接她下车时，她还能笑着说"谢谢"。但一进家门，她看到沙发上坐着的那对母子，犹如当头棒喝。她蒙了两秒钟，忍耐了一天的火气终于开始蠢蠢欲动。

尉迟将一杯水递给白清卿，抬头看向门口，见到立在那里的鸢也，道："回来了。"

鸢也沉声问："什么意思？"

"阿庭在门口被狗吓到了，虽然没有大碍，但医生叮嘱最好静养一段时间。"尉迟说，"春阳路是市区，鱼龙混杂不太合适他住，我安排他们暂时住在三楼。"

"你让白清卿和这个孩子住进尉公馆？"鸢也一字一字地说，眼中的温度疾速散去，觉得自己可能听了个笑话，可惜她现在真的笑不出来。

尉迟大概是察觉到她的不快，顿了一下，道："暂时的。"

"我不准。"她深吸一口气，颤抖着牙齿说出来，"尉迟，你欺人太甚。"

一开始她忍了白清卿母子住在春阳路，因为他说那个孩子有白血病

181

要治；后来她忍了白清卿母子无孔不入的存在感，因为他说就快把他们送走了……结果他所谓的"快了"，就是从春阳路搬到尉公馆！鸢也捏紧了手，生平第一次被人气得浑身发抖。

尉迟朝她走去，道："事发突然，别处的房子还没有安排好，只住这一个晚上。"

鸢也盯着他的眼睛，说："我说，我不准。"

鸢也直接就喊："小芳。"

一个用人走了出来，道："太太。"

"送他们出去。"鸢也说完就走向二楼。

尉迟伸手去抓她，唤道："鸢也。"

他的手很暖。随着他这一抓，球场上形总那些恶心的话、被堵在车厢里的恐惧和不安，以及这一路的疲累、寒冷、饥饿通通涌上心头，她蓦然之间想到死里逃生后打给他的那通电话，她特别想见他时的那通电话。他说他在忙。

鸢也忍了一下，终是没能忍住，彻底爆发："我说让他们滚出去，没听到吗？！"

他从未见过她如此。赤红的眼睛里烧着火也烧着怨，这一句怒吼，仿佛是将她这几个月来的忍耐全部付之一炬。尉迟看着她，黑眸里沉淀着复杂的情绪，他从抓着她的手感觉到，她的身体竟然在颤抖。

白清卿看他们互相胶着，心思一动，手在底下狠狠地掐了一把阿庭，阿庭顿时疼得哭起来："哇！"

白清卿忙哄道："阿庭乖，阿庭不哭，妈妈和爸爸都在这里。"

是，他的爸爸妈妈。她才是个外人。鸢也的喉咙一堵，想要甩开尉迟的手，但没有成功。她咬紧牙齿，挤出话来："你说他们只会住在春阳路14号不会妨碍到我，现在却没有经过我的允许就把他们接回家。尉公馆是什么地方？他们算什么？一个第三者、一个非婚生子也配进来，别脏了我的地方！"

"是我考虑不周。"尉迟紧抓着她的手不肯放。

"黎屹。"

黎屹立即上前一步，道："尉总。"

"送他们去西园住。"

"不用了。"鸢也狠狠地扭动手腕,终是把他甩开,后退几步,"他们留下,我走。"

语毕,她转身夺门而出。

黎屹愣住:"尉总,现在怎么办?"

这个时候,从厕所走出来一个人,是红毛小杨:"刚才是谁来了?我好像听到了谁叫谁滚出去?迟哥,人我给你送来了哈,我先走了。"

尉迟站在门口一动不动,静默而沉寂的眸子随着鸢也的离去堕入深不见底的幽暗。

第十章
最亮的星星

鸢也直接开车离开了尉公馆。雨势已经小了很多,她一路把车从郊区开到市区,降下车窗,任由夹带着雨水的风扑进来,淋湿了她的头发和脸颊。风很冷,却能让人清醒。

不知道把车开到了什么地方,直到油表亮起红灯,提醒她快没油了,她才把车停下来——她不想今晚再被拖第二次车了。她坐在座位上,眼神麻木地看着前方。半晌,她找出手机打了个电话,那边很快接通:

"喂?"

"顾久,你在哪儿?"

"邹城。"

"工作吗?"

"嗯,怎么了?"

鸢也叹了一口气,说:"没什么,挂了。"

她的朋友也算不少,但这种时候,她想要联系的只有顾久。本来是想找顾久一起喝酒的,可恨她今天太倒霉,连最玩世不恭的顾久都出差去了。

放下手机,鸢也猛然发现一直别在胸口的钻石胸针不见了!她愣了一下,立即翻找全身,又下车把里里外外都找了一遍。可是没有,到处都没有。

她站在车边,呆愣着。钻石胸针的丢失就好像是压垮骆驼的最后一根稻草，眼泪毫无征兆地冲出眼眶。情绪找到了宣泄的口子，这一哭就怎么都止不住。鸢也擦了几次眼泪，却挡不住汹涌的泪水。

小雨微微，加上夜深，路上没什么人，鸢也索性蹲在路灯下，将头埋在自己的双臂间，哭个痛快。她长这么大，从来没有像今天这样受这么大的委屈。

但凡今天遇到的事情少一件，她都不至于到这种程度。换了平时，白清卿母子胆敢踏进尉公馆一步，她一定亲手把他们轰出去，连带尉迟一起锁在门外，结果现在却成了她自己走……对啊，她为什么要走？那是她的家，她凭什么给他们挪地方？气头上做的决定，果然都是不理智的决定，鸢也后悔了，更难过了。

口袋里的手机忽然振动了一下，她没理，手机又振动了两下。她不耐烦地把手机拿出来，一看，是"星星"。她吸了吸鼻子，心想：好友通过了？

星星的头像特别简单，就是一片星空，头像框有红色的"+2"。两条信息？鸢也不合时宜地感到莫名的受宠若惊，他很少主动给她发消息，也很少连续发两条消息。

她擦了把眼泪，点开对话框，看到他发来的是两张图片。上面是她快递过去给他的泡椒凤爪和辣子鸡，已经被装进白瓷盘里，放在原木色的桌子上。他应该只是随手一拍，不过在灯光的衬托下，看起来也十分美味。

难怪肯通过她的好友验证，原来是收到她的快递了。这算是被她哄好了吗？

鸢也抿了抿唇，准备回个表情。她还没找到合适的，就又收到一条信息，这是一条三秒钟的语音。

鸢也眨了眨眼，心想，苏先生的心情有那么好吗？居然连续给她发了三条信息。

她点了语音："辣子鸡变质不能吃，已经扔了。"

鸢也破涕为笑，没怎么想就开口说话："可能是快递的时间太长了，以后有机会现做给你吃。泡椒凤爪应该没事吧？"

那边有两分钟没有回复，鸢也以为他是不想说了，就站起来，呼出一口气，想着先找个地方住下。不承想手机屏幕又亮起来，她一看，讶异极了,他竟然直接给她打电话?!

"喂?"

鸢也才出声,他便问:"哭了?"

鸢也顿了一下,语气轻松:"没有啊。"

"声音是哑的、闷的。"他毫不留情地戳穿她。

鸢也咬了下舌根。刚才就不应该回他语音,怎么忘了这个人一向洞察细微呢?

"我……"

"出什么事了?"

鸢也不想告诉他,转着心思想找个借口糊弄过去。他沉声说了一句:"说实话。"

鸢也低下头,看着自己的脚尖:"也没什么,就是被一个客户调戏了,差点被几个混混抓了,车在路上坏了,修好了又堵车,刚才发现刚买的钻石胸针丢了,想找人喝酒结果朋友出差了。"

他听着,沉默了一阵,大概是没想到她能遇到这么多倒霉事。

"还有吗?"

鸢也坚决地说:"没有了。"

本来是可以蒙混过关的,好巧不巧,一辆货车从鸢也面前开过去,轰隆隆的声音直接传进话筒,他一下子就听到了。他问:"晋城现在应该是深夜,你还在外面?为什么不回家?和他吵架了?"

"他"就是指尉迟。

唉,又被他说对了。有时候她真的挺怀疑苏先生不是牛津大学 PPE 硕士研究生,而是刑事侦查学之类的专家呢。

他的声音冷清,好似没什么温度:"今晚有地方住吗?"

鸢也实话实说:"暂时还没有。"

"把定位发给我。"他命令。

鸢也笑起来:"你要干什么?过来找我吗?"

他没有接她的玩笑话,听筒里只有平缓的呼吸声,哪怕隔着一个洲和一个大洋,鸢也都能想象得出他此刻冷漠的表情。唉,这个男人,认识他十年了,还是这么无趣。鸢也耸了耸肩,说:"我这就发给你。"

她退出通话界面,点开微信,发送定位。

"等十分钟。"而后他便先挂断电话。

鸢也感觉有点冷,上车去坐着,心想:他该不会真的在晋城吧?这也太突然了,怎么没听说他来中国了呢?不对啊,他要是来了中国,怎么能收到她发往苏黎世的快递呢?

这些问题都在十分钟后得到了答案。鸢也看到一辆白色的轿车停在道路的另一侧,从车上下来一个穿着黑色西装的男人。有那么一瞬间,鸢也的眼睛都睁大了。那个男人渐渐走近,看清了五官容貌后,她才恢复冷静。不是他。

陌生男人站在她的车边,态度恭敬地问:"请问是姜鸢也,姜小姐吗?"

鸢也道:"我是。"

"您好,我是酒店的工作人员,苏先生让我来接您去酒店入住,房间已经开好了。"

就好像是掐算好了时间一样,工作人员的话音刚落,手机上就收到他发来的信息:"给你开好了房间,住多久都可以,会有人去接你,早点休息。"

原来他是去帮她安排酒店了。

鸢也原本就打算去酒店住一晚,但他替她安排周全的这份心,在她经历了一天的打击后,让她倍感熨帖。他虽然十年如一日无趣,却也十年如一日细心……嗯,毕竟是一个分得清日用卫生巾和夜用卫生巾区别的男人,当然细心了。

想起当年那件事,鸢也有些想笑,情绪亦是阴转多云。她回了个可爱的表情,然后收起手机,对工作人员说:"好,麻烦了,你在前面带路,我开车跟着。"

"好的。"

到了酒店,鸢也顺便把车钥匙交给这个工作人员,让他明天找时间帮她加油。刚进房间没多久,门铃就被人按响。鸢也打开门一看,又是酒店的服务员。服务员将一个手提袋递给她,说是苏先生安排送来的。鸢也接过袋子道了谢,回到房里打开,里面是一碗热腾腾的潮汕砂锅粥。夹带着海鲜咸香的味道扑鼻而来,饥饿变得空前明显。

说起来,他们第一次见面,他就买了一碗砂锅粥给她。不过她当时

187

比较没良心,还打了他一巴掌。

她尝了一口,摇摇头,还是第一次吃的那一碗更正宗。

填饱肚子后,鸢也泡了个澡,薰衣草精油融入热水里,释放出让人安神的香味,疲累也悉数涌上心头。她什么都不想做了,只想睡觉,一切等睡醒了再说。睡前她给秘书发了信息,说明天上班前顺便送一套衣服来给她穿。

也不知道是不是水逆还没有结束,这一晚她睡得不太好,还做了个噩梦……也许不能说是噩梦,因为那确实是她经历过的。

"叮咚!叮咚!"急促的门铃声像救世主穿破她的梦境,将被关在玻璃房里像宠物一样被出售的自己拉回现实世界。鸢也倏地睁开眼,一下坐了起来。可能是起来的动作太猛,她感觉脑袋疼得要命,眼前也是黑一阵白一阵的。她痛苦地呻吟了一声,好一会儿才缓过来。

以前都没梦见过那件事……鸢也烦躁地抓了抓头发,抓起手机想查一下黄历,看她今天是不是又不顺。恰巧进来一个电话,门铃声也还在继续响。她呼出一口气,穿上浴袍,挂断电话打开门。

门外果然是一只手握着手机,一只手在狂按门铃的秘书。鸢也眯着眼睛说:"等会儿我要是被投诉,我就扣你工资。"

"我打了好几个电话你都没有接,我没办法才按门铃的。而且我按门铃你也不开,我都快吓死了。"秘书撇撇嘴,将袋子递给她,"姜副部,你让我买的衣服。"

鸢也接过,道:"谢谢。"

电梯门"叮"的一声打开,一个西装革履的男人走出来。鸢也的目光和他的对上,神色顿时淡了许多。他居然找得到她住在这里,也是,尉总什么事情做不到?

秘书并未发现来人,仍喋喋不休地说:"姜副部,你胆子好大啊,昨天出了那种事还敢住酒店。我昨晚抱着我的对象睡都做了一整晚的噩梦。"

"知道你有对象,别秀恩爱了。"鸢也把她拽进屋里,反手要关门,可门被男人的大手挡住。

他低声喊她的名字:"鸢也。"

鸢也没吭声,想用力把门拉上,但男女的力量本就悬殊,他一只手就轻松抵消了她所有的作用力。

秘书都没明白这是什么情况。

尉迟神色清冷地蹙眉道："我可以解释。"

鸢也对他露出一个微笑："不好意思，我没有时间听，换完衣服我还要去公司开会。"

她这个笑里毫无真情实感，嘴角一放下就是一个冷漠的表情。尉迟知道她还在生气，便退一步道："我送你去公司。"

"我已经叫车了。"鸢也直接拒绝，一时间没忍住嘲讽道，"尉总日理万机，我可不敢耽误您的时间。您忙您的，下了班早点回家，您老婆孩子还在家里等您呢。"

语毕，她直接朝他的西装裤踢了一脚。尉迟下意识地后退，鸢也趁机把门"砰"的一声关上。

鸢也靠在门上，闭上眼睛。本来以为经过一晚上的冷静，她应该可以控制住情绪，结果还是高估了自己。

鸢也冷着脸，直接进了洗手间。尉迟盯着紧闭的房门，神色疏离。片刻后，他转身下楼。

"去查他们昨天出了什么事。"他刚才听到她那个秘书说"昨天出了那种事"，所以，是哪种事？他一直觉得她昨晚的反应不太对，这么看来，果然还有别的原因。

黎屹点头道："好的。"

又想到她刚才只穿着浴袍，腰带胡乱扎着，领口开得很低，可想而知里面什么都没穿，还抬腿踢他……尉迟眉头一皱，回头看了黎屹一眼，脸上有不甚明显的不快。黎助理："啊？"

他做错什么了……吗？他刚才一直当自己是个瞎子，一直低着头看脚下的一亩三分地，就连太太身上穿的什么颜色的衣服都没看清，这样还不行吗？

尉迟坐上后座，从车窗看了一眼酒店的名字，冷声道："去公司。"

秘书坐在沙发上，眼巴巴地看着洗手间的门，全身上下都写着好奇、期待和兴奋。好不容易等到鸢也洗漱完出来，她马上凑过去问："姜副部，刚才那个人是谁啊？"

鸢也从纸袋里拿出一次性内裤穿上,然后脱下浴袍,穿内衣,不理会已经开始犯花痴的秘书。

"别废话了,走,上班。"鸢也拎起包包,顺手拿了一瓶矿泉水。秘书跟在她后面,把房门关上。

"永裕大概率不会投了,我们得重新找合作商。"鸢也喝了一口水,已经投入工作。

秘书忍不住吐槽:"昨天你还跟许总说侨喜控股和利逸集团会投我们呢。"

鸢也微笑道:"我说的是'邀请'他们来投我们,我有积极邀请,是他们拒绝了我,我有什么办法?"

"姜副部,你太狡猾了!"

"这叫策略,多学着点,年轻人。"

可是中午的时候,秘书敲响鸢也的办公室门,说的却是:"永裕答应签约了!"

鸢也委实意外:"答应了?"

"许总的秘书打电话来,说可以过去签约了。就按计划书里说的,投资20%。"

鸢也咬着钢笔,心想,怎么会这样?难道形总没去泼脏水?可就算他没泼,许总也不应该只考虑一个晚上就答应下来,这也太容易了吧?可事实就是,永裕真的点头了。罢了,既然他们都答应了,她还想什么,目的达到不就行了?

鸢也起身道:"走,去永裕。"

签订合约的过程非常顺利,只是鸢也总觉得许总的脸色不太好看。

"合作愉快。"鸢也起身对他伸出手。

许总眼神不明地看她一眼,才说:"合作愉快。"

鸢也转了转心思,问:"能问一下许总为什么会答应签约吗?"

许总的嘴唇仿佛一下子咬紧了,他"呵呵"笑了两声:"姜副部的计划书做得那么精彩,让人看了就觉得是个有前景的项目,我怎么会不愿意呢?"

见试探不出什么,鸢也只好道:"等这个项目做起来,一定不会让许总失望。"

许总让他的秘书送她们下楼，鸢也手中拿着合同敲了敲，一脸若有所思。

"姜副部，你在想什么？"秘书看出她的心不在焉。

鸢也只是笑了笑："想我们的计划完成了三分之一，今晚要去哪里庆祝。"

秘书连连摇头："不了不了，我现在晚上都不敢在外面逗留。"

下午鸢也又联系了几家公司，有了第一家公司愿意投资，其他人的态度也就没那么冷硬，愿意看一看他们的计划书，再考虑是否投资。一转眼又到了下班时间，鸢也和秘书一起下楼。她正在等网约车来接她回酒店，秘书忽然激动地拉扯她的袖子，道："姜副部，他居然来公司找你！"

鸢也的眼神一顿，抬起头，顺着秘书手指的方向看去，果然对上了尉迟温淡的眼。他站在咖啡馆门口，只要是路过注意到他的人，都会忍不住回头多看他几眼。鸢也倒是发现，他的西装外套换成了大衣，比起早上，现在更像个清贵的公子。

这是他第一次来她的公司找她，还知道分寸，没真往门口杵，要不然她明天就会成为全公司非议的对象。她收回目光，赶走秘书："你不是说你下了班不敢在外面逗留吗？还不快回家？"

秘书想多看两眼美男，却又不敢违抗她家副部的命令，只好鼓起腮帮子，一步三回头地走了。

鸢也站在原地不动，尉迟便朝她走去。但在他走到她身边之前，鸢也叫的车来了，她直接上车离去。尉迟停下脚步，看着她坐的车没入下班高峰期的车流里消失不见，无波无澜的眼里有那么一秒激荡起波涛，不一会儿又恢复如常。

第二天还是秘书来接鸢也上班，走出酒店她就看到了尉迟。今天尉迟是一个人来的，他站在驾驶座的车门边，稀薄的阳光照在他的头顶，每一根发丝都好像发着光。再加上他那张能成为大明星的脸，以及乍一看仿佛很平易近人的神情，秘书一下子就被迷倒了。鸢也将笑意一收，对视五秒钟后，拉着秘书上车，再一次从他面前离开。

"姜副部，他身上穿的西装好贵的样子，还有他的车，那是宾利吧？"秘书终于有点回过味来，"昨天你好像是喊他……尉总？"

鸢也没吭声,专心开车。秘书识趣地捂住自己的嘴,没再说,只在心里想:尉总?尉?魏?该不会是那个尉吧?尉氏集团的尉总?秘书傻了眼,她好像不小心知道了一件天大的事情……

从酒店到高桥要二十分钟,这段路的距离也没能让鸢也想出尉迟这到底算什么意思。鸢也沉了气,忽地攥紧拳头,往方向盘上砸了一下。这一下力道不轻,秘书吓了一跳:"怎……怎么了?"

鸢也收起手,轻描淡写地笑了笑:"没什么,松松筋骨。"

后来的两天,鸢也每天下班都能看到站在咖啡馆门口的尉迟,每天早上走出酒店大门也能看到单独等候的尉迟,她都没有理。第三天,鸢也走出酒店,终于没有再看到尉迟。说不上心里具体是一种什么感觉,看了那空荡荡的车位一眼,她转头,开车去高桥。

"早上我跟HD集团的总裁秘书吃了顿早茶,她向我透露,他们总裁愿意投。只不过这种投资过大的决策,都要他们董事长点头。问题难就难在,他们董事长的女儿最近身体不好,他膝下只有这一个女儿,她一病,他就没什么心情工作,项目送到他面前,八成会被退回来。"秘书指着自己的脑袋,"听说HD的千金是这里有问题。"

鸢也皱眉道:"真的?"

"嗯嗯,间歇性的,大部分时间正常,但一受刺激就不行。"

鸢也一边想一边踱步,吃完苹果,她也有了主意,一个抛物线将果核扔进垃圾桶,说:"去打听打听,在哪里能见到董事长。"

秘书一口答应下来:"交给我!"

不得不说,有时候爱八卦、爱凑热闹还是能派得上用场的,秘书竟然真的打听出来,HD董事长带着他的女儿在顺康精神中心治疗。鸢也万分叹服,这可是私人绝密信息啊。

顺康精神中心是晋城最有名的精神病院,虽说非常昂贵,但治疗效果出色。顺康精神中心并不大,相当于一栋庭院式别墅。秘书一层层寻找,在二楼一间病房门口找到了程董事长的千金。巧的是,她竟然一个人坐在门口。

秘书蹲在走廊上,对着千金拍了拍手吸引她的注意。千金转过头,秘书马上伸出一只手,向她示意:手里什么都没有哟。

然后秘书将手握成拳,吹了口气,再摊开时,掌心里就多了一朵红玫瑰。千金睁大了眼睛，很是惊讶，整个人都转向她，已然被她吸引了。秘书又伸出一只手，双手握拳，同样吹了口气，两朵玫瑰又在她手里出现。

"哇！"千金发出惊叹。

"厉害吧？"秘书像摇着大尾巴的狼，对着她钩手指，"你跟我来，我教你。"

说完她就转身跑下楼，千金想都没想，追着她也下了楼。程董事长从病房出来，四处都看不到女儿，惊慌地喊："想想？想想！"

他跑到窗台边往下一看，看到女儿从楼里跑出去的身影，又大喊："想想！"

千金没有停下，还在往医院大门的方向跑。程董事长吓得心脏病都要犯了，连忙追下楼。等他一口气跑到楼下，正要喊医院保安一起追的时候，就看到他女儿乖乖地坐在花坛边。鸢也蹲在千金面前，明眸皓齿，笑容温柔："我也会变魔术，看，这是一颗糖，我把它藏在手心里，你猜在哪只手上？"

千金想了想，指着她的左手说："这只。"

"猜对了！而且一颗变成了两颗，都是你的！"

千金像个孩子一样好哄，顿时兴高采烈地鼓掌道："都是我的！我的！"

程董事长的一颗心这才安定下来，他唤道："想想！"

千金迫不及待地跟他分享喜悦："爸爸你看，我有两颗糖，都是我的！"

"你怎么能乱跑呢？知道爸爸有多担心你吗？"程董事长不禁责怪她。

鸢也站起来，面色自然地说："好像是有个人用魔术吸引了她，把她骗下楼，她还想跑出去，还好我也会点把戏，不然都拦不住她。"

躲在转角处的秘书在心里小声腹诽：还不是你出的主意？

虽然医院不可能让她跑出去，但那个诱骗她的人来历不明，谁知道会不会对她做点什么，程董事长回想起来仍觉得后怕，对鸢也的出手相助越发感激："谢谢你啊。"

"不客气，我有个朋友也在这家医院，也算是缘分。"鸢也微微一笑，"她叫想想吗？"

193

程董事长点点头，说："她叫念想，她妈妈生下她就走了，她就是我这辈子唯一的念想。"

鸢也又看了一眼这个姑娘。她皮肤白皙，相貌清秀，大概有二十二岁，心智却像个三五岁的孩子，拿着两颗糖就好像拿到了最心爱的玩具，坐在花坛边玩得不亦乐乎。鸢也问："她这样多久了？"

程董事长道："七八岁开始吧，其实她大部分时候都是正常的，偶尔才会这样。"

"那就不是天生的，应该治得好吧？"鸢也说。

因为鸢也刚刚救了他的女儿，程董事长没什么戒心，如实相告："话虽如此，但这些年我找了不少医生，都没什么效果。"

鸢也沉吟片刻："我认识一个专攻这方面的医生，姓陈，耳东陈，您要是需要，我可以帮您介绍。"

"陈？"程董事长一愣，心头浮现一个名字，"陈莫迁？"

鸢也笑了笑："对，就是陈莫迁。"

但凡接触过精神病领域，对这个名字都不会陌生。一提起耳东陈，大多都会想起陈莫迁。程董事长却并不是很高兴："陈医生确实厉害，只是我去年就找过他，当时他称忙于学业，没有时间，婉拒了我们。"

鸢也了然："我这个小表哥确实是醉心于学术，不过他上个月好像学成回国了，应该有空。"

这下程董事长当真是惊讶了："陈莫迁是你的表哥？"

"是啊。"

程董事长不由得将她看定，这个忽然出现的女人有着一张漂亮的面孔，穿着一套优雅的女士西装，怎么看怎么突兀。他眯起眼睛问："你是？"

回到高桥，鸢也便给远在青城的陈莫迁打电话。那边很快接通，她便带着笑问："小表哥，吃饭了吗？"

问完她就听到那边炒菜的声音，果不其然，陈莫迁说："在做，你呢？"

"我还没下班，等会儿叫外卖。"

陈莫迁侧着手腕看了一眼手表，都快七点了："工作这么忙？"

鸢也顺势道:"嗯,最近在做一个项目,比较忙。"

陈莫迁敛眸,往锅里放盐和味精:"忙还有时间打电话给我,是有事找我吧?"

鸢也笑眯眯道:"所以说嘛,小表哥绝对是精神学和心理学人才,这么洞悉人心。"

陈莫迁勾了勾嘴角。她从小到大都这样,只要是有事求他,就一定会先夸他一顿,一副"我夸都夸了,你怎么好意思拒绝我"的样子。

"什么事?"

鸢也在沙发上坐下,徐徐道来:"我一个客户的女儿七岁时生了病,大多数时候精神状态是正常的,可一受到刺激,智力和行为就会变成三五岁。虽然在治疗了,但效果不明显,而且治好一次,下次再受刺激,还是会复发。"

陈莫迁:"大概是精神分裂。"

"你会治吗?"

"我需要先看病历。"

这是愿意试试的意思?鸢也立马精神起来:"我把客户的联系方式发给你。"

"好。"

他答应得这么爽快,鸢也反倒有点怀疑:"你真的愿意治?他们都说你有自己的一套原则,不轻易收治病人。"

陈莫迁关了煤气灶,面对窗外的城市灯火,仿佛看见她的笑颜,他慢声说:"你都开口了,我还能拒绝不成?"

他是有原则,但原则在她面前不算数。

鸢也一愣,然后心里一暖:"小表哥从小就是对我最好的。"

两个人又聊了几句才结束通话。陈莫迁独自吃了饭,然后才按鸢也给他的联系方式,打电话给程董事长。程董事长十分惊讶,没想到鸢也竟真的请动了这尊大神,连忙把病历发过去。

陈莫迁在外人面前确实比较高冷,收了病历只说了一句"看完再做回复",便结束了通话。但无论如何,有陈莫迁在,念想的病就多一分痊愈的希望,程董事长这一晚心情极好,还陪着念想玩了一个小时。

秘书抱着一沓文件来到程家,说:"董事长,这些是汪总让我送来的，您抽空看看。"

"放着吧。"程董事长在跟念想玩猜左手右手的游戏，只随口应答了一句。

秘书本来是要走了，想了想，还是提醒道："汪总说这里面有一份投资计划书，他觉得可以考虑，是由高桥牵头、永裕入股的万岁山项目。"

程董事长捕捉到那个关键词，看过去，问："高桥？"

"是。"

程董事长立即道："拿来给我看看。"

他一路翻看到计划书最后一页，果然看到了主要负责人的名字："姜鸢也。"

今天在顺康精神中心，那个突然出现的女人当时的自我介绍就是——姜鸢也，高桥集团商务部副部长。程董事长苍老的眼睛一沉，已然明白了什么。

翌日，秘书敲响了她家副部长办公室的门，满脸笑容："姜副部，如你所料，程董事长约你共进午餐！"

鸢也拿手指卷着头发，微微一笑："看来董事长看到我们的计划书了，这次就带着合同去赴宴吧。"

饭局约在晋城一家有名的茶楼，虽是茶楼，却也有正餐。茶楼是仿古式的建筑，鸢也由服务生带着穿过木质的回廊，才到达程董事长所在的包间。此时程董事长已经在座，她抱歉道："不好意思，迟到了，路上有点堵车。"

程董事长却并不在乎："是我早到了。坐吧，姜副部。"

鸢也在他的对面坐下后，他主动提及："昨晚陈医生联系了我，要了想想的病历。"

鸢也点头："也算是一个希望。"

"陈医生虽然年轻，但在精神科领域已经很有名气。如果他愿意治疗想想，想想康复的可能性会很大。"程董事长说。

鸢也接话："陈医生既然要走了想想的病历，想来应该是会治疗想想的。程董事长，您还请宽心。"

程董事长便笑了："但如果我不同意投资的话，陈医生应该就不会同意治疗想想吧？"

鸢也皱起眉头："程董事长何出此言？"

"我调取了医院的监控，那个用魔术骗想想下楼的人就是你的秘书。"程董事长身体后倾，靠在椅背上，指了一下小秘书，小秘书的脸一下子就白了，"你假装在医院和我偶遇，再到介绍陈医生给我，最终目的不就是想让我在万岁山项目上点头吗？"

还是被发现了。鸢也其实也不那么意外，这位可是商界的老前辈，就她那点小把戏怎么可能瞒得过他。她收起笑意，认真地说："很抱歉在一些方面欺骗了您，但我的诚意是真的，我也没想过要用陈医生来要挟您签约。"

程董事长挑眉道："是吗？"

"是，我绝对不会干涉我表哥选择病人。他看了想想的病历，如果愿意治，哪怕您不跟我签约，我也不会多说什么。"这是鸢也的真心话，"想想是个很好的女孩，她还有很长的人生，我也希望她能恢复健康。"

程董事长喝了一口茶，摆明了不相信，鸢也在他心里已经是个有"前科"的人，故而他态度冷淡："万岁山项目，我并没有那么看好。"

鸢也抿唇："这个世上没有百分百完美的项目，所幸万岁山项目还在起步阶段，程董事长觉得有什么问题尽管提出来，一切都还来得及改变。"

"不麻烦了，姜副部如此聪明能干，一定能找到比HD更合适的投资商，这顿饭就当是我感谢姜副部引荐陈医生之情。我还有事，先走了，你们慢用。"程董事长说走就走，完全不给鸢也多说一句话的机会，径直出了包间。

小秘书经验尚浅，已经有点慌："怎么办姜副部？我们是不是把程董事长得罪了？"

"得罪倒不至于，不过确实惹怒他了。"鸢也叹了一口气，她低估了程念想在程董事长心中的分量，那是一点都不允许冒犯的。她利用了他的女儿，就冲这一点，他就不会再给她好脸色。

看着一桌子美味珍馐，鸢也深吸一口气，拿起筷子，说："算了，先吃饭，不能浪费了。"

秘书傻傻地问："吃完呢？"

鸢也有些食不知味："死乞白赖上门道歉。"

197

程董事长出了包间，本想直接离开餐厅，在走廊的转角处却被一个年轻的男人拦住。他客气道："程董事长，你好。"

这个人有些面熟，程董事长想了想，记起来："你是尉总的助理吧？"

黎屹微笑道："很荣幸程董事长还记得我。"

他总是跟在尉迟身边，程董事长见过几次，不过他现在出现在这里，是否意味着——"尉总也在这里？"

黎屹将身侧包间的门推开，说："在的。程董事长如果不赶时间，尉总已经泡好一壶好茶在恭候。"

虽然不知道尉迟为何相邀，但程董事长也没有理由拒绝，还是走了进去。

"没想到会在这里巧遇尉总。"

水壶壶嘴冒出缕缕白烟，茶香萦绕，尉迟坐在茶桌前，眉眼温和。

"这里的茶很好，程董事长可以试试。"尉迟做了个"请坐"的手势，同时将一杯茶放到他面前。

程董事长和这位商界新贵交往不深，一时也不明白尉迟的意思。他本着"既来之则安之"的想法坐下，端起茶杯抿了一口，神情一缓，赞赏道："确实不错，像是山泉水泡的。"

尉迟说："还是程董事长更懂茶，一尝就知道。我都是问了老板才知道是山泉水。"

"年轻的时候更爱喝咖啡，觉得咖啡提神醒脑，但我爱人怕咖啡伤身，硬是要我喝茶，还帮我找来各种茶叶。我是不忍心辜负她的这份心意，喝着喝着也就成了习惯。"程董事长感叹一笑。

尉迟听着："程董事长与夫人伉俪情深，是天公无情，早早地将夫人带走，还好留了位千金陪伴您左右。"

程董事长不由得警惕，他们并无商业上的往来，只在几个公开场合碰过面，点头之交而已，他竟然知道自己这么多私事？他今日相邀，到底所为何事？

尉迟用帕子垫在发烫的水壶提手上隔热，往茶盏里注入热水。烟雾腾起，他清俊的眉眼也被熏染得模糊："听说令爱的身体不好，正巧我认识一位医生，可以介绍给程董事长。"

程董事长一愣，黎屹已将一张名片放在他的面前。薄薄的卡片，白底黑字十分简约，只写了名字和电话。他皱了皱眉，说："尉总的好意我心领了，只是……"

"他姓秦，秦自白。"尉迟的黑眸如潭水般静谧而深邃，"不比别人介绍的那位陈医生有名，程董事长或许从来没有听说过他，但他的本事确实不错，我可以为他担保。"

他不仅知道自己发妻早亡，还知道自己女儿身患疾病，甚至知道有人介绍了一位医生且那位医生姓陈。

程董事长定定地看着这个气质清贵的男人，他小了自己一辈，但在自己面前平和自然极了。他也知道尉迟有这个本钱，毕竟是尉家的家主。可是哪怕如此，他知道得也未免太多了。或者换句话说，尉迟知道太多不应该知道的，就像是特意调查过一样。这很难让他相信尉迟是没有目的的。他一向喜欢开门见山，直接问道："尉总，为什么这样帮我？"

"程董事长多一个治愈令爱的机会，是否也可以给别人一个机会？"尉迟将一杯茶放在他面前，杯底与玻璃桌面相碰，发出轻微的一声，"比如说，万岁山项目。"

程董事长蓦地一震。他猜测过很多个能让尉氏总裁主动来邀请自己的理由，或许是商业谈判，或许是私人交换，唯独没想到竟会是为了别人来当说客。让他给万岁山项目一个机会，那么，尉迟到底是为了承接这个项目的高桥集团，还是为了负责这个项目的……姜鸢也呢？

他这边心情复杂，举棋不定，尉迟那边轻声提醒："茶要凉了，程董事长。"

鸢也和秘书用完午餐，走出茶楼，无意间瞥见街头有一辆熟悉的轿车开过去。她皱了皱眉，心生疑惑。

回到高桥，鸢也一直忙到下午三点才得出空隙，起身去茶水间泡咖啡。刚走出办公室，她就碰到了霍衍。她正要打招呼，霍衍在她开口之前说："刚才 DH 集团的程董事长亲自联系了我。"

鸢也一愣，霍衍继续说："他表示愿意投资万岁山项目，35%。"

改变主意了？鸢也握紧了水杯。程董事长不仅改变主意，还增加了投资？她的计划书里明明只写了 HD 负责项目的 30%。她一时想不明白是什么让程董事长回心转意且提高合作意愿，总不能是她的小表哥一下

199

治好了程念想吧？或者是程董事长失忆了，忘了她骗他的事情？而且这一幕怎么那么似曾相识？

下午在茶楼门口不经意间看到的黑色轿车忽然在她的脑海中浮现。原本是无须上心的小细节，现在却如香油入水般涣散开，又慢慢聚拢成一团，变成清晰的认知——是他，一定是他。

鸢也勾了勾嘴角，露出一个笑容："那我要重新去拟合同了。"

霍衍夸奖她："能说动程董事长投资，很好，我没看错你。"

鸢也像平时那样，反夸一句"是霍总领导有方"，然后转头回了自己的办公室。

下班后，鸢也开车去了尉氏集团，停了车后站在一家餐厅门口，望着大厦的大门。可能是认识她且知道她身份的人发现了她，并把这件事告诉了尉迟，所以没等多久，尉迟的身影便出现在门口，并且直接将目光投向她的方向。

鸢也对着他笑了笑。尉迟单独走向她，步履如飞，到她面前时呼吸都没有乱一分，只看着她问："为什么不进去找我？"

鸢也理所当然道："尉总都能在高桥门口等我三次，我为什么不能等尉总一次呢？"

尉迟看着她，而后抬头看她身后这家餐厅的招牌，问道："吃饭吗？这家餐厅的味道还不错。"

鸢也歪头："怎么？尉总中午在景泰轩没有吃饱吗？"

景泰轩就是那家茶楼的名字。尉迟反问："那吃过午饭就不用吃晚饭了？"

"所以你承认你中午在景泰轩？"

"我从来没有否认过。"这就是尉总的风格，永远这么理直气壮。

鸢也看着他俊雅的面容："也是你说动程董事长和高桥签约的？"

尉迟顿了一下，道："我只是介绍他认识一位医生而已。"

鸢也笑了，话里带有轻嘲："我也介绍他认识一位医生，可他还是拒绝和我签约。果然还是尉总的面子比较大，不仅许总要听你的，连程董事长都要听你的。"

方才还神情淡漠的尉迟听到这里，眼中终于有了些深意："形森我替你教训了，那晚有没有受伤？"

鸢也耸耸肩："没有,我很好,我还把那些混混吓走了。"

尉迟笑了笑："听说了,形森也没想到你这么难搞。"

她笑得更加谦逊："那当然了,尉总这么厉害,我总不能给你拖后腿。"

"讽刺我?"

"是啊。"

一个敢问一个敢答,尉迟收了神色,鸢也亦是没了笑容。他漆黑的眸子里映出的她还是那么妍丽,只是眉眼比平时强硬："你做这些是为什么?愧疚?想弥补我?"

尉迟温声道："你总是很忙,连听我说几句话的时间都没有。既然如此,我就等你忙完再说。"

鸢也嗤声："你是等我忙完,还是帮我忙完?"

听他说话?是听他所谓的解释吧。那天她说她没时间听,所以他就在背后把她要做的事情都做完。只要她没事做,就会有时间听他说话了。这就好像是在下棋,大家都在循规蹈矩地走着每一步,只有尉总直接掀翻了棋盘,这么霸道。

鸢也闭了闭眼睛,然后对他说："收手吧尉迟,你再这样下去,把我们的关系搞得尽人皆知,将来我们离了婚可怎么办?又要挨个告知他们,我们已经没有关系了吗?工作上遇到阻碍很正常,尤其是年底,更不容易拉到投资。我早就做好了被再三拒绝的准备,不必你在背后'保驾护航'。我走到这里的每一步都是靠我自己,不是哪个人的同情心。"

她说了那么多,尉迟却只听见那一句,眉目骤然一冷："谁说我们会离婚?"

"我说的。"鸢也微笑,"我很早就说了,至少四个月前。"

短暂的沉默过后,尉迟回了一句直接让他们不欢而散的话："我也说过,尉家没有离婚这种事。"

既然如此,鸢也就没什么可跟他说的了,转身要走。尉迟一把握住她的手腕,她不耐地回头,听他道："回尉公馆住。"

鸢也挑眉："尉公馆说大也不大,住那么多人,太拥挤了。"

尉迟知道她介意什么："清卿母子俩那天晚上就离开尉公馆了,家里还和以前一样。"

竟然没有留下过夜？鸢也有点意外，真是难为白小姐了，带着孩子，下雨天还被送走。其实何必呢？她都腾位子了，直接住下又没人会拿他们怎么样。

尉迟又说："清卿母子不是我接去尉公馆的，他们是……"

鸢也不想听，直接打断他的话，嘴角挂着嘲讽，鸡蛋里挑了一把骨头："但是他们走进去过。"

尉迟顿了一下，便道："地毯、沙发、茶杯，他们碰过的任何东西，你想换掉都可以。"

他都给她耍小性子的权利了，鸢也又怎么会放过："我想把尉公馆重建也可以？"

尉迟思量片刻，最后竟也点了头："尉公馆十年修葺一次，距离上次只过了七年，但如果你有想法，也不是不可以。"

他知道她是在故意找碴儿，但还是准许她所有的任性。鸢也算是明白了："这就是尉总宠人的方式，难怪白小姐会紧抓着你不放。"

温柔帅气又多金，愿意的时候，别说是把房子里的东西都换掉，就是把房子拆了重建都可以，上哪里找这样好的男人？白小姐不是不知廉耻，而是太有眼光了。鸢也低头笑了笑，又觉得有些心累，淡淡地看着他说："回去是不可能回去的，以前没什么感觉，现在长住了才发现，酒店里个都是人才，说话又好听，我超喜欢酒店的。"

尉迟神色微沉，抓着她的手一松，鸢也快速抽走，上车离开。看着鸢也的车远去，尉迟将薄唇抿成一条直线，转身回了尉氏。

走到总裁办门口，黎雪双手送上一份文件，说："这是黎助理托我转交的。"

尉迟接过，打开一看，原来是之前让他去查的陈清婉的过去。

"尉总，杨先生来了。"黎雪又说。

尉迟眉目一敛，将文件合上。他神情冷淡地进了办公室，目不斜视地走到办公桌后坐下，红毛小杨直接扑到他的办公桌前，一副欲哭无泪的样子："迟哥，我错了迟哥，我真的知道错了。你让我爸饶了我吧，我真的不想再相亲了！"

杨炯怨念地看着尉迟，他不就是做错了一件小小的事情吗？至于不顾兄弟情谊，到他爸面前揭露他在外面花天酒地的事吗？他爸气得连着一周给他安排相亲,还要他立刻结婚生子,最好三年抱俩。太狠了。

尉迟打开那份文件,淡漠道:"小杨总哪里有错?"

"我有错,我错了,对不起迟哥,但我真不知道姜小姐是你老婆……再说你也没跟我提她是嫂子啊,我以为白小姐才是……"

尉迟的目光忽然一凝,盯着文件上的一行字,语气忽然冷下来,直接对杨炯说:"出去。"

杨炯耷拉着眉毛:"要不我将功折罪,去跟嫂子解释清楚?"

尉迟重复:"出去。"

如果让他连说三遍一样的话,那他的下场可能会比现在更惨。杨炯脖子一缩,马上溜了。黎雪送了一杯茶进来,低声说:"其实让杨先生亲自跟太太解释,也是个好办法。"

尉迟将文件合上,丢在一旁,证实了他什么猜测似的闭上了眼睛。半晌,他睁开眼:"布莱克先生的赛马会是在这个周日?"

黎雪一顿,道:"是的。"

"加紧订一套骑马服,"尉迟的神情突然温和了许多,还抬起头笑了笑,"红色的。"

回到酒店,鸢也没有再碰工作,倒头就睡。隔天是周六,她本想睡个天昏地暗,然而十点多就接到霍衍的电话,领了个临时出差的任务,收拾收拾就去了机场。

霍衍在登机口等她,看到她来,将刚买的早餐递给她:"韩副部昨晚下班回家的路上出了小车祸,虽然没什么大碍,但左腿打了石膏,没办法好好走路,只能临时征用你的周末,希望没有给你造成太大的困扰。"

鸢也将吸管插入豆浆里,喝了一口,摆摆手:"没有没有,这次也不算工作,何况霍总还给我开了三倍工资补偿,我非常乐意与您同往。"

与此同时,尉迟到了鸢也下榻的酒店。他手里拎着一个礼盒,在房门前按了许久门铃,却没有人开门。尉迟干站了一会儿,正要打电话,负责打扫房间的酒店清洁员路过,说:"这个房间的客人早上跟我说要去出差,未来两天都不用打扫房间。"

她出差了。尉迟握紧手中的礼盒,神色寡淡。

飞机自天际划过不留痕迹,三个小时后,鸢也和霍衍走出青城机场,上了来接机的车,直接去酒店。在车上闲聊时,霍衍说起:"你外祖家不就是青城的?"

鸢也笑了笑:"是啊,不过我也有三四年没有回过青城了。"

"忙完了你可以回家看看。"

说是这么说,但他们这次出差总共就两天,明晚就要回晋城,除去做正事的时间,哪里还有多余的时间?

在酒店略微休息后,霍衍又带鸢也去了一家服装设计工作室。鸢也一看招牌就认了出来:"DOG,国内前沿设计师,很多明星都穿过他设计的衣服。"

"嗯,正巧他们最近出了骑马服系列,你看看有没有喜欢的。"霍衍道。

买骑马服也是为了他临时安排的任务,属于工作,鸢也就不客气了:"好。"

设计师助理拉来一条衣架,上面挂满了各式骑马服。霍衍在与设计师寒暄,鸢也便独自上前挑选。

这次来青城,鸢也是陪霍衍参加一个赛马运动会完美落幕的庆功宴。

虽说是庆功宴,但举办地还是在马场,因此也要求赴宴的宾客都穿骑马装。

主办人布莱克是德国一家汽车制造公司的高层,他的业余爱好就是赛马,以及在世界各地举办他的赛马会。他今年来到青城,办了一场长达一周的赛马运动会,昨天才圆满收官。霍衍和布莱克先生有些交情,又恰逢周末,收到他的邀请函,想着给他这个面子也无妨,所以就来参加。他原本是想带韩漫淇的,但她出了意外,就只能选鸢也了。毕竟整个商务部只有两位副部长会骑马,非此即彼。

设计师和霍衍私交不错,第一次见他带女人来买衣服,暧昧地朝他挤了挤眼:"眼光不错哟,这个够漂亮。"

霍衍笑了笑:"别胡说,她只是我的下属。"

设计师不相信。

鸢也挑着挑着,忽然回头问:"霍总,我的那匹马是什么颜色的?"

"黑色的吧?"霍衍也不太确定,就算庆功宴是在马场举办,却也不是要大家去赛马,至多就是骑马溜达两圈,谁会刻意去记马匹的颜色?

鸢也琢磨着说:"那我就选一套红色的骑马服。"

霍衍哑然失笑:"连这个都要搭配?"

"当然要了,马已经是黑色的,我要是再穿一套黑色的骑马服,岂不是跟马融为一体?"女伴要有女伴的自觉,这种场合她就是负责给霍衍当装饰品的。

鸢也选中了一套红色骑马装,进更衣室试穿,尺寸刚好,便决定是它了。霍衍结了账,又十分绅士地帮鸢也拎过袋子,轻声道:"消息没错的话,普英控股的齐总也会来参加赛马会。"

鸢也的眼睛闪了闪,笑道:"哦。"

普英控股是鸢也想争取的万岁山项目的最后一个投资者。看来这次出差,她不仅帮了霍衍的忙,也是在帮自己的忙。

他们前脚刚走,后脚 DOG 工作室就又来了一位客人——陆初北。他前段时间在这里定制了一套礼服,今天路过青城,顺便过来取。设计师亲自交给他,顺口说了一句:"你要是早到一步,就能遇到阿衍了。他刚带女伴过来挑骑马服。"

"骑马服?"陆初北一猜就准,"为了参加布莱克先生的宴会?"

"嗯,不过重点是他的女伴非常漂亮,听说还是他的下属。"

漂亮的女下属?陆初北挑了挑眉,只能想到一个人:"她的鼻子上是不是有一颗小痣?"

"是啊,你也知道她吗?"

陆初北笑了,故意否认:"不知道。"

带着礼服去机场的路上,他好心好意地给他的兄弟发了一条信息:"青城,赛马会。你老婆要跟别的男人跑了。"

而后他便关了机,心情舒畅地看向窗外——让他上次揭自己的短,天道好轮回,这下轮到他的女人跑了吧?该!

尉迟收到短信时也在机场,看了一眼,表情并无丝毫变化。黎雪走过来说:"尉总,可以登机了。"

他抬头,看了一眼电子屏幕上"晋城至青城"的字样,复而垂眸:"嗯。"

因为宴会是在马场举办,所以时间定在了中午,而不是晚上。这里

205

是青城最大的马场，本身养着近百匹品种不同的骏马，也有人把自己的马寄养在这里，有空就过来骑一骑。比方说鸢也的小表哥，他就有一匹阿帕卢萨马在这个马场。

霍衍先带鸢也去见了主人家："布莱克。"

身材高大的德国人转过头，惊喜地和他拥抱，中文说得十分流利："霍，见到你真的太高兴了，等会儿一定要一起喝一杯。"

霍衍拍拍他的肩："一定。"

布莱克直白地表达自己的感情："我没想到中国竟然有这么好的马场，我太喜欢青城了，以后我还会再来的。"

霍衍为他介绍："这位我们高桥商务部的姜鸢也，她也很喜欢骑马。最重要的是，她外祖家就是青城的，算半个当地人。如果有需要，她可以充当你的向导。"

鸢也微笑道："您好，布莱克先生。"

布莱克用赞叹的目光看着她："这么美丽的小姐，一看就知道有青城的血统。"

他突然来了一句发音很奇怪的话："雅姿娘。"

霍衍不明所以，鸢也笑道："这是潮汕话，意思是漂亮的女人。多谢布莱克先生的夸奖。"

布莱克大笑："很有意思的方言，回头我们可以聊聊。"

话音刚落，远处突然传来一声紧张的大喊："小心！"

伴随喊声而来的是骏马的长啸，声音由远及近。鸢也猛地回头，便见一匹白色的骏马飞踏而来，眨眼间近在咫尺，并且完全没有停下来的意思，就像是失控了一样。这一幕便是布莱克先生看了也吓了一跳："天哪！"

鸢也睁大眼睛，眸子清晰地倒映出马的样子，连心跳都跟着停了一瞬。千钧一发之际，马上的人勒紧了缰绳。马蹄高高扬起，随着一声嘶吼，马被制住了，前蹄稳稳地放下，却不偏不倚地踩在一洼泥水里，溅了鸢也一身。马上的人居高临下，淡淡道："这马野得很，差点伤到姜小姐，真是抱歉。"

他在逆光处，容貌不甚清晰，但这个声音是鸢也熟到骨子里的——

尉迟！

布莱克回过神，连声道："Chris，居然是你！你吓到我的客人了！天哪，你的马术比得上我最好的运动员，怎么还会出这种事？"

尉迟拍拍已然安分下来的白马，淡淡道："可能因为这匹马是我第一次骑，它认生。"

霍衍愠怒，沉声道："尉总没有把握控制得住这匹马，那么从一开始就不应该去动它。"

"霍总说得是，是我的错。"

尉迟继而看向鸢也："差点伤到姜小姐，真是抱歉。"

没想到他竟然也来了赛马会，还来了这么一出，鸢也重新调整呼吸，勾起嘴角："没关系，不是没伤到吗？"

他并没有从马上下来。他一身白色的皮质骑马装，从肩线到腰线都完美贴合他笔挺的身材，显得他矜贵优雅，如同二十世纪的宫廷骑士。

"但弄脏了姜小姐的衣服，于情于理我都应该做出弥补。"他说。

鸢也无所谓道："又不是故意的，尉总不必自责。再说了，骑马的人身上有一点污渍也不算什么，泥点子才是骑士驰骋马场的军功章。"

布莱克眼睛一亮，立即赞道："没错，就是这样！"

布莱克爱马如痴，鸢也作为霍衍的女伴入场，他刚才夸她也只是随便夸夸她的美貌。但鸢也说出那句话，让他第一次正眼看她。女人都是在乎自己外在形象的，很难得见脏了衣服还这么洒脱坦然的。

鸢也微笑道："不过尉总刚才那一手真的很帅，我都被带起骑马的兴致了。要不我们比一场？"

布莱克一愣，然后大笑："姜小姐要和Chris赛马？那你肯定会输的，Chris是我见过的马术最好的企业家。"

是啊，马术那么好，怎么会因为换了一匹没骑过的马就控制不住呢？既然控制不住，刚才又怎么能在关键时刻拉住呢？

鸢也的双眸如云笼月，清清淡淡："就当是溜马吧，来马场不骑马又有什么意思？"

尉迟勒转马头，居高临下，自带睥睨："我会让着你。"

鸢也舔了舔牙齿："尉总真是怜香惜玉。"

见她执意要比，布莱克只好让人开辟出一片赛马的地方，又亲自去为她挑选了一匹荷兰温血马。这种马聪明，老实还漂亮，十分合适女性。

布莱克把缰绳交给鸢也时，在她的手背上落下一吻，真诚道："我在终点等你。"

鸢也微笑着说好。她已经穿戴好护具，踩着马镫上马，看了尉迟一眼，率先策马到起点。

因为尉迟刚才的那一出，大家的注意力都被吸引了，见他们还要比试，纷纷走到围栏边观赛。这样实力悬殊的比试，还没开场大家就已经能猜到结局。事实上鸢也确实赢不了尉迟，她的水平一般，和媲美马术运动员的尉迟比当然不够看。但她在马场上肆意飞扬的样子很让人惊艳。她将长发束成高马尾，与皮质的骑马装相得益彰，潇洒极了。连布莱克都忍不住赞叹："Artemis！"

阿尔忒弥斯，希腊神话中的狩猎之神，是野兽与荒野的主人，是最自由勇敢的女神，也是此刻众人眼里的鸢也。

尉迟先跑到终点，再回看她，鸢也本是朝着终点跑去的，但在距离十几米的地方，她忽然停了马，和尉迟对视。然后，她把束着头发的发圈解开，摇了摇头，一头如绸缎般顺滑的长发散开，披在肩上。这片黑与她身上的红形成最强烈的对比，像火里盛开一朵花，烧得尉迟的眸光陡然间变得炙热。

鸢也勾唇一笑，忽然掉转马头，朝起点跑去。她的黑发如同招展的旗帜，迎着风飞舞，黑马红衣，长发翩跹，远处凋零枯败的树林成了最好的背景。围观的人里有摄影师，没忍住用摄像头记录下了这夺目的一幕。后来摄影师给这张照片取了一个很有意思的名字，并且拿到了那年摄影大赛一个重要的奖项，以至于鸢也还在另一个圈子小火了一把。

赛马结束后，布莱克迎上鸢也，热情地跟她拥抱："我真想把你从霍手下挖过来，到我的公司当门面。"

鸢也俏皮地一笑："如果薪水够高的话，我也不是不能考虑。"

霍衍双手抄兜站在旁边，挑眉道："当着我的面说这些，你们觉得合适？"

布莱克率先大笑起来，鸢也亦是从这一刻起就成了宴会上最热门的女人。布莱克才刚走开去应酬别的客人，她就被许多人包围起来询问名字、交换联系方式以及各种攀谈。她均来者不拒，言笑晏晏。

这边的尉迟将马交给驯马员，再摘下手套。这时也有熟识的人上来跟他说话，他便转过身与人寒暄。虽然他背对着鸢也，却还是能听到她的声音。

"齐总，你好。"

"你认识我？"

"当然认识，我是高桥商务部的副部长，和您的秘书联系过。"

普英控股的齐总是一个年轻帅气的男人，本来是想来搭讪的，没想到先被鸢也认了出来。

"哦，我想起来了，是为了万岁山项目吗？"

"对。"

齐总马上说："这个项目我很看好，你随时可以过来签约。"

"真的吗？"

"当然是真的，我从来不骗美人！"

尉迟从路过的服务员的托盘里拿了一杯鸡尾酒，与友人碰了下杯，记起来这个齐总是圈内出了名的风流人物，最喜欢与众不同、热辣风情的女人，鸢也刚才那么惹眼，当然也吸引了他。他忽然明白那个女人主动找他赛马的缘故了，她根本不是为了出被他弄脏衣服的气，而是为了吸引这个齐总。打从一开始，她的目标就是齐总。她利用他借题发挥，在马场上秀了那一把，让齐总对她感兴趣，主动来找她。人的劣根性大多是这样，主动送上门的不稀罕，自己想方设法去接近的，会有些别的"情怀"。她还真是……了解男人的心啊。

"姜小姐的马骑得真好，我们也一起去跑一圈吧？"齐总盛情邀约。

"好啊。"鸢也欣然同意。

两个人从尉迟背后经过，鸢也含笑说："其实合同我已经准备好了，齐总等会儿如果方便，可以直接签。"

齐总笑了："连合同都准备好了，姜小姐还真是有备而来啊。"

尉迟垂眸，忽然转身，不小心撞上鸢也，手中那半杯鸡尾酒全倒在鸢也的衣服上。

鸢也被气笑："尉总对我这身衣服这么大意见吗？"

尉迟温声道："实在抱歉，又给姜小姐添麻烦了。"

然后他问主人翁："布莱克先生，可以借用一下地方，让姜小姐更换干净的衣物吗？"

布莱克摊手："Of course。"

马场上只有一间比较简陋的平板房,尉迟走在前面,鸢也盯着他宽厚的背影,咬了咬牙。接连两次,要说他不是故意的,打死她都不相信!

进了平板房,关上门,不等鸢也质问,他倏地转身,直接说:"姓齐的对你有什么企图,你看不出来吗?"

鸢也说:"看出来了。"

尉迟眸光一沉:"看出来了还跟他接触,形森的事情还没让你长教训?"

"齐总和形总不一样。"她早就做过调查,齐总更像顾久那类人,纨绔归纨绔,但知道"绅士"两个字,哪是形总那种油腻大叔可以比的?

"刚刚认识你就了解他了?"

"美貌也是一种工具,只要能达到目的,适当地利用有什么不可以的?"

"是谁跟我说,走到今天这一步靠的是自己,不需要任何人的同情?"

"脸是我自己的,要是有人因为我的脸而愿意和我合作,也是我自己的本事。"

"靠脸?就是因为你有这种想法,那些男人才敢对你动心思。"

"是啊,不只是'那些男人',还有女人。就比方说尉总公司的郭总监,她到现在都觉得我是跟你做了什么见不得人的交易才能签下浮士德项目。"

"难道不是?"

"我们的夫妻关系是见不得人的交易?"

"强词夺理。"

"胡搅蛮缠!"

尉迟抿住嘴唇,鸢也转头看向别处。过了一会儿,鸢也再度开口:"尉总好像很看不惯我出现在这里,可惜宴会不是由你做东,想让我走,得让布莱克先生开口。"

语毕,她就准备离开屋子。尉迟盯着她身上那套红色骑马装,眼底泄露出一丝冷意:"把衣服换了再出去。"

"只是一点污渍,擦干净就可以了。"皮质的衣服不容易脏,脏了用湿毛巾擦擦就行,何必麻烦?

但尉迟的语气竟非常强硬:"我让你把衣服换了。"

在商务部磨砺了这么多年,鸢也觉得自己是个没什么脾气的人。但今天她也被戳到了反骨,就是不想顺他的意,挑衅地一笑:"如果我不呢?"

尉迟盯着她,素来平和的面容此刻犹如寒潮席卷,冰冻了山川,连带着他的眉眼也封了雪,直接昭示她的叛逆让他不快。

不快就不快吧,鸢也还不乐意伺候呢。她转身开门,也就在她转身的一刹那,身后有什么快速掠过来。她顿感不妙,立即拉开门要跑。然而她高估了自己,也低估了尉迟,他几乎不费什么力气就抓住她,顺带将被打开一条缝的门"砰"的一声关上,响声引得门外的人纷纷回头。

骑马装就是衬衫、外套和皮裤,尉迟直接去解她的纽扣,鸢也当即动手推开他。结果被他抓住两只手按在头顶,手掌从上至下一顿游走,她外套的扣子就开了好几颗。此时的尉迟充满危险,鸢也抿紧嘴唇,憋着一口气,不想服软也不愿意服软,就跟他杠上了。她手动不了还有脚,抬起一只脚意图顶开他。然而他的反应更快,直接把她的膝盖推回去,她就撞到了门,又是"砰"的一声。这两声动静非同小可,外面的人都听得出来,是身体撞到了门板上发出的声音。

一男一女,独处一室,身体撞上门板。单是这几个关键词,就足以让人联想到一切暧昧的事。

早在尉迟跟鸢也一起进屋的时候,大家的眼神就有些不一样。但大家没想到他们竟这么不加掩饰,闹出这么大的动静。

霍衍平白成了众人眼里被戴绿帽的人,也不知道自己该是什么表情。

没人敢过去敲门让他们悠着点,布莱克都有些尴尬,只能挥挥手让大家都到那边去玩。众人互相挤眉弄眼,心照不宣地给他们腾出了空间。

然而屋内的真实情况并没有他们想的那么热辣。平板房简陋,日常用来给驯马员休息吃饭,只挂着一个灯泡,光线昏暗,暗得有些压抑。

鸢也心里窝着火,不知道他又犯了什么病,骂了一句,道:"你是不是忘了这是什么地方?你想在这么多人面前丢脸别拉上我!放开!"

欧式复古风格的双排扣外套被用力扔在地上,尉迟单手握住她的下巴:"我不是告诉过你不准说脏话?"

"我想怎么说话用不着你管!"

他又去解她的衬衫,扣子太小一颗,他没了耐心,直接撕开。鸢也抓紧了衣襟,死活不肯让他得手,"扑哧"一声嘲笑道:"怎么?白小姐没能满足你吗?"

"说起来还不是怪尉太太,这么不称职,一走就是一个多星期。"解不到衬衫扣子他也就不解了,转向她修身的皮裤。

高腰设计的款式,将她的腰和臀的曲线展现得淋漓尽致——她都没发现那些男人是用什么眼神看她的吗!

鸢也神色煞冷,一手往外推他的胸膛,一手抓住他的手臂:"原来当你的尉太太只有这个作用,尉总的要求真是实在!"

尉迟纹丝不动,低头在她的耳畔说:"我对你说的话,你总是不放在心上,只能用实际行动让你记住。"

他哪句话她没有放在心上?他根本就是欲加之罪何患无辞!鸢也火上心头,又被他完全控制住了,更让她憋屈得想爆炸。

"我警告过你,不要用愚蠢的方式挑衅我;我也警告过你,离霍衍远点。你哪句话听了?嗯?"尉迟用指腹按住她的红唇,"你是他的谁?单独跟他参加私人宴会?"

"这是工作!我是在工作!"鸢也恼怒地拂开他的手。

八百年过去了他还在介意霍衍!她早就说过霍衍对她没有那个意思,他就是不相信!

鸢也气急了:"你以为我们跟你们一样吗?明知道自己是有夫之妇,明知道对方是有夫之妇,还不知廉耻地搅和在一起!"

"你们?我们?"尉迟勾了勾嘴角,脸上却无半点笑意,"划分得真好,所以你在酒店的房间也是他帮你开的?那天晚上你离开尉公馆后是去找了他?知道自己是有夫之妇,还深夜联系别的男人开房,你们倒是很知道廉耻啊。"

鸢也猛地用力将他推开:"你就是在胡搅蛮缠!"

这一把推得尉迟退开两步,鸢也拢起衬衫就想走。尉迟抓住她的手腕将她拽回来,没完没了地纠缠。鸢也理智全无,挥手打向他的脸,结果沦落到两只手都被他擒住。他就像抓犯人一样,把她的双手拢在背后,一把扯下她的衬衫,用衬衫捆住她的双手。鸢也心中警铃大作,腿往后一踢，尉迟更是将她的上半身按趴在桌子上。肌肤直接接触玻璃桌面，凉意顿时让她全身起了一层鸡皮疙瘩。鸢也奋力挣扎，可落在轻而易举就控制住她的尉迟眼里，就像一只被扼住脖子的……猫——小野猫。

"以前怎么没发现你这么能闹。"他话里带一点笑意，好像是在揶揄。

鸢也更加恼怒："放开我！"

"不放。"尉迟俯身，胸膛压着她的后背，"都已经这样了还要我放，你是有多不了解男人？"

怒火在这一拉一扯间变了味，火还是火，却烧成了另一种更为危险的东西。鸢也愣了一下，凶狠道："要我介绍女人吗？青城我熟悉得很。"

"听听你说的混账话，那么介意白清卿，还要我去找别的女人，真找了你受得了吗？"他说着就去吻她的脸，鸢也扭头躲开，他又一口咬在她的后脖颈上。

他还要不要脸！鸢也挣扎不了，甩不开他，咬了咬牙，改变主意了。那就"较量"一下，看谁先不行！

没有胜负的"战争"落下帷幕，尉迟打了热水帮鸢也擦洗："这里没有条件给你洗澡，先将就一点。"

鸢也看着屋顶的灯泡，其实已经没有力气，一动不动地平复心跳，混沌的脑子也开始清明，想起方才的一切，她突然有点茫然，事情怎么会到这个地步？她都跟他做了什么？？她猛地闭上眼睛，真想回到两个小时前给自己一巴掌，他疯了，她竟然跟他一起疯！

尉迟抬起头，看到她眉头皱起来，一副又气又懊恼的样子，笑了笑，伸手抚平她的眉心："好了，这次算你赢了，可以了吗？"

谁要在这种事上赢！鸢也抬起没被绑住的手，把他的手甩开，然后起身，要把被捆住的手解开。可她一时解不开，又皱起了眉头。尉迟也没有帮她的意思，抓起她的胳膊，用纯棉的毛巾给她擦拭。他忽然说："清卿母子是小杨送到尉公馆的，我事先并不知情。"

鸢也的动作一顿，尉迟将毛巾重新过了一遍水，又兀自道："小杨的祖母是血液科专家，我是通过他才请动他的祖母为阿庭看诊，因此他才知道清卿母子的存在。"

这些天来她拒绝听的解释，到头来还是要听，鸢也心里说不上是什么滋味。

"那天傍晚他路过春阳路,看到阿庭被狗吓至昏迷,就帮忙把阿庭送去医院。是医生说要静养,他才把人送到尉公馆的。"尉迟不知从哪里拿来一个礼盒,取出礼盒里干净的衣物帮她换上,"你回来的时候小杨还没有走,就在洗手间里。如果你不信,我可以让他当面跟你解释。"

尉迟把她拉起来,将衬衫穿整齐,再一颗颗扣上纽扣,睫毛低垂,又是那副温雅的样子:"你是尉公馆的太太,永远都是,我从来没有想过让任何人取代你,也没有想过让你难堪。当时说让他们暂住一晚,是我考虑不周,我向你道歉。"

鸢也听着,忽然笑了:"所以呢?你解释了,我就应该原谅你?人不是你带回去的,你就没有错?你以为我介意的只是这件事?尉迟,你根本不知道我这些天在气什么!"

尉迟温和地看着她,因为方才的疯狂头发变得凌乱,有几缕遮在他的眼前,衬得他神态慵懒:"你说,我听。"

说就说!

"你介意我和霍总走得近,就没想过我会介意你跟白清卿走得近?你不准我和霍总私下接触,又怎么会觉得我能心胸宽广到容忍你跟别的女人有个儿子?我是你的妻子,所以你认为我是你的私人所有物,连正常的社交都不可以有。但你是我的丈夫,你就不是我的是私人所有物了吗?你就可以享齐人之福了吗?学富五车的尉总,麻烦你换位思考一下,如果我在外面和别的男人有个儿子,我还总跟孩子他爹藕断丝连,你心里会是什么样的感受?"说完她笑了笑,"你大概没感觉,你又不爱我。"

尉迟的眼里原本像一片无波无澜的江面,这一刻如有风拂过,荡起丝丝涟漪:"所以你爱我?"

鸢也一愣,这才发现话说得太快,一不小心就泄露了真心,被他窥探到。她有些狼狈地转头:"我没跟你说这个。"

鸢也撑在桌面的手指蜷起来,一时也没了话。一种道不明的微妙气氛在他们之间流淌。

说起来也是好笑,他们是夫妻,却因为一句"我爱你"而陷入尴尬……也是,大家都是成年人了,谁还谈爱?那是小孩子才玩的游戏。

事已至此,鸢也不想再面对他,快速解手上的束缚。她穿上衣服,才发现尉迟给她换的也是骑马装,外套同样是红色的。说实话,这套的款式比她从 DOG 工作室挑的那套更合她的眼光。她很久之前就说过，尉迟最熟悉她的喜好。

尉迟道："本来就是送给你的，昨天早上我去酒店找过你。"

昨天早上？她没有碰到他，她当时应该已经跟霍衍走了。鸢也忽然有点明白他今天这么大气性的原因，嘴唇一抿，拿起外套穿上，就从桌子上下去，结果险些摔倒。尉迟及时接住她，将她抱在怀里，在她想用力推开前沉声道："你就是我的私人所有物。"

鸢也的心一沉，好像被压上了千斤重的秤砣。她偏头看他，尉迟的神情却是晦涩的。几秒钟后，她挣脱开他的怀抱，离开了平板房。

第十一章
你就是我的

鸢也没有再往人群里去，而是直接回了酒店收拾行李。到了可以出发去机场的时间，霍衍给她打电话，两个人在酒店大堂碰面，一起去机场。霍衍很绅士，没有提起下午马场的所有事情，只说普英控股的齐总已经签好合同了。至此，万岁山项目的所有投资都已到位。

只用了小半个月，就把前部长直到被调去总部也没能完成的事情做成了，鸢也都有点佩服自己……哦，不，是佩服尉总。想起尉迟，她又想起下午平板屋里他的解释。他解释是解释了，可她的质问他一句都没有回答……鸢也闭上眼睛，不想了，不想了。

她偏头看向窗外，只看见漆黑一片，仿若深渊。她定定地看着，像被什么吸引了似的，眼睛一眨不眨，越来越无法自拔，好像连灵魂都要沦陷进去。直到她的腿突然神经反射地弹了一下，像睡觉睡到一半踩空了那样，她才猛地回神，立即关闭了遮光板。虽然她这样做了，但还是克制不住生理性的不适，自肺腔里吐出一口浊气，跟空姐要了一杯温水。

"怎么了？"霍衍坐在她旁边，看出她的脸色有些不好。

"没事。"鸢也勉强笑笑，拿出遮光眼罩戴上，准备一路睡回晋城。

只是她本就心事重重，又受了惊吓，哪怕睡着了，梦里也充满不安。她又梦见了那件事。同样是在飞机上，逼仄的空间里，无论怎么呼喊都只有自己能听见，身体也无法舒展。她拼命地抬起头，透过机窗却只能看到一片漆黑，不知道会衍生到哪里的一望无际的漆黑。当时她就在想，要是有星星就好了。

"姜副部。"霍衍摇了摇她的肩膀,她睁开眼,他看着她,"做噩梦了?你一直在喊'放我出去'。"

确实是噩梦,十年前的噩梦,如果不是遇到苏先生,大概会变成一辈子的噩梦。鸢也揉了揉眉骨,苦笑道:"让霍总见笑了。"

霍衍拧开矿泉水瓶盖:"没什么,谁都做过噩梦。"

"谢谢。"鸢也沉默了一会儿,情不自禁道,"我很少坐晚上的航班,平时出差都是尽量避免。"

霍衍很自然地问:"为什么?"

鸢也动了动唇,想说,又觉得不合适,最后随意地一笑:"就是觉得晚上的航班没有白天的航班安全。"

霍衍挑了挑眉,自然看得出来她没有说实话。但她既然不想说,他也不再追问,只道:"飞机失事的概率是三百万分之一,哪怕你每天坐一次飞机,连着坐八千年才有可能遇到一次事故。"

鸢也哑然:"概率的事情,哪能这么比喻?"

霍衍认真地说:"嗯?我以为我这段话的重点是说飞机很安全,你不用害怕会出事,你没发现吗?看来我的安慰很不成功。"

鸢也没忍住,"扑哧"一声笑了。霍衍又勾起唇:"看来还是成功的。"

被他这么一逗,鸢也的心情没有那么差了。飞机下降时,广播提醒打开遮阳板,鸢也顿了一下,慢慢将遮阳板抬起来。窗外还是一片漆黑,她到底承受不住,将头扭向别处,意外地看到右前方那一排座位上竟坐着尉迟和黎雪。

飞机到达晋城已是深夜十点,出于安全考虑,霍衍亲自送鸢也回了酒店。

"尉总,太太上去了。"几乎与夜色融为一体的黑色轿车里,黎雪从前座回头对尉迟说。

"回公馆吧。"尉迟淡淡道。

黎雪点点头,让司机转弯。尉迟忽然看到路边有个小姑娘,手里挎着竹篮,里面放满了包装精美的苹果,便道:"等一下。"

司机马上将车停住,尉迟兀自推开车门下车。

217

黎雪看到自家总裁朝着卖苹果的小姑娘走去，说了几句话，然后买了一个苹果和一朵玫瑰花，嘴角不由得抽了抽。尉总还有这份童心？

尉迟走进酒店，将苹果和玫瑰花交给前台，麻烦前台送去1525号房。前台欣然同意，马上就把东西送上楼。那会儿鸢也正准备去洗澡，听到门铃响，一脸疑惑地打开门。

"姜小姐，这是一位先生托我转交给您的。"

鸢也一只手拿苹果，一只手拿玫瑰花，纳闷极了："哪位先生？"

前台抱歉道："不好意思，我忘记问名字了。"

鸢也在心里琢磨："那位先生是不是长得挺帅的？"

前台抿唇一笑，点头道："是。"

"那我知道是谁了。"肯定是霍总。

他刚送她回酒店，大概是看到路边有人卖苹果，就顺便买了一个送她。毕竟是节日，吃苹果的寓意好。鸢也不得不再次感慨，霍总真是好绅士。

尉迟回到尉公馆，径直上楼。管家拦住他，送上一个牛皮纸袋，道："先生，昨天下午张老教授让人送来这份东西，说您看了有什么不明白的再致电她。"

张老教授就是杨炯的祖母，那位血液科的专家，负责帮阿庭治疗白血病。尉迟看了一眼纸袋，伸手接过："好。"

他回到卧室，把纸袋搁在桌面上，先将外套脱下挂在衣架上，然后进了浴室洗手。瞥见台面上已经很久没有人动过的洗面奶和身体乳，他抿了抿唇，抽了张纸巾一边擦干手一边走出来。

他知道纸袋里是阿庭的检查结果，倚着柜台将报告抽出来。看着看着，他的眉头皱了起来，看了一眼时间，已经十点半了，他到底没打电话去打扰老人家休息。

第二天上午，尉迟在办公室给张老教授打去了电话。简单地问候后，他便直入主题："我看了检查报告，您的意思是，阿庭的情况还会不好？"

张老教授道："是啊，从检查结果来看，他的器官正在衰竭。"

尉迟语气沉重："两年前移植的骨髓没有用吗？"

"有用，只是人体就像一个比钟表还要精妙细巧的仪器，很多时候看起来是修好了，但一个不小心，就有可能打翻全盘。"

尉迟蹙眉："还有什么办法吗？"

张老教授沉吟片刻，道："那就只剩下一个办法可以尝试了。"

周一，鸢也看眼下也没有什么工作，索性自掏腰包订了一顿下午茶，和大家一起庆祝节日。正乐呵着，有个小小的身影推开商务部的门，一步一步迈进来。他黑黑的小眼珠看着闹哄哄的人群，不但不害怕，反而觉得有趣，就往人群里钻。

一个女同事先发现了这个"入侵者"，惊呼一声："哪来的小孩？好可爱啊！"

她这一叫，众人纷纷低头去看。还真是个小孩，两三岁的样子，穿着浅蓝色的棉质衣服，还背着一个小书包，短小的四肢胖乎乎的，简直萌呆了！另一个女同事顿时母爱泛滥，拿了根薯条诱惑他："宝宝到姐姐这里来，姐姐给你糖吃。"

"奶茶奶茶，姐姐这里有奶茶，甜的，特别好喝，快过来。"

"喝什么奶茶？吃炸鸡，小孩过来，哥哥有炸鸡！"

好好的聚会变成哄孩子大会，一群人拿这孩子当新奇的宠物，各种逗弄。孩子不哭也不闹，只是给他吃的他都不要，就迈着小短腿走来走去的。小秘书忍住要把他抱起来揉的冲动，清了清嗓子，说："咳咳——虽然公司没有明文规定上班不能带家属，但这影响也太恶劣了。到底是谁的孩子？快点送回家，要不等姜副部来了，有你们好看的！"

"别冤枉我啊，我二五一枝花，未婚未育。"

"也不是我的，我男朋友都没有。"

刚才玩小孩玩得最凶的几个人纷纷撇清干系，这时去跟霍衍汇报工作的鸢也回来了："怎么了？"

小秘书报告："姜副部，不知道哪里来的小孩。"

"小孩？"他们商务部怎么可能有小孩，"别的部门的吧？"

鸢也打眼看去。然后她就看到了坐在沙发上傻乎乎地看着大家的阿庭。鸢也顿时一愣："阿庭？"

秘书眨眨眼："姜副部，你认识这个孩子？"

那孩子从沙发上爬下来，直接抱住鸢也的小腿："妈妈！"

众人："……"

鸢也:"……"

有人叹服:"姜副部就是姜副部,两天不见,孩子都这么大了。"

鸢也真是有嘴说不清,双手把阿庭抱起来放在桌子上,凶他:"你叫谁妈妈呢?谁是你妈妈?"

阿庭看着鸢也,小手指着自己的嘴巴:"妈妈,阿庭饿饿。"

"我都说了,我不是你妈!"什么毛病啊这孩子,上赶着认妈啊。

但是这小孩喊得情真意切,大家觉得确有其事,纷纷谴责:"姜副部,这就是你的不对了。都几点了,还没给孩子吃饭啊?"

"小心把孩子饿坏了,这么可爱的孩子,你也忍心?"

韩漫淇更是来了一句:"还不快抱回自己的办公室喂奶。"

鸢也能怎么办?这孩子只缠她一个人,要是丢下不管,谁知道他还会喊出什么惊天地泣鬼神的话来,她的一世清名可不能被他毁了。于是她只好顶着大家八卦又怪异的眼神,把阿庭抱进自己的办公室。

鸢也把人放在沙发上,火冒三丈地给尉迟打电话。他搞什么鬼呢?把他的儿子往她公司放,几个意思啊?然而她接二连三地打去电话,尉迟那边始终没人接听。

秘书拎着几个袋子进来:"姜副部,我也不知道这么小的孩子爱吃什么,就随便买了点燕麦粥、萝卜瘦肉饺、鸡肉丸子什么的,你看着给他喂一点。老祖宗曰过,苦谁都不能苦孩子。"

自从知道她和尉氏总裁的关系后,小秘书就觉得什么事情都有可能发生,姜副部其实是个三岁孩子的妈这事也没那么难以接受了。

鸢也已经不想再解释了,大手一挥:"出去!"

小秘书立马溜了。

鸢也盯着阿庭看了一会儿,很想心一横把他丢马路上一了百了。可恨她不是没有人性的人,做不出这种事。最终她只是叹了一口气,认命地打开那几个便利袋,把饭盒拿出来。

她从未喂养过孩子,想着喝粥应该是最没有风险的,她就只给他喂了燕麦粥。阿庭还是和吃馄饨时一样,把勺子推向她:"妈妈,吃吃。"

鸢也便先尝了一口,再喂给他。他倒是挺乖的,并不像有些孩子吃顿饭各种折腾,而是一口一口吃下小半碗米粥,只是自己伸手去拿饺子时被烫了一下。鸢也吓了一跳:"你小心点。"

阿庭把小手放在嘴巴前呼呼，眨巴着眼睛看着鸢也，好像是怕她不高兴一样。哪怕这是她最讨厌的白清卿的儿子，鸢也也不得不承认，这孩子确实挺招人疼的。

"你怎么会来这儿？你爸呢？你妈呢？"鸢也就没想明白这一点，总不能是他自己走来的吧？这里离西园有几十公里呢。

阿庭说不出什么，鸢也就继续给尉迟打电话。这次终于接通了，但接听的人是黎雪。

"黎秘书，尉迟呢？"

黎雪说："尉总正和客户商谈业务，太太有什么事吗？"

鸢也道："他儿子在我这里。"

短暂的安静过后，黎雪回了句："哦。"

鸢也被气笑："哦什么哦，快把人接走啊。"

黎雪为难道："但尉总正在忙，我又抽不开身。您知道的，阿庭的身份比较敏感，不好随便找人去接。"

"所以？"

黎雪硬着头皮道："太太，您先看着阿庭吧，等尉总结束了会议，我再请示尉总的意思。"

鸢也都不知道自己该露出什么表情才合适，非婚生子赖上原配老婆，她真想把这件事发到微博上分享。好在距离下班就剩下一个多小时，再忍一下尉迟就会来接人了。鸢也挂断电话，再看看这个孩子，问："你吃饱了吗？"

阿庭点点头，鸢也收了食盒，随手拿了个布玩偶给他："你就坐在这里，不要乱动，等着你爸来接你。"

她还有工作要做，安顿完孩子就回到自己的办公桌，聚精会神地忙了一会儿。突然听到"砰"的一声，她吓了一跳，一看，是阿庭踮着脚，伸长了手，去拿她放在柜子里的摆件。

那摆件是陶瓷的，砸在地上碎成无数片。她立即起身走过去："不是让你坐在沙发上不要乱动的吗？"

她的语气有点凶，阿庭睁着圆圆的眼睛，眼里马上涌起一层水雾。鸢也立即从柜子上拿了一个摆件："别哭别哭，给你给你，你想怎么玩就怎么玩。"

阿庭有了玩具，吸了吸鼻子，收起了他的金豆子。鸢也松了口气，她最怕人哭了，更别提是小孩子哭。

鸢也把他抱起来，放在沙发上，拿了扫把将碎片扫成一堆，又用厚报纸将其包成人畜无害的一团，最后才丢进垃圾桶。收拾完后，鸢也回去继续工作。没一会儿，小孩又把手里的摆件给摔了。鸢也捏了捏眉心，这可是她去国外出差时买的，好贵。鸢也认命地起身，收拾了碎片，换了个铜制摆件给他，然后再回去工作。不到十分钟，阿庭就走到她的身边，拉了拉她的裙子："妈妈，陪，阿庭玩。"

得了，她别想工作了，今晚加班算了。鸢也现在就怀疑尉迟是故意的，就是为了报复她不回家，所以就把这个小孩空投到她的公司折腾她。他笃定她不会对一个小孩做什么，就肆意妄为，肆无忌惮，肆……

"妈妈，玩。"阿庭又扒拉她。

鸢也彻底没了脾气，保存好电脑里的文件，转身正对着他："玩什么？"

阿庭拿了一根细细的小绳子，也不知道是从哪里得来的，递给鸢也。鸢也有些莫名："这个要怎么玩？翻花绳？"

说着她顺手翻了个五角星，阿庭立即"哇"了一声，目光中满是崇拜。鸢也听到他这一声"哇"，也产生了一种自己很厉害的错觉，挺直腰背："你会吗？"

阿庭摇摇头，然后说："爸爸会。"

"尉迟还会这个？"鸢也想象不出尉迟玩这种小东西的样子，将绳子缠在阿庭的手上，"我教你。"

"手，这样。不对，不是这样。"

"笨蛋，是绕过这根手指。"

"还是错了。"

钓鱼半个小时都能睡着的人，现在却有耐心地一步一步教一个孩子翻出一个五角星。她自己都忽略了，竟然一直没有纠正阿庭喊她"妈妈"，也没有注意到阿庭的小书包里藏着一个摄像头，从头到尾将她拍了下来。他们相处的这些画面，出现在几公里外一家咖啡馆里的一部手机上。看了全程的男人轻轻勾起了嘴角。

黎屹走到他身边道："尉总，白小姐来了。"

尉迟将手机锁屏，放在桌面上，抬起头便见打扮素雅的白清卿提着保温桶走过来："迟，我给你炖了汤。不过黎助理来接我的时间比我想象中要早，火候可能还不够。你尝尝，下次我再给你做更好的。"

尉迟温声道："辛苦了。"

白清卿羞涩一笑，温柔可人："不辛苦的，只要你喜欢，我可以每天都给你炖。"

服务员送上来两杯咖啡，浓香在座位间弥漫。尉迟问她："西园还住得惯吗？"

"西园很好，就是太安静了。那么大的庄园，只有我们几个人住。"白清卿轻声说，"迟，要不我们还是回春阳路14号住吧，你来看我们也比较方便。"

尉迟端起咖啡，抿了一口。白清卿悄悄打量他的神色，试图窥探他的心意。奈何她跟他接触的时间并不多，他也很少在她面前露出别的神色，永远都是淡漠的。就像现在这样，她怎么看也看不出来。

但她一定要努力回春阳路，刚搬进西园的时候，那么大的庄园，应有尽有，是她曾经梦寐以求的，她确实很满意也很开心。可渐渐她发现，尉迟不再来看她了，一次也没有。哪怕是打电话，他也只询问阿庭的状况。以前在春阳路14号，他下班要经过那条路，偶尔会进来看看阿庭，她也有见到他的机会，而现在，小半个月过去了，她只见到他这一次。见面三分情，她不能再住在那个荒无人烟的地方，否则就和当初住在小镇上一样，尉迟迟早会把她忘记！

白清卿正要再度开口，尉迟却问："你没有发现阿庭不在我身边吗？"

白清卿一愣。从一进来她的注意力就只在尉迟身上，才想起阿庭，连忙到处看："啊，是啊，阿庭呢？那孩子太黏我了，这么一会儿不见我，又哭鼻子了吧？"

尉迟拿起手机，指纹解锁了屏幕，递给她。她目光一定，就看到鸢也和阿庭在一起玩游戏。两人齐齐坐在沙发上，一大一小，其乐融融，欢声笑语。

"姜小姐怎么会和阿庭在一起？"白清卿放在桌下的手揪紧了裙摆。

尉迟看着屏幕，露出微笑："他们很合得来。"

白清卿抿了抿嘴唇："是……是吗？我以为姜小姐很不喜欢阿庭，毕竟她总是叫他……非婚生子。"

"她一向明事理，不会迁怒于一个孩子。"尉迟身子后倾，将两个人之间的距离拉得更开。

白清卿听着他的这些话，忽然有一种前所未有的恐慌感："迟，你……"

尉迟说："我知道你有弹钢琴的天赋，我可以送你去伊斯曼音乐学院学习。"

伊斯曼是公认的世界顶级的音乐学府，是每个音乐人心中至高无上的殿堂。但是白清卿听了没有半点高兴："那……阿庭呢？"

"你专心学习，分不了心照顾阿庭。"

白清卿嘴唇轻颤："你要把阿庭给姜小姐抚养？"

尉迟默认了这个意思，白清卿的情绪瞬间崩溃："迟，你不能这么狠心，那是我辛辛苦苦生下来的孩子。他才三岁，你就要把他从我的身边带走，你考虑过我的感受吗？"

尉迟平和但不近人："我会承担你的学费和生活费，直到你完成学业。将来你想往哪个领域发展，我都可以提供帮助。"

"我不要！"白清卿泪眼蒙眬，"这些我都不要！我不要什么学业也不要什么前途，我只想跟我的阿庭在一起！迟，我求求你不要这样做，他是我身上掉下来的一块肉，我不能和他分开！你不知道，他从出生身体就不好，每天晚上都要哭闹无数次，到现在我都养成了习惯，往往他还没醒我就睁开了眼睛。他是我这么辛苦才照顾长大的，我离不开他，他也离不开我。求你了迟，你不要送我走！"

黎屹候在一旁，眼观鼻鼻观心，听了白清卿的话，只是在心里默默地摇了摇头——尉总做好的决定一向不会再更改，哪怕她这样哭求，也不一定有用。

尉迟看着她的眼泪，几不可闻地叹了口气，将帕子递给她："妆都花了。"

白清卿见他的态度松软，以为他是答应了，刚要破涕为笑，就听他说："过完年就走吧，你没有出过国，适应一段时间再开始学习，状态会好些。"

他一定要她走,没有任何商量的余地。白清卿不敢相信,她可是给他生了孩子的人,他怎么能这么绝情呢?

"迟,你是不是已经不爱我了?"

尉迟转动着左手无名指上的婚戒,淡声道:"清卿,你一向懂事。"

"你一向懂事",后半句就应该是——别让我把话说得太直白。他没有明说,但白清卿体会得出来,而且这种态度,已然就是往她脸上狠狠地扇了一巴掌。这比当初鸢也打她的那一巴掌还要火辣辣。

不爱她了?为什么不说他从来没有爱过她呢?她其实心里比谁都清楚,如果不是因为她是阿庭的妈妈,他怎么可能坐在这里跟她说这些话?是啊,她从他那里得到的一切,都是因为"阿庭的妈妈"这个身份,白清卿握紧了咖啡杯,想起了四年前她带着阿庭出现在他面前,他看了阿庭许久,就只说了一句——既然是我的孩子,那么我会对他负责。只是负责而已,只是对阿庭负责而已。他对她,从来就没有感情!

"那我……我还能见到阿庭吗?"

"孩子大了会有记忆,不必见了。"聊完了,尉迟便离开了咖啡馆,只留下黎屹送她回西园。

白清卿还坐在原来的位子上,一动不动的,那个保温桶也还在手边,从头到尾没有打开过。日薄西山,黎屹终于忍不住提醒:"白小姐,该回去了。"

"你走吧,我自己回去就可以了。"白清卿木然道。

黎屹也不多话,点了点头,转身离开。他走后,白清卿终于有了动作。她拿起手机,缓慢地拨出一个号码:"我有个大料要爆给你们,你们想不想接?"

她抬起头,本来算得上清秀的脸,竟然隐隐有些扭曲:"是关于,高桥集团,商务部部长,姜鸢也的丑闻!"

"丁零零!"手机铃声响起。鸢也拿起来一看,来电人是尉迟。

"阿庭在你那里?"

"嗯。"

他道:"我在高桥楼下。"

鸢也看了一眼趴在沙发上熟睡的小孩,走到窗前:"他睡着了,我把他叫醒？"

尉迟打开车门下车："我上来抱他吧。"

虽说已经过了下班时间，商务部没有人了，但鸢也还是说："你从后门进来。"

"从后门？"尉迟挑眉。

鸢也直白道："别让人看到你。"

尉迟注意着左右来车，穿过马路，绕着高桥大厦走了一圈："我见不得人？"

鸢也耸耸肩："只是觉得没必要成为别人非议的对象。"

他是高桥的新合作方，要是被人撞见他们"私会"，用脚趾想也知道会传出什么绯闻来。大家不一定会把他们往夫妻关系的方向猜测，只会觉得她是做了他的情人，所以他才答应签约的。

尉迟倒是没在这种事情上和她较劲，如她所愿地走了后门。鸢也双手环胸站在办公室门口，看着他走过来。天气还很冷，他整齐的西装外多穿了一件黑色的长风衣，衬得身形越发修长，眉若青山，唇色淡淡。

"路上买的。"他把拎在手里的东西递给她。鸢也打开一看，原来是鸡蛋饼。那次他们从姜家离开的路上，她就下车买了一袋。她顿了一下，掰了一个慢慢嚼，外脆里嫩，很好吃。

尉迟进了她的办公室，先四下扫了一圈，装饰简洁，但很舒适，是她的风格。阿庭就趴在沙发上睡觉，怀里抱着布偶，身上盖着她的外套。他勾了勾嘴角，轻轻地抱起阿庭。

"他为什么会在我的公司？"鸢也靠着门看着他。

尉迟竟然回答："我不知道。"

"他是你的儿子，你会不知道？总不可能是有人拐了他，又把他落在我这里了吧？"这也太荒谬了。

结果尉迟还就这么点了点头："也许真是这样。"

"我不是三岁小孩！"

尉迟只是笑，还是不跟她解释原因，反而问："下班了吗？一起走。"

鸢也的态度冷漠："不用了，我还要加班，你把孩子带走吧。"

"我等你下班。"尉迟在沙发上坐下。

鸢也皱眉："为什么？"

"一起回家。"

"我说了,我不想回尉……"

尉迟打断她的话:"爸妈让我们回老宅吃晚饭。"

鸢也一滞:"今天?"

"嗯。"

鸢也马上看向时钟,已经六点四十分了。她抓起包包和外套:"你怎么不早说?还不快走!让爸妈久等了!"

她急匆匆地下楼,尉迟抱着阿庭不疾不徐地走在后面,还打趣她:"不是要加班吗?"

鸢也愤恨地回头瞪他一眼,再看到他怀里的阿庭,蹙眉道:"你要把他带去老宅?"

"司机就在楼下,他会送阿庭回去。"

紧赶慢赶,两个人还是迟了一个小时才到老宅。鸢也进门便喊:"爸、妈,我们回来了。"

尉母在客厅坐着,笑着说:"加班了吗?还好,菜才刚上桌,再迟点就凉了。"

"工作耽误了点时间,让爸妈久等了,对不起。"鸢也满脸歉意。

尉父从里间走出来:"一家人说什么对不起?坐下吃饭吧。"

尉迟和鸢也洗了手,一起在餐桌前坐下。用人先上了热汤,是虫草山药鸡汤,味道很是鲜甜。尉母打量着鸢也,说:"鸢鸢最近好像瘦了一点,等会儿多吃点。"

鸢也一愣,摸摸自己的脸:"有吗?还好吧,可能是今天穿的衣服显瘦。"

尉父说:"阿迟,你可要照顾好鸢鸢。"

他们在父母面前一向是恩爱的,尉迟自然而然地回了一句:"做得再多,还是觉得对她不够好。"

鸢也对着他甜蜜地一笑,尉母看到他们感情如初也就放心了:"知道就好,咱们鸢鸢嫁给你,可是你赚了。"

饭后,尉母拉着鸢也上楼,说是有东西要给她。因为陈清婉,尉母对她一向特别疼爱,平时跟贵妇们一起逛街购物,看到适合她的东西都会买下来给她。鸢也见怪不怪,跟着尉母进了房间。尉母从抽屉里拿出

227

来的，却是一个U盘。

"那天收拾旧物时找到了这个，想起来是你妈妈给我的。我看了一下，里面都是你们母女俩的照片，还是交给你比较合适。"尉母说。

鸢也一愣，随即眼里露出狂喜："都是照片？真的吗？"

尉母微笑着点头："大概有一百来张。"

一百多张！鸢也几乎喜极而泣："我都没有几张和我妈妈的合影！"

陈清婉走的时候她还小，留下的东西大多被姜宏达和宋妙云丢了或毁了。她现在仅有的几张照片，还都是她的小表哥从外公的相册里找出来给她的。鸢也握紧了U盘，像珍宝一样贴在胸口，不由得问："她什么时候给您的？"

"大概是她怀孕八个月的时候，我去看她，谈起了你和阿迟的婚事。你妈妈就把U盘给我，说里面都是你的照片，拿回去让阿迟好好看看他未来媳妇儿长什么样。"尉母笑了笑。

"那会儿阿迟在法国他爷爷家度假，我想着等他回国了再给他看，就收起来了，结果忘记了。"说到这里，她开了句玩笑，"要是早给阿迟看，也许你们还能早几年结婚。"

鸢也不知道如果这个U盘当初给了尉迟，他们之间可能会有什么改变，只知道这个U盘回到她手里，会成为她最珍贵的东西，忍不住又说了一句："谢谢妈。"

尉母说不用，心里兜转着另一个心思，慢慢地开口："对了，上次你说喜欢我种的仙客来，我移栽了一些到花盆里，等会儿你一起带回去。"

"好啊。"

"尉公馆多了你这个女主人就是好，以前阿迟都不养东西的，花啊宠物啊都不养，整个公馆一点生气都没有。"尉母像是随口一说。

鸢也将U盘收起来，闻言，自然而然地接话问："为什么？"

"他的责任心太强了呀。"尉母道，"他小时候养过一条狗，有一天用人牵出去遛，不小心绳子松了让它跑了。他就到处贴寻狗启事，打电视广告，上车载广播，可以说是用尽各种办法，下雨天还亲自打着伞出去找，把自己给冻感冒了。"

鸢也听着，倒是不知道尉迟还有这段往事。

"他觉得，自己既然是那条狗的主人，就有义务照顾它一辈子。无论生老病死,他都要对它承担责任。"

话虽如此,但鸢也隐隐感觉,尉母和她说这些是别有深意。她迟疑地问:"那狗最后找回来了吗?"

"没有,查看路上的监控,狗最后一次露面是在马路上。马路上车来车往的,谁知道它的结局会是怎样的?"

鸢也便没有再问。尉母悄悄看她一眼,不知道她有没有明白自己的意思。虽然尉公馆和老宅是两个地方,但鸢也离家出走这么多天,事情还是传到了她的耳朵里。她不好直接劝鸢也回尉公馆,只能通过这个故事让鸢也知道,尉迟对白清卿母子俩更多的是责任,鸢也不必太过介怀,反正那个女人早晚都会被送走的。

两个人一起下楼,客厅里聚了很多人。尉母感到奇怪:"怎么了?"

鸢也走过去,发现尉迟脸上起了很多红疹。她先是一愣,再一看,他的脖子和手掌也有。她一把捋起他的袖子,果然胳膊上也全是红疹。

"这是过敏了啊!"尉母一眼就认出来,转头大声喊,"祥嫂,祥嫂!你是不是在饭菜里放花生了?"

"没有啊。"祥嫂先是否认,然后想到,"呀!是花生油!"

尉母急了:"阿迟对花生过敏,一点都不能碰,我不是叮嘱过你们很多次吗?怎么还这么大意!"

尉父皱眉道:"先别说了,快送医院!"

去医院的路上,尉迟开始感觉呼吸不畅,喉咙不适,红疹很痒。他想去抓,却被鸢也拦住:"抓破了会留疤的。"

尉迟皱着眉头看她一眼,到底还是收了手。

到了私人医院,医生马上安排他输液。一瓶药液下去,他才感觉舒服了一点,但脸上和身上的红疹还是没有消。尉父和尉母担心尉迟的状况,也跟着来了医院,这会儿去缴费拿药了,只剩鸢也陪在尉迟身边。她问:"你现在感觉怎么样?"

尉迟淡淡道:"你看到我这样,应该很开心吧?"

鸢也眨了眨眼,虽然有点不太好,但……确实很好笑啊!谁能三生有幸看到尉总满脸疹子,甚至还有点发肿的样子啊!

"你现在的脸看起来好像胖了十斤。"鸢也说完就笑起来。

尉迟毫无表情地看着她,可是他越盯着她看,她就越觉得好笑。尉总平时的眼神是平和的，像春日池塘里的水，澄澈微凉又不刺骨，十分儒雅。而他现在的眼神就是冷冰冰的，甚至还有点烦，像个暴躁青年。

刚才在路上听尉母说，尉迟只在几岁的时候花生过敏过。这二十几年过去，居然又重温了一次小时候的噩梦，尉总还真是……天有不测风云，人有旦夕祸福啊。

鸢也笑够了，把护士拿来的药片递给他："吃药。"

尉迟没接，鸢也取笑道："怎么？还要我哄着尉总吃药？"

尉迟轻启薄唇，吐出一个字："水。"

哦，忘记倒水了。鸢也转头倒了杯水给他，看着他把药吃下去，才问："怎么没听你说过你对花生过敏？"

"我自己都忘了。"

尉迟皱着眉头，觉得脖子实在是痒得难受，就伸手去抓，中途被鸢也拦住："别动，说了会留疤。"

尉迟说："你都不在乎身上留疤，我反而要在乎？"

这哪能一样？鸢也找护士要了一根棉签，用棉签轻轻扫过他发红的地方："你这个抓破了会化脓、感染，更难痊愈了。"

尉家父母带着药回来，就看到这对小夫妻一个坐着输液，一个单腿跪在他旁边的椅子上，一只手撑着他的肩膀，歪着头，耐心地用棉签帮他挠痒痒。这亲密又温馨的画面看得尉母会心一笑，出声道："涂这个药膏吧，医生说能消肿止痒。"

鸢也看时间也不早了，怕老人家熬不住："爸、妈，你们回去休息吧，这里有我呢。"

尉父颔首："也好，那你们输完液早点回家休息。"

尉迟和鸢也都应了好。

二老走后，鸢也帮尉迟在脖子、脸和手掌上涂了药膏，身上涂不到只能作罢，然后就坐在他身边的椅子上玩手机，等他输完液。

输液室只有他们两人，安安静静，鸢也点开了一部电影，本来只是想打发时间，没想到这电影的剧情太催眠，她看着看着就有点儿抬不起眼皮，瞥了眼输液瓶，还有很多，应该要好一会才能完，她索性关了手机，闭上眼睛。鸢也原本只是想打个盹儿，没想到真的睡了过去，身体无意识地倒向尉迟那边，尉迟的肩膀刚好支撑住她的脑袋。尉迟低头看她，从他的角度，刚好可以看到她鼻梁上浅浅的小痣。他勾了勾唇，轻轻地调整姿势，让她能更舒服地靠着自己。

半个小时后，输液瓶空了，尉迟想关掉流速调节器。但输液架在鸢也那边，他现下只有叫醒鸢也或是吵醒鸢也这两种选择。想了想，他放下手，没有再动。

鸢也感觉自己只是闭了一下眼睛而已，再睁开眼时，发现自己正靠在尉迟的肩膀上。她顿了一下，故作淡定地直起腰，只当什么事都没发生。

"输完了吗？"她一边问一边看向输液架，发现输液瓶早就空了，大半截输液软管里都是被倒吸回去的血！

鸢也惊得站起来："你怎么不叫我啊！"

她连忙将流速调节器锁住，按呼叫铃把护士叫来。尉迟倒是很淡然："你睡得那么熟，都说梦话了，我怎么好意思叫醒你？"

"我睡觉才不会说梦话！"鸢也反驳完，提起管子，想让血流回他的体内。可惜不得其法，血还是囤在管子里，看着有些触目惊心。

尉迟道："还是等护士来吧。"

不管怎么说，都是因为她的疏忽，鸢也有些愧疚："疼吗？"

尉迟就看着她不说话，一直把她看得脸上的神色越来越不自在时，才慢悠悠道："没有感觉。"

输完液他们就能出院，鸢也看到尉公馆的司机在台阶下候着，便说："你的车来了，再见。"

尉迟问："你还要去哪里？"

"当然是回酒店了。"

"你不是跟妈说了要照顾我吗？"尉迟一句话就让她哑口无言。

"我……"

他眼里含着笑，漆黑的眸子里溢出漂亮的流光："说出口的话，是要负责的。"

她当时只是随口一说而已。鸢也一时间无言以对，却又不想跟他回去。他们之间的问题还没说明白呢，就这么回去算什么？

输完液，尉迟脸上的红疹消了很多，但脖子和手背上的依旧没有消减，他更加理所当然："你走了谁帮我涂药？"

偏偏这个时候尉母打来电话，关心地询问："阿迟输完液了吗？"

231

鸢也挠挠头:"输完了,就准备回家。"

尉母温和道:"那好,你们路上小心。阿迟吃了药胃里应该不太舒服,回去让张婶煮点东西给他吃。"

鸢也叹了一口气,认命了:"好。"

尉迟在旁边听见她答应了,低下头,嘴角扬起弧度。

鸢也心想,就这一晚,只这一晚,明天就走。

回到尉公馆时已经很晚,用人们都睡了,鸢也不想吵醒张婶,就自己下厨煮了一碗面,觉得有点太素,顺便又煎了两个蛋盖在上面。等尉迟洗完澡出来,鸢也面不改色地说:"张婶煮了一碗面条。"

尉迟擦着头发,挑了挑长眉:"帮我端上来。"

他使唤得还挺自然。鸢也一边腹诽一边下楼,把那碗面端回房间,尉迟坐在小沙发上吃,将药膏递给她:"帮我涂药。"

鸢也进浴室洗干净手出来,他已经把浴袍脱下来,只穿着短裤,背对着她。

他的后背上除了红疹,还有一些抓痕。她就这么看着,都能记起来自己是以什么姿势去抓他,而他当时的呼吸有多烫人……鸢也的眼神闪了闪,缓慢地挪过去,拧开药膏,在他的后背上点了点,而后均匀地抹开。

涂完后背,他的面也吃完了,他随意地点评:"张婶的手艺变了,不说我都不知道是她做的。"

鸢也将药膏还给他:"前面你自己涂得到。"

尉迟却没有接:"姜副部,帮人帮到底,送佛送到西。"

过敏让他的喉咙有些不舒服,声音比平时沙哑,加之他故意放慢了语速,入耳就好像是大提琴在静谧的音乐厅里演奏,悠悠扬扬的。

鸢也确定这个男人是在勾引她。她屏住呼吸,朝他走近一步,挤了一点药膏在指腹上。尉迟转身面对她,手搁在膝盖上,将胸膛袒露给她。

鸢也看着他,眼波幽幽,朝他伸出手。那手指细长而干净,尉迟想起这只手昨天下午就曾流连在他的敏感点上,是那么刁钻和要命。

"尉迟。"鸢也轻启嘴唇,喊出他的名字。尉迟再度抬起头望向她,四目相对最容易滋生暧昧,何况是成年男女,往往一个眼神就能领悟到对方的邀请。尉迟的喉结滚动,正要伸手去拥抱她时,鸢也突然一下把手指上的药膏抹到他的脸上。

"涂完胸口还要帮你涂双腿,涂着涂着就擦枪走火。尉总,你的算盘打得够好的呀,以为我是小女生吗?还会上你的当?"鸢也直接将药膏放到他的手心,眉毛一扬,得意地哼了一声。她才不会沦陷在这种小儿科的招数里。

"自己涂,你是过敏,又不是摔断手。"谁有那个闲情逸致,大半夜陪他玩这种把戏。

鸢也转身打开衣柜,拿了衣服去洗澡。尉迟看着手里的药膏,舔了舔牙齿,不管用吗?

他再去看鸢也的背影。她今天穿了一条格子铅笔裙,身姿窈窕,腰细得只需一只手就能抓住。

他忽地一笑,一下站起来,从背后抱住她,低声道:"你说得对,那是哄骗小女生的。我们是成年人,应该直接一点。"

鸢也立马要反抗,但他的下一句是:"我想要你帮我涂,涂了药我们就睡觉,我说的是单纯的睡觉。"

"可以吗?"尉迟用的是商量的语气,但鸢也知道,如果她不帮他涂药,那就不会是单纯的睡觉了。这个男人啊……

涂了药,两个人相安无事地睡在一张床上。但可能是身边太久没有睡过人了,这一夜鸢也有点失眠。第二天起来,她的眼下多了一圈淡淡的青色,不得不上遮瑕修饰。她在心里决定,今晚一定不要住尉公馆!

吃过早饭,鸢也让司机送她去高桥。她昨晚把车停在公司了,是坐尉迟的车去的老宅。她刚走到大厦门口,手机突然响起,来电显示是尉迟。

他们才在家里分开,这会儿又找她有什么事?鸢也一脸莫名地接通:"喂?"

"在公司?"从尉迟的语气里听不出具体情绪。

鸢也说:"刚到,有事?"

他静默了一下,而后道:"方便的话,到春阳路 14 号来一趟。"

他不是不准她踏进那座房子一步吗?不对,白清卿母子俩现在不是住在西园吗?怎么又跑到春阳路了?尉总大早上去见情人,还要叫上她一起,这唱的是哪出戏?鸢也挑了挑眉,太好奇了,不方便也要方便啊,于是欣然答应:"好啊。"

她开车到春阳路,一进门,白清卿就扑上来抓着她的双臂说:"姜

233

小姐，你到底把阿庭带去哪儿了？"

鸢也："啊？"

"我知道你喜欢阿庭，想和阿庭亲近，但你不知道阿庭每天都要吃药，否则身体就会出问题，你让我喂他吃了药也不迟啊！"白清卿泪眼蒙眬，情绪激动，字字泣血。

鸢也跟看神经病一样看着她："我今天没见过你儿子。"

白清卿转头又对尉迟哭道："迟，我都已经答应你了，姜小姐为什么还这么着急？连这点时间都不给我？怎么说我都是阿庭的亲妈，她都没有跟我说一声就把阿庭带走，带走了又照顾不好阿庭，这不是害阿庭吗？她怎么能这样！呵，也是，不是她生的孩子，她当然不会放在心上了！"

鸢也不觉得生气，只觉得有趣，她从没见过白清卿这么"不温柔"的一面，倒是将一个心疼孩子的母亲的角色诠释得淋漓尽致。她看向尉迟，用眼神询问是怎么回事。尉迟皱了皱眉："阿庭早上不见了。"

鸢也明白了："所以她觉得是我把阿庭带走了？"

她没有用"你们觉得"，是因为她相信尉迟不会和白清卿是一种想法。

经过一个晚上的恢复，尉迟脸上的红疹几乎看不见，也消了肿，又是一副俊颜，只是比起平时更为疏淡："清卿说看到你的身影出现在西园附近。"

鸢也笑了："证据呢？"

"这就是证据！"白清卿直接拿出一枚星星胸针，"这是掉在地上的，肯定是你抱走阿庭的时候阿庭挣扎抓落的。这是你的东西吧？姜小姐，你还有什么话说！"

鸢也看了一眼，确实是她掉的那枚胸针。她再去看尉迟，见他的脸色比刚才更淡去许多，于是耸耸肩："姜小姐没话说了，尉先生你说吧。"

这样的证据确凿，她怎么还能这么冷静？白清卿不明白，又看向尉迟，想要尉迟做主。尉迟看了看手表："这么早，阿庭还没有吃饭吧？把阿庭带出来吃点东西，小孩子耐不住饿。"

"阿庭是被她……"

"别闹了，清卿。"

这五个字算不上重话，但砸得白清卿说不下去。她张了张嘴，眼里和脸上都写满不明白:"带走阿庭的人是她啊,迟,你为什么要对我这么说?"

尉迟没有要回她话的意思,鸢也怀疑他是被白清卿给蠢到了。她摇了摇头,在一旁的沙发上坐下,顺手拿起魔方把玩,好心地跟她解释:"我的这枚胸针丢了好久了,尉迟知道这件事,现在却出现在你的手上。你觉得是我会穿越,还是胸针会穿越?"

白清卿愣住,一下子捏紧了胸针,钻石的棱角硌得她手心生疼。

鸢也微笑道:"而且四十分钟前我们才一起吃了早餐,除了我去公司,再从公司到春阳路的这段时间,可以说是毫无空隙,所以我哪来的时间去把你的儿子带走?"

尉迟对鸢也说:"你回公司吧。"

"下次这么无聊的事情就不要找我来了,你是公司老板,迟到、早退无所谓,我可是会被扣全勤的。"鸢也放下魔方起身。

尉迟倒是微笑道:"扣多少,我双倍补给你。"

鸢也哼了一声:"谁稀罕。"

她走到门口,就听见白清卿哭泣的声音:"迟,我知道错了,我只是舍不得阿庭,想留下阿庭才……你体谅我一个当妈妈的心吧,阿庭是我的命啊……"

返回公司的路上,鸢也琢磨,估计白清卿不知道她昨晚是睡在尉公馆的,才想出这么傻的招儿。不过她图什么呢?

宫廷剧里,这种招数不都是亲儿子要被抱去给别的娘娘抚养时才用的吗?在皇帝面前显示出养娘不比亲娘好,照顾不了孩子之类的,让皇帝心软把孩子还回去。

车子停进车位,鸢也打开车门下车。

等等……尉迟不会真动了把那个孩子交给她抚养的念头吧?鸢也皱起眉头,一边想着这件事,一边走进公司。她按下电梯,旁边走过来一个人,按了另一部电梯。她偏头一看,是霍衍。霍衍抬起手,露出手腕上的表,对她示意——十点。

鸢也有点心虚:"有点私事才晚到的,我保证不会有下次。"

"迟到被老板撞见时的正确解释是——"霍衍神情淡然,"外出见客户了。"

怪她太实诚？鸢也虚心接受："学到了。"

霍衍轻笑一声，进了专属电梯。过了一会儿员工电梯才下来，鸢也叹了口气，进入电梯。

下午鸢也约了客户，这个客户的爱好比较与众不同，他喜欢听戏，所以他们是在晋城最有名的戏园"梨苑"见面的。

梨苑是仿古戏楼，一楼是大厅，二楼是雅座。每个雅座之间用屏风隔开，从他们的位置看去，可以将台上的人尽收眼里。今天唱的是一出《春草闯堂》，客户随着伶人咿咿呀呀的戏腔摇头晃脑，偶尔还能跟着哼上一段，可见是真戏迷。

"姜副部听得懂戏吗？"客户笑着问她。

鸢也如实回道："我很少听京剧，不过小时候经常陪我外公和妈妈听潮剧，所以还算能听得懂。"

客户恍然："潮剧，你妈妈是潮汕人？"

"是。"

客户对这方面确实很了解："潮剧也是一个很古老的戏种。"

鸢也顺势和他聊了几句戏，再不动声色地把话题带到合作上。客户应着，目光一直都在戏台上，忍不住对她说："台上唱'春草'的花旦叫南音，是梨苑的当家花旦。来这里听戏的，多半都是冲着她来的。"

鸢也当然注意到了那个主角，她十分灵动，身段好，唱腔好，哪怕自己不那么懂戏，也感觉得出她很不错。

"李总监也是冲着南音小姐来的吧？"鸢也揶揄道。

客户笑了笑，没有否认。

中途鸢也上了个洗手间，在返回雅间的路上，意外地遇到了熟人。两个人四目相对，都眨了眨眼。鸢也先问："你怎么在这儿？"

顾久笑眯眯道："听戏。"

"我怎么不知道你有这个爱好？"鸢也盯着顾先生那张风流多情的脸，恍然大悟，指着戏台上的花旦，"冲着南音来的？"

所以说是发小嘛，一猜就准。顾久没否认，随意地倚着栏杆，问："你也认识南音？"

"刚才听客户说的。"

"在 Sirius 慈善晚宴认识的，嗓子好，身段也好。"他说到后面七个字，语气里夹着明晃晃的暧昧。

鸢也真是看透他了，无语地摇摇头，转身就走。

顾久拉住她："哎，等会儿，你那天晚上打电话给我是怎么了？"

难为顾先生在泡妞的时候还想得起来小半个月前她的那通电话，鸢也拨了拨头发："没什么，只是心情不好想找你喝酒。"

能让她心情不好到深夜酗酒地步的人，顾久也猜得到："尉迟欺负你？"

鸢也没说话就是默认，顾久睨着她："要我说你离了得了，日子过得那么不痛快，何苦呢？"

不等鸢也回答，他就笑着凑近她："嗯？别是怕离了婚没人要你吧？大不了哥哥娶你呀，咱们俩知根知底的，凑合着过呗。"

鸢也扬了扬眉，眼睛移向戏台："不要你的南音了？"

顾久摸摸下巴，眷恋地看了一眼南音，到底是舍不得放手，于是大胆提议："婚后我们可以各玩各的。"

"各玩各的？"鸢也露出"你真是个小机灵鬼，竟然想得出这种办法"的表情。顾久与有荣焉，整了整衣服，就准备正式求婚。

结果鸢也笑着笑着，猛地一脚踩下去，顾久登时大叫起来："啊！疼啊！"

鸢也慢条斯理地收了高跟鞋："再跟我开这种玩笑，我就把你从二楼扔下去。"

说完她直接走开，回了客户的雅间。

"太狠了。"顾久弓着身子，感觉自己的脚多半是瘀青了，再看向戏台，发现南音也在看他，不过很快她就进了幕后。

与此同时，尉氏集团总裁办，黎雪将一份文件交给尉迟签字。看他签完，黎雪才尽忠尽职地提醒："尉总，您记得吃药。"

尉迟确实忘了，于是顺手从抽屉里拿出医生开的过敏药。一想到昨晚鸢也帮他涂药的样子，温淡的眸子里荡起丝丝涟漪。他顿了一下，将药丢回抽屉里，没有吃。

下班前半小时，鸢也收到尉迟给她发的信息，约她一起吃饭。她没有拒绝，有件事她忍了一天了，不问不行。所以下班后她便开车去了尉迟发给她的地址，那是一家素菜馆。

尉迟和她同一时间到，两个人在门口遇见，便一起上楼。

"我以为你会拒绝。"尉迟温声道。

"有人请吃饭，我为什么要拒绝？"鸢也迈上一级台阶，未曾想脚底一滑，她穿着高跟鞋，根本站不稳。好在尉迟及时伸手搂住她的腰，将她往自己怀里一压，才没让她摔下楼去。

在前面带路的服务员连声道歉："对不起对不起，保洁刚拖了地，没有擦干，小姐您没事吧？"

尉迟的后背贴在墙上，同样低头问她："没事吧？"

鸢也心有余悸："没事。"

她方才下意识地抓紧尉迟胸前的衬衫，回完话才慢慢松开手，低声道："还好你反应快。"

"小心脚下。"尉迟叮嘱她，同时手往下一捋握住她的手，带着她上楼。

包间不大不小，摆设颇有质感，空气中有栀子花的香味，清清淡淡很好闻，白墙上挂着一幅莫奈的《日出·印象》。鸢也让尉迟点菜，自己背着手欣赏那幅画。

"是临摹的。"尉迟道。

"当然，原作在澳大利亚国家美术馆。"鸢也走到他的对面坐下，"不过这一幅仿得很神似。"

服务员先送上来一壶茶，为他们倒上，鸢也道了谢。

"你懂画？"尉迟微敛的眸子里有一线暖色。

鸢也曾经说过，他的眼睛很迷人，每次猝不及防的对视都令她忍不住怦然心动。她快速低头，掩饰性地喝了一口茶："不懂。"

"那你还说很神似。"

她勾唇："你不觉得加上这么一句，显得我的艺术造诣很高吗？"

就跟她用放了汽的可乐和雪碧假装酒一样，都是她"心术不正"的小把戏。尉迟摇了摇头。其实能脱口而出原作现存于哪个博物馆，就证明她也并非完全不懂艺术。但这个女人总爱把自己说得很不正经，仿佛这样就能掩饰她的本性。想到这里，尉迟一顿，她确实能掩饰。两年夫妻，他本以为足够了解她，直到那日她脱口而出一句"你又不爱我"，才让他窥见她伪装下的一点真面目。

服务员上完菜后，鸢也便直入正题："白清卿母子俩怎么样了？"

"已经送回西园了。"尉迟说。

"所以她今天到底是什么意思？"

"胡闹罢了。"

那种害人的招数确实跟胡闹似的，问题是白小姐怎么会突然这么做？总不会是心血来潮吧？鸢也盯着尉迟的脸，忽地问："你不会打算让我养她的儿子吧？"

尉迟的神情没变，夹了一个虎皮青椒放在她碗里，语气平淡："我们自己生一个。"

第十二章
白清卿跑了

鸢也的双手原本叠放在桌子上,冷不防听见这么一句,手蓦地滑落,整个身子都一歪,错愕道:"你在开玩笑吧?"

尉迟倒真是给了她一个笑:"我们身体健康,夫妻生活和谐,有孩子是迟早的事情。"

鸢也硬生生地气笑:"就我们现在这种关系,你跟我提要个孩子?"

是他疯了,还是她的耳朵出问题听错了?

"我们的关系没有变,依旧是夫妻。"尉迟温和道,"如果你是介意清卿,年后我就会送她离开,她去纽约,不会再出现在你面前。"

所以,他终于是在她和白清卿母子之间选择了她?鸢也的手指在桌下微蜷起来,面上并无笑意:"你舍得?"

他不躲不闪地迎接着她的审判,壁灯光线柔和,渲染得他的脸色如玉一般:"本就是要让她走的,她在这里,只是因为阿庭要治病。"

知道尉迟说出口的话就一定会做到,说送走就一定会送走,但鸢也的心情还是很复杂,抿唇道:"有句至理名言——出轨只有零次和无数次。"

"我和白清卿是跟你结婚之前的事,阿庭已经三岁,也是在你之前有的,并且我已经三年没有见过白清卿母子,更别说碰过白清卿,此前他们一直居住在榕城的一个小镇子上,如果不是阿庭生病,必须来晋城医治,她一辈子都不会出现在你的面前——这样,我也算是出轨吗?"

这是他第一次跟她解释与白清卿的瓜葛，很清楚，也很干净，不存在出轨。鸢也一时间不知道该回什么话，无法马上给他答复，便选择了沉默。

食不知味地吃完饭，鸢也要开车回酒店。尉迟跟在她身后说："回尉公馆，酒店的房间我已经退了。"

鸢也愣了一下，有些生气："你退了我的房？"

尉迟道："尉太太，度假结束，该回家了。"

"你！"

"我解释过了，阿庭是杨炯带去的，不是我让他们进的尉公馆。"

那又怎样？她说原谅他了吗？！鸢也火大，本来还想再说什么，突然看到他胸前的白衬衣上有一点血迹，想起她刚才差点摔下楼梯，匆忙之间抓住他的衣服，一个没注意，好像就抠破了他的疹子。鸢也的火就像遇到灭火器一样，"噗"的一下灭了。她愤恨地收回手，开车就走。

她离开的方向是尉公馆的方向。尉迟勾起嘴角，也上车回家。

鸢也先他一步到尉公馆，径直上楼去了客卧，准备跟他分房睡。但她转念一想，就算是分房睡，也是他去睡客卧，凭什么她睡客卧，错的人又不是她！于是管家和用人们就眼睁睁看着她气冲冲地从客卧出来，进了主卧，再"砰"的一声把门关上。

刚关上门，鸢也又想起来，尉迟有整个公馆每个房间的钥匙，就算她锁了门，他也能进来。进一步再想，不只是尉公馆，整个晋城，只要他愿意，无论她去哪里，他都有办法接近她，她的反抗根本没有任何意义。于是她双手捂脸，毫不怜惜地揉了一通，神情烦躁地进了浴室。

尉迟回来后，听管家说了鸢也的表现，忍不住低头笑了起来。他倒是没有马上去找她的不痛快，而是先去了书房。

洗漱完毕，鸢也出来，见尉迟不在，感觉舒服了一点，趴在床上，拿起手机，发现十分钟前顾久给她发了一张照片，拍的是那个叫南音的花旦正在卸戏装行头的模样。虽然她脸上的彩妆未褪，但从五官来看，确实是个美人。

便宜顾久了。鸢也回了一个微笑的表情，十分冷漠。她本是不想再理他的，但想到尉迟在素菜馆跟她说的那些话，心烦意乱，决定和他分享一下。顾久虽然看起来很纨绔，但在正经事上还是靠谱的。

过了一会儿,他回了她一句话——法律还规定夫妻离婚后,男方要给孩子抚养费呢。那孩子虽然是非婚生子,但尉迟照顾他也是理所当然。

鸢也的手指停在键盘上,还没想好怎么回他,顾久又说——四舍五入就还是干净的,洗洗继续用吧。

鸢也决定收回三分钟前的那句话,顾久这个浑蛋,一点都不靠谱!

她不再回复顾久的信息,想看一部电影培养睡意。但看着看着,她还是想到了尉迟。当初她给尉迟两个选择,要么留下那对母子跟她离婚,要么选择她,把那对母子送走。现在他做出了选择,而且还是选择了她,她应该满意了,但不知道为什么,她还是感觉胸口有些闷闷的。这么一来,电影也看不下去了,她丢开手机准备关灯睡觉,房门却在这个时候被推开。

进来的自然是尉迟,鸢也本来想装睡的,结果这个男人直接坐到她身边:"帮我涂药。"

鸢也不得不睁开眼,微笑着给出建议:"你可以让用人帮你。"

尉迟便没再说话,只是看着她,温和的目光里带着一丝……无奈?鸢也一时搞不懂他是什么意思。突然,尉迟低下头拉近和她的距离,在她下意识要躲之前,低声问:"你看不出来吗?我这几天都在很努力地哄你。"

她微微睁大眼睛,很不可思议地看着他。

"不是你说的,长得好看的男人有特殊的魔力加成,只要说话的时候故意放慢语速,降低声音,再在合适的场合牵牵手,碰碰肩,制造暧昧的肢体接触,百分之九十九能追到女生?现在我都照做了,怎么还是没有追到你?"

鸢也的第一反应是,她什么时候说过这些话?紧接着她就记起来——啊,这些话确实是她说的,但那都是去年的事情了!

那天他们下班后一起吃饭,餐厅刚好在广场附近,吃完下楼她觉得夜景不错,便跟他一起散步,走累了就在花坛边坐下。好巧不巧,他们目睹了一出小情侣的分手现场。

女孩气呼呼地走后,男孩垂头丧气地在尉迟身边坐下,拿出手机写写删删,实在组织不出语言,叹了一口气,一脸懊恼。鸢也忍着笑,拍了拍尉迟的肩膀,示意他换个位子。尉迟无奈地看她一眼,一猜就知道她又要去逗人家小男孩，但还是纵容她，起身与她换了位子。

鸢也凑到男孩身边，笑吟吟地问："被女朋友甩啦？"

男孩死要面子，拒不承认："她就是爱耍小脾气，我才懒得理她，过两天就好了。"

"女孩生男朋友的气，才不会自己消气，只会越来越气。"

男孩一愣，然后就有点手足无措："那……那怎么办？"

鸢也说："你道歉啊，哄她啊。"

男孩想了想，有点不甘心："我没做错事情，为什么要道歉？"

他还是太嫩了。鸢也直接给他一句："没有理由，女朋友生气，就是男朋友的错。"

尉迟听着，摇了摇头："不讲理。"

男孩也觉得是："就是，不讲理。"

鸢也拿手肘往后撞了一下尉迟的腰，瞪了他一眼。尉迟低头笑了笑，抬手表示自己不再多话。鸢也这才转头看男孩，没好气地问："你还想不想追回女朋友了？"

男孩挠挠头。唉，算了，男子汉大丈夫，不跟小女生一般计较。在心里说服自己后，男孩便问："道歉，然后呢？"

"第一次谈恋爱吧？"鸢也笑着看他。

男孩脸一红，含糊地点头。

看到这种青涩的初恋，鸢也很是感慨，于是更加卖力地支招："你看你长得这么帅，我告诉你，长得好看的男生都有特殊的魔力加成，哄好女朋友很简单的。只要你说话的时候故意放慢语速，降低声音，再在合适的场合做点小动作。比如碰碰她的手，碰碰她的肩膀，制造一点肢体接触，再假装不经意地说点好听的话撩她，等她心动了你就道歉，诚恳地认错，这样百分之九十九能追回她！"

后来那个男孩有没有追回他的女孩，鸢也不知道，反正过后她就忘了，她经常这么逗人玩。哪里想到尉迟竟然一直记着，并且一字不差地复述，还照做！他照做也就算了，现在还这么直白地告诉她。鸢也真的有点傻了，她从来没有想过，这些话会从尉迟的口中说出来。他可是尉迟啊，一直都像挂在天际的星星一样可望不可即。现在他却对她说，他想要哄好她，不惜用了那些小男生的手段。就是这一下子，让他竟也变得没那么遥远,好像到了伸手就可以触摸的距离。

鸢也僵坐在床上,感觉他的气息越来越浓烈,一把将他推开:"你要不要脸?还夸自己好看。"

尉迟直起腰,噙着笑道:"跟你学的。"

鸢也恼羞成怒:"学也学不像,而且哪有你这样哄人的?在大庭广众之下强迫我,指使我给你煮面条,还威胁我给你涂药,不经过我的允许就退了房,你这是欺负人吧?"

他做了这么多罄竹难书的事情吗?尉迟的眉眼温柔:"第一次哄人,没有经验,见谅。"

鸢也想让他好好说话,他一下又凑过来:"不过我什么时候让你给我煮面了?那碗面不是张婶煮的吗?"

他眼里压着笑意,鸢也恍然大悟,他早就知道是她煮的面了吧?她更加恼了,总觉得自己好像输给他了,在还没有和好之前就对他心软,难怪他敢这样肆无忌惮。她恨自己没出息,又恨他太懂得见缝插针,只能挤出一句:"得了便宜还卖乖!"

尉迟笑着脱了浴袍:"帮我涂药吧,我今天特意没吃药。"

"你这是什么逻辑?"

他悠然道:"好得太快,就没有理由接近你了。"

鸢也一头撞在枕头上:"你别再说这件事了!"

谁说他不会哄人了?这不是一套一套的吗!

"那我说点别的。"尉迟噙着笑看她,"听说你是早产儿?看起来身体倒是很好。"

哪有这样生硬地转移话题的啊!

"我不是早产,我妈妈正式嫁给姜宏达之前就怀了我了,是奉子成婚。"

尉迟只道:"是吗?"

"不然呢?难不成我还是我妈跟她前男友生的?"鸢也哼了一声。

尉迟顺着问:"你妈妈有前男友吗?"

"你妈妈会跟你说她婚前的恋爱吗?"

尉迟便没有再说话。

鸢也太不甘心就这样被他得逞,拿着药膏面无表情地帮他涂了药,然后就把被子一掀,躺倒在床沿。尉迟睡在她身边,看着她离得远远的身影,说:"转过来。"

"不。"鸢也一动不动,尉迟索性伸手一把搂住她的腰,将她从床沿拉到自己怀里。

鸢也挣不开,就不白费力气了。再扭下去发展成别的事,她会更得不偿失。

后背紧贴着他的胸膛,好像还能感觉到他心跳的频率。鸢也闭着眼睛,怀疑自己今晚又会失眠。可意外的是,没一会儿她就睡着了,一夜无梦至天明。

翌日,鸢也上班,一进高桥大厦,她就发觉大家看她的眼神不太对劲。等她走过之后,他们又小声地议论,对她的背影指指点点。

她一脸莫名,出什么事了?难道是她裙子上沾到了什么?鸢也进了电梯,对着电梯壁转身,但全身上下很整齐,并无不妥。

奇奇怪怪的。鸢也摇了摇头,大步走进商务部,一眼便看见了秘书:"贞贞。"

秘书马上应声:"到!"

鸢也吩咐她:"让大家准备一下,十点半在小会议室开个会。"

"好的。"秘书嘴上应着,神情却有些犹豫,去茶水间泡了一杯绿茶送进鸢也的办公室,又趁机偷看了她几眼。

鸢也坐在办公椅上,双腿相叠,双手端茶,打量着她,把她看得浑身紧张。她战战兢兢地问:"姜副部,你为什么这样看着我啊?"

"那你又为什么偷看我呢?"

"我没偷看你。"

"是吗?"

鸢也眯起眼睛,像狐狸一样,小秘书当场就觉得自己被看穿了。瞒得了一时,瞒不了长久,秘书把心一横,走到她身边:"姜副部,可以借用一下你的电脑吗?"

鸢也脚下一蹬,带着办公椅一起往后退,给她腾出了空间。秘书登录微博,点开热搜榜第二条——扬州瘦马。

这个四条只有四个字,但鸢也敏感地皱了皱眉。她靠过去看,上面的内容果然印证了她的预感。

网页上,她的生活照被放满了九宫格。滑动鼠标一溜下来,全是她。她停下来看标题——我要是长成这样,也能躺着赚钱!

再往上滑动,最热门的那条微博是一个红V账号发出的,内容写着——二十六岁担任外企高管,全身名牌,今天从宾利下来,明天从兰博基尼下来,常用座驾是一辆价值四十万的凯迪拉克,却是个"扬州瘦马",这样的生活你羡慕吗?

这条微博还贴了图。鸢也紧紧盯着其中三张图片,最关键的那三张照片。久远的记忆陡然间被人强行撕开一个口子,她眼睛一眨不眨地看着,有那么一瞬间,她感觉好像又回到十年前那个玻璃柜里。那种窒息的、逼仄的感觉,伴随着网络上铺天盖地的喧嚣,飞踏而来。

原来当时还被拍下了照片。

眼见她的脸色越来越白,秘书连忙关掉网页,手足无措地说:"姜副部,这些都是营销号,开局一张图,内容全靠编,目的就是吸人眼球赚KPI,没人会相信的!"

鸢也平时开朗又灿烂,现在的脸色却苍白得吓人。她什么都没说,拿起手机,还是登录微博,点开底下的评论。

热评第一是:"姜鸢也,晋城人,2016年入职高桥,2018年升为副部长,年后还升为正部长,每两年一跃进。在世界五百强的外企,这种升职速度,你品,你细品。"

热评第二是:"高桥中国进来查查。"

再看其他评论,还有各种真真假假的爆料。鸢也面无表情地看下来,除了冷嘲热讽、污言秽语,她的大学甚至初中、高中的毕业院校都扒了出来,这些网友还真是有能耐。

秘书忐忑不安地站着,不知道该说些什么。因为那三张照片,加上一些所谓的科普,现在网友们都认为她从小饱受"调教",是专门饲养来陪高级客户玩乐的宠物。这种人,历史上就被称为"扬州瘦马"。

没有哪个普通人能经受这么突如其来的风暴,小秘书真怕鸢也崩溃了。

鸢也点开一条又一条的所谓爆料。其实营销号都是看图说话,她在酒会上和客户交谈的照片成了"奉命接客";和男性朋友比如顾久一起吃饭成了"联络关系";尉迟偶尔顺路送她上班,或者和她一起走在街上,因为同框频率比较高,所以尉总就喜提了她的"固定金主之一"的称号。而另一个"固定金主"是霍衍。

鸢也锁了屏,淡淡地问:"什么时候的事情?"

"我是上班路上在地铁刷微博的时候看到的。"秘书忙说,"姜副部,我绝对相信你,而且这明显就是有人在害你!"

鸢也随手搁下手机,忽地一笑,和平时对比竟然没什么区别:"你怎么肯定?"

秘书愣了一下,没想到她现在还笑得出来,咽了口口水,比手画脚地说:"我刚看到的时候,这条热搜还在第十七位,没什么人注意,结果一下子就上到了第二位。明星的绯闻都没有升得这么快的,肯定是被人买上去的!"

鸢也继续浏览,发现照片还真不少。她不曾在公众平台发自拍,晒出来的几张都是她发在朋友圈的,她不由得冷笑一声。再往下看,还有她和霍衍在车库交换礼物的照片,她在服装店帮霍衍戴袖扣的照片……等等,这一张怎么有点眼熟?鸢也想了想,然后拉开抽屉翻找,找到一个快递信封,从里面拿出三张照片对比。果然是这个。

"姜副部,现在怎么办啊?事情闹得这么大了,上面会不会停你的职啊?"秘书忧心忡忡。

比起网友的议论和会不会被停职,鸢也更想知道到底是谁在背后害她。她又不是明星,这么泼她脏水有什么用?

手机"嗡嗡嗡"地响起,鸢也拿起来看了一眼,是顾久。她挂了。从这个时候起,她的手机就没有安静过。各路朋友或打电话或发信息,都是在问她这件事。她索性开了飞行模式,清静。

内线电话响起,鸢也接听,是霍衍的秘书:"姜副部,请到总经理办公室来一趟。"

该来的还是会来。鸢也深吸一口气,起身走出办公室。

门一开,同事们纷纷拿起手边的东西,假装是在工作。她神情自然,一路走过,经过一个同事的工位,顺手将手搭在她的椅背上:"昨天发你邮箱的文件打印十份出来,等会儿开会要用。"

她神色平淡地吩咐工作,一如既往。被叫到的同事反而愣了一下才回道:"哦,哦哦。"

鸢也微微一笑，目不斜视地走向电梯。电梯门还没有完全合拢，她听到韩漫淇说："装得那么淡定，以为我们还不知道吗？没想到姜副部的经历这么丰富，你们看到她被关在玻璃柜里的那几张照片了吗？"

鸢也的眸子一敛，突然伸手卡了一下电梯门，门接收到感应又缓缓打开。她一步走出去，顺脚踢了一下电梯门边的铁质垃圾桶，发出"哐当"一声。办公室内的众人纷纷回头，见她站在那儿，一时间鸦雀无声。

"那是我小时候拍的写真照。"她轻轻提起又淡淡放下，"很逼真吗？把商务部诸位精英都骗到了，看来确实拍得很好。你们要是有兴趣，我可以把摄影师介绍给你们。"

没有一个人出声，都愣怔地看着她。鸢也重新按了上楼的电梯，曼声道："扬州瘦马？都什么年代了，还信这个？不好意思，我穿名牌、开豪车是因为我有钱——姜氏集团，我家的。"

话说完，电梯门也打开了，她转身走进去。按了23楼楼层键后，鸢也闭上了眼睛。

脑海里又闪过那几张照片。她记得那件事，只不过是第一次从旁观者的角度看到那个时候的自己。原来比她想象的，还要恶心。

"叮咚！"

楼层到了，她整了整思绪，走了出去。

这一层只有总经理办公室，外间是霍衍的秘书和助理的工位。他们都在工作，并未议论八卦，只是在她经过时，还是忍不住抬头看了她一眼。鸢也目不斜视，敲门进入："霍总。"

霍衍站在小吧台边，拿了个一次性纸杯接了杯温水递给她。

"谢谢。"鸢也说。

霍衍并无迂回，直接问："网上的事情看到了？"

"刚刚看到。"鸢也点点头，然后郑重声明，"合同我都是通过正规方式签下的，不存在不良勾当。"

霍衍笑道："当然，不然高桥成什么了？我已经让公关部去交涉了，尽快让站方删帖。"

删帖避免事件进一步扩散，是现在能做的最好的控制。鸢也端着水杯喝了一口水，白水入口竟带了点苦味。

"但互联网有记忆，哪怕把帖子都删了，屏蔽了关键词，也还是会有截图以及各种风言风语,你要有心理准备。"霍衍提醒她。

鸢也的心态看起来还好:"我又不是明星,哪会有人一直盯着我?过两天就没人记得了。至于那些发帖的,这是造谣和诽谤,我会找律师起诉。"

霍衍仔细看了看她,她的脸色虽然不太好看,不过能保持冷静和理智,也就证明事情对她的影响没那么大。是他小瞧了她的心理抗压能力。他微微一笑,夸赞道:"好样的,这才像我们高桥的高管。"

"就是连累霍总跟我传了一次绯闻。"鸢也说笑着,想到了尉迟。那个男人一直很介意她和霍衍扯上关系,不知道看到帖子后会是什么样的表情?唉,可怜尉总又要吃一次飞醋了。

她叹了一口气,主动提议:"要不,我先停职?"

霍衍沉吟道:"也好,先休息几天。起诉的事,公司会出面。"

无论她怎么解释,恶劣的影响已经造成。现在的网络太发达,一件带有猎奇性质的桃色事件,很容易在顷刻间发酵到无法控制的地步,更别提背后可能还有推手了。她继续留在公司,从各个方面看都不合适。停职是必然的,与其等别人提出来,还不如自己提,好歹也体面一点。

鸢也将纸杯放下,忽然说了句:"谢谢。"

霍衍琥珀色的双眸十分平和:"谢什么?"

"没有问我那些照片是怎么回事。"鸢也耸了耸肩。

他只是笑道:"那是你的私事,你愿意说就说,不愿意说,谁都没资格要你给出解释。"

鸢也笑了,双手竖起大拇指:"好上司。"

"我除了是你的上司,还是他的委托人,我答应了替他照顾你。"霍衍说,"不过公司的官博还是要做出回应,你的那些照片,需要一个说得过去的理由。"

"就说是写真艺术照吧。"鸢也掰着手指,有点漫不经心,"通过一个小女孩被关在玻璃柜里竭力挣扎的黑白画面,表达出一个人虽然从幼年起就要面对各种各样的困境,但只要不屈不挠、勇于拼搏,还是有挣脱束缚破茧成蝶的那一天,揭示了人类至强无敌的深刻道理。"

霍衍愣了一下,真是被她张口就来的本事给惊到了,一下子没忍住笑出了声:"通过什么什么,表达了什么什么的思想感情,揭示了什么

249

什么的道理……你初中做阅读理解都是满分吧？"

鸢也只是淡淡地笑笑，转身离开，顺便拿出手机将飞行模式解除。

顿时无数的未接电话和未读信息涌出，她一条条看下来，竟然没有尉迟的。

他不应该不知道这件事，怎么会毫无反应呢？鸢也心里有一丝淡淡的失落。连顾久都发来了十六条信息呢。

"等等，姜副部。"霍衍忽然出声。

鸢也走到门口转身，他手里也拿着手机，抬头对她一笑："你可能，不用停职了。"

鸢也一愣："啊？为什么？"

霍衍晃了晃屏幕："看微博。"

她马上退出微信界面，登录微博。还是那个词条，里面却多了一条标注"当事人"的微博，用户名是——尉氏集团。

官博晒出了两本翻开的结婚证，配文八个字：子虚乌有，准备起诉。

哪怕是鸢也都没想到，尉迟会这么回应。

这是最简单也最有效的方式。

起初，网友们还不知道这是什么意思，结婚证上这个叫尉迟的男人是谁？就算他和姜鸢也结婚，也不能证明姜鸢也不是扬州瘦马吧？一番搜索后众人才恍然大悟，这就是尉氏集团的总裁啊！也是传闻里鸢也的"金主"之一！

大家不认识尉迟，是因为尉迟平时低调，从不接受媒体采访。但他们知道尉氏集团啊，就是那个总在世界五百强名单上占有一席之地的私企啊！那么作为这么大个企业的总裁夫人，姜鸢也有什么必要做扬州瘦马？她又不是傻子。

至此舆论风向开始扭转，到了中午，鸢也的家世背景也被网友扒出来了——姜氏集团老总的独生女，本来就不缺钱。虽然现在的姜氏集团快要破产了，但放在十年前也是大企业，姜鸢也就更不可能当什么扬州瘦马。综上所述，那些帖子百分百就是造谣！支持维权！

有了最有效的证据，事情就这么短暂而迅速地烟消云散。可以预想，再过几个小时，热度便彻底没有了。

"姜副部，你怎么从没跟我们说过你是姜氏的大小姐呀？"食堂里，鸢也被几个平时关系不错的同事团团围住,她们七嘴八舌,"我更好奇的是,姜副部和尉总居然是夫妻!"

秘书得意道:"这个我早就知道啦。"

众人纷纷看向她:"你怎么知道的?"

"前段时间姜副部和尉总冷战,离家出走住酒店,尉总连着三天在我们公司门口等姜副部下班,想要道歉,我们姜副部愣是一个眼神都不甩给他!"

鸢也咬着筷子想了想,眼神好像甩过一个吧?

同事更加激动:"我看到网上的照片,尉总好帅啊,对着这么帅的男人,姜副部你居然还舍得生气?"

是不太舍得,所以昨晚就屈服在尉总的美色下了。鸢也喝了一口汤,咽下去:"我也有好奇的事情。"

几位同事纷纷抬起头,眼神闪闪发亮。

鸢也微笑道:"那个跟着在网上爆料我的同事是谁?"

几个人的头又齐刷刷地低了下去——

"这个我不知道。"

"我也不知道。"

"反正不是我。"

吃过午饭,鸢也回了办公室,拿出那几张不知名人士邮寄给她的照片看。

所以,这个寄照片给她的人是谁?当初是图什么?那个在网上爆料她的人是谁?现在是图什么?十年前的照片,他们是从哪里来的?

所以……尉迟怎么到现在还不打电话给她……

公关部部长亲自上了23楼,向霍衍汇报:"站方已经将站内关于姜副部的帖子全部删除,也屏蔽了关键词。虽然不是百分百消失,但过滤掉七八成还是可以的。"

霍衍挑了挑眉:"做得不错啊。"

"虽然很想领霍总这个夸奖,可惜无功不受禄。"公关部部长笑了笑,"其实不是我们做的。"

"那是尉氏?"

公关部部长摇了摇头:"站方的工作人员说了一句,'早在尉氏联系我们之前,老板就让我们删帖了',可见那个人的动作比尉氏还要快。只是究竟是谁,工作人员也不清楚。"

"还有比尉氏反应更快的?"霍衍笑了,眼底多了一丝兴味,"看来姜副部的护花使者不少啊。"

谁说不是呢?黎雪现在也有同样的感受。

"尉总,站方始终不肯透露是谁让他们删的帖,说他们有为客户保密的义务。我排除了高桥和姜氏,因为高桥是在我们之后,而姜氏到现在还没有动静。"

这里是尉氏集团的大会议室,刚刚结束了一场长达两小时的会议。当然,会议的重点不是总裁老婆的八卦,而是一个价值百亿的大项目。散会后,高管们纷纷起身离开,尉迟仍坐在长会议桌首座的位子上,端起凉透的咖啡抿了一口。

黎雪站在尉迟的身侧继续汇报:"不仅是这个平台,其他社交媒体以及各种自媒体,对方都先我们一步要求删帖,平台方同样不肯透露对方的身份。"

"动作很快啊。"尉迟放下杯子,语气温和。

黎雪点点头。确实很快。事件是九点全网爆发,他们九点二十分就启动了全面公关,从公开尉迟和鸢也的婚姻关系,到搜集证据准备起诉,联络站方删除相关内容,一共用了不到两个小时,竟还是晚了对方一步。

"黎屹还在查对方的身份,青城陈家、顾氏东瑜,还有此次事件里受牵连的几家公司都在调查范围内,应该快有结果了。"

前两个帮鸢也是于情,后面的是于利——鸢也被指控靠美色签约,也是在指控那些和鸢也签约的公司存在潜规则,他们当然也要压下事件,否则对他们公司也会有负面影响,所以可能出手的人太多了。

尉迟拿起手机,点开保存在相册里的那三张照片。黎雪瞥见了,又说:"高桥方面回应这几张照片只是写真照。"

写真?尉迟眸色幽暗。如果真的只是写真,那么鸢也的表现力未免也太强了。隔着屏幕,隔着十年的光阴,他竟也能感受到她那时的恐惧。

"最先发出帖子的账号隶属于娄氏文化,我们已经去联系了,对方起初不肯透露是谁向他们爆的料,我用了点非常手段才撬开他们的嘴。"黎雪顿了一下,说出了那个名字。

尉迟抬起头，缓慢道："哦？是吗。"

时间走到下午三点半，鸢也已经回复完一些朋友的消息，让他们不必为她担心，她并没有受到半点影响。只是她久等的尉迟的电话，始终没有打来。

她不主动打过去不是拿乔，而是她没想好该怎么说。尉迟一定会问那三张照片，难道对他的回答也是写真照？这也太对不起他公开他们婚姻关系来强势反击的帅气举动了。

鸢也懒懒地趴在桌子上，摊开手指。对着一米阳光，无名指上的白金素戒光芒闪耀。

他们倒也不是刻意隐婚，只是都不喜欢把私事往外说而已。如果有人问她的感情状况，她还是会直接坦白已婚。而那些只能带妻子同往的场合，尉迟也只会带上她，就像招待 Justin 和他的妻子那次，尉迟便是带了她一同赴宴。不过现在，该知道的和不该知道的都知道他们是夫妻了，其实想想……她还是有点开心的。

鸢也勾了勾唇，随手拿起手机，看到微博的图标，嘴角又放的下去。她再度登录微博，搜索"扬州瘦马"，已经看不到早上那些带节奏的营销号了。不过再搜得仔细一点，还是可以找到一些痕迹的。就像霍总说的，互联网是有记忆的，没有谁可以彻底抹除痕迹。

她找了一圈，找到了那三张照片，保存在手机里。无论如何，她一定要弄清楚照片到底是从哪里来。

和当年那件事相关的人虽然不少，但有本事从苏先生的眼皮子底下留下照片的绝对不是一般人。也许对方手里还有更多东西，也许对方还知道更多的事情，比如，她是怎么上了那架飞机的。

鸢也将秘书叫进来，在便笺纸上写下一个品牌的名字，对她说："你去一趟百货大楼二层的这家店，请他们调取一份上个月 22 号中午 12 点的监控录像。这种店的监控录像一般都会保存三个月以上，现在应该还看得到。"

"要做什么？"秘书眨眨眼。

鸢也将她帮霍衍戴袖扣的照片拿出来："这几张是在专柜偷拍我和霍总的，我想知道当时的偷拍者是谁。从照片的角度来看，人当时一定在店里。"

秘书的眼睛一亮："你要自己查案？也太帅了吧！好！我马上去！"

倒也不必用查案这么专业的词，鸢也只是觉得没准她能顺藤摸瓜找到这个在背后捣鬼的人。不过秘书根本不等她的解释，兴冲冲地去了，连门都没帮她关。

快下班的时候，小秘书鬼鬼祟祟地进了她的办公室："姜副部，我查到了！"

鸢也便问："是谁？"

小秘书拿出手机，将截取的那段监控给她看："这个女人。"

监控摄像头就在偷拍者的头顶，连正脸都拍到了，鸢也一下就认出来了："宋鸢锦。"

小秘书眨眨眼："你认识她？"

鸢也不带笑意地勾起嘴角道："是我表姐。"

看来她得去拜访一下这位姐姐了。

下班后，鸢也直接开车去了姜家。巧的是，宋鸢锦就在前院。

听说宋小姐被放出来后就失业了，本来还以为她会郁郁寡欢，原来是自己多虑了。瞧她身上的红色格子裙，瞧她刚烫的羊毛卷，果然瘦死的骆驼比马大，姜氏快破产了也碍不着她享受。这可真是……太好了。

鸢也的嘴角轻轻勾起，握着方向盘的手时松时紧，搁在油门上的脚将踩未踩。副驾驶座上放着偷拍她帮霍衍戴袖扣的照片，她眼中的色泽随着暗下来的天色越来越沉。

有些人不教训，她就不会知道自己随便的一个举动，会给别人带来多大的困扰。

她手指一动，长按喇叭，刺耳的响声像凄厉的惨叫，把整栋别墅都震了一震。宋鸢锦下意识地转头看去，这一看，直接被吓没了三魂七魄！那辆黑色轿车犹如诞生在黑夜里的巨兽，咆哮着朝她冲来，速度直达一百八十迈，眼看就要撞上她了也没有丝毫减速的意思。她傻了眼，甚至都没想起来要躲开！

"啊！"宋鸢锦本能地尖叫，同时人也摔到了地上，紧闭眼睛，以为这车会从她身上碾过去。

结果同一时刻，车子猛地刹住，就停在距离她不到十厘米的地方。

别墅里的用人都被惊动了，纷纷奔出来："小姐，小姐！"

巨大的惊吓后，宋鸯锦浑身的力气都没了。用人将她从地上扶起来，她站都站不稳，更别提保持什么姿态优雅了。

鸢也解了安全带下车："哎呀，天太黑了我都没看到表姐你，差点就撞上了，真是抱歉。"

宋鸯锦整个人都麦毛了："你就是故意的！你想杀了我！"

鸢也一脸无辜："怎么能这么说呢？谋杀可不是小罪名，你要有证据啊。"

"这里所有的人都看到了！你开车冲向我，就是想撞死我！"宋鸯锦指着在场所有用人。这些都是证据！她一定要告姜鸢也！也要让姜鸢也尝尝坐牢的滋味！

鸢也笑道："有时候眼见不一定为实。"

"你！"

鸢也慢条斯理地举起照片："像这种拍下了确确实实照片的都能是误会，更何况别的呢。"

在看到照片后，宋鸯锦原本怒火滔天的表情顿时变成了心虚和不自然。

鸢也仍维持微笑："表姐，我来就是想问问，这个是不是你拍的？"

"不是！"

"我找到了监控录像，要给你看看吗？"

宋鸯锦咬住了牙齿，鸢也便拿出手机，将那段录像放出来。录像里，完完整整拍下了她偷拍的全过程，她再无可狡辩。她索性就豁出去了："是我拍的又怎样？怎么？过了这么久，尉迟才发现你是个水性杨花的女人吗？"

鸢也饶有兴味："扬州瘦马，水性杨花，很好，我今天集齐两个形容词了。别说，从字面看还都挺美的。"

宋鸯锦啐了一口："不要脸！"

"你把照片发给了谁？回答我，不然你信不信我能让你更没脸？"鸢也用最平和的语气说出威胁人的话。

宋鸯锦不怕她，但是怕尉迟。

宋鸯锦今天也在网上围观了全程，尉迟那么护着她，连结婚证都能

255

公开，现在是要开始追究在背后下手的人了。她要是不说，回头他们把罪名全栽在她身上，她的下场一定更难看。她只好不甘地交代："我只发给了尉迟。"

"只给了尉迟？"居然还发给了尉迟？鸢也万万没想到，又更加明白了尉迟对霍总那么大醋味的原因。站在尉迟的角度，她给霍衍戴过袖扣，她送霍衍去了酒吧，霍衍摸过她的头，霍衍给她买过鞋子……虽然都是情有可原，但不知道来龙去脉的话，确实很容易误会。

宋鸳锦恨声道："对，不然呢，我还能发给谁？"

鸢也审视着她："你就没有发给什么报社？"

"我发给报社干什么？姜鸢也，你该不会以为网上那些东西是我抖出去的吧？拜托，我又不是傻子！我会不知道你只要公开自己是姜氏大小姐、是尉氏太太，所有问题就都能迎刃而解？我会用这么愚蠢的招数？"

确实，宋鸳锦还没愚蠢到这种地步，鸢也姑且信她。所以照片除了宋鸳锦，就只有尉迟有。不是宋鸳锦这边出了问题，就是尉迟那边出了问题。而尉迟身边，刚好就有一个蠢到极点的女人。

鸢也舔了舔小虎牙，又是她啊白小姐，这种锲而不舍的找死精神，真是无与伦比。她转身上车，直接把车倒退出姜家别墅，然后一个潇洒地掉头，车子开上大路。

她终于给尉迟打去电话，那边倒是很快接通，她问："不想白跑一趟，问你一声，白小姐现在是在西园，还是在春阳路14号？"

"她不在晋城了。"尉迟道。

鸢也一下皱起眉头："你把她送走了？"

"我到的时候，她已经不在了。"尉迟道。

"你的意思是，她跑了？"

"嗯。"

鸢也真是没想到，一个带着孩子的女人还能跑。

一两句话解释不清楚，尉迟便说："等你回来。"

结束通话后，鸢也的手指在方向盘上轻轻地敲了敲，若有所思了一会儿，才在下一个路口转弯，返回尉公馆。

尉迟将手机搁在桌面上，起身走到窗前。与此同时门被敲响，是黎雪来了:"尉总。"

从书房的窗望出去便是公馆的大门,因为女主人还没有归来,门仍然开着,一盏路灯茕茕孑立。尉迟淡淡地看着:"查到她往哪里去了吗?"

黎雪颔首:"是,之前我们查到白小姐坐飞机去了青城,现在追踪到她在青城下机后又转坐高铁去了港城,最后在港口消失了。"

港城人口密集,再加上各种原因,人去了港城,如果有意隐藏行踪,确实不好找出下落,白清卿这一步走得还算是聪明。

尉迟的神情疏淡,敛了眸子:"她身上没有多少现金,在港城又没有亲朋好友,早晚要去刷卡取钱,盯着银行卡就好。"

黎雪应了声,不禁又问:"尉总为什么不直接问太太那三张照片是怎么回事?"

白清卿原本没什么值得他们费工夫追查下落,只是那三张照片,只有她知道前因后果,所以才必须找到她。但作为当事人,鸢也肯定最清楚了,直接去问鸢也不是更简单?

"她不会愿意说的。"尉迟轻轻勾起嘴角,"她连她妈妈是被人害死的都不告诉我,又怎么会让我知道她十年前出了什么事?"

一个不愿意说,一个非要知道,这对夫妻还真是……黎雪面无表情,尽职领命。

半个小时后,鸢也到了尉公馆。一进主屋,她就闻到炖肉的香味。她本来没那么饿的,闻见香味肚子就"咕咕"叫起来,她不禁往厨房的方向探了探头。从二楼下来的尉迟瞧见她的小动作,摇头一笑,对管家吩咐:"看什么做好了,盛点来给太太垫垫胃。"

管家应了:"好的先生。"

黎雪跟在尉迟身后,恭敬地问候她:"太太。"

鸢也看她的脚步朝向大门,没有要再坐坐的意思,眨了眨眼:"黎秘书不留下来一起吃饭吗?饭都做好了。"

"多谢太太,但我已经和朋友约好了,不好再留下,您和尉总慢用。"黎雪说完,又对着尉迟微微点头。得了准许后,她方才转身离开。

鸢也目送她出门后,回头对着尉迟"啧啧"摇头:"哪有你这样的老板?都几点了还把员工扣下来给你工作,还不管饭。"

"有加班费。而且作为有男朋友的员工,让她跟我们一起吃饭,她

257

心里大概比面上表现出的还要不情愿。"尉迟边说边走到沙发上坐下。

鸢也勾了勾唇,将包丢到一旁,脱了鞋躺到沙发上,将脑袋搁在他的大腿上,舒服地伸了个懒腰。虽然今天没忙什么工作,不过人也挺累的。

管家递了一个小碗和一双筷子给尉迟,碗里就是她刚才闻见的炖肉。尉迟夹了一块肥瘦相间的送到她嘴边,她张嘴吃下。

"你的过敏怎么样了?今天有吃药吧?"

"嗯,好多了。"

鸢也看他脸上的红疹已经完全没有了,露在外面的脖子和手腕上的疹子也褪得差不多了,应该再过两天就能好。

果然啊,老天对尉迟就是偏爱的,连过敏也不舍得他受太久的罪。别人得一两周才能康复,他只要几天就能好。

被喂着吃了两三块肉,鸢也没那么饿了,是时候进入主题了。她一只手抓住尉迟的领带,开始质问:"你怎么把白清卿送走了?今天的事就是她爆料的,我还没找她算账呢。"

"料确实是她爆的,不过人不是我送走的,她是自己跑的。那件事在网上会有那么高的热度,也是被人故意推上去的。"尉迟把碗筷放下,又抽了一份文件给她,"这些公司都有出力。"

鸢也接过去翻看,不由得哂笑:"都是高桥的对家,这个鼎泰前段时间恶意违约,高桥都要跟他打官司了,可真会见缝插针地落井下石啊。"

说到这里,她的心思活络:"那我这算不算工伤啊?"

毕竟这些人是冲着高桥来的,能算吧?

尉迟笑道:"问你老板。"

"说到我的老板,"鸢也拿出手机,点开图库,"我才知道宋鸢锦发了这几张照片给你,你就是从这几张照片开始怀疑我和霍总有什么的吧?"

手机屏幕一翻,正面对着尉迟。尉迟垂眸看了一眼,就是她帮霍衍戴袖扣那张照片。

"我和霍总当时只是巧遇,我去买衬衫,他去买袖扣,他自己戴不上,我总不能干站在旁边看着,所以才帮了他。"

尉迟却是明白了另一件事:"你是从这几张照片判断出,是清卿在网上爆料你?"

"是啊，宋莺锦说她只把照片发给了你，你又不可能发出去，那就只有你身边的人从你这里偷了照片这一个解释了。"说着，莺也给了他一个不走心的微笑，"我才知道白小姐居然知道你的锁屏密码。"

他们可真是亲近啊，她都不知道他的密码。

尉迟一巴掌盖住她张牙舞爪的眼睛，淡笑道："密码是我的生日，她猜的，或者偷看到的，总之不是我说的。"

莺也拿开他的手："那你说她跑了是什么意思？"

尉迟拨弄着她的长发："我到西园时，她已经不在了。屋子里乱糟糟的，还丢了不少东西。"

"也就是说，她知道你会去找她算账，提前携款潜逃了？"看不出来白小姐那么蠢，警惕性竟然这么强。

尉迟拿起她的一缕发丝，在指尖卷着："看了监控，她是快十点的时候离开西园的。那会儿我刚发了公告，她应该是意识到不妙才走的。"

莺也皱了皱眉："她带着孩子应该跑不远吧？"

尉迟温声道："她把阿庭丢下了。"

莺也愣了一下，翻身坐起来："丢下了？那可是她的儿子，她也舍得？"

尉迟合理解释："一个女人带着一个孩子太显眼了，不方便跑路。而且阿庭还生着病，她没那个能力为他医治，只能丢下。"

可莺也想想还是觉得不对："就算我们都知道爆料人是她，你也不会要了她的命，我顶多就是给她一巴掌让她跟我道歉，她至于把孩子丢了跑路吗？"

尉迟沉吟道："那就只有等找到她，才能知道原因了。"

莺也突然眯起眼睛，盯着他不放。尉迟被她那怪异的眼神看得好笑："怎么了？"

"你该不会是为了让我养阿庭，所以一边把白清卿送走，一边撒了个谎骗我吧？"以尉总纵横商场无往不利的心机和手段，会想出这么一箭双雕的办法也不奇怪。

尉迟顿了一下，不疾不徐道："热搜是九点，监控显示她是九点四十五分离开西园的，哪怕我在热搜出现的同一秒钟就知道是她爆的料，又马上去找她，从尉氏到西园最快也要一个半小时，你觉得我能带走她？"

在鸢也再度质疑前，他又道："如果你想说是我派了刚好就在附近的人去把她带走，那我无话可说，悉听尊便。"

鸢也撇嘴，尉总这语气挺委屈的。

他确实有不在场证明，就姑且相信不是他吧。鸢也四下看了看："那孩子现在在哪儿？"

尉迟回答："西园。"

鸢也愣了一下："一个人？"

"有保姆和用人在。"

鸢也抿了唇："那以后呢？你预备怎么安排他？"

饭菜已经上桌，管家来请："先生、太太，可以用饭了。"

尉迟率先起身，边走边说："白清卿我还是会让人继续找，但无论找没找到，她都不能再照顾阿庭，我准备把阿庭送去法国我爷爷家。"

鸢也跟在他身后，一起进了餐厅。听了他的这些话，她在心里松了一口气："我还以为你会把他留下。"

"你不愿意抚养他，我也不会强迫你。"尉迟拿起她的碗，先盛了一碗鱼汤，"阿庭我会送走，但要再过一段时间。最近他要做手术，等做完手术，康复得差不多再安排他离开，目前就让他在西园住着。"

"哦。"鸢也垂眸喝汤，不再发表意见。

尉迟也没有再说什么，餐桌上安静了一阵。

鱼汤香浓可口，没有一丝腥味，鸢也却有点食不知味。她有点意外，尉迟竟然没有问她被关在玻璃柜里的照片的事情。她庆幸他没有问，要不然她都不知道该怎么解释。

老实说，她不太想让他知道那段经历。如果他问，她大概率还是会撒谎。每个人都有不能触碰的伤疤，十年前的那件事，就是她一辈子都不想说出口的经历。

可她又有点失落他没有问，他是相信了高桥的回应，相信那只是写真照吗？唉，女人的心怎么这么矛盾？鸢也都有点烦自己了。

抛开这件事，鸢也还记起另一件事，不由得抬头，偷偷看了他一下，结果不小心被他抓了个正着，他挑眉道："又怎么了？"

鸢也斟酌着问："你怎么突然就把我们的婚姻关系公开了？"

"在那种形势下,除了公开,还有更好的解决办法?"尉迟说,"我总不能看着你挨骂吧。"

我总不能看着你挨骂。这句话让鸢也的好心情持续到了第二天。上班前,尉迟说晚上要去接她回老宅吃饭。因为网上的事情,二老也很担心她。鸢也爽快地答应:"好。"

换了高跟鞋,鸢也和尉迟一起出门。司机为尉迟打开车门,他忽然问了一句:"有人比我早一步联系站方删除帖子,你知道是谁吗?"

"高桥?"

"不是。"

"不可能是姜氏吧?他们巴不得我倒霉呢。"鸢也想着说,"还是我小表哥那边?可我昨天下午回我大表哥消息,他都没提这件事。"

她一副茫然的样子,尉迟看她好像也不知道是谁,淡淡地一笑:"看来是个见义勇为且不留姓名的活雷锋。"

而后他便弯腰坐到后座上,司机关上车门,先鸢也一步将车驶离尉公馆。鸢也坐进驾驶座,将车钥匙插入锁孔,就要启动。回想起尉迟的那几句话,她抿了唇,拿起手机,找到昵称是星星的对话框。

"删帖的人是你吗?"

第十三章
阿庭,是你亲生的

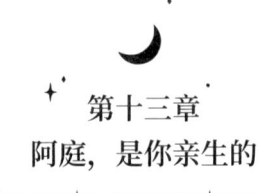

等了五分钟没有回复,鸢也便将手机收起来,先去上班。接近年底,各部门都要开始做年终总结,比平时更加忙碌。鸢也连轴转了一天,都没有时间去看信息。直到下班前半个小时,她才得了喝杯水的空闲,顺手点开微信,发现苏先生给她回复了——嗯。

一如既往的言简意赅,一如既往的冷淡无情。不愧是苏先生。

鸢也随手回了个表情。

确实只可能是他做的,毕竟他是唯一的知情者。不知道他是否知晓那三张照片是从哪里泄露出来的。

鸢也本想问问,结果韩漫淇催着她要一份报表,她只好先工作,把这件事抛到脑后。

踩着下班的点完成工作,她本还想再检查检查,看有无纰漏,小秘书就兴冲冲地跑进来:"姜副部,你老公来了!"

鸢也没有忘记尉迟早上说要来接她去老宅的事情,但怎么还被人看见……啊,差点忘了,他们已经官宣了,就算被看到也没关系。

秘书兴奋得直跺脚:"你还不快下去!尉总都快成望妻石了,你于心何忍!"

鸢也背负着小秘书谴责又期待的眼神,收拾了东西下楼。

尉迟还是在公司对面的星巴克等她,而公司门口围满了女同事,都在瞻仰传说中的尉氏总裁。鸢也走向尉迟时,甚至听到了她们整齐划一的吸气声。

至于吗？她匪夷所思地回头，看尉迟西装整齐，大衣笔挺，领带束得极其漂亮端正，浑身上下写满了优雅的样子……嗯，好吧，是挺至于的。鸢也有点烦地看了他一眼，这男人怎么到处招人？

尉迟领悟了她的意思，浅浅勾着唇，打开车门。鸢也弯腰进入，他忽然在她耳边说："吃醋吗？"

"自恋。"鸢也反撑回去，坐到后座。尉迟笑了笑，也从另一边上了车。

他们短暂耳语的一幕，被刚走出大厦的一个男人拍下。他放大照片看了一眼，然后分享给了另一个人，附带一句："吃醋吗？"

小秘书目送自家副部长和她老公的车消失在视野里，才一脸感慨地转身，想跟同事继续八卦，冷不防看见身后站着大老板。

"霍总！"

她这一喊，其他围观同事也猛地一下转头，看到霍衍站在那儿，都是一个激灵："霍总。"

霍衍等不到那边的男人回复，遗憾地收起手机，淡定地回复一声，然后就走了。

虽然没有犯错，但小员工对大老板有着天然的畏惧，小秘书等人愣是憋着一口气，等霍衍开车离去才敢吐出来。

"太可怕了，气场强大的人真的好可怕，也不知道姜副部究竟是怎么跟尉总生活下去的，我吓都要吓死了！"

姜副部没有被吓死，但是差点被撑死。她明明没有怎么样，可今晚在老宅，尉母非说她一定担心得吃不下饭，不停地给她夹菜，光汤就喝了两碗，更别提堆积成山的肉啊菜了。回尉公馆的路上，鸢也找出消食片吃了。尉迟瞧着好笑："吃不下你就不要吃啊。"

"妈也是关心我，不好拒绝。"当然，关键是拒绝也没用。尉母一向是柔中带刚，决定要做的事情，就没那么容易反抗。

鸢也摸着肚子："我觉得我现在特别像怀孕两三个月的样子。"

尉迟挑眉，将手掌贴在她的腹部。他本是想替她揉一揉消食的，鸢也却以为他是想摸摸看像不像两三个月，忍不住阴阳怪气："对比出来了吗？白小姐怀孕三个月的时候是不是也这样？"

尉迟顿了一下，如实说："我不知道。"

"你怎么会不知道？"鸢也还记得顾久查到的资料，"她怀孕后不就被你藏起来了吗？难道你没有带在身边天天照顾？"

他不知想到什么，眸子随着车窗外的路灯忽明忽暗。他半晌才回了句："忘了。"

忘了？也才四年前的事情吧。尉总的记性这么不好？鸢也狐疑地看着他，但尉迟没有再继续这个话题的意思。

回到尉公馆，鸢也拿了衣物进浴室洗澡。而尉迟从酒柜里取出一瓶红酒打开，往高脚杯里倒入半杯。

想起鸢也在车上说的那几句话，尉迟端起酒杯一饮而尽。而后他又看向二楼主卧的方向。

鸢也平时都是洗淋浴，今晚来了兴致，往浴缸里注满了水，再加入几滴精油。嗅着弥漫着雾气的空气里淡淡的橙子香，心情也愉悦了。脱了衣服，将全身浸入热水里，鸢也舒服地呼出一口气。下一秒，浴室门就被人打开，尉迟修长的身影出现在了雾气里。鸢也愣了一下，虽然水面上有沐浴露的泡泡，不过她还是下意识地缩起身子："你怎么进来了？"

"拧开门把进来的。"尉迟说得理所当然。

她问的是他进来干什么！

"你不是去书房了吗？"

尉迟在浴缸边缘坐下，看着她干净的小脸："是去了，然后想起那次我在书房，听你在浴室摔倒，一时不放心，就过来看看。"

说着，他的目光在水面上游离了几圈。

"我只有一根阑尾，切了就没有了，尉总还想让我疼几次？"

"说得也是。"他忽然伸手进水里，专往她开刀的地方抓去。鸢也怕痒，一下子像鱼一样蹦跶起来，水"哗哗"地泼在了尉迟的身上。

"你干吗！"

尉迟低头看了看，衬衣、马甲和西裤都湿了一块，连眼睫毛上也挂了一颗水珠。他扬眉，又去看罪魁祸首，像是要她给个说法。

鸢也才不会有愧疚感："自作孽不可活！"

"湿了就没办法再穿了。"尉迟站起来，一副无奈的神情，然后就开始解马甲的扣子，一颗、两颗、三颗……

鸢也眼睁睁地看着："你做什么？"

尉迟低声说："一起洗吧。"

她就知道他居心不良！

隔天上班，鸢也收到顾久的信息——晚上来"小金库"喝酒。

鸢也想着晚上没什么事就答应了，顺便给尉公馆打去电话，说自己今晚不回去吃饭，不用准备她的份。

这边刚结束通话，手机里恰好进来一个电话。她看着来电显示，有点意外，马上接通："小表哥？"

"在上班？"果然是陈莫迁的声音。

鸢也的嘴角不自觉地勾起："是啊。"

"忙吗？"

"还行，有事吗？"

陈莫迁走在医院的小路上，几棵玉兰树随风送来淡淡的花香，他的话语里也带了几分关心："这两天在研究程念想的病情，无暇分心，刚刚才知道你出了事。你现在怎么样？"

鸢也笑了笑，语气轻松："没事了啊，已经风平浪静了，你不用担心。"

陈莫迁看到了尉氏的回应，那是最好的反驳，想也知道她应该没事，不过还是想亲耳听她说才放心。

话说回来，鸢也道："你已经收下程念想这个病人了啊？"

"嗯，过段时间我会去一趟晋城为她面诊。"陈莫迁又问，"你有什么想让我顺路带去的吗？"

鸢也想都没想便说："给我带点潮汕特产，要吃的。"

陈莫迁就知道她会这么说，轻笑几声："知道了。"

有病人从旁边经过，看到他身上还穿着白大褂，知道他是医生，特意跟他问好，陈莫迁淡淡地回了一句。

鸢也听着，微微勾起嘴角。陈家就只出了陈莫迁一个从医的，而他还真就在医学界闯出了名堂。真不知道该说是陈家的基因太好，无论在哪个行业都是翘楚，还是他特别有天赋。

没等她拿小表哥打趣，她的小表哥就先发制人："那三张照片是怎么回事？"

鸢也靠在椅背上。哎呀，没想到第一个问她那三张照片是怎么回事的人居然是他。对他倒是不需要隐瞒，毕竟那件事他也是知道的。鸢也说："就是十年前，我遇到绑架那次，我也没想到还留下了照片。"

陈莫迁沉默了一阵，再开口时声音低沉："谁拍的？"

"不知道。"鸢也忽然有个想法，"小表哥，你帮我查个人吧。白清卿，也是青城人，我想要她的详细资料。"

照片是白清卿发出的，那她一定知道些什么。可是现在暂时找不到她的人，就只好从她的过去下手，也许能寻到什么蛛丝马迹。

"使唤我上瘾了？"又是让他帮她客户的女儿治病，又是让他帮她查人。

鸢也马上卖乖道："谁让你是我的小表哥呢。"

她声音夹着笑意，听得陈莫迁的嘴角也轻轻勾起："知道了，我会帮你查的。"

鸢也嘴甜："谢谢小表哥！"

晚间下了班，鸢也去了小金库。正逢小金库的营业时间，已经有不少客人在座。她知道顾久喜欢坐在哪儿，直接走过去，果然看到了他。稀奇的是，他竟然是一个人。

鸢也一边坐下一边说："我还以为你打算带南音给我看看呢。"

顾久挑起桃花眼，笑道："我们兄妹聚会，带什么女人？"

鸢也呵呵一笑。说得好像以前没带过似的。

她跟调酒师打了个响指。她也是老客户了，调酒师知道她的口味，笑着点头，很快就调好一杯酒，让服务员送到她手里。

"这次是认真的吗？"

"唉，像我这种有魅力的男人，有时候就会很苦恼。谁都喜欢我，我又不好拒绝人家，只能都试试，合适再考虑认真。"

鸢也鄙视他："我小表哥说你这是缺爱。"

"你小表哥？"顾久想起来了，"以前就想问了，表哥就表哥，为什么还要加个'小'字？"

"我有两个表哥，都叫表哥容易叫混了，所以就叫大表哥和小表哥。"

顾久含了口酒在嘴里，品了一会儿才咽下："嗯，我还看过你们小时候在一个澡盆里洗澡的照片。"

"那个时候我们才几岁啊，没有男女性别之分。"鸢也将目光转向舞台，看歌舞。

过了一会儿，她没忍住，踢了踢顾久的小腿："你怎么不问问我，网上曝出的我被关在玻璃柜里的那些照片是怎么回事？"

她今天一得空就在琢磨，尉迟到底为什么不问她照片的事？昨晚没问，早上也没问，难道他没看到吗？不应该啊。顾久到现在也没问，她就想参考一下，他们的心里都是怎么想的？

顾久正欣赏美女热舞呢，随口回了一句："嗯？不是写真照吗？"

"说是写真照你就相信了？"鸢也皱眉道。

顾久回头看她："不是写真照是什么？难道你还真是扬州瘦马？又或是小时候被人贩子抓去黑市卖了？"

他一下子笑起来，摇了摇酒杯："别逗了，你这么没心没肺的，哪像是经历过苦难的人？而且我从小认识你，你有什么我会不知道？"

所以是她的谎撒得太成功了，以至于尉迟也没识破？鸢也无话可说："行吧。"

直到深夜十一点，鸢也才离开小金库，叫了代驾送她回尉公馆。顾久本来是在跟一个美女谈天说地，无意间扫过桌子上的酒杯，想到鸢也好像喝了不少，他不太放心，追了出去。刚好看到她上车，他也挤到了后座上。

"干吗？"

"送你回去啊。"

顾三少也就在这种时候有点绅士风度。

到了尉公馆，鸢也独自进门，顾久又让代驾把他送回小金库。一下车，他便看见那个倚着门站着的女人。

晋城的十二月冷极了，她却只穿着一套女士西装，蕾丝内搭是深V领口，锁骨若隐若现。她手指间夹着一支烟，没有点燃，只在鼻间轻嗅。

顾久的眼里染上笑，直接走过去拥住她："怎么在这边？"

戏曲演员最重要的就是嗓子，平时烟和酒一点都不能沾。她这样的人和小金库太格格不入了。

"刚才就在了，三少忙着搭讪新女友，自是没看见我。"南音用夹着香烟的手拍了拍他肩膀上不知从何处沾染的灰尘，复而抓住他的衣襟，将他猛地拽向自己的身体，"怎么还回来呢？我以为三少今晚又是睡在酒店的床上。"

顾久的手及时撑在她身后的墙上，才不至于整个人跌到她身上。他低头看她的手，先看到了白衬衫衣襟上的口红印，应该是方才和美女聊天时不小心被蹭上的。他再去看南音的眉目，梨苑的当家花旦有着一双顾盼生辉的眼，又野又魅。他笑着说："那是我发小。"

南音挑眉，也不说信不信。顾久忽然嗅了嗅："你换香水了？"

"嗯。"

"这次是什么？"

他问她，她反问："你觉得呢？"

顾久一笑，搂着她的腰进了小金库，不是去座位，而是去他长期包下的一间房。香水这么复杂的东西，当然需要一个晚上来好好辨认了。

鸢也上到二楼，发现尉迟还没睡。他在书房工作，高挺的鼻梁上架着一副眼镜，倒映出电脑屏幕的白光。鸢也靠着门框，伸手敲了敲门。尉迟抬起头，若说平时的他足够温和，那么现在多了一副黑框眼镜的他，活脱脱就是教书先生，斯文儒雅极了。鸢也的眼睛像泡在月下的池塘里，幽幽地望着他。

"回来了。"尉迟坐在椅子上朝她钩了钩手指，让她过去。

鸢也往前走了一步，忽然觉得他这个动作像是在召唤宠物，皱了眉，不高兴地后退一步，又靠回门框上。书房明亮的灯光照在她有些懵懂的脸上，她眼睫低垂，看起来不太清醒。

"去喝酒了？"

鸢也一板一眼地点头，尉迟听管家说了她不回来是跟朋友在一起，能跟她喝酒的朋友不多，他一猜就对："跟顾久？"

她继续点头。尉迟看着她，拿起水杯，有种哄骗的意味："渴吗？过来喝水。"

鸢也是有点渴，抿了唇，终于还是朝他走去。

办公桌下铺了地毯，鸢也一边走一边把高跟鞋脱掉。她居然连鞋子都忘了换，可见至少醉了六七分。一个女人，三更半夜，喝得这么醉。

尉迟皱起眉头："你自己回来的？"

"顾久送我回来的。"鸢也在他脚边的地毯上坐下。

就算如此，尉迟也道："以后除非必要的应酬，否则不准喝太多。"

"哦。"这个时候的鸢也最是听话，耷拉着脑袋，似乎在想什么事情，又好像只是单纯发呆。

尉迟抬起她的下巴，目光隔着一层玻璃镜片，游走在她的脸上。比起她平时桀骜不驯又虚情假意的面孔，现在的她略显稚气，好像是个很好骗的小孩，又像问什么都会回答一样。于是他就问："你为什么会被关在玻璃柜里？"

鸢也抬起眼皮，从他的镜片里看到自己模糊的倒影："嗯？你想知道了吗？"

尉迟似乎笑了："嗯。"

她钩钩手指："过来，我偷偷告诉你。"

尉迟附耳过去，鸢也突然露出一个狡猾的神情，直起腰往他近在咫尺的脸颊亲了一下。棉花一般柔软的触感一触即分，尉迟蓦地一愣，偏头看向她。鸢也得逞了，笑着倒在地毯上，当真是醉得不轻："我一直在等着你问，你终于问了，但是我不告诉你！"

尉迟觉得自己跟一个醉鬼说话真是傻，摘下眼镜，弯腰将她横抱起来："不告诉我，为什么还要等我问？"

鸢也靠在他的胸口，意识迷糊地喃喃："是啊，我为什么那么想你问呢？"

从书房到卧室，不过几十步的距离，她就在这段距离里想出了困扰自己两天的答案。为什么那么想他来问呢？原来是这样……鸢也笑了笑，一下搂住他脖子，凑到他的耳边，轻轻地说出六个字。

脚步突兀地停下来，尉迟低下头，漆黑的眸子完整地映出怀里的女人。她还是那么恣意和娇媚，而且在说完那句话后，好像笑得更开心了，饶是尉迟也分不清她是真情还是假意。

"你的心跳好像加快了……"她把耳朵贴在他的胸膛上，眼皮一垂，竟就这么睡了过去。她就像个不负责任的纵火犯，说完就不管听的人是什么反应。

尉迟定在原地许久，直到管家上楼，看到他抱着太太一动不动，奇怪地问:"先生,需要帮忙吗?"

他这才敛了眸色,摇摇头,将鸢也抱回了房间。安顿好她入睡后,他掖了掖被角,又想起她说的那几个字,荒唐一笑。

宿醉之后,鸢也第二天起来有点头疼,揉着脑袋下楼,看到尉迟已经在用早餐。

"早啊。"鸢也跟着坐下。

尉迟让用人泡一杯蜂蜜水给她,看她一副无精打采的样子,再度警告:"以后喝酒不准超过三杯。"

鸢也觉得委屈:"我没想到那款新出的鸡尾酒后劲这么足。"

她的酒量还不错,而且有意识地控制,一般不会喝醉。这次纯粹是被调酒师给骗了。

尉迟吃完早餐,抽了纸巾擦拭嘴角,又将袖口整理平整:"酒精伤身,多喝无益。"

"哦,好,行,听你的。"鸢也采取敷衍的态度,然后想起一件事,笑眯眯的,带有几分讨好,"我的车还停在小金库,尉总顺路送我上班呗。"

尉迟挑眉:"现在不怕被人看到了?"

"现在谁不知道我们是夫妻呢?"鸢也肆意道。

尉迟这才有几分笑意:"嗯。"

看来她是完全忘了自己昨晚说过什么话。

鸢也下午要去见客户,好巧不巧,又是约在那个高尔夫球场。小秘书一路上紧紧地抓着安全带,警惕地左看右看。

"放心吧,形总不敢再作妖了。"结果话音刚落,鸢也就感觉这辆车好像越来越没动力,在自动减速,她不禁加重了踩油门的脚,然后车子在原地抽动了两下,停下了。

又坏了吗?鸢也和秘书面面相觑:"不会这么倒霉吧?"

鸢也还没去小金库开回自己的车,这辆车是公司的,看起来还很新,不像会随便出毛病的样子啊。鸢也解开安全带下车,喃喃道:"我现在真有点相信我们和这块地犯冲了。"

她揭开车前盖,拨弄了几下,对秘书说:"启动看看。"

秘书爬到驾驶座,试着重新启动。车子起初没动静,反复尝试几次后，车子终于响了起来。

鸢也松了口气，拍拍手，关上车前盖就准备上车，却无意间瞥见路边的草丛里有什么东西闪了一下。她一愣，弯腰拨开草堆，就看到尉迟买给她的那枚胸针正静静地躺在泥地里。鸢也不可思议地睁大眼睛，忙捡起来看。确实是她丢的那枚，居然在这里！上次车子出故障也是在这个地方！

鸢也擦干净上面的泥，莫名想到了"冥冥中自有天意"这句话。那个时候她因为白清卿和尉迟吵架，又丢了胸针，现在胸针找回来了，白清卿也走了，她和尉迟的矛盾也告一段落。这算是圆满吗？而且今天的天气也比那天好。鸢也抬起头望着骄阳，没忍住，一下就笑了起来。

见完客户回到公司，鸢也哼着小曲穿梭在商务部里。同事没忍住，问她："姜副部，你今天心情很好啊？"

鸢也挑了挑眉："当然好了，马上要放假了。"

再过半个月就要放春假了，一提起这件事，大家都很兴奋："是啊是啊，我准备带我爸妈去普吉岛过年，老期待了！"

小秘书问："姜副部，你有什么安排吗？"

鸢也按下打印机，听着"唰唰"的机械声，曼声道："哪儿都不去，在家睡觉。"

有人就说了："姜副部就算在家也有尉总相陪，比我们快活多了。"

这话立即引起大家一阵哄笑。鸢也的心情好，不跟他们一般计较，从打印机里拿了文件，把他们都赶走："干活去吧你们！"

回到办公室，鸢也将文件装订好。小秘书敲门进来说："姜副部，楼下大堂有人找。"

这个时候谁会来找她呢？鸢也起身下楼，走到大堂会客区，就见尉母单独坐在那儿，惊讶极了："妈，您怎么来了？"

"我跟几个老姐妹约了去听戏，顺便让司机绕道来高桥，把这个给你。"尉母将一个保温桶递给她，微微一笑，"年底了，你和阿迟工作一定很忙，要多顾着身体。"

鸢也只觉心一暖："谢谢妈。"

尉母送完汤就走了，鸢也拎着沉甸甸的一片心意，拿出手机给尉迟打电话，想问他今晚回不回家吃饭。

"鸢也。"尉迟接了电话。

鸢也勾起嘴角刚要问,便听见了他的背景音,好像有孩子的哭声。她顿了一下:"是那个孩子在哭吗?"

尉迟十分无奈:"嗯,他在找妈妈,怎么哄都哄不好,哭得都有点发热了。"

鸢也听那哭声都有点哑了,也不知道是哭了多久。她忽然想起上次,阿庭在她的办公室翻花绳,在她反复教学后,终于学会了翻五角星。当时他把星星举得高高的,说:"妈妈,看,一闪一闪亮晶晶。"

他又双手将星星送到她的面前,说:"送妈妈。"

他送了一颗"星星"给她,而她居然为一个三岁小孩的举动而动容。

鸢也直叹气:"要我过去看看吗?"

"你过来?"他反倒有点惊讶。

"嗯,顺便把妈送来的汤给你带过去。"

尉迟温和一笑:"好。"

挂断电话,鸢也返回办公室拿了些东西便打卡下班,叫车去了西园。也不知道是因为那孩子身体里有她的骨髓,还是被他莫名其妙地叫了几句妈妈,鸢也竟然不讨厌他。不过也是,一个三岁的小孩,挺乖也挺可爱,确实不容易让人讨厌。反正他的妈妈已经跑了,他做完手术也要被送出国,她再容忍他几天也无妨。

到了西园,鸢也看到阿庭坐在沙发上,额头上贴着退热贴。尉迟想喂他吃药,但他一直哭还一直躲。医生、护士、保姆都在旁边哄他,可他就是不肯吃药,一向温文尔雅的尉先生都被折腾得有些无奈。

不过一瞧见她,阿庭红红的眼睛就亮起来,他眼角还挂着要掉不掉的眼泪,爬起来朝她走去:"妈妈、妈妈。"

鸢也对着尉迟伸手:"让我喂他?"

尉迟看着她,抿唇一笑:"好。"

鸢也示意用人把鸡汤倒出来,问阿庭:"想喝这个汤吗?"

阿庭凑过去闻了一下,是香的,就吸吸鼻子,一抽一抽地点头。

"那我喂你。"鸢也用勺子舀了一口,自己先喝了,然后对他说,"我尝了第一口,你也喝一口?"

阿庭睁大眼睛点头。

鸢也钩钩手指，尉迟明白她的意思，嘴角带笑，将那勺以温水化开药粉的药液悄悄递给她。她直接就塞进了阿庭的嘴里。

"啊！"不是甜的吗！怎么那么苦！阿庭感觉受到了欺骗，嘴巴一撇，又要哭了。

鸢也又趁机喂了他一口鸡汤，美味冲淡药味，他没能反应过来，表情有点蒙。

吃了药，小孩被保姆哄着入睡，临睡前还抓着鸢也的衣服。鸢也只好等他睡熟了才掰开他的手，起身出了卧室。

尉迟站在门口，轻吐烟雾，修长的手指间夹了一支香烟。瞥见她过来，他声音温和地说："还是你有办法。"

鸢也靠在门的另一边："对付小孩不就是坑蒙拐骗？"

尉迟微微一笑，将还剩下小半支的香烟摁灭了丢进垃圾桶。鸢也看着他说："今天过去了，明天怎么办？他找不到妈妈还是会哭的吧？"

尉迟淡然道："小孩子记忆短，哭个三四天就好了。"

也只能这样，现在又没办法把白清卿给找回来。就算找回来了，尉迟也不会让她继续照顾阿庭，他总要习惯没有妈妈的日子。

他们没有久留，看阿庭熟睡了便一起离开了西园。然而车子开到尉公馆，还没等两个人下车，尉迟的手机便响了起来。他接听电话，那边是保姆的声音："先生，阿庭突然吐了！"

尉迟的眉头一皱："先送医院，我马上过来。"

鸢也有些莫名："怎么了？"

"阿庭吐了。"尉迟对她说，"你先休息，我去医院看看。"

又是发热又是呕吐的，再加上他本身还没有康复的白血病，这个三岁的孩子真是多灾多难。鸢也收回要开门的手，抿唇道："我跟你去医院吧，万一他又哭闹，我还能帮忙哄一下。"

尉迟深深地看她一眼，方才轻吐出一个字："好。"

司机送他们到私人医院时，阿庭刚做好检查。这小孩哭得厉害，看到鸢也，一边喊着"妈妈"一边朝她伸手要她抱。鸢也从保姆手中接过他，生疏地拍了拍他的后背。

由于阿庭本身有白血病，用药更需谨慎，医生就按照检查结果，开了一点止吐的药让他吃下，其他的等明天张老教授来了再会诊定夺。一

273

番折腾后，已是深夜十点，阿庭躺在病床上睡着了。

私人医院的配备设施也很好，这间独立病房更是装修得像个家庭卧室，除了病床，还有一张给陪护的人睡的小床，以及沙发、茶几和一个洗手间。

鸢也看沙发上有点乱，收拾了一下，拎起一件衬衫抖了抖，忽然觉得有点眼熟，回头问尉迟："这好像是你的衣服吧，怎么会在这儿？"

尉迟抬起头："这间病房是阿庭的，先前他做手术住了三个月，我在这里陪床，那个时候落下的。"

三个月？这个时间怎么听起来有点熟悉……鸢也眨了眨眼："所以那三个月，你是住在这里？"

他夜不归宿的那三个月，是在医院陪床？

尉迟应了声："嗯。"

她还以为他是住在春阳路14号呢。鸢也勾了勾嘴角，将衬衣折起来，准备带回公馆洗干净。尉迟同时起身："我先送你回公馆。"

鸢也注意到他的措辞："你今晚要留下？"

"嗯，阿庭的状况还不稳定。"

"那让司机送我回去就可以了。"何必他再跑一趟呢？

尉迟微微低下头，看进她的眼睛里。他的眉眼清俊："不是怕你会吃醋吗？"

鸢也屏住呼吸，他眸子里压着趣味，分明就是故意挤对她。她好歹也是商务部的，对付过形形色色的客户，怎么会输给他？她就微笑着回了一句："谁让他长得那么像小时候的你呢？我爱屋及乌，对他，我还是能宽容一点的。"

说完她拎包就走，尉迟反应了一会儿，这才明白她的言下之意是——她喜欢他，看在阿庭长得像他的份上，也喜欢一下。

这个女人还真是……满嘴风花雪月，没一句正经的。但尉迟的脸上还是浮现笑意，转头叮嘱："路上小心。"

"知道了。"她的人已经出了病房，轻快的声音从走廊传来。

又过了小半个小时，有人敲响病房的门。尉迟从电脑前抬起头，是送外卖的："请问是尉先生吗？"

"是。"

"您的外卖。"外卖小哥将便利袋放下,尉迟捏起钉在便利袋外面的小票,上面有备注——给我没吃晚饭的老公的!

还玩上瘾了?尉迟跟外卖小哥道了谢,复而拿起手机,发了一条消息给鸢也:"收到。"

鸢也点开信息,然后唏嘘地摇头。唉,这个男人怎么这么无趣呢?怎么不回一句"收到了,老婆"?不过她想了一下,要是他真这么回了,她可能今晚会被吓得睡不着。

次日,鸢也下班后去了医院。她到时尉迟并不在病房里,护工说是被张老教授给叫去了。

阿庭认识了几个同样在住院的小孩,玩得很好,暂时忘了妈妈。鸢也给他买了棉花糖,让他分给他的小伙伴。他又开心地一直喊她妈妈,弄得隔壁病房孩子的妈妈以为她真是阿庭的妈妈,拉着她问了一堆诸如"你是怎么教的孩子""他怎么能这么乖""陌生人给的东西他一口都不吃,教养真好"等问题。鸢也实在扛不住"你儿子"这三个字,借口要去找主治医生了解病情,赶紧溜了。

她向护士打听了张老教授的办公室,一路找了过去。办公室的门没关,她走到门口,听见里面传出声音:"中医认为,喜伤心、怒伤肝、思伤脾、忧伤肺不是没有道理,想要好的身体,就需要有好的情绪。何况阿庭这样的孩子又得了这样的病,总是哭闹,今天是消化道出血,下次可就不一定了,要注意啊。"

沉默了数秒后,尉迟低声道:"劳您操心了。"

鸢也的心情有些复杂,犹豫了一下,然后就进了办公室。尉迟看到鸢也时,面上没有太多惊讶,嘴上倒是问:"你怎么来了?"

鸢也实话实说:"怕阿庭和昨晚一样哭闹不停,所以来看看。"

尉迟侧身介绍:"这位是杨炯的祖母,也是阿庭的主治医生,张老教授。"

他又对头发花白但精神矍铄的老教授说:"我的妻子,姜家鸢也。"

鸢也一脸乖巧:"张老教授,您好。"

张老教授戴着老花眼镜,仔细看了看她,笑得慈爱:"很标致的姑娘啊。阿迟,难怪你母亲每次见到你杨姨,总是夸奖这个儿媳妇,害得你杨姨一听完,回去就催促杨炯快点娶个老婆。"

275

鸢也不好意思地笑了笑,张老教授又道:"我先去看看阿庭。"

尉迟颔首:"辛苦您了。"

张老教授先走一步,他们随后也要回病房,不过都心照不宣地放慢脚步。鸢也斟酌了许久,才问:"爸妈知道阿庭的存在吗?"

尉迟顿了一下,到底是应了:"嗯。"

鸢也自嘲地笑笑:"难怪妈上次会跟我说,你要是对我不好,尽管告诉他们。"

二老虽然已经退下了,但还是耳聪目明,白清卿母子来到晋城的事情怎么可能不知道?不说,不过是让大家面上都好看罢了。既然已经知道了,鸢也便提议:"要不,在把阿庭送去爷爷家以前,先让他跟着爸妈住吧。"

他们平时都要上班,陪伴孩子的时间不多。送到二老身边,他的情绪可能会稳定一些。

可尉迟拒绝了:"将来他去法国,爸妈不可能跟着去,到时候他又要哭闹一回。"

说话间,两个人已经走到病房门口。尉迟低头看她一眼:"小孩子很容易对照顾他的人产生感情。"

然后他便进了病房。鸢也想着他的这句话,停顿了一下,也跟着进去了。

接近年底,每天都很忙,时间好像比平时过得还要快,眨眼又是一周过去。周六的中午,鸢也和朋友去了新开的餐厅,偶遇顾久带了个女人也在那儿吃饭。她仔细辨认了一下,这个女人不是南音。鸢也不打扰他和新情人约会,转身就要走。

顾久想起刚知道的一件事:"哎,尉氏为姜氏做担保,向两家银行贷到了一笔不小的资金,这件事你知道吗?"

鸢也一愣,她还真不知道。

顾久意味深长道:"如果将来姜氏还不上钱,尉氏就要替姜氏偿还这笔贷款的本息,也不知道他是怎么说服尉氏的董事们同意他这个举措的。连我爸都说想不出他这步棋的用意,我猜,是因为你这个老婆。"

那次在西园,尉迟问过她需不需要出手相助,她没有回答。她以为他会默认不需要,没想到他还是出手了。

"他没有跟我说这件事。"鸢也说。

顾久吹了声口哨:"帮了这么大一个忙还不邀功,真爱哟!"

"真爱"这两个字之前总是被她拿去嘲讽白小姐,突然一下子用在自己身上,她感觉浑身不自在。

吃完饭,鸢也又和朋友去逛了街,直到傍晚才和朋友分开。路过一家味道不错的餐厅,她顺便打包了几个菜带去医院,和尉迟一起吃。

阿庭消化道出血,要住几天医院。恰逢周末,尉迟索性把工作带到医院,一边陪他一边忙。工作忙得怎么样鸢也不知道,但她觉得他这一天下来肯定加了不少小姑娘的微信。

鸢也到的时候,就看到一个女人坐在他的身边削苹果,一边削一边含情脉脉地看着他,削完了又问他吃不吃。

尉迟温声道:"谢谢,不用。"

她又放下苹果,拿起一个橘子:"那吃这个?"

尉迟还是说不用,她在水果篮里翻了翻:"葡萄呢?"

阿庭坐在床上,呆头呆脑地看着他们,忽然说:"阿庭要吃。"

女人尴尬不已,因为她是打着陪阿庭玩的旗号留下的,结果却一直没注意阿庭,光顾着对付这个相貌俊美的男人,也太司马昭之心了。她连忙把葡萄递过去:"来,阿庭,给你吃。"

阿庭将双手一下背到后面,大声道:"妈妈说,脏。"

阿庭的意思应该是没洗的东西脏,但他这样缺句少字的表述方法好像是在说女人脏。这位小姐的脸色顿时好不精彩,她还不好跟一个小孩计较,何况尉迟也没说什么。

鸢也实在没忍住,"扑哧"一声笑出来,引得尉迟看向门口。鸢也举起手中的便利袋,笑着问:"我打包了晚餐,吃吗?"

尉迟自然答应:"吃。"

鸢也打包的饭菜里也有专门给小孩吃的,保姆抱着阿庭去旁边喂,尉迟则将饭盒一个个打开,又递了一次性碗筷给鸢也。鸢也没接,倒在沙发上笑得肚子疼。

"笑够了没?"尉迟有些无奈。

"怪就怪尉总的色相太好了。"鸢也擦了眼泪起身,一想到方才那位小姐离开时的表情,还是有点忍不住。

尉迟也懒得跟她计较。

两个人吃着饭,鸢也像是随口问了一句:"你帮姜氏做担保啦?"

尉迟的吃相很斯文,细细咀嚼咽下后才开口:"嗯。"

鸢也拿手蹭了一下鼻子:"我觉得你要做好帮姜氏擦屁股的准备。"

"几个亿丢进大海里还能听见一声响,我没那么想不开,白送去给人挥霍。"尉迟的语气云淡风轻,"我介绍了一位来自华尔街的高级经理人进姜氏,年后会直接担任姜氏的执行总裁。"

原来他早就安排好了啊。鸢也就说他怎么会去给一个八成救不活的企业做担保人,慈善家都没他这么阔绰,白送几个亿给人玩。

鸢也咬着筷子凑近她:"我爸给了你什么好处?你这样帮他?"

尉迟偏头睨她,长眉上挑,仿佛是在用眼神反问她:你觉得呢?

鸢也勾起嘴角,在他的脸上亲了一下。

"妈妈看,小星星。"阿庭在喊,鸢也看过去。他用一根绳子翻出了五角星,还是她上次教他的。

那么问题来了,鸢也就很纳闷:"他到底为什么一直叫我妈妈呢?"

尉迟答道:"有眼光吧。"

"我一时竟分不清你是在夸我还是在夸你自己。"夸她这个妈妈好,还是夸自己找了个好老婆,所以才让他有个好妈妈呢……

不过说到这里,鸢也抿了下唇:"你还是决定,将阿庭送到法国给爷爷带吗?"

尉迟颔首:"是。"

鸢也抠了抠自己掉得七七八八的美甲:"爷爷年纪大,照顾不了阿庭吧?"

尉迟:"我会安排专门的育婴师。"

鸢也:"可是阿庭的身体还没好,就这么送去国外,万一病情又恶化了怎么办?"

尉迟似乎听出了她语气里的微妙:"你有什么想法?"

鸢也低着头,叽里咕噜地说了一句什么,尉迟一个字也没听清楚:"你说什么?"

鸢也又说了一句,尉迟失笑:"你到底说什么呢?"

鸢也破罐破摔:"哎呀!我说!就让阿庭留下吧!"

尉迟一愣:"什么?"

鸢也叹了口气,抬起头,看着对面正在玩积木的小不点:"不知道为什么,这几天跟他相处下来,感觉还、还挺亲的,留就留吧,救人一命胜造七级浮屠,我也不想看他因为换了新地方不习惯,病情恶化。"

何况小家伙还会喊她"妈妈",她尤痛当妈,也挺好的。

尉迟捏起她的下巴,温声道:"别勉强。"

鸢也笑着喊:"阿庭。"

阿庭迅速抬起头,脆生生地喊:"妈妈!"

"不勉强。"她也捏住尉总的下巴,调戏回去,"毕竟,爱你就要接受你的一切。"

她这句话说得似真心又似玩笑,尉迟深深地看着她,而后也似是而非地说:"他以后就是你的孩子——亲生的,孩子。"

第十四章
李妹妹，苏先生

"管家！把二楼左手边第二间客房收拾出来，以后就是婴儿房了，再去买一张能睡三四岁孩子的小床！还有积木、汽车、小飞机、摇摇乐、写字板、橡皮泥，都让人去买！对了，衣服，要过年了，还得买几套衣服，这个我自己带他去买吧，你们准备被褥什么的，要鹅绒的，又轻又暖……"鸢也一大早起来就开始给阿庭布置新家，管家跟在她身后，拿着笔记本快速记着她的要求。鸢也越念越多，住的用的玩的吃的，事无巨细应有尽有，管家的笔跟不上她的嘴。

尉迟在餐厅吃早餐，都忍俊不禁地摇头，在鸢也说到要挑几个会照顾孩子的用人专门看护阿庭的时候，他终于出声打断："先吃早餐吧，这些以后可以慢慢添置，不急于一时，你上班要迟到了。"

"呀！"她马上跑去餐厅，风卷残云般扫荡豆浆包子小米粥，临出门前还不忘回头对管家说，"我交代的这些你先去办！都要最好的！"

管家笑着鞠躬："好的，您路上小心。"

尉迟莞尔，慢条斯理吃完早餐，而后起身，管家也替他拿来了西装外套，帮他穿上。

"她交代的事，挑稳妥的人去做。"尉迟温声道。

管家明白的，只是："先生，还有一件事。"

"嗯？"

"昨晚幼安小姐打来电话，说她已经回国了。"

幼安……尉迟薄唇微抿，不知想到什么，神色明显比方才沉寂。他没说什么，扣上纽扣，走出尉公馆。

管家是尉公馆的老人，知道主人家的很多事情，提起幼安，不禁想起多年前的一些事情，有些担忧。太太和先生刚和好没多久，幼安小姐突然归来，会不会又……唉。

临近年终，高桥要给每个合作伙伴送礼物，由商务部和行政部对接，鸢也在检查礼品的时候，看到其中一份挂着 HD 的牌子。她回头跟同事确认："这份是要送去 HD 的吗？"

同事走过来看了一眼："对。"

鸢也刚好有一些合作细节要和程董事长商议，便道："我送去吧。"

鸢也带着礼物到达 HD 大厦，向前台表明来意，前台打了个内线电话询问之后，才让她上楼。鸢也乘坐电梯直达指定楼层，程董事长的秘书已经等候在旁："你好，姜副部。"

"你好。"

秘书带她去了董事长办公室，她一进门，先将礼品放下："程董事长，我代表高桥给您拜个早年，这是高桥一点心意，请您务必收下。"

程董事长态度淡淡，只有基本的礼貌："姜副部亲自送来，实在客气，请坐，喝杯茶吧。"

看来他还在记仇，鸢也惭愧又无奈，可不好说什么，只能当作没察觉到。

"应该的，万岁山项目年后就要动工了，我也有一些细节想跟您再讨论。"鸢也不敢浪费他的时间，拿出文件，双手递上。

程董事长示意秘书泡茶，自己看起文件，时不时问鸢也几句，捋了大半个小时才把问题解决。鸢也准备告辞了，临走前，不禁冒昧一问："念想现在好些了吗？"

"经过秦医生的治疗，现下已经恢复正常，陈医生说过几天会来一趟晋城，看过想想后再定治疗方案。"程董事长回答。

鸢也问："秦医生是？"

"尉总介绍的，也是精神科医生，虽然没有陈医生名气大，但也很厉害。"

尉迟还真介绍了一位医生给程董事长？鸢也在心中暗叹，尉迟真是

281

交友广泛。她微笑着回复程董事长:"有两位厉害的医生在,念想一定会康复的。"

程董事长的态度这才亲和一些,好歹念着她把陈莫迁介绍给他的这份情:"承你吉言。"

"那我先告辞了。"

"我送你。"

"怎么敢劳动程董事长相送,我自己下楼就可以。"

"无妨。"程董事长已经起身,鸢也只好跟着他走。

秘书快一步上前按了电梯门,巧的是,刚好也有人上来,一按,电梯门就开了。鸢也抬起头,便见电梯内站着一个年轻女子,两人目光相对。

人嘛,都是视觉动物,鸢也最先注意到的也是她的脸。她五官很精致,左边眼角还有一颗小痣,倒是为她添了几分风情,加之身形高挑和披肩的栗色卷发,活脱脱就是个美人。

女子率先展露微笑:"程董事长。"

程董事长露出了笑:"是李总监,已经到我们约好的时间了吗?我正要送客人下楼,你先到办公室等我吧。"

如此状况,鸢也就更不敢让他送了,忙道:"程董事长留步,我自己下楼就可以,您忙。"

这次程董事长没有再坚持,对秘书吩咐:"那好吧。小蔡,你帮我送姜副部下楼。姜副部,我们回见。"

鸢也微笑颔首,秘书手挡在电梯门前:"姜副部,请。"

鸢也有些好奇那女子的身份,但毕竟是合作伙伴的合作伙伴,她不便打听,只好忍住好奇。

傍晚鸢也下班,直接去了医院,阿庭看到她很高兴,爬到她腿上坐下,黏糊糊地喊妈妈,鸢也随手拿起个玩具逗他,无意间看见沙发上有一盒还没拆封的积木。她顺口问尉迟:"你刚给他买的吗?"

尉迟看了一下:"刚才有个朋友来探望,给阿庭买的礼物。"

知道尉迟有个儿子的朋友,应该就他那几个兄弟吧?难道是杨炯?鸢也随意地点点头,也没有问。

次日早上,尉迟刚到公司,一抬眼,就看到那个年轻女子。她双手端着一杯咖啡,站在他的办公室门口。四目相对,两人都是微微一笑,尉迟径直走过去，推开办公室门，女子也随着他一起进去，将咖啡放在他的桌上，然后转身抱住了他。

"尉迟。"她轻声喊，"好久不见。"

尉迟拍了拍她的后背："嗯，好久不见。"

女子闭上眼睛，收紧双手，仔细地嗅着他怀里的味道。还是那么熟悉，多年来都是这样。

尉迟任由她抱了一会儿，才轻轻将她推开："老大不小了，还爱撒娇。"

女子笑了笑，放开他。

"听说你昨天去见了程董事长？刚回国，等休息够了再工作也不迟。"尉迟说。

"那怎么可以？尉总开给我那么高的薪水，我总不能吃白饭。"女子笑得俏皮，"只是项目太大，程董事长又觉我太年轻，都不那么信任我呢。"

尉迟微微挑眉："你想如何？"

女子粲然道："下次见面会谈，你来帮我压阵吧！"

尉迟颔首："好。"

女子又问："阿庭喜欢我送他的积木吗？"

"喜欢。"

女子眉眼弯弯："那我下班再去看他，我挺喜欢你这个儿子，要不是你已经娶妻，我都想嫁给你，当他的后妈呢。"

尉迟只道："自己都还是个孩子，就想当妈了？"

女子耸耸肩，没有再打扰他的工作，指了指桌子上的咖啡："我特意给你泡的，尝尝还是不是以前的味道。"

"好。"

"中午一起吃饭吧，我有很多话想对你说。"

"好。"

一一答应后，女子方才满意，退出他的办公室。

尉迟端起咖啡抿了一口，嗯，确实还是老味道。

傍晚七点半，鸢也赶到医院，她临时开了个会，加上路上堵车，有些匆匆。尉迟早就到了，正陪着阿庭玩。

鸢也神色一松，一边放下包，一边问："阿庭今天怎么样？"

尉迟正要回答，门外突然出现一个女人："尉迟，我把车钥匙落下了，你有看到吗？"

鸢也转身，然后就是一愣，竟然是之前在 HD 遇到的年轻女子。女子也是一顿，然后微笑："又见面了。"

尉迟问道："认识？"

女子解释："那天我去 HD 见程董事长，刚好有一面之缘。"

鸢也看向尉迟，挑了下眉，不介绍一下吗？尉迟才说："她是幼安，李幼安，尉氏海外市场部的总监。"

鸢也恍然大悟，率先伸出手："原来是李总监，你好，我是高桥商务部的姜鸢也，也是尉迟的妻子。"

李幼安握住了她的手："你好。"

鸢也面上微笑，心下则想：送阿庭积木的，该不会也是她吧？

李幼安眼尖，看到落在阿庭病床的枕头下的钥匙，快步上前："在这里。"

她拿到了钥匙，便与他们道别："我先走了。"

尉迟颔首："开车小心。"

她回了一笑："知道。"

鸢也敏锐地嗅出一点什么，李幼安一走，她马上开始兴师问罪："尉总，交代交代。"

"交代什么？"尉迟的表情十分坦然。

"敢直呼你名字的员工，不是一般员工吧？"鸢也眯起眼。

尉迟解释道："她家在法国，和爷爷是邻居，小时候认识。"

这么说的话："她是你的发小？"

尉迟看了她一眼："比起你和顾久，自是不算。"

嗯？鸢也被带走了注意力，凑到尉迟面前："晚上要吃饺子吗？尉总怎么这么酸？"

尉迟淡淡道："有吗？"

就是有！尉总乱吃醋也不是一天两天了，上次还吃霍总的醋呢。

"尉总别那么小心眼，我跟顾久都多少年了，要是能成，早就成了。"

说到这里，鸢也就想起一件趣事，她和顾久其实交往过，不过"恋情"只持续了半个小时。是的,他们用半个小时证明,有些人,真的确实只合适做朋友,且由于"恋情"过于短暂,他们互不承认对方是前任。

她自顾自乐起来,尉迟挑了挑眉:"笑什么?"

"有一回顾久问我要不试试。"鸢也笑眯眯。

"你和顾久?你刚才不是还说你们不可能?"

"就是经过这次后才确定不可能的。我们是一个学校的,隔壁班,我看他长得还算顺眼,我们平时也关系好,试试就试试。"

尉迟淡淡地问:"然后?"

"刚好下节课是两个班一起上体育课,我们就顺便约了个会。一节课还没上完,我们就分手了。"

尉迟愣了一下:"为什么?"

"因为两个班一起打篮球,他嘲笑我不会三分球,我鄙视他不会扣篮,他说女朋友要给男朋友面子,我说男朋友要让着女朋友,没谈拢,我们就分了。"

尉迟一时竟不知该是何表情。鸢也积极地问:"还有个后续,你听吗?"

闹剧一般的"恋情"竟然还有后续?尉总也想长长见识:"嗯。"

"后续是放学我们又切磋了篮球,不小心把篮圈打下来,被老师罚着写了一千字检讨。他找到了代写,顺便介绍给我。"就这样,他们完成了从朋友到恋人,再到仇人,最后又回归朋友的四部曲。

尉迟沉默了许久之后,选择换个话题:"帮阿庭洗个澡吧。"

鸢也笑倒在了沙发上。

尉迟好笑地摇了摇头,也就只有她能胡闹到这个地步,非但不觉得丢人,大摇大摆地拿出来说,说完自己还乐个没完。

鸢也抱着阿庭去洗澡时,黎雪送来从酒店打包来的晚餐,在桌子上摆开。护士敲了敲门:"尉先生,张老教授请您过去一趟。"

尉迟颔首,走出病房。他没走几步,背后突然快步跑上来一个人,直接捂住他的眼睛。女声笑着说:"猜猜我是谁!"

尉迟脚步一顿,微微偏头,她马上贴紧手掌,把他捂得严严实实,尉迟便不动了:"怎么还没走?"

她还是说:"猜猜我是谁嘛。"

尉迟的声音淡了许多："别闹了。"

他一向是温和的，所以每次冷下来，就很叫人害怕，李幼安悻悻地放开了手："你怎么还是这么无聊，她受得了你吗？"

尉迟只是扬唇，李幼安双手背在身后："不过，她长得挺漂亮的。"

他只是道："回去吧，太晚，路上不安全。"

她便要求："那你送我回去。"

"让黎雪送你。"

"算了算了，我自己走。"李幼安转头就走。

尉迟看她背影远去后，才淡声地喊："黎雪。"

黎雪马上从病房出来，听他吩咐："去买一件衬衫来。"

黎雪一愣，不明白他为何突然有此要求，定睛一看，他衬衫衣襟处竟然多了一个口红印，刚才还没有的。

"小孩子的把戏。"尉迟低声说。

黎雪了然，原是幼安小姐，要是让太太看见可不得了。

翌日午后，鸢也拿着杯子去茶水间泡茶，小秘书一脸荡漾地凑过来："姜副部，很甜哟。"

鸢也看了她一眼："什么很甜？"

小秘书一脸"你别装了我都知道了"的表情，暧昧道："午休才两个小时都要约会，要不要这么恩爱？"

鸢也挑了挑眉："我在办公室睡了一觉，你们又给我安了什么剧情？"

小秘书拿出手机给她看："还否认，都被拍到了。"

鸢也看了一眼，原来是一个和这群小姑娘一样闲的网友发了条微博，说自己路过尉氏集团，刚好看到尉迟从车上下来，身边还跟着一个腿长腰细的美女，从外貌判断，应该是他的夫人。

微博附的照片中，尉迟露出了侧脸，而身边的女子因为长发披散，连鼻子都没有被拍到，但因为她的身材、发型和网上曝出的鸢也的照片相似，所以网友认定这就是鸢也。

鸢也说："这个人不是我。"

秘书不相信："怎么会不是你？这个身材，还有这个头发……哎，姜副部你今天穿的是格子裙啊？"

照片里的女人穿的是黑裙子，还真不是一个人啊……小秘书咽了咽口水，默默将手机收起来："那这个女人是谁呀？"

"尉氏的员工吧。"鸢也按住出水键，看着热水注入杯中，稀释出茶叶的清香。

秘书松了口气："原来是员工啊。"

她没敢再说，缩回自己工位。

鸢也泡好了茶，回到办公室，见手机屏幕提示有微信消息，点开一看，是尉迟："阿庭今天出院，我们回老宅吃饭，我把阿庭也带去。"

她顺手回了一个字："好。"

冬季的天黑得特别快，六点刚过，四下便是暮色沉沉，鸢也轻车熟路地开车到老宅："爸，妈。"

大家都在客厅坐着，尉母转过头："鸢鸢，外面冷不冷啊？快进来喝杯热水暖暖身。"

鸢也换着鞋，笑着应："还好。"

用人上前接过她的包，又帮她脱去束手束脚的外套。她朝沙发走去，阿庭站在沙发上："妈妈。"

鸢也刚要应他，打眼看去，发现沙发上还坐着一个人，正对她微微一笑——李幼安。

她怎么在这里？鸢也心下意外，不过神色如常："李总监也在呀。"

说着她就抱起阿庭，坐在尉迟身边，和李幼安隔了一张长长的茶几，面对面。

尉母说："已经认识了吗？我还想为你们介绍呢。"

"昨天认识的。"鸢也回道。

尉母便道："幼安也算是我们看着长大的，难得回国，我就把她叫来家里吃顿饭，赶巧你们也回来了，正好热闹。"

"是啊，阿迟也没告诉我，会带李总监一起来吃饭。"鸢也面带微笑，看向尉迟，挑了挑眉。也不提前跟她说一声。

李幼安解释："我下午不在公司，尉迟也不知道我会来。"

尉迟点头，回她一个眼神——就是这么回事。

鸢也没有再说什么。

"妈妈，吃吃。"阿庭饿了。

287

尉迟侧头:"祥嫂,给阿庭做的饭好了吗?"

祥嫂忙应:"好了好了,我就盛上来。"

祥嫂马上端上来一个托盘,托盘上放着两个小碗。鸢也端起其中一碗,是鲜虾蒸水蛋,她搅了一下,一口一口喂给阿庭。

大家的目光都放在阿庭身上,李幼安笑着说:"阿庭好乖啊。"

尉迟温声道:"每天要吃好几顿。"

李幼安拍拍手吸引阿庭的注意力:"小孩子都这样呀,少食多餐才健康。"

尉母感叹:"这孩子长得真像阿迟小时候。"

李幼安:"将来一定也是和尉迟一样厉害的人。"

尉母很赞同:"有阿迟和鸢鸢教导,肯定会有出息。"

听着他们的聊天,鸢也心思兜转。女人面对情敌时的雷达最是灵敏,虽然李幼安什么都没有做,但鸢也隐隐感觉,她对尉迟可能有点意思。

阿庭吃完小半碗就不想吃了,东张西望要爬到别处玩,鸢也控制不住他。这时,尉迟伸手过来,将阿庭抱到他的腿上,抓着他的双手,对鸢也抬了下眼。鸢也心领神会:"阿庭看这里,张嘴。"

阿庭看到鸢也的脸就很听话,张嘴吃下。尉父不禁笑道:"本来还担心他们小夫妻没养过孩子,照顾不好阿庭,现在看倒是多虑了。"

李幼安笑着看着。

阿庭吃完饭,鸢也起身去厨房洗手,尉母走了进来,拿了几个水果在洗,鸢也顺手帮忙。尉母低声说:"鸢鸢,我们接受阿庭,是因为他到底是阿迟的血脉。活生生的一个孩子,我们没办法视而不见,但我们也仅仅接受他进入尉家而已。"

鸢也一愣,没想到她会突然说这些。尉母道:"尉家不会亏待他,但尉家将来的一切,都只会留给你和阿迟的孩子。"

鸢也无奈:"妈,我答应抚养阿庭,就会将阿庭视如己出,如果我将来和阿迟有孩子,他们的地位也是一样的。"

她知道尉母是怕她委屈,也怕她勉强,才说出这种话来安她的心,但她从没有想到由谁继承尉家的程度。那也太远了,将来的事情,谁说得准?

尉母看到她这样就放心了,拍拍她的手,端着洗好的水果出去。鸢也跟在她身后，看到尉迟正与李幼安说话，说到好笑的地方，她更是直接抱住尉迟的胳膊，将半个身体倒在他身上。鸢也眉心一跳，顿时就心忖，比起考虑谁继承家产，她现在是不是更应该关注别的重点？但尉父尉母甚至是尉迟对她这种亲近都仿佛是习以为常，没人觉得不妥。

尉母将果盘放下，顺口问："幼安住在哪里呢？"

"住酒店。"李幼安回答，"这次回国至多留一个月，就没有费心找房子。"

尉母皱眉："酒店哪里比得上家里舒服？你住尉公馆吧，上班坐阿迟的车，也方便。"

鸢也一下抬起头。

李幼安看向尉迟："可以吗？"

尉母道："当然可以，你是阿迟的妹妹，又不是外人，暂住一段时间而已，你说呢阿迟？"

尉迟想说什么鸢也不知道，她在他开口之前就先应下了："是啊，阿迟的妹妹也是我的妹妹，我就直接叫你的名字吧。"

李幼安笑吟吟："可以啊。"

鸢也就安排了："幼安可以住在公馆的三楼。毕竟二楼除了主卧、衣帽间和大小书房，我们还改造了给阿庭住的婴儿房，又增多了一间玩具房，要是再安排一个客卧就太拥挤了，想必幼安住着也不舒服，三楼比较空阔。妈，你觉得呢？"

"我都忘了你们把阿庭接回尉公馆了。"她养育过孩子，知道照顾一个孩子多麻烦，当下便皱起了眉，"公馆的用人说多不多，平时照顾你们两个就差不多了，再多一个孩子怕是忙不过来，幼安再住进去，确实不太方便。"

尉父想了想："那就住老宅吧，这里离尉氏也不远。"

这倒是个折中的安排，尉母觉得不错："幼安，你说呢？"

李幼安终于把目光放在鸢也身上，鸢也没有错过她眼底压着的一丝冷意。鸢也面不改色，从果盘里拿起一颗葡萄，慢慢吃下，对她微笑。

尉母又问了一句，李幼安笑笑答应："好啊，谢谢尉伯伯、尉伯母。"

鸢也没有再看她，漫不经心地想着，当初白小姐三更半夜带着孩子下着雨都没能在尉公馆过夜，妹妹你未免也太敢想了。

因为带着阿庭这个孩子,他们便没有在老宅久留,九点多就返回尉公馆。鸢也和尉迟同车,她一边漫不经心地摸着阿庭的小脑袋,一边问:"幼安回国忙什么项目?"

尉迟说:"那天不是在 HD 遇到她了?"

鸢也奇怪:"尉氏要和 HD 合作,为什么是由海外部出面?"

"因为合作的是在海外进行的项目。"尉迟眸底倒映着车窗外的路灯,平和如温水,"若是由国内市场部先接洽,再转交给海外部,途中容易出纰漏。"

鸢也表示理解。

阿庭趴在鸢也怀里,下巴搁在她的肩膀上,睡得咕哝咕哝,尉迟看了一下,伸手将他轻轻抱过去。阿庭的发育比一般的小孩慢,但重量还是有的。鸢也揉了揉酸疼的手,噙着笑。尉先生很少会表达,是少说多做派代表人物,她就当他此举是心疼自己。

尉迟低声问起:"快放春假了吧?"

"嗯,还要上三天班。"

"之前说去看冰岛看极光,还想去吗?"尉迟注意到,她又换了美甲,这次是星空蓝,看来她是真的很喜欢星星。

她想去,她当然想去了,她都没跟尉迟出去玩过。但她刚一兴奋,就想到另一件事,顿时偃旗息鼓。她戳了一下阿庭的小屁股:"要带上他一起去吗?"

尉迟微微沉默。

鸢也喟叹一声:"我总算知道,为什么大家总说趁着还没孩子该玩玩该吃吃了。"

尉迟抿唇:"把阿庭放在爸妈那儿,也没有问题。"

鸢也看他:"哭了怎么办?"

尉总淡漠道:"就哭吧。"

鸢也扑哧一声笑出来:"果然是亲爹。"

鸢也一家三口走后,李幼安也告辞了。尉母吩咐用人明天收拾出一间房,好让李幼安搬进来住后,便回房休息了。尉母帮着尉父将外套脱下来,拍去褶皱,挂上衣架,笑道:"真没想到,鸢鸢和阿庭可以合得这么来,你今天看到了吗?阿庭只黏着鸢鸢,别人抱他,没一会儿他就又爬回鸢鸢怀里。"

"最了解鸢也的人就是阿迟,只要阿迟想,自然就有办法让她接受阿庭。"尉父说。

尉母诧异回眸:"是阿迟想的办法?"

尉父但笑不语。

"罢了,只要他们一家三口可以好好过下去,我就心满意足。将来鸢鸢和阿迟再有一个自己的孩子,那就更圆满了。"尉母脸上是藏不住的喜悦,"阿庭和鸢鸢真是有缘分,我今晚仔细打量了,发现那孩子长得也有点像鸢鸢,天生注定是要给鸢鸢做儿子的。"

像吗?尉父倒是没有去细看。

尉母嘴角的弧度忽然一收:"但是幼安回国了……你说她不会跟鸢鸢说什么吧?"

尉父就笑了:"你那么担心,还提议让幼安住尉公馆?"

提议只是顺口提议,当时也没有多想,现在回过味才觉得不妙,尉母抿唇:"应该不会吧?幼安这孩子一直都挺乖的,和我们家一直都比较亲近。"

可以说,幼安跟他们家,比跟她亲生父母都亲近。

尉父亦是心思沉重,在床沿坐下,半晌才问了句:"她走了几年了?"

尉母算了算:"十年了吧。"

尉父叹气:"十年了啊。"

第二天,高桥集团大会议室里,霍衍主持召开了今年的最后一个高层会议,会议长达两个小时。散会后,霍衍没有立即离开会议室,而是靠着椅背看一份报告,一看就是半小时。看完了,批复了,抬起头发现这会议室里不止他一个人没走,鸢也还在。她噼里啪啦敲键盘,是在写什么东西,眼睛盯着电脑屏幕,很是专注。霍衍心思一动,拿出手机,悄悄拍了一张她的照片,勾起嘴角,发给隔着一个洲的某人。

那边意料之中的没有回复,霍衍收起手机,敲敲桌面,鸢也抬起头,他说:"我请你吃饭。"

不想薅老板羊毛的员工不是好员工,鸢也当然答应:"多谢霍总。"

她以为他只是想请她在公司附近的餐厅对付一顿，没想到霍衍还开了车过来。霍衍道："朋友新开了一家餐厅，过去暖暖场。"

原来如此。鸢也便上车了。

午餐时间，商业区里多了很多出来吃饭的各企业员工，霍衍车速很慢，漫不经心地提起："最近有联系他吗？"

他说的自然是苏先生。鸢也摇头："没有。"

她和苏先生其实不常联系，这段时间工作忙又出了很多事，就更加没有联系了。

霍衍目光专注地看着前方，打着方向盘转弯，开上马路，才说："反正快放假了，找个时间去苏黎世看看他吧，可怜一下'空巢老人'。"

鸢也笑："他怎么会是空巢老人？"

"要是没人去看他，他一年365天，每天从睁开眼到临睡前一刻，都只有工作、工作和工作，这么可怜，还不是空巢老人？"霍衍勾唇，"他哪天猝死在办公桌上我都不意外。"

去看他吗？鸢也琢磨着，她的瑞士签证应该还没有过期吧？

下了车，鸢也左右看了看，发现这里离尉氏很近，不会那么巧遇到尉迟吧？才这么想着，霍衍就停下脚步："那是尉总和程董事长吧？"

鸢也立即顺着他的视线看去，就见餐厅的另一个门走出两个人，老者沉稳，青年俊美，正谈笑风生。

他穿的是深灰蓝色的西装，衬衫领子熨帖而棱角分明，领带是她早上为他系上的，此刻仍然整齐地挂在他脖子上。他唇边笑意温淡，不疏远不热络，一如既往的矜贵。大约是有所感应，他也抬起头看过来，见她在，一顿之后就是一笑。

鸢也的心情突然雀跃起来，她也不明白是为什么，几个小时前才见过的人，此刻见了却有种别来无恙的错觉，她不禁快步朝他走去。只是还没等她走到，他们身后就快步追上来一个女人。女人抱怨道："车位真难找。"

"尉总早说了走路过来就可以，是李总监你自己要开车，这里可是商业区，又是中午，餐厅门口哪那么容易找到车位。"程董事长含笑道。

"是我的错，没听尉总的话。"

喜悦仿佛被迎面铲了一捧雪，顿时冷却，鸢也脚步慢了下来。原来他们是一起来的。

大家都是认识的，打招呼是应该的，霍衍脚步随上："尉总，程董事长，这么巧。"

程董事长抬头一看，很是意外："霍总和姜副部也来这里吃饭？"

霍衍应了声是，程董事长笑道："我们刚在尉氏谈完合作，过来吃饭，没想到巧遇两位。高桥离这里应该有一段路，能让霍总专程而来，看来尉总要请我的这一顿饭，确实值得期待。"

尉迟温和一笑："刚开不久的餐厅，霍总竟然也知道。"

"朋友开的店，过来捧捧场。"

"原来如此。"

程董事长想了想，说："姜副部和尉总是夫妻，高桥和HD又有合作，都算是一家人，只是吃顿饭，不如在一桌。尉总，霍总，你们觉得呢？"

尉迟点头："可以。"

霍衍亦道："当然可以。"

鸢也挺想说自己不可以的。但两位大佬都点头了，她一个小喽啰哪里来的反对权利？最终，五个人坐在了一桌。在座都是人精，哪怕各怀心事，也能聊到一起。

中途霍衍接到一个电话，致歉之后离席。服务员送上几本菜单，他们各自点了几道，鸢也看到有几道辣菜卖相很吸引人，本来想点，但考虑到晋城人口味比较清淡，应该不怎么吃得下，顾全大局，只好点了其他的。

而那边，程董事长已经聊到了尉迟和李幼安的交情："原来尉总和李总监是邻居，难怪李总监这么年轻就独立掌管一个部门。"

不知程董事长是有意还是无意，但这话听着，就像在说李幼安是凭尉迟才有现在这个位置。鸢也挑了挑眉，当起吃瓜群众。

李幼安不恼不怒，笑着说："虽然是自小认识，但从进尉氏，到成为总监，尉总这个大老板从来没有给我放过水。"

程董事长打趣："这可就是尉总的不对了，法外还不外乎人情，这可是你的青梅竹马，竟然这般严厉。"

"路要靠自己才能走得更远，旁人拉着推着，终究会摔倒。再者，尉氏从来不养没用的人，对谁都一样。"尉迟语气温淡。

是吗？那是谁在背后"推"了她两次？尉总之前可不是这么磊落。鸢也百无聊赖，在心里吐槽。

尉迟感觉到她的视线。这女人眼睛一转就没有好心思，这会儿不知道又在打什么鬼主意。

他多看了她几眼，她将手肘搁在桌子上，托着下巴，一副懒懒的姿态。今天不那么冷，她只穿了一条红色的毛衣裙。修身款式颇显身材，因她这姿势，曲线看起来更加明显。他眉心几不可察地一蹙，手指在桌面上有节奏地敲了敲。

鸢也眨眨眼，放下了双手，端正地坐着，尉迟这才收回视线。

没有注意到他们之间的小动作的李幼安就着尉迟那句话道："所以程董事长可以放一百个心，我们绝对会用最专业的态度来进行这次合作，何况当初程董事长会选择尉氏，不也是因为我们的计划书打动了您吗？"

她的话无懈可击，程董事长想来个下马威都不行，只好认输："我当然相信李总监，只是很意外李总监和尉总还有这层关系，说笑而已。"

李幼安一笑："公事上尉总和我是公私分明，但我们私情确实还不错。"

"怎么个不错法？"程董事长好奇。

李幼安看向鸢也，含笑的眼睛里藏着一些深意："姜副部在这里呢，这话怎么好说？"

好会挑事的一个人。既然觉得不好说，打从一开始就不要说，开了头吊起了旁人的胃口，又说"不好说"，这算什么？

鸢也往自己空了的茶杯加茶："李总监也是说笑了，这有什么不好说的？"

李幼安勾着唇："我要是说，当初尉迟差点娶了我，姜副部不会吃醋吗？"

手不小心一抖，鸢也的茶水溢了出来。李幼安好整以暇地看着，以为她会震惊或者错愕，不料鸢也抬起头，神色竟是淡然："还有这种事？那我是不是应该跟李总监道歉，竟然被我后来居上了。"

李幼安眉心快速一皱，还要再说什么，尉迟开口，语气淡淡的："李总监说的只是玩笑话。"

李幼安飞快转向他，尉迟神情淡漠，她不敢惹他不快，只好耸耸肩：

"是啊,我开个玩笑。"

程董事长通透,察觉出微妙,带开了话题:"晋城说大不大,说小也不小,今天咱们三家在这里遇到是缘分,以后有机会可以一起合作,三方共赢,也是一桩美谈。"

尉迟颔首:"尉氏也很希望可以在未来能与HD、高桥达成更多良性合作。"

鸢也抽了一张纸巾,擦去茶渍,只是玻璃桌面上依旧留下了痕迹,就像李幼安那句话到底是被她记在了心里。

这时,霍衍回来了:"点菜了吗?"

鸢也道:"点了,霍总看还要再加点什么?"

霍衍拿起菜单,随手指了几样:"刚才听老板说,海鲜都是当天运过来的,很新鲜,可以尝尝。"

话题被逐渐带开,聊的都是闲事,刚才是鸢也比较沉默,尉迟揭过李幼安挑起的事后,就轮到李幼安比较沉默。

后来服务生依次上了菜,都是店里的招牌,奇的是,最后竟然还有两道辣菜。鸢也有些意外,她都没点,是谁点的呢?

这两道菜红彤彤的,肉眼可见全是辣椒,在一桌偏清淡的菜肴里,显得格外醒目。程董事长敬谢不敏:"这么辣,可以吃吗?"

鸢也马上为心爱的菜系正名:"当然可以,川菜湘菜大多是这样,又麻又辣很够味的。"

李幼安道:"看来是姜副部点的。"

"不是我。"鸢也否认。

李幼安转了转眼睛,笑了:"不是我点的,也不是程董事长点的,那就是霍总点的了,霍总应该不吃辣吧,看来是专门为姜副部点的,姜副部果然很受霍总器重。"

霍衍未来得及说什么,那边便传来一道漠然的男声:"我点的。"

众人纷纷看过去,而尉迟看的是鸢也:"给你点的。"

李幼安脸色难看,鸢也的嘴角翘了起来。

饭局尾声,鸢也去了一趟洗手间,洗手时,镜面上出现另一个人的身影。李幼安轻声说:"姜副部。"

鸢也回了一句:"李总监。"

"大家都是聪明人,有些话不妨说开了。"李幼安将手伸到自动感应头下,水立即涌出,湿了她白皙漂亮的手指。

鸢也看了一眼,发现她也染了星空色的美甲,她不动声色地问:"什么?"

李幼安直接来了一句:"我喜欢尉迟。"

鸢也一顿,然后笑了。果然,女人对情敌的直觉最准确,在老宅鸢也就怀疑她对尉迟有意思了,并且一直利用尉迟拿她当妹妹的这点肆无忌惮地跟他亲近。这就比白小姐还要过分了。

鸢也洗去手上泡沫,应对从容:"尉迟很优秀,很多人都喜欢他,作为他的妻子,我很荣幸。"

李幼安甩了甩手,抽出一张纸巾:"不用荣幸,因为很快他就是我的了。"

鸢也神情一凛,这算是正式下战书吗?

饭局结束,李幼安送程董事长回公司,鸢也和尉迟走到门口,尉迟问她:"要回公司了?"

"当然。"

"晚上见。"

鸢也见他的领带有点歪,伸手为他整理,顺便抚过他笔挺的肩膀:"好。"

道别后,尉迟步行回尉氏,鸢也走出餐厅,霍衍把车开出来,却对她说:"姜副部,不好意思,要你自己打车回公司,我得要去机场接个人。"

鸢也不觉如何:"没关系,霍总去吧。"

霍衍大概是真的很急,没有多说直接就走了。

尉迟回到尉氏,那会儿午休时间还没有结束,员工们都不在办公室,一层楼里只有黎屹在。

"尉总。"黎屹见他回来,立即走上来,"尉总,太太那三张照片,已经查出来是怎么回事了。"

尉迟颔首:"说。"

"十年前,太太和她的小表哥陈莫迁一起进行欧洲诸国游,游玩到意大利的时候,她因为送一个残疾老人回家而中了当地人口拐卖团伙的圈套,被他们抓了。"

尉迟眉心紧蹙:"然后?"

黎屹都不禁赞叹:"太太实在是一个很聪明也很勇敢的人,她当时才十几岁,虽然遭遇这种事,但没有放弃求生。也是刚好,当地警方正在打击这个犯罪团伙,太太与警方里应外合,非但救了自己,还救了其他被拐卖的孩子。"

他说得轻巧,尉迟却听得沉重,转身问:"具体是怎么做的?"

"具体……具体不清楚,我原本想找到当年参与办案的警察,了解具体的经过,但很奇怪,那些警察要么已经退休,要么是被调离岗位,总之都没有留下档案,所以我没有找到。这件事可能只有太太知道具体的内幕了。"

尉迟想象不出来,当年只有十几岁的鸢也被人利用了善心,使得自己落入圈套,她是怎么在重重危险中,非但保护自己突出重围,还能救下其他人的。他想起那三张照片里的鸢也,她眼里全是恐惧。她一定不是从一开始就勇敢无畏,否则这样光荣的事情她不会提都不想提,她一定是受过苦,然后才涅槃重生。

黎屹想起另一件事:"还有,太太被救下船后,并没有立即被送回国,而是在苏黎世住了一个月。"

"苏黎世?"尉迟侧头。

"对。但是还没能查出到底是谁收留了太太,这一部分也被人刻意地抹除了痕迹。"黎屹说,"而且当时陈家对外宣称,那一个月太太是在他们那边度假。"

尉迟:"也就是说,陈家也替鸢也隐瞒了那一个月的事情?"

"是的。"

原来是有陈家配合,难怪他一点都不知道鸢也还有这样一段遭遇。尉迟淡淡道:"查下去,我还要知道她在苏黎世那一个月发生的事情。"

与此同时,霍衍这边——这会儿不是路况高峰期,加之一路绿灯,最终他比自己预估的时间早十分钟到机场。即便如此,那个下了飞机才给他发信息的男人还是等候了近一个小时。霍衍快步走到贵宾休息室,看到他和秘书都在,松了口气:"你怎么突然就来晋城了?也不直接给我打电话,差点没看到信息。"

"有事做。"他应完就咳嗽起来。他本就肤色白皙,一咳脸色就更白了。秘书马上倒了杯温水送上,他却摆摆手表示不用。

霍衍站在他面前,问:"怎么又病了?"

他淡淡道:"一直没有好。"

这不都快一个月了?霍衍皱眉:"看过医生吗?"

"风寒而已。"

他一向是这样冷淡,认识他七年,霍衍习惯了,从秘书手里接过行李箱。秘书觉得不妥,他自然道:"怎么好让女士拎东西?"

秘书便微笑:"谢谢。"

他们说这两句话的工夫,男人已经走出贵宾室,霍衍看着他的背影,感觉他又比上次见到时清瘦些。

霍衍跟上了他,三人出了机场,车子启动前,霍衍问:"定好酒店了吗?"

秘书说了一个地址,霍然讶然:"那边是复式楼吧?你打算长住?"

"事情办好就走。"

霍衍想问他办什么事。在晋城要办的事,让自己做不就可以?何需他亲自来,苏黎世那边没有他盯着可以吗?但转念一想,如果不是必须由他亲自来,他也不会来了。这个人最不喜欢走动了,看起来也不想多说,他索性不费口舌多问。

他坐在后座,霍衍从后视镜看了他一眼。时光对他总是格外优容,三十三年的光阴没有在他脸上留下任何痕迹,每次见到他,他都是这副模样。只是,他对任何事情都分外冷漠,就可惜了他这张甚至可以用惊艳来形容的脸——因为他连笑一下都不会。

当然了,男人看男人,一般不会太重视相貌。第一次认识,比起他的脸,霍衍更能记住他的名字——Daniel,丹尼尔,中文名是苏星邑——可以在全球最大的金融中心苏黎世翻云覆雨的罗德里格斯家族的家主。

他的突然到来,怕是要改变如今晋城,或者说,改变鸢也的局面了。

番外一
尉迟视角

尉迟从二楼下来,发现鸢也躺在客厅的沙发上睡着了。沙发不够长,不能完全容纳她的身体。她的双腿微微蜷着,身上盖着一条小毯子。大概是觉得冷,她的手指攥紧了毯子一角。

尉迟在抱她回楼上房间睡还是开壁炉让客厅暖和一些之间考虑了几秒,选了后者——因为可能一抱她就醒了。

她最近为了公司的一个项目加班加点忙了大半个月,好不容易能休息一会儿,还是不要打扰她吧。

开了壁炉回来,尉迟又将身上的外套脱下来,一起盖在她的身上,然后顺势坐在沙发前的茶几上,温和地注视着她。

客厅很快变得暖和,让人心生眷恋,他也因此想起过去的一些事。那得从两年前他们还没有结婚的时候开始追溯。

冬末春初的晋城已经开始回暖,这个城市或许真的很小,接近两千万的人口密度也稀释不了那种名为"缘分"的东西,所以尉迟又遇到鸢也了。这已经是他第四次偶遇自己这个定了娃娃亲的未婚妻。

"迟哥,你在看什么啊?"杨炯喊了他一声,尉迟才将目光从那个已经看不见的身影上收回来。

尉迟抿了口酒,道:"没什么。"

小金库虽然以高消费的门槛限制了一部分的人进入,没那么乱七八糟，但说到底只是个酒吧，还是有些喧闹。尉迟平时几乎不来这种地方，今天是杨炯生日他才给这个面子。坐了半个小时，耳膜被音乐震得有些难受，他起身说："我去一趟洗手间。"

"哦哦，迟哥你快点回来，要切蛋糕了！"

尉迟颔首，去的方向就是刚才那个身影离开的方向。

走廊四通八达，尉迟不自觉地开始寻找，心中隐隐期待在下一个转角遇到谁。脑海里走马观花似的掠过之前的三次偶遇，每次她都张扬又明艳，只要一出现，就会吸引周围人的目光——包括他的。

尉迟的脚步停顿了一下，然后低头无奈地一笑。怎么回事？明明就只是偶遇过几次，连话都没有说过，自己怎么就开始关注她了呢？是因为他们有娃娃亲，算是熟人，所以他才会上心？还是因为她确实漂亮，他也犯了男人的劣根性？又或者是因为，她总是给他一种难以形容的熟悉感，才让他总想多看看她？

尉迟自认足够理智和克制，这么关注一个女孩子，确实不像他以往的作风。

他抬手看了一眼时间，已经不早了，明天还有会议。算了，看杨炯切了蛋糕就回去吧。

尉迟转身往回走，这时，前面左转的通道传来女声："鸢也，你为什么总是这么咄咄逼人？我们是一家人……"

"谁跟你是一家人？"这个带着讽刺笑意的女声听着很熟悉，尉迟身形一顿。

鸢也今晚穿了一条小黑裙，在不甚明亮的空间里，裙摆的银丝泛着银光，像有月光照在她的身上。她双手环胸："宋鸢锦，人要脸树要皮，你是不是不知道'廉耻'两个字怎么写？下次再让我听到你打着姜家的招牌招摇撞骗，你试试看我会做什么！"

"廉耻？"宋鸢锦轻笑一声，"对，你说得对，我不是姜家的女儿，鸢也你才是，姜家的招牌只有你配打。"

鸢也舔了舔小虎牙："你阴阳怪气什么？"

"尉家攀不上就去勾搭顾家，打着姜家和陈家的招牌左右逢源，鸢也你这是不是也叫不知廉耻？"

鸢也饶有兴味地挑眉道："顾家？顾久？"

"我知道你们是朋友,有朋友这层关系更容易下手。别人不知道你,你以为我也不知道吗?"

"哦?你知道什么?说来听听。"

"你不就是因为我妈妈怀孕了,没办法接受,就想离开姜家吗?但你又不敢一走了之,你从小锦衣玉食,过惯了大小姐的生活,就算有工作,一个月几千块钱的工资还不够你吃顿饭,所以你就想找个靠山养你,于是选中了顾久。"

鸢也扬起眉毛:"你也太了解我了吧?"

宋莺锦的语气里有揭穿她真面目的得意:"我观察你很久了,你以前跟顾久的关系虽然好,却也没有天天在一起。你今天会在这里,也是跟顾久来的吧?他快被你拿下了吧?"

鸢也开始鼓掌:"竟然都被你看穿了?果然啊,你才是这方面的祖师爷,我在你面前实在是班门弄斧。"

尉迟都没有发现自己从什么时候开始眉心紧皱。走廊上没有窗户,空气不太流通,他甚至感觉胸口有些窒闷。

他不知道宋莺锦的话有几分真几分假,但鸢也都承认了。他也不知道鸢也这些承认的话里有几分真几分假,毕竟他们都不算认识,他不了解她的为人,也许她的本质就是这样——狡猾、精明、算计、贪图富贵,不惜拿婚姻当筹码,换取安逸的人生。

先前几次偶遇带来的朦胧的好感像被迎面泼了一桶冰水,尉迟的神情又恢复一贯的淡漠,他径直离开。

尉迟不知道的是,在他走后,鸢也话锋一转,没了刚才的漫不经心,语气忽然变得冷厉:"够了宋莺锦,你以为谁都跟你、跟你妈一样?我就算没了姜家,也还是姜鸢也,用得着跟你们母女俩一样?我和顾久走得近是因为他有事找我帮忙,收起你的自作聪明。还有,姜家是我家,我为什么要走?要走也是你和你妈这两个鸠占鹊巢的人走。我最后奉劝你一句,少来娱乐场所,多去拜一拜,求你妈肚子里那玩意儿真的能平安生下来!"

一个月后,晋城正式进入春季,一连五天都在下雨。尉迟站在尉公馆二楼的书房落地窗前,隔着一面玻璃,感受着外面的湿冷。

管家端来一杯锡兰红茶,眼角无意间瞥见尉公馆前的人影,忽然惊

301

呼:"先生,你看那里!"

尉迟的目光一定,就看到管家指的方向出现一个小小的身影。她没有撑伞,也没有任何躲雨的动作,直愣愣地走着,大雨让她看起来单薄又脆弱。

尉迟往前走了一步,旋即眉心皱起来。管家也认了出来:"是姜家那位吧?"

确实是姜鸢也。

管家的眼神很不错:"姜小姐的衣服上……是不是有血?"

尉迟还注意到鸢也穿的是室内鞋,应该是刚从家里跑出来的。他沉声道:"去查一下姜家出什么事了。"

管家马上去查,答复很快传来:"先生,姜家刚刚叫了救护车,说是那位宋夫人摔下楼梯流产了。"

尉迟想起那天在小金库听到的对话,猜到了鸢也这一身血的由来,也大概猜到她来找自己是因为什么。只是,她闯了祸需要人庇护,怎么不去找顾久?不是说快要拿下了吗?还是说,因为这次的事情大到连顾久都包庇不了她,所以她才换了对象?应该是的,否则凭他们之前没有过任何交集的关系,她怎么会想到找他?

一股没由来的情绪在胸口弥漫开,他感觉有些烦闷,也有些不快。于是在管家询问要不要请姜小姐进来和秘书说会议时间到了的时候,他毫不犹豫地走向办公桌。

管家明白他不想见鸢也,便道:"那我去跟姜小姐说您要开会,让她改日再来。"

尉迟没有回答,管家离开书房后,跨国会议正式开始了。电脑屏幕被分成四块,一位来自法国的高管正在讲话。尉迟靠在椅背上,神色淡淡,看起来是在认真听,手指却无意识地转动着钢笔。十分钟后,尉迟忽然说了一句"Sorry, wait a minute",然后起身离开座位,将黎雪叫来交代了几句话,之后又回到电脑前。这下他终于能专心开会了。

会议结束已是两个小时后,尉迟松了松领带,走出书房,跟秘书交代接下来的工作。管家在旁边欲言又止,尉迟用余光瞥见,道:"说。"

"先生,您忙完了要见一下姜小姐吗?"

尉迟顿了顿:"她还没走?"

"一直在外面。我说您在开会,没时间见她,她也不肯走。"

尉迟看向窗外,雨势和两个小时前一样丝毫没有减弱。

这是尉迟第一次见识到这个女人有多倔。

"让她进来。"他的声音微沉。

鸢也终于被带进尉公馆,淋了两个小时的雨,她的脸上已经没有任何血色,全身湿漉漉的。

管家按照尉迟以往的习惯,打开电视机播放《晚间新闻》,又为他送上一杯热腾腾的咖啡。尉迟的眼睛落在电视机上,却听不清主持人说了什么,耳边只有她身上淌下的水落在地板上发出的滴滴答答的声音。这是尉迟第一次意识到,自己被鸢也影响了习惯。

电视进入广告后,尉迟看向鸢也,示意她可以说话了。他以为她会绕一大圈才说明来意,结果她上来第一句话就是——娶我。

咖啡在尉迟的手里轻微晃了一下,旁人甚至没有察觉到这点骤然掀起的波澜。

尉迟再度正视她。他们的婚约是两位母亲定下的娃娃亲,他从来不以为意,她仿佛也没有放在心上。没承想,他们"第一次"见面,她就对他提出了这种要求。

"理由?"他问。

"宋妙云从楼梯上摔下去,摔断一条腿,还流产了,她冤枉是我推的。"她答。

和他猜想的一样,她就是遇到解决不了的难题才来找他。尉迟神色淡淡地看着她。和之前几次偶遇很不一样,她现在就像一只被遗弃的小动物,眼睛水汪汪的,分不清是雾气还是雨水。他发现自己不太喜欢看到这样的她,姜鸢也就应该是自信且骄傲的。

他一句"为什么不去找顾久"在喉咙里压了又压,到底没问出来,怕泄露自己太多的感情。

尉迟是尉家的独生子,从小被当成继承人培养,早已习惯隐藏自己的情绪,纵然心里早已翻江倒海,面上仍然能不动声色地点评:"太冲动。"

只是他发觉自己竟然真的很在意鸢也和顾久的关系,他忍不住猜想,她应该去找过顾久了吧?是顾久没有办法帮她才退而求其次找他的吧?

尉迟的脸色又淡了几分，起身道："给姜小姐一把伞，送她出去。"

他为什么要成为她的"次"呢？

但是鸢也拿出了骨髓配对报告。她有备而来，他一直是她的选择，不是退而求其次，她自始至终选定的都是他。

后来，尉迟很多次回想起今天的事，总觉得是那一瞬间不知道从哪里生出的欢喜才让他答应了这桩婚姻"交易"。

只是他一直没有告诉鸢也，其实早在他决定见她前，他就已经让黎雪去处理姜家的事了——否则两个小时的时间，姜宏达又怎么会找不到她？

鸢也是聪明的、有趣的、独立的、善良的，偶尔会有小脾气，桀骜却也不失个性，她身上有很多让人喜欢的特质。

尉迟也很喜欢她。他喜欢她出差跟他通电话时，碎碎念里藏着她自己都没有发现的撒娇和想念；他也喜欢她层出不穷的鬼点子，他到现在都没想明白"周末太无聊，于是给猫戴上小小的监视器，第一视角沉浸式当猫"的想法是怎么出现在她的脑瓜里的；他还喜欢她床笫之间抱着他的脖子，软绵绵地喊"尉迟"的样子，她的声音听得他的心软成一片一片的。

这两年的婚姻生活都让他想好了余生该怎么度过。他有很多想跟她一起做的事，他想她应该也是如此。他们这场既是人定也算是天定的婚姻，他想要认真地走一辈子。

直到白清卿带着阿庭突然出现在她面前。像有人按下了暂停键，所有美好戛然而止。

尉迟曾失去过一段记忆，那是四年前一场很严重的车祸导致的，他被抢救过来后，在病床上治疗了两个月才能下床。但那一年的记忆消失得了无痕迹，他只能模模糊糊地记得，自己有一个很爱的人。

也就在这个时候，白清卿带着阿庭出现，说这是他们的孩子，她还说，她就是那个与他相爱的人。白清卿说了他们一起经历过的事情，他既觉得熟悉，却又感到陌生——熟悉的是事情，陌生的是白清卿这个人。因此尉迟怀疑白清卿是冒名顶替。

尉迟做了自己和阿庭的DNA鉴定，也做了阿庭和白清卿的DNA鉴定，奇妙的事情发生了——第一次鉴定，阿庭是他和白清卿的孩子，然而第二次，他让人到外省鉴定，结果却是，他和阿庭是父子，而阿庭和白清卿不是母子。

由此他得到两个结论：一，初次鉴定有人做了手脚；二，他的怀疑是对的，白清卿不是和他相爱的那个人。

他没有揭穿白清卿，因为他觉得，偷走孩子、篡改鉴定结果以及冒名顶替这些事，不是白清卿一个弱女子能够做到的，她背后一定还有人。他想把幕后之人找出来，想知道他们有什么目的，更想知道他忘却的那个女人、阿庭的亲生母亲，到底是谁。

阿庭患有遗传性疾病，这种病最佳的治疗方案是做造血干细胞移植。他和白清卿做了配型都不合适，他又在全世界范围内寻找匹配的骨髓。但找这种东西谈何容易，他始终一无所获。所以当鸢也拿出那份配型合适的报告，他就擅自想过，这或许也是他和鸢也的缘分。

鸢也从来没有问过他，她当初捐的骨髓是给谁用的。尉迟亦庆幸她不曾问过，他还不知道该怎么告诉她白清卿母子的存在。他想象得到她知道后会是什么样的反应。她那样的性子，如何接受得了他养了一个女人，还有一个孩子？

事实也确实如他所料。

白清卿来晋城是因为阿庭的病情又不稳定了，他不得不让他们留下，鸢也也终于知道了白清卿和阿庭的存在。

看到她出现在春阳路14号，尉迟在那一刻真切地生出了慌张。

是的，慌张。尉迟这辈子第一次有这种感觉，像最不可言说的一面被人发现。他生硬地将鸢也推出去，让她离开春阳路14号。

再之后，就是鸢也的质问："如果不是被我发现，你要瞒我到什么时候？那个孩子看着有两三岁了，所以你跟她至少是四年前的事。那个时候我还不认识你，我可以不追究这个孩子是怎么来的。但我要问你，你为什么不曾告诉我，你还有一个孩子？还有，你把他们母子俩接到晋城，还给他们买房子，这是什么意思？藕断丝连？齐人之福？尉迟，你知道我不可能接受这种事！"

尉迟沉声道："我没有这样想。"

没有，从来没有。他又怎么舍得让她受这种委屈？

"那你就说清楚，他们到底是怎么回事！"

鸢也真的生气了，漂亮的眼睛里盛满了怒意和压制的委屈，眼眶微微泛红。尉迟知道这件事是他处理得不好，但是他也不知道该怎么解释。难道要说，他身为父亲，无论如何都不可能放弃阿庭？还是说他记忆里有一个很爱的女人，这个人好像不是白清卿，他正在配合秦自白的治疗，唤醒那段尘封的记忆，他想知道那个女人是谁，他想给自己一个交代？这些话如果说出来，鸢也一定会……

"那就离婚吧。"鸢也在他的沉默里平静地说出了那几个字，入耳的一瞬间，尉迟心脏刺痛，痛感沿着血脉迅速传遍每一根神经。他整个人有许久都是麻木的。

后来陆初北都说他："你这件事处理得确实不好，拖泥带水，不像你一贯的作风，也不怪弟妹生气。你若是只是想对阿庭尽到做父亲的责任，那你早就该跟白小姐说清楚。一，拿到孩子的抚养权；二，和白小姐斩断多余的关系。而不是像现在这样暧昧不清。我看着都觉得你是想脚踩两条船，新欢旧爱都舍不得放手。"

尉迟低声道："我留着白清卿并非拖泥带水，也不是暧昧不清，我只是想弄清楚,我失去的那一年记忆到底是怎么回事。她是关键的线索。"

陆初北笑了："我怎么听着还是你对不起弟妹呢？无论那个人是不是白小姐，你已经娶了弟妹，还这么执着于记忆里的女人，又让弟妹情何以堪呢？"

尉迟抿了一口酒："我会把白清卿送走。"

陆初北调侃道："嗯？不想找回你的记忆了？"

尉迟垂下眼睑，只在心里回答——比起记忆，他更不想再看到鸢也忍耐得眼眶发红的样子。

尉迟已经安排好，等阿庭的病情稳定下来，就送白清卿离开晋城。他也不想从她身上寻找失去的记忆的线索了，秦自白若有本事让他恢复记忆那就治，如果治不好、想不起来了，他也没有多在乎。无论那个女人是白清卿还是别的什么人，他总归不会换一个妻子，那么那段扑朔迷离的过去对他来说也可以只是一场梦。

后来秦自白照旧在每周五为他治疗，明显感觉他的配合度没有以前高，不禁一问。得知他竟然不怎么在乎能不能想起那段他追寻了四年之久的过去后,秦自白十分惊讶,然后意味深长道:"我知道那个问题的答案了。"

"哪个问题?"

"我之前问过你,你和姜小姐的婚姻一开始只是交易,那么现在还只是交易吗?虽然你没回答我,但我已经知道答案了——她呀,肯定不是你的交易对象,而是交心对象了。"

尉迟淡淡地瞥他一眼,道:"你真无聊。"

他心里却在想,白清卿的事让她那么不舒服,小姑娘说话还是那么阴阳怪气,他得做点什么哄哄她才行。

但"事与愿违"这个词有时候就是应验得猝不及防。那天他见完客户,在回公馆的路上想起前一晚鸢也在书房熬夜写计划书的样子,无奈又怜惜,就想着买点什么回去奖励他那倔强又任性的小姑娘。他问开车的黎屹:"你有什么零食推荐吗?"

黎屹:"尉总,您说什么?"

尉迟看他这样也是不知道的,于是打开手机,到各大平台搜索了一圈,发现最近有种糕点,造型花里胡哨的,但是很受年轻女孩的喜欢,鸢也应该也会喜欢,便道:"去杏花路。"

黎屹看了一眼乌云沉沉的天:"尉总,这个时间过去可能会堵车,而且要下雨了。"

尉迟先打电话回尉公馆,问管家鸢也回去了没有。管家说还没有,他就决定了:"走吧。"

幸运的是,堵车并不严重。只是回程的时候,他们还是遇到了这场酝酿已久的大雨。雨天总会让人的心情低沉烦闷,尉迟不禁皱了皱眉。不知道鸢也到家了没有?尉迟看着玻璃车窗上的雨珠,心想。他膝盖上放着包装得很好看的糕点,他要送给他家里的小妻子。

回到公馆,尉迟还没来得及问管家,就先看到了咋咋呼呼的杨炯。

"迟哥迟哥,你知道我在医院遇到谁了吗?"杨炯等不及他猜,紧接着就公布了答案,"我遇到阿庭了!"

尉迟当下皱眉。

"阿庭在门口玩,被野狗吓着了,哭个不停。白小姐怕有个万一,带了阿庭去医院。我刚好去医院看我奶奶,就顺路把人给你送来了。迟哥，我觉得吧，你还是给他们换一个安静的地方住比较好。春阳路鱼龙混杂，不合适养病！"

尉迟看向客厅，白清卿泪眼婆娑地抱着阿庭，阿庭在她怀里，闭着眼睛，脸颊红红的，应该是哭了很久。他又往外看了一眼，雨势越来越大。

管家提议道："三楼还有客房，先生，要收拾出来吗？"

此情此景下，先让他们在尉公馆暂住一晚，明天再安排住处，也是个办法。尉迟刚要点头，鸢也回来了。

鸢也好像经历过什么，她的情绪压抑，在看到白清卿母子俩的第一秒，就彻底爆发了："你说他们只会住在春阳路14号不会妨碍到我，现在却没有经过我的允许就把他们接回家。尉公馆是什么地方？他们算什么？一个第三者、一个非婚生子，也配进来？别脏了我的地方！"

这是尉迟第一次看到她这么生气，哪怕是一开始知道白清卿母子俩的存在，她也是委屈居多。而这次她是真真切切地动怒了，乃至最后摔门而去，头也不回，仿佛要这样和他斩断关系。

尉迟第一时间开车追出去，只是鸢也的车速很快，上了公路就不知道往哪个方向去了。

管家来电询问："要将白清卿和阿庭安顿在三楼吗？"

"让于尧送他们去西园。"

"可是这么大的雨……"

"车内不能遮雨吗？"

管家被他严厉的语气吓了一跳，连忙说是。

尉迟挂断电话，转而打给鸢也，鸢也没接。他将鸢也平时会去的场所都找了一遍，还是没有找到她。大雨天，路上的车都有些着急，一辆突然蹿出来的车惊得他踩住刹车，后座有什么东西"啪"的一声落在地上。尉迟从后视镜看了一眼，是那盒他买给鸢也的糕点。它砸在地上，已经碎了，就像他明明雕好了一朵花要送给她，讨她的开心，最后却还是落得个枯枝败叶收场的结局。

凡事最恨一个事与愿违了。

尉迟其实很少会为什么事情退步或者低头，是不需要，也是没必要，更无人值得他这么做。他是天之骄子，习惯了居于上位把控全局，从来都是说一不二，随心所欲。鸢也是第一个让他会去想他是不是做错了，他是不是不能这么做，他是不是应该考虑她的想法的人。

睡梦中的鸢也翻了个身，毯子滑落在他的脚上。尉迟回过神，捡起毯子，重新盖回鸢也身上，又将她的头发别到耳后。

"尉太太。"他轻声喊她，鸢也好像听到了，很乖地"嗯"了一声。

尉迟笑了，低头亲吻她的嘴角："我们的余生还有很长，你慢慢教我该怎么对你才算是为你好，好不好？你不回答，我就当你答应了。"

他钩住她的小手指，拇指盖章，这就算是他们说好了。

番外二
关于七夕

这一年的七夕刚好是尉迟阳历的生日。往年他们都是过阴历生日,但今年阳历生日和七夕重叠在一起,多了一层意义,鸢也就觉得应该过一下。光是送什么礼物这一项,她就将身边的亲友烦了个遍。她好不容易才敲定送什么东西,奈何人算不如天算,尉迟在七夕前三天说要去洛杉矶出差。鸢也想给他惊喜,不想直说要给他过生日,便含蓄地试探着问他的归期。尉迟说三天就能回,三天没回便要五天。

洛杉矶直飞晋城最快也要十五个小时,也就是说,尉迟至少在七夕的前一天就得登上回国的飞机,否则这个生日和七夕就过不成了。

鸢也耐着性子等到七夕的前一天给他打电话,问他回来了没有。尉迟那边有点吵,背景音里有广播的喧闹声,鸢也只隐约辨认出"抓紧时间"之类的词。她还来不及细听,尉迟就说回不来了,合作方盛情相邀,明天要一起去看当地的花车游行,后天才能回。

鸢也顿感无语。七夕加生日这种重要日子不跟老婆过,居然要跟合作方去看什么花车游行,尉总的智商和情商一定是成反比的吧?!

挂断电话,鸢也将礼物拿出来看,摩擦了几下盒子,不太甘心就这么错过,于是打定主意——山不来就我,我就去就山!然后她干脆利落地订了两小时后直飞洛杉矶的航班。

之后就不得不再次感慨,真是人算不如天算。鸢也的航班遇到非常罕见的雷电暴雨天气,飞机不得不备降在俄罗斯。

鸢也站在玻璃幕墙前,看着外面的倾盆大雨,能见度连五米都没有,心里着急,跑去问工作人员。工作人员遗憾地表示,今天肯定不会起飞了。鸢也算了一下时间,明天再起飞,她到洛杉矶的时候尉迟的生日都已经过了。当然,七夕也结束了。

她好气哦,白折腾了。

更让鸢也生气的是,她还在机场遇到了小偷,包丢了,包里放着的证件、手机,以及要给尉迟的礼物也全没了。

鸢也再次找到工作人员,但这个机场很落后,平时只有运送货物的飞机会降落,监控设备不完善,根本没有拍到鸢也丢包的过程。工作人员又很遗憾地表示,他们唯一能给她提供的帮助就是,飞机重新起飞的时候帮她开证明,让她可以继续登机。

鸢也:"……"

一番折腾下来,鸢也已经在机场滞留了整整三个小时。她又累又饿,没钱不能住酒店,还要挨过一个晚上。她在角落里蹲着,满脑子都是:我怎么这么倒霉啊,尉迟知不知道他的老婆正在受苦受难啊,他现在是不是在看兔女郎花车巡游啊……

忽然,她的面前出现一双皮鞋。鸢也垂头丧气,只以为是自己挡到别人的路了,木讷地起身。因为蹲得太久,她的双腿发麻,刚站起来身体就不受控制地往前扑去。千钧一发之际,她被一双手接了个正着。熟悉的乌木沉香立刻充盈她的鼻间,鸢也愣了一下,抬起头。

因为下雨,即便现在是午后,外面也已经没了天光。老旧的机场内灯光不够明亮,整个色调都是灰蒙蒙的。清俊的男人着一身黑色风衣出现在她面前,像一个期盼已久的幻梦。

鸢也差点以为自己产生了错觉:"尉……尉迟?你怎么会在这里?"

本该在洛杉矶看花车巡游的尉迟突兀地出现在她面前,微微一笑,反问道:"那你怎么会在这儿?"

这要怎么说呢?鸢也摸了摸鼻子:"咳,如果我说我也是来出差的,你会相信吗?"

尉迟挑起好看的眉,笑而不语……看起来就是不信。鸢也泄了气,老老实实交代:"我本来是想去洛杉矶跟你一起过生日和七夕的。"

尉迟笑了,眼里铺上一层温柔的光泽:"嗯,猜到了。"

鸢也其实到现在还觉得很不真实,看着他笑,好一会儿才回神:"不对,等一等,那你呢?你怎么会在这儿?你不是说要明天才会回国的吗?"

难道他……

尉迟勾唇,给了她答案:"因为我也想回去跟你过七夕。"

她就知道!鸢也的嘴角抑制不住地上扬:"所以你从洛杉矶起飞,也因为天气备降在了这里?"

"嗯。"

鸢也招呼都不打一声,直接搂住他的脖子跳起来。尉迟连忙抱住她的双腿,鸢也就跟树袋熊似的挂在他身上,全然不顾现在正在大庭广众之下,对着他就亲下去。尉迟既无奈又好笑。

鸢也觉得他俩不愧是夫妻,心有灵犀一点通,有缘千里来相会,想到一起就算了,居然还选了同一个时间段的飞机。要是早一点或者晚一点,飞机要么就赶在雷暴雨来临前穿过了这片地区,要么就因为天气取消航班,那他们可就错过了。但就是这么巧,他们都选了这个时间段,两架飞机又备降在同一个机场。他们心里都存着要给对方惊喜的心思,本来以为愿望要落空了,没想到又在异国他乡重逢了,这是什么史诗级的浪漫?!

鸢也越想越高兴,又在他的脸上亲了几下:"其实我还给你准备了一份生日礼物,我精挑细选了很久,就是可惜,跟我的包一起丢了。"

尉迟仰头看她:"什么礼物?"

"算啦,丢了就不告诉你了,免得你心疼。"鸢也低头,和他的额头相抵,眼里闪着漂亮的流光,"你可以把我当成你的生日礼物呀。"

"我觉得可以。"尉迟的喉结一滚,收紧手臂,声音微沉,"无论是回国的航班,还是去洛杉矶的航班,都要明天才能起飞。我们先去酒店休息,顺便拆一下我的生日礼物。"

鸢也也觉得可以!

第二天,雨过天晴,鸢也改签了机票,和尉迟一起登上了回国的飞机。虽然一晚上没睡,但两个人精神都很好。毕竟,尉总享用了生日礼物,鸢也享用了七夕礼物,都很满足!

鸢也也有一段关于七夕这个节日的学生时代的记忆。

那会儿她被顾久强行拉到高年级的教学楼的天台上，顾久神秘兮兮地说有好东西给她看。看过之后——

"绝不绝？我就问你绝不绝！"

"挺绝的。"

顾久在少年时代就已经有一张祸害小姑娘的脸了，他得意地说："是吧？我没骗你吧？"

鸢也静默片刻，然后说："我的意思是，我居然跟你躲在这里看美女，我是挺绝的。"

说完她转身就走。

"别走啊！"顾久伸手去抓鸢也，没抓到，"啧"了一声，"姜鸢也，你要是走了，我们的友谊就到此结束了。"

"结束吧，赶紧的。"鸢也头也不回。

顾久在她要下楼梯前，搂着她的脖子，强行将她拉回来："这次艺术会演，学校特意请了别的学校的学生来助兴，都是帅哥美女，你就不好奇吗？"

鸢也扎着灵动的双马尾，还别了那个时候很流行的毛球发夹，可可爱爱的。发尾被他的胳膊压到，她拍开他的手，上下打量他。

学生都是穿着统一制式的白色的短袖衬衫和亚麻色的西装长裤。顾久不好好穿衣服，衬衫敞开着，内里搭了一件白T恤，脖子上戴着一条黑色皮绳项链，有一股介于潇洒不羁和精致先生之间的气质。

鸢也重新走到天台，随意地张望："有你帅吗？"

顾久笑吟吟道："跟我比肯定还差点。"

鸢也白他一眼。这个天台正对着提供给外校学生的休息室，难怪顾久要拉她来这里看了。她看了几眼，还是不感兴趣，正要收回视线，就扫见一道颀长的身影。那个男生很高，穿着外校的校服。盛夏的天气，他穿着长袖白衬衫，衬衫下摆扎进裤腰里，却一点也不突兀，反而还给人一种很清爽的感觉。不过他背对着她，她只能看到他的背影。她道："头挺圆的。"

"什么头挺圆的？"顾久凑过来看。

鸢也打了个哈欠，不想陪他在这儿浪费时间。

顾久张望了一会儿，什么也没看到。回过头时，鸢也已经下楼了，他没劲地撇嘴："不是说有个会唱京剧的艺术生吗？哪儿呢？"

那个被鸢也多看了几眼的身影像是感觉到什么，忽然转头，朝天台的方向看去。顾久"哎哟"一声，迅速蹲下。男生眉清目秀，眸光看似温和，其实透着疏离。

"尉迟，你在看什么？"旁边一个和他穿着同样校服的男生喊他。

尉迟收回目光，摇摇头说："没什么。"

这时，他身后响起一道礼貌的女声："请问大会堂怎么走？"

尉迟转身，就看到一个带着京剧花旦妆容的女生。她应该就是别的学校过来表演的艺术生，刚刚在休息室化好妆，要去大会堂彩排。尉迟道："我不是本校的，不太清楚。"

他们今天来这儿，也是受邀来看表演的。

女生有些失望："哦……"

倒是尉迟的同学指了一下："我知道，在那边！"

女生便露出微笑："谢谢。"

"不客气！"

女生走后，尉迟的同学撞了撞他的肩膀："你看到她的校章了吗？叫南音，名字好听，长得也好看。哎呀，你不用回答我也知道，你肯定没注意，你什么时候注意过女孩子？"

尉迟淡淡一笑，又看向刚才的天台。刚才，他好像看到那里有一个扎着双马尾的女孩，发丝迎着骄阳飞扬。

他们都离开后，顾久才从天台围栏冒出头来。他又四处看了看，还是没有找到那个传说中会唱京剧的艺术生。他挠了挠后脑勺，嘴角一扬，倒也乐观。算了，有缘自然还会见到！

他们都比自己以为的，更早注意到对方。